復讐の家

ステフ・チャ
宮内もと子 訳

集英社文庫

目次

主な登場人物

グレイス・パーク…………韓国系アメリカ人の薬剤師、27歳
ミリアム・パーク……………グレイスの姉、ウェブライター
イヴォンヌ・パーク…………………グレイスとミリアムの母
ポール・パーク……………………グレイスとミリアムの父
ショーン・マシューズ……………………運送会社勤務、41歳
エイヴァ・マシューズ………………………………ショーンの姉
レイ・ハロウェイ…ショーンのいとこ、仮釈放中の元ギャング
ニーシャ………………レイの妻、ロサンゼルス国際空港勤務
ダリル…………………………レイとニーシャの息子、16歳
ダーシャ…………………………レイとニーシャの娘、13歳
シーラ・ハロウェイ………………レイの母、ショーンの伯母
ジャズ………………………………ショーンの恋人、看護師
モニーク………………………………………ジャズの娘、3歳
ジュールズ・シアシー………………………………………新聞記者
ニール・マックスウェル…………ロサンゼルス市警の刑事
ダンカン…………………………………………………レイの親友
ブレイク…………………………………………ミリアムの恋人

復讐の家

マリア・ジュに

おれたちは生き延びられない運命なんだ、だってあれは罠(わな)なんだから。

トゥパック・シャクール〈キープ・ヤ・ヘッド・アップ〉

（ラターシャ・ハーリンズの思い出に捧ぐ）より

いまになっても、あんなことがうちの家族におこったとは信じられずにいます。

スンジャ・トゥがジョイス・カーリン判事に宛てた一九九一年十月二十五日付の手紙より

第一部

一九九一年三月八日、金曜日

「ああもう、だめじゃん」とエイヴァが言った。「あのおバカな連中、どうやったら見つけられるのよ」

ショーンはぽかんと口を開け、街頭に集まった人々をながめた。映画が始まるのは一時間半後だというのに、上映館の外で待っている人たちは数百人はいるように見える。しかも外はもう暗くて、歩道に整然と並ぶ街灯の光があっても、人の顔を見分けるのは大変だ。ウェストウッドは白人の縄張りだとエイヴァは言ったが、目の前にいるのはほぼ全員が黒人で、その多くはハイスクールの生徒だった。もっと近づいていかないと、レイや彼の友人たちを見つけることはできそうにない。

道路を渡っていたとき、ショーンはエイヴァに手をつかまれ、思わず身を引いた。姉に引きずられていくところを、あんな大勢の年上の子たちに見られてはたまらない。「やだよ、エイヴ、おれ、赤ん坊じゃないんだから」

「だれも赤ん坊なんて言ってないでしょ。あんたがいなくなったら困るってだけ」

ふたりはチケット売り場の前からじりじりと歩道を進みはじめた。売り場上部の電光掲示板は《ニュー・ジャック・シティ》の上映時間を示している。ショーンはにんまりした。今週はずっと、この夜が楽しみでしかたなかった。学校じゅうで話題になっていたこのギャング映画を、公開初日の夜に観ようというのだ。みんなでディズニーの《ホワイトファング》を観にいくと話したら、シーラ伯母さんはレイとエイヴァに連れていってもらいなさいと言ったが、それはもうどうでもいい。自分はいま、ここにいて、レイたちと同じように、映画館に忍びこんでR指定の映画を観ようとしているのだから。

「エイヴァ！　ショーン！」

振り向くと、レイがこちらに近づいてきていた。いっしょにやってきたのはレイの親友のダンカンだ。その顔いっぱいに、輝くような笑みが広がっている。ショーンはエイヴァの手を放し、手をつないでいたのを見られていませんようにと願った。

「ああ、いたいた」エイヴァが言う。「すごい騒ぎになってるね。この列に並ばなきゃいけないの？　あんたたちが並んでたらそこに入れるのに、まさか列を離れたんじゃないでしょうね」

「これはチケットを買う列だよ」ダンカンが答えた。「おれらの分は、もう買ってある」そう言って、チケットを両手で扇のように広げて見せびらかす。そのうしろで、レイが奇声をあげて小躍りした。

「バカみたい、あんたたち」エイヴァが笑った。「ほら、ショーン、学校さぼって映画に行ったりすると、こんなふうになっちゃうんだよ」

「おい、少しは感謝しろよ。こっちは何時間も並んだんだぞ」レイは片手を握りこぶしにしてショーンに振ってみせた。「おまえ、おふくろに言ったらどうなるかわかってんだろうな」

「レイなんか全然怖くないもんね。けど、シーラ伯母さんにばれたら、三人ともひっぱたかれる」

レイは大笑いし、こぶしをおろした。どうせ、ただの冗談だったのだ。ショーンが秘密をもらしたりしないのを、レイは知っている。レイに関しては、あるいはエイヴァに関しても、ショーンは告げ口をしたことがない。まだ幼くてわきまえがないころでもそうだった。それに、ふたりを困らせたいなら、ほかの方法がいくらでもある。そうさ、シーラ伯母さんはギャング映画を観にいくのさえ許してくれないのに、レイが本物のギャングの一員だと知ったらどうなる？

伯母さんにはわからないだろう。ショーンがわかっているようには。シーラ伯母さんは、ギャングというものがいるのは知っているが、その話になると、自分には無関係であるかのような口ぶりになる。息子や甥に、ギャングになってはだめよと注意したこともない。厄介者やチンピラを育てたわけではないのだから、注意するまでもないと思っているかのようだ。自分が育てた子供たちは、あんな不良どもとは違う。いやがらせで犬を撃ったり、母親に逆らったりするような手合いとは。

といっても、この界隈の若者の半数はギャング団に入っているように見える。怖い連中も少しはいるが——隣人の飼い犬を撃ったあいつ、あれは正真正銘のワルだ——ショーンの知り合いにはいない。ダンカンはこわもてだが、ああいう連中のような怖さはない。たんに豪快で、おもしろくて、かっこよくて、女の子にもてるというだけだ。十六歳になったらあんなふうになりたいとショーンがあこがれるような若者。レイについて言えば、あれほど怖さと縁遠い少年もいないだろう。ショーンにはわかっている——五つのときから同じ部屋で暮らしているのだから。レイはしゃれたブルーの服の下に、スパイダーマンの絵柄のボクサーパンツをはいている。寝る前にはラジオに合わせて女の子みたいな声で歌い、ショーンを笑わせる。レイとエイヴァは同い年だが、エイヴァはもうひとりの弟のようにレイをからかい、レイはまぬけな髪型や成績の悪さをさんざんけなされた。レイが着ているブルーは、ギャング団のクリップスのシンボルカラーだ。それにしても、レイがクリップスなら、だれだってクリップスになれるだろう。

ショーンは姉たちといっしょに閉店後の電気店のほうへ歩いていった。見ると、店の前に近所の若者がたむろしている。みんなエイヴァやレイと同じ年ごろだが、すでに十七歳に達し、堂々と映画館に入れる者も交じっているようだった。

「こいつも連れてきたぜ！」ダンカンが声をあげ、エイヴァを指さした。

ショーンは、一同が姉を取り囲み、ハグやハイタッチで歓迎するのを見守った。エイヴァは九年生まで彼らと同じ学校にいたが、そのあとウェストチェスター・ハイスクールに通いだしたので、みんな再会を喜んでいるようだ。

女の子のひとりがショーンを見てうなずいた。名前は知らないが、顔は覚えている。以前、エイヴァといっしょに聖歌隊にいた子だ。歌うときの唇の動きがいまでも目に浮かぶ。当時より、さらにかわいくなっている。ショーンは両手をポケットに突っこみ、うなずき返した。

「彼のお守りをしてるの？」その子がエイヴァに訊いた。

ショーンは恥ずかしさに身が縮んだ。顔に出ていなければよいがと思い、背中を丸めてうつむく。エイヴァが笑顔でこちらを見たので、姉にはお見通しなのだとわかった。エイヴァは彼の肩を抱き、一同のほうに向き直った。「みんな知ってるよね、弟のショーン」

グループに交じったあとも、ショーンはエイヴァから離れないようにした。みんなが自宅の芝生の庭にいるかのように歩道いっぱいに広がり、気楽にわいわいふざけ合っているのを、黙ってながめていた。このグループのなかにいると、レイとエイヴァまでが見知らぬ他人のようで、うちにいるときより大人びてかっこよく見える。ショーンはうしろのほうで耳をすませ、口を開くタイミングを待った。なにか気のきいたことを言いたい。おもしろいことか、鋭いことを。エイヴァのダサい弟ってだけじゃないのを見せてやりたい。

エイヴァがバックパックからウォークマンを取り出し、ヘッドホンを片耳だけ覆うようにつけた。ショーンは自分にもウォークマンがあればいいのにと思う。エイヴァのはクリスマスプレゼントにもらったものだ。ショーンもねだってみたが、シーラ伯母さんに、あんたには必要ないと言われてしまった。それに、汚いことばが歌詞に入ったカセットはどうせ買ってもらえない。エイヴァは再生ボタンを押し、夢見るような目つきになった。音楽に合わせ、指で太ももを軽く叩いている。

「なに聴いてるんだ？」ダンカンが訊く。

ショーンは伯母の厳しさがまたもや恨めしくなった。あのウォークマンが自分のだったら、ダンカンはどんな音楽が好きなんだと訊いてくれたかもしれない。好きなアーティストはもうリストアップしてある。アイス・キューブ、トゥパック、ア・トライブ・コールド・クエスト、マイケル・ジャクソン。マイケル・ジャクソンは入れないほうがいいか。

「あんたは知らないわよ、これは」エイヴァがにやっとした。

ダンカンはエイヴァのヘッドホンをひったくり、自分の耳にあてた。「なんだ、これ？」

「一八九〇年代の最高にいかした曲をちょっと聴いてるだけ」エイヴァがヘッドホンを奪い返すと、みんなが笑った。クラシックを聴いているところを全員に見られたのに、エイヴァは恥ずかしがりもしない。

「ショパンなら知ってるぞ。いいか、ショパンだったら、おれらはみんな知ってる」

「これはドビュッシー。あんたたちがショパンを知ってるのだって、わたしが教えたからでしょ」

そのとおりだ。少なくとも、ショーンとレイに関しては。エイヴァはピアノを弾く。しかもかなりの腕前で、地域のコンテストに片っ端から出ている。シーラ伯母さんは、舞台で演奏するエイヴァをショーンとレイに見せるために、遠くまで車を走らせ、グレンデイルでもアーヴァインでもどこにでも出かけていった。イングルウッドでコンテストがあったときは、ショーンたちだけでなく、エイヴァの友人も客席に勢ぞろいした——冷やかしにきたんだと言って。なのに、エイヴァが弾きだすと、みんな口をつぐんで聴き入っていた。

とはいえ、エイヴァはいまでもからかわれている。人気者のオタクだから、からかわれるのだ。からかう側は、別にかっこ悪いことをしているとは思ってないらしい。

「こんなの聴いて、楽しいか？」ダンカンが言った。

「こっちは、あんたが聴いて楽しい曲なんか興味ないから」エイヴァはそう言って、ヘッドホンをつけ直した。

嘘だろう、とショーンは思った。自分はぼさっと突っ立っていることしかできないのに、そこにいる全員が、ダンカンまでが、姉の——女の子の——軽口にひざを叩いて笑いころげているなんて。絶好調のエイヴァは悠然として、口もとに小さな笑みを浮かべている。ショーンは腕組みをして目をそらした。

周囲には見るものがたくさんあった。ウェストウッドはいいところだ。たとえるなら、野外のショッピングモールという感じか。整備された道路、華やかな店、ビルより高いヤシの木。ショーンたちの町よりずっときちんとしていて、色あせたり崩れかけたりしているものはひとつもない。ここに来る車中で、エイヴァから、数年前にギャングの銃撃事件をきっかけに町じゅうが大騒ぎになった話を聞かされた。似たような事件のなかでその件だけが注目されたのは、現場がここウェストウッドで、犠牲者がアジア系の少女だったからだという。ウェストウッドはうちから遠いが、そこまで遠いわけではない——リチャード伯父さんの車を事故で壊したら大変だからと、エイヴァがお婆ちゃんみたいなのろのろ運転をしても、四十五分もかからない。それでも、うちの町とは全然違う。ショーンはチケットを買おうと並んでいる人々を見わたし、彼らの顔にいらだちと興奮を見てとった。この人たちもみんな、この映画を観るためにわざわざ遠くからやってきたのだろうか。

チケットを買う列は相変わらず長く、さっきよりさらに雑然としてきたようだった。上映開始まであと三十分だ。ここでチケットが売りきれてしまい、列に並んだ大勢の人が映画を観ずに帰るはめになるんじゃないか。ショーンが心配していたとき、人波が動きだした。前へ前へと押し寄せ、列がどんどん崩れて、チケット売り場に詰めかけていく。叫び声も聞こえる。なにを言っているかわからないが、声をあげる人は増えるばかりだった。

エイヴァを見ると、ヘッドホンをはずそうとしていた。その視線をとらえ、姉も自分と同じものを感じているのを知った。まわりの空気が、さっきまでとは違う重さをはらんでいる。

「ねえ」エイヴァが言う。「映画館のなかでなにかあったんじゃないの」

レイが背伸びをしてようすをうかがった。「入口のドアを開けたんじゃないか。映画はもう始まるころだ」

ダンカンがショーンの肩をぽんと叩いた。「ちょっと手伝わないか。ひとっ走りして、どうなってるのか見てきてくれよ」

「おれが？」ショーンは目を丸くしたが、すぐに背筋を伸ばし、役に立つところを見せようと意気ごんだ。「いいよ、行ってくる」

「わたしも行く」エイヴァがウォークマンをバックパックに突っこんだ。

「いいよ、エイヴァ、大丈夫。すぐ戻るから」追いかけようとする姉を振りきって、ショーンはさっと駆けだした。

通りを走って渡り、人混みに押し入って中心のほうへ進む。人垣に隙間を見つけてむりやり前進したが、すぐに進めなくなった。チケット売り場までまだ五メートルぐらいあるのに、もう前に行けない。歯にはさまった肉のすじみたいに、まるで身動きがとれない。みんなが騒ぐ声がさらに大きくなり、そこらじゅうで押し合いへし合いしている。だれかの体臭が鼻を直撃し、吐き気がこみあげた。

左隣にいた男が両手をメガホンにしたので、ショーンはそちらを見あげた。「ウェストウッドにはもう二度と来るもんか、みんなそう思ってるだろ」男が叫ぶ。

ショーンが男の肩を叩くと、相手は燃えるような目でこちらを見た。「どうなってるの？」と訊いてみる。

「チケットを発行しすぎたから、みんな帰れと言ってる」

「チケットを買ってある人は？」

「関係ない。上映が中止になったんだ」男はまた声を張りあげた。「なぜかって、やつらがおれたちを怖がってるからだ。黒人が十人いれば、ごろつきが来たと思われるんだ」

「チケットはもう買ってあるんだ。お金もちゃんと払ったし」

「なにを言ってもむだだ」

「でもずるいよ、そんなの」

男は笑った。レイたちよりわずかに年上という程度なのに、その笑い声は大人びて苦々しげだった。「ずるいなんて、あいつらには通じない。ロドニー・キングのことを聞いてないのか？」

ショーンはわけ知り顔でうなずいた。ロドニー・キング——その名は知っている。先週だったか、警官たちに殴られた黒人がいたが、その人の名前だ。シーラ伯母さんは、警官がしたことは正しいとは言えないけれど、警官から逃げたのは賢明ではないし、そもそも犯罪者でなければそんな目にはあわなかっただろうと言った。夕食のとき、その話をしていて、伯母さんとエイヴァはもう少しで喧嘩(けんか)になるところだった。

「じゃあ、もう映画はないんだね？」ショーンは最後に念を押した。

それから、向きを変えて仲間のところに戻ろうとしたが、人が密集して、もはや通れる隙間はなくなっていた。どうすればこの人混みを抜け出せるのかもわからない。もっと背が高かったらいいのに。なんだか、小さな子供に戻ったような気がする。ざわざわする地面の近くで、おろおろし、途方にくれて。

そこにいる全員がいっせいにしゃべりだし、その声がしだいに高まっていき、重なり合ってゆがみ、巨大な音の塊に変わった。まるでマンガのなかの絵のように、火の玉がどんどんふくらんで、爆発寸前になっているのが目に見えるようだ。

心臓が跳ね、手のひらに汗が噴き出してくる。まずいぞ。なにかが近づいてくるのがわかる——破壊的で、大きくて、永久に消えないなにかが。母親が死んだあと、ショーンはいっとき、いやな夢を見るようになった。夢のなかでは、見たことのない薄暗い古い家にいて、自分はひとりきりだと感じた。目が覚めれば細かいことはきれいに忘れていたが、そんな夜の息が止まるような怖さや、理解できないものの奥底から抜け出したときのほっとした気分は、いまでも覚えている。目を覚まして母を捜したこともあったと思うが、そのうちにある儀式を——心が落ち着く唯一の儀式を——身につけた。それは、目を開けた瞬間にエイヴァを見つけることだった。自分の家に、自分の部屋にいるのだと確認するためには、姉の体をしっかりと感じ、姉の息遣いを聞くことが必要だったのだ。エイヴァのベッドにもぐりこんで隣で寝たのは、そのためだった。そんな癖を知られたら学校で笑い者になることは、とっくの昔にわかっていたが。

それは何年も前の、子供時代の一時期のことであり、すでに記憶の彼方なので、その状態がどれだけ続いたのかも覚えていない。ただ、いまでも夜中に目が覚めて、無意識と意識の境で夢のなごりが尾を引いているときに、はっとして部屋を見まわしてから、やっと思い出したりする——自分はもう十三歳で、エイヴァはすぐそこに、隣の部屋にいるのだと。

エイヴァはいま、どこにいるのだろう？　なんとかして見つけなくては。姉の姿が見えるところにいたい。ショーンは雑踏のなかを進んだ。人波にもまれ、口を開け、目を見開き、仲間と離れている心細さに耐えながら、姉を捜しつづけた。

そのとき、密集した人の群れがばらけて人々が路上にあふれだした。覇気と汗とエネルギーが拡散する。ショーンは突きあげるような高揚感を味わい、それと同時に、新たな感覚を知った——血がたぎる感覚を。

だれかがごみバケツを蹴飛ばした。夜の街の薄明かりを受けて、散らばった生ごみがぼんやり光っている。

少年がジュースの缶ほどの大きさの石ころを手にして、ショーンの横を走り抜けた。施錠されたドアとぴかぴかに磨いたガラスで形づくられた村、そのどこから、石ころのような自然物が現われたのだろう。まわりを見ると、肩幅のある男三人が街路樹を取り囲み、次々に枝を折り取っていた。その表情はいたって平然としている——彼らの目に燃えているのは野火ではなく、制御された、軌道に沿った怒りだった。

ショーンは三人のあとを追った。彼だけではない——背後には、群集がひとつの流れになって続いていた。片目の隅に、なにかがさっと動くのが見えた。少年がジャンプして、駐車中の車の屋根に飛び乗ったのだ。だが、ショーンは枝をもった三人から離れず、驚嘆の念を抱きながらあとをつけていった。空に向かって突きあげられる無数のこぶし。人々が発する憤怒(ふんぬ)に満ちた声。ばらばらなことばが寄り集まり、統一されたシュプレヒコールに変わる。

「ブラック・パワー!」「権力と闘え!」

と、三人が枝を振りあげ、一枚ガラスのウインドウを打ち砕いた。

ガラスが割られるのは何度も見ているが、こんなに大きくてぴかぴかで、こんなに透明で頑丈なのが砕けるのを見たのは初めてだ。ふたつの世界のあいだに生まれた亀裂。こじ開けられた隙間を通れば別の次元に行けるのだ。群集が、今度は勝利の雄叫びをあげ、割れたウインドウを越えて内部になだれこんだ。ここはさっきの電気店の前だ。エイヴァもレイも、ほかの仲間も、どこにもいない——暴徒が群れをなして殺到するのを見て、散り散りに逃げたのだろう。行くあてもないので、ショーンはそのまま突き進んだ。ぎざぎざに割れたウインドウを越えたときは、全身が低いうなりをあげているようだった。

人のいない壁際でひっそりと身を縮め、ショーンは混乱のなかに知り合いの顔を探した。目の前で、見たこともない人たちが、見たこともない行為に走っている。枝をもった三人は自負心と決意に満ちたオーラごと人波にのまれ、いまは勢いまかせに暴れまわっていた。店内には高価な壊れものの商品がところ狭しと並べられ、略奪されるのを待つかのように、淡い照明のもとでほのかに光っている。われを忘れ、手あたりしだいに商品をつかむ人々。店内はあまりにうるさく、非常ベルのか細い悲鳴がむなしく響くのがやっと聞こえる程度だ。ショーンはその騒ぎを観察し、この連中は全員ひどい目にあいそうだから、さっさと逃げたほうがいいと思った。

人混みを縫って店から道路に出るまで、優に五分はかかった。人々は無秩序に暴れていたが、激しく流れる川にも道筋があるように、人の流れにも一定の方向性があった。ショーンは流れに踏みこみ、その動きに乗ってがむしゃらに進み、みんなが集まった場所から離れていった。

「どけ！」という叫び声に、ショーンはぎりぎりで身をかわした。子供用らしき新品の自転車にまたがった大男が、急ハンドルを切って通り過ぎていく。それを見送りながら、あいつはじきに転んで何人かを跳ね飛ばし、それで喧嘩になるんじゃないかと思った。

そのとき、ショーンと名を呼ぶ声が聞こえた。姉の声だ。あっちだと見当をつけた方向に急いで顔を向けたが、姉の姿はない。空耳で聞きたい声が聞こえただけなのか。

「ショーン！　こっちよ！」

プランターの端に乗ったエイヴァの頭は、人垣から五十センチほど抜け出ていた。ショーンが見つけやすいように、高みにのぼってくれたのだ。

笑顔でプランターに立っているエイヴァのもとに、ショーンはあたふたと駆け寄った。近づいてみると、レイとダンカンもいっしょに待っていた。

「来た来た」エイヴァはプランターから飛び降りた。ショーンは姉を抱きしめそうになるのをなんとか我慢したが、姉のほうから抱きしめてきたので、うれしさと恥ずかしさを同時に感じた。

「よし、行くか」口笛を吹いてダンカンが言った。

ダンカンは大型のラジカセを肩にかついでいた。大きくて、真っ黒で、ぴかぴかで、カセットデッキとCDプレーヤーがついているやつだ。両側に飛び出たスピーカーが、蝿(はえ)の目玉のように見える。

「それ、どこで手に入れたの？」ショーンはまぬけな質問をした。

「最初につかんで、ずっと離さなかった。気づかなかったのか？」ダンカンは笑って電気店を指さした。「ほしいものがあるなら、さっさとやらなきゃだめだ」
「おれはいいや」次の機会にはラジカセをいただいてやってもいいが、きょうはその気分じゃない――ショーンはそんな口ぶりで答えた。

実際には、ショーンは一度も泥棒をしたことがない。板チョコ一枚盗んだことがないのだ。姉といっしょにシーラ伯母さんの家で暮らすようになった最初の年に、レイが一家のなじみのフランク酒店で万引きをして捕まった。盗(と)ったのはたいしたものじゃなく、ただの雑誌だった――おっぱいが写っている表紙は、いまでもよく覚えている。でも、くそったれのフランクは、レイに命令してシーラ伯母さんに電話させた。伯母さんに話すか警察を呼ぶか、どっちかだと言って。フランクはいけすかないクソじじいだ。韓国系の年寄りで、息はヤニ臭く、へたくそな英語を話し、いつもレイのことを、なにか悪だくみをしてるんじゃないかという目で見ている。それでも、あのときはフランクの言うとおりにするしかなかった。

シーラ伯母さんは泣きながら店に駆けつけ、神さまがどうの、刑務所がどうのとわめき散らした。あまりの騒ぎになったので、以後、ショーンたちは行きつけの店を変えた。あの件でショーンが肝に銘じたのは、盗みを働けば、神の怒りと、死ぬまでの刑務所暮らしと、シーラ伯母さん演ずる火山の噴火並みの愁嘆場(しゅうたんば)が待っているということだった。
「好きにすりゃいいさ」ダンカンはレイとエイヴァのほうにあごをしゃくった。「けど、あのチンピラどもは好きなものをかっぱらってる。おまえらも、なにを盗ってきたか見せてやれよ」

「うるせえな、ダンカン」レイが言った。「いいか、ショーン、いま見てることは全部なしだ。なにもかも夢だったんだ」レイはショーンの顔の前で指をひらひらさせた。そうすることで、すべてがさらに夢に近づき、今夜がこれまで経験したことのない特別な夜になるかのように。

エイヴァはあきれ顔になったが、それでも尻ポケットからカセットテープを出してみせた。「ちょっと古いけど、さっき見つけて、あんたがほしいんじゃないかと思ったの」そして付け加えた。「聴くときはウォークマンを貸してあげる。ただし、シーラ伯母さんには内緒にしてよ」

ショーンはことばが見つからず、黙ってカセットを受けとった。黒のレザージャケットにタイトな黒パンツのマイケル・ジャクソンが、にらむようにこちらを見あげている。その頭上に躍る、真っ赤な〈ＢＡＤ〉の文字。ショーンは親指でケースをなで、プラスチックフィルムにしわを寄せた。

「ありがとう」と言うと、エイヴァは彼の頭を乱暴になで、髪をくしゃくしゃにした。

ダンカンが両手でラジカセをぴしゃりと叩いた。「よし、凄腕の悪党（スムーズ・クリミナル）ども。行こうぜ」

先頭に立って歩きだしたダンカンを見て、ショーンは彼が新しいジャケットを着ているのに気づいた。それまで着ていたウインドブレーカーは腰に結ばれ、どのポケットもなんだかわからない盗品でふくらんでいる。

「なんか、〝いじわるグリンチ〟（ドクター・スース作の童話の主人公。クリスマスが大嫌いで村人からすべての〝クリスマス〟を盗もうとする）がウェストウッドを荒らしまわったみたいだな」ショーンはダンカンを見ながら言った。

そのジョークに、レイとエイヴァはそろって吹き出した。

町はどこもかしこもガラスとごみが散らばり、店という店が正面のウインドウからはらわたを吐き出したようだった。あたりには煙と小便の臭気が漂い、どこを見ても、大人たちが駄々っ子のように奇声をあげてどたばた走りまわっている。

それでも、ショーンはもう怖くなかった。

道の真ん中に、服を陳列する金属製のラックがあった。吊るされたハンガーはほとんどが空（から）で、あばら肉が身を削がれて骨だけになったところを思わせる。ショーンが通りすがりに足を出して蹴飛ばすと、ラックはごろごろ動いて揺れはじめ、けたたましい音をたてて倒れた。

「ショーン！」エイヴァが叫ぶ。だが、その声はどこか楽しげだった。

夜の闇、暴徒の群れ、飛び交う怒号。ショーンは直感的にさとった。そうしたもので自分たちが傷つくことはない。これが火事なら、おれたちは炎だ。自分自身が火事の一部なのだから、燃えさかる火のなかでは安全だ。

1

二〇一九年六月十五日、土曜日

グレイスは駐車場所を見つけるのに二十分かかった。一時間七ドルの区画は、もっと安いところがあるはずだと思って通り過ぎたが、その先は、行けども行けども目をむくような高い料金ばかりで、結局は最初のところでいいとあきらめてUターンするはめになった。ダウンタウンは一方通行だらけの迷路で、進めば進むほど目的地から遠ざかっているような気がする。曲がるところを二度まちがえて、道の両側にテントが立ち並ぶ怪しげな場所に迷いこんでしまったときは、ドアに目をやりロックされているのを確かめた。

やっと駐車したときには——一時間九ドルは希望よりはるかに高かった——うっすら汗をかくほど焦っていた。時間に遅れそうになると、それぐらい罪悪感にかられるのがグレイスの癖だ。ここから裁判所まで歩いていくのにあと十分、それから雑踏のなかでミリアムとブレイクを捜さなければならない。グレイスは姉にメールした。

ごめん、いま車を駐めた。どこにいる？

どう謝ろうかと考えながら、目的地の手前まで来たとき、ミリアムから返信が来た。

いま向かってるところ！　ウーバーで車を呼んだの。

時刻は午後六時十三分。ミリアムが指定した待ち合わせの時刻を十五分近く過ぎている。グレイスはほっとしたが、ミリアム相手に時間を守ろうとしたのはわれながら人がよすぎると思った。こうなるのは予測できたはず――ミリアムは本人が言うところの〝韓国時間〟で動いているのだから。もっとも、家族はみんな几帳面で、時間にルーズなのはミリアムだけだが。それにしても、いま向かっているのはアルフォンソ・キュリエルの追悼式で、ミリアムは彼が気の毒でならないと明言していたのだ。だから、さすがのミリアムも、今回ばかりは、家を出る時間になる前にしたくを始めるだろう――グレイスがそう思ったとしても無理はなかった。

考えてみれば、前回ミリアムと会ったのは三週間以上も前のことだ。今夜、久々に顔を合わせるのに、会ったとたんに腹を立ててもしかたない。ふたりで会うせっかくの機会を、ミリアムが土壇場で馬鹿げたイベントに変えてしまったのだとしても。こちらとしては、姉とタイ料理を食べたかっただけなのに、その思いつきのおかげで、姉のデートに首を突っこむ格好になってしまった。今夜はパーク家の姉妹だけで過ごすはずだったのが、急に追悼式の開催が決まって、食事の前にいっしょに行こうとミリアムに説得されたのだ。

　この手の催しがあると、ミリアムはいつもフェイスブックを通じてグレイスを誘ってくる。誘われても行きはしないので、ときどき、無関心すぎるだの、冷淡だの、ものぐさだのと怒られたりする。グレイスはフルタイムで働いていて、職場はノースリッジにあるのだが、ミリアムはそんなことにはおかまいなしだ。今回は、行かない言い訳が見つからなかった。薬局はきょう一日休みをとったし、ミリアムとはLA市内で会うつもりで、すでに予定を立てているところだった。ブレイクが自分も行くと言いだしたときも、逆らいはしなかった――一般の集会に出るというのだから、止めるわけにもいかない。食事は自分ひとりでとるとか、せめてそれぐらいは気をきかせてほしかったのだが、ブレイクは三人分の席を予約した。ダウンタウンにできたばかりの、ミリアムが行きたがっていた店に。当然、彼のおごりだ。グレイスがこれからの数時間はどうなるかとびくびくしているのに、ミリアムのほうはそんな妹に早くも待ちぼうけをくわせているのだった。

　追悼式が開かれているのは連邦裁判所の前で、光り輝く巨大な直方体の建物は、邪悪なアップルストアという感じがした。集まった人々は百人はいるだろうか。それがみんな、大柄な黒人男性の声に静かに耳を傾けている。彼の情熱的なスピーチは半ばにさしかかっているようだ。グレイスは集団のうしろに控え、どこで姉を待てばよいのかと迷っていた。

　しばらく歩道に立っていると、少し離れたところに別の集団がいるのに気づいた。二十代から三十代の白人男性が、十人ほどたむろしている。赤いハットに黒のポロシャツというそろいの格好は、薹（とう）が立った友愛会の集団かマーチングバンドといった感じだ。なかのひとりは、〈これでもくらえ、アンティファ（反ファシズムを標榜する極左活動家のゆるやかな集まり）〉と書いたプラカードを掲げている。アンティファとはだれのことだったか、グレイスは思い出せなかったが、このグループには近づきたくなかった。大学で韓国語のクラスにいたある白人の男子が、女子たちを無言でじっと見ているので気味が悪かったが、彼らにはそれと同じ匂いがした。

　グレイスは集会の最後列に加わり、まわりに溶けこめればと思って、みんなと同じ方向を向いた。せっかく来たのだから、スピーチはちゃんと聞いておこう。

　グレイスにしても、別に無関心なわけではない。世間でたくさんの悲劇がおきているのは承知しているし、人種差別主義者（レイシスト）のおぞましいふるまいにも、黒人が次々に殺されていくことにも、もちろん、胸を痛めている。

　それに、そういうことを抜きにしても、この事件はひどすぎた。アルフォンソ・キュリエルはまだ子供で、両親とともにベイカーズフィールドに住み、ハイスクールに通っていた。おとといの夜、アルフォンソは自宅の裏庭で警官に射殺された。友人のひとりはフェイスブックへの投稿で、事件のほんの一時間前まで彼といっしょに映画を観ていたと記し、こう続けた。アルフォンソは鍵を忘れて出かけることが多かったので、たぶん裏口から家に入ろうとして、それを見た近所のだれかが警察に通報したのだろう、と。

　その投稿を読んだ限りでは、アルフォンソにはなんの罪もないようだった。ほんとうに恐ろしい、気の毒な話だ。

群集を前にした男性は声を張りあげていたが、その声はダウンタウンのざわめきに幾分かき消されていた。黒のスーツに黒シャツ、黒ネクタイという姿が堂々としている——きっと牧師だろう。朗々としたことばの響きや、いかにも聖職者らしい立ち姿には、スピーチを本気で聞きはじめる前から気づいていた。

殺された少年の名が耳に入ると、グレイスは身を乗り出し、こうべを垂れ、牧師の話に聞き入った。

「彼はただ、自宅に入ろうとしていただけでした」牧師が言った。「自分の家に、お父さん、お母さんと住んでいる家に。そう、アメリカでは、黒人であれば、どんな行動をとっても問題視されるのです。たとえそこが自分のなじみの地域でも、自分が住んでいる通りでも、自宅の裏庭にいるのを警官に見とがめられたりする。たとえ丸腰の黒人少年であっても、突然やってきただれかに殺されて、その殺人が完全に合法な行為とされたりする。大人の女性や若い娘についても、事情は同じです。われらが姉妹のことを忘れないでください。サンドラ・ブランドのことを、レキア・ボイドのことを忘れないでください」

牧師は隣にいる年配の女性のほうを向き、大きな手をその肩に置いて話を続けた。

「エイヴァ・マシューズのことを忘れないでください。まさにここ、ロサンゼルスでおきた事件のことを」

牧師の話を聞きながら、グレイスはその声の迫力に圧倒された。聴衆が小声でなにかをつぶやき、指を鳴らす音が沸きおこる——そういう場面は初めて見たが、〝アーメン〟を意味しているのはわかった。

「ゆうべ、アルフォンソ・キュリエルの母親が会見を開きました。あの子はいい子だった、問題をおこしたことはなかった、成績もよく、医者になりたがっていた、彼女はそう言いました。アルフォンソはそういう子供でした――彼は正しいことしかしていなかったのです。彼はいま、天国にいます。それはまちがいありません。しかし、この世では、夢をかなえる機会を得られませんでした。わたしたちは、またひとり、仲間を失ってしまいました。いま、彼のためにできるのは、正義を実現させること、それ以外にありません」

グレイスは牧師のかたわらにいる女性に目をやった。厚紙に物差しとおぼしき棒を貼りつけた、手作りのプラカードを手にしている。空いたほうの手で涙をぬぐう姿を見て、グレイスは一瞬、この人が牧師の話に出てきた母親なのだろうと思った。いや、それにしては年がいきすぎている。頭頂部でまとめた灰色のちぢれ毛や、優しく丸みを帯びた頰の下の深いしわを見ると、少なくとも六十代にはなっているようだ。ということは、祖母なのかもしれない。女性が悲嘆にくれているからか、プラカードまでが前に傾き、悲しみにうちしおれているように見える。プラカードには〈アルフォンソ・キュリエルのために正義を〉とあり、その下に白黒写真が貼られていた。襟付きのシャツを着た、ハンサムな丸顔の少年。その目は生まじめだが明るく輝いている。学校のアルバム写真らしい。少年はこれから大学に進むはずだった。医者になるはずだった。

頭がくらっとして、グレイスは目をつぶった。その目を開けたときには、グレイス自身も女性と同じように涙ぐんでいた。

ミリアムの言うとおりだ。世の中にこれほど不正が蔓延（まんえん）しているときに、目をそらして見ないふりをしている自分は、まちがっているし、自己本位すぎる。アルフォンソ・キュリエルの悲劇に無感覚で、彼の死を悼むために行動することを怠っていたのは、そのほうが楽だからだ。自分の世界を現実の世界から切り離し、無関心でいるという贅沢（ぜいたく）にひたっていたのだ。

グレイスの胸は、卑下の気持ちと前向きな強い正義感でいっぱいになった。この感覚には覚えがある。教会に通っていたとき経験した、キリスト教の信仰復興運動の感覚だ。豊潤で純粋な無私の愛が心にあふれだす。堕落したすべての人に手を差しのべ、あらゆる人の悲しみに共感できるほどの愛が。

目の前の光景に集中していると、いつのまにか姉がそばにいて、そのうしろにブレイクがぼさっと立っていた。「来たのね」耳もとでささやく声で、グレイスはわれに返った。ミリアムはグレイスをぱっと抱きしめると、一歩さがって妹の姿をチェックした。「おしゃれしてるじゃない。すてきよ」

グレイスは顔が赤らむのを感じた。今夜は化粧をしてまともな服を着てきた。これまで人生の大半を、白衣にコンフォートシューズをはき、韓国系の高齢の患者の世話をしながら過ごしてきたので、こういう格好をすることはあまりない。いま身につけているのは、ひざより少し上のミニ丈で、袖（そで）の短い黒のワンピースと、このあいだ教会信徒のお婆さん（ハルモニ）の葬式に行くのに使った肌が透けないタイツだ。昼過ぎにクローゼットをかきまわしていたときは、うまく選べたと——追悼式に出られる程度には地味で、かつ会食にふさわしいキュートな装いだと思っていた。だが、いま、まわりとくらべてみると、自分の格好は野暮ったく、それでいて派手すぎる気がする。黒い服の人はほかにもいるが、着ているのは〈息ができない〉とか〈ブラック・ガール・マジック〉と大きく書かれたTシャツだ。たんに、周囲から浮かずに敬意を示せる服装をしたかっただけなのに、結果的には《アダムス・ファミリー》のウェンズデー・アダムスのような見た目になってしまった。

ミリアムはといえば、音楽フェスにでも行くような格好で、短めのトップスとダメージデニムのショートパンツの上に、セクシーなキモノのような、ひらひらの袖がついた、花柄のシルクのゆったりした上着をはおっている。こんな服装は馬鹿げているし、場所柄を無視しているともいえるのだが、着ているのがミリアムというだけですばらしく見えてしまう。グレイスは昔から、姉のファッションセンスを羨ましく思っているが、まねようとしてもうまくいったためしがない。ミリアムの服を借りても、服を買うのにつきあってもらってもだめなのだ。ミリアムのほうが三センチ背が高く、グレイスよりつねに五キロ痩せているという問題もある。その差は、年の差と同じように変わらなかった。グレイスだったら、いまミリアムが着ている服をそっくり盗んであした着たとしても、二流の韓国系美容室にいるシャンプー係みたいに見えてしまうだけだろう。

「ナチのごろつきどもが集まってるぞ」ブレイクがあごをしゃくった先には、グレイスがさっき気づいた、ミルク色の肌をした男たちの友愛会もどきの集団がいた。

「かまっちゃだめよ」ミリアムが言った。「向こうは、喧嘩を売る相手がほしくてしょうがないんだから」

ブレイクは、待ったをかけられたように顔をしかめた。「追悼式に抗議するなんて、どれだけクズなんだ？」まわりに聞こえるぐらいの声でそう言うと、何人かが振り向いてブレイクを見た。狙いはあたったわけだが、当然ながら、ほかの人はだれも、牧師が話している最中に騒ぎをおこそうとはしなかった。

ミリアムがブレイクとつきあいだして二年ほどになるが、彼のどこがいいのか、グレイスはいまもよくわからずにいる。ミリアムがだらだらツイッターをやったり、映画の脚本やいっこうに完成しない小説をちょっと書いては放り出したりしているあいだに、ブレイクは請求書の払いをすませてくれるが、美点といえるのはそれぐらいだ。美男子と呼べなくもないけれど――その理由の大半は、背が高いのと青い目をしていることにある――ミリアムより十五も年上だし、金髪は後退ぎみ、ど派手なブレザーに光沢のあるスニーカーを合わせるのを好む。ただ、一応、成功はしている――アパラチア地方の麻薬常習者をめぐるテレビドラマの脚本を書いたのがヒットしたのだ。白人男性によるハリウッド支配を痛烈に非難するミリアムが、ハリウッド史上最高に白人をひいきする男と恋に落ちたのが、グレイスにはおもしろかった。ブレイクが書くドラマに白人しか出てこないのは、グレイスでさえ気づいている。ミリアムによく言われるが、グレイスはふだん、その手のことにはほとんど気がつかないのだ。

ブレイクは、そうした性分を、迷惑このうえない方法で埋め合わせている。自分はフェミニストで、実質的にはコミュニストでもあると吹聴したり、有色人種の女性が書いた本のお薦めはないかとフェイスブックでみんなに訊いたりするのだ。そんなことは、ミリアムかグーグルに訊けばすむはずなのに。前に一度、ブレイクのツイッターをのぞいてみたら、〝いいか、みんな、オーラルセックスってのは、もちつもたれつなんだぞ〟というような投稿が目に入った。ミリアムはそのツイートを気に入っていたが、グレイスは、その一文を記憶から抹殺できるなら、いくらでも払いたいと思ったほどだった。

大きな拍手が沸きおこり、グレイスははっとした――牧師のスピーチが終わったようだが、彼女はしばらく前からうわの空になり、聞くのをやめていたのだ。

「では、われらが姉妹のシーラ・ハロウェイにお話をお願いしましょう」牧師が年配の女性の肩にまた手を置いた。

ミリアムは女性をじっと見て、目をうるませている。遅刻はしても、来た以上は真剣に聞いているのだろう。グレイスのほうは、知りたいことがわかるまで耳を傾けていたが――いま話している女性は犠牲者の祖母ではなく、地域住民かなにかだった――女性は牧師より声を抑えていた。そのため、会場のざわめきのなかで彼女のことばを聞きとるのは容易ではなく、少したつと、グレイスは話を聞くのをあきらめてしまった。どうがんばっても、さっきの恍惚感は取り戻せない。どんな感覚だったのかも、すでに忘れかけている。それは、目が覚めたあと、いいところまで来ていた夢の続きを見るためにもう一度眠ろうとするようなものだった。

その店はレストランですらなかった。リトルトーキョーにある食事のできるバーで、出てくる食べ物は、日本のみやげもの屋にある食品サンプルのおもちゃのように、どれもこれもちっぽけでかわいらしかった。スクリュードライバーをちびちびと、ただし間をおかずに飲んでいたグレイスは、つい酔ってしまった。もともと酒は強くないので、ウオッカが効くのが速く、体をめぐる血がかっかとしている。

グレイスはまだスクリュードライバーを飲んでいたのに――最初は飲みにくかったが、後半はましになった――ブレイクはカウンターに行き、褐色の液体が入ったタンブラーを三つもって戻ってきた。「この店は、日本のウイスキーのすごいやつをいろいろ置いてるんだ」と彼は言った。「ほら、シングルモルトのヤマザキだよ」

グレイスが三杯の酒をじろじろ見ているあいだに、ブレイクは一杯をミリアムに勧めた。玄人ぶった鼻もちならないしゃべり方からすると、おそらく高価なウイスキーなのだろう。ミリアムはひと口飲んで感嘆の声をあげた。得意満面のブレイクは、グレイスがウイスキーから目を離してまたスクリュードライバーを飲みだしても、日本製ウイスキーの蘊蓄(うんちく)話を延々と続けた。

「きみも飲んでみろよ」ブレイクが三つ目のグラスをグレイスのほうに押しやった。「蜂蜜みたいな味わいなんだ。ほんとに」

グレイスはウイスキーの匂いをかぎ、吐きそうになった。とにかく酒類は味が嫌いで、なかでも褐色のものは最悪だと思っている。

「わたしには向いてないみたい」とグレイスは言い、グラスを置いた。

「なんだよ、もう。そんな変なものが飲めるんなら、なんだって飲めるだろうに」ブレイクがスクリュードライバーのほうに手を振った——彼がグレイスのカクテルに意見したのは二回目だったが、今回も憐(あわ)れむような笑みを浮かべている。「これこそが上物なんだぞ」

グレイスは目をぱちくりさせ、この子のことはほっといて、と姉が口添えしてくれるのを待った。

その思いに反し、ミリアムは「ほんのちょっとでいいから、飲んでみなさいよ」と言った。

「いやだったら、残りはわたしが飲むから」

グレイスはもう一度グラスを手にとり、しげしげと見ながら心の準備をした。「まあ、上物っていうなら試してみようかな」

彼女は息を止め、ウイスキーを一気にあおった。喉が焼けそうだ。むせてしまったので、残っていたスクリュードライバーをチェイサー代わりに流しこんだ。

「蜂蜜って感じじゃないな」グレイスは舌を出しながら何度も必死にまばたきした。

ブレイクは、グレイスが赤ん坊を絞め殺す場面を目撃したかのような顔で彼女を見ていたが、ミリアムのほうは大声で笑いだした。

「ワンショット二十五ドルもしたのに」とブレイク。

　高いだろうとは思ったが、そこまでするとは。「え、びっくり、知らなかった」グレイスはそ知らぬ顔で言った。胸が燃えるようだ。

「ねえ、この子にもう一杯、スクリュードライバーをとってきてあげてよ」ミリアムはまだ笑っている。「がんばったご褒美に」

　ブレイクは抗議しようとしたが、ミリアムが彼に向けている鷹揚な笑顔は、頼みを断ろうものならしかめ面に変わるのが目に見えていた。グレイス自身はもうお酒はたくさんという気分だったが、ミリアムが味方に回ってくれたのはわかったので、ブレイクが憤然としてカウンターに向かうのを見ると愉快になった。

「二杯でもうじゅうぶんかも」とグレイスは言った。「グラナダまで運転して帰らなきゃならないし」

ミリアムはあきれ顔になった。「頼むから、ヴァレーの外に引っ越してくれない？　あんなに遠くまで会いにはいけないし、そっちが出てきてくれても、六時ぐらいには帰ることになるでしょ」

「もうすぐ九時よ」

　ミリアムが住んでいるシルヴァーレイクは専門職で稼いでいるおしゃれな若者たちの町で、そこに越して以来、彼女はサンフェルナンド・ヴァレー一帯を――ことにグラナダヒルズを――ひどく馬鹿にするようになった。ミリアムは信じようとしないが、グレイスはいまの生活環境が気に入っていて、ほかにも選択肢があるのは承知のうえで、あえてそこを選んでいるわけで、ミリアムに言われずとも、その気になれば部屋を借りてルームシェアできることぐらいは知っている。グレイスも、ルームシェアをしたことがないわけではない――大学や薬学大学院に通っていたときはそうしていた。だが、実家から十分で職場に行けて、グレイスがそばにいるのを両親が喜んでいて、母のイヴォンヌが嘘ではなく嬉々として――それは聖書に誓ってもいい――娘のために料理や洗濯をしてくれるのに、なぜ家賃を払ってまで別の場所に住む必要があるだろう? ミリアムもそれはわかっているはずだ。ミリアム自身、大学卒業後の一時期は実家にいたし、夢を追いたいと言ってコンサルタント業を辞めたあとも、何カ月か実家に戻っていたのだから。なのに、ミリアムがヴァレーのことを話すときの口ぶりは、アラバマやオハイオのちっぽけな田舎町の出身者が故郷について話してくれたときの口ぶりを思わせた。要するに、そこは自分の真の人生にたどり着くために捨ててきた場所で、恥ずかしいほど遅れた村だ、と言わんばかりなのだ。実際のヴァレーはロサンゼルス近郊の町の集合体で、一部は市内に入っていて、ミリアムがいま住んでいる町からでも車で三十分で行けるぐらいなのだが。

この二年というもの、その三十分の道のりをミリアムは一度もたどっていない。問題はその点であって、グレイスがグラナダヒルズに住んでいることではない。姉妹で顔を合わせる機会が少ないのは、ミリアムが母親と口をきかなくなり、実家を訪ねるのを拒んでいるからだった。

喧嘩の前は——それを喧嘩と呼べるかどうかはともかく——グレイスがまる一週間、ミリアムと会わずにいるのは珍しいことだった。ふたりは世間一般の姉妹以上に仲がよく、同じ部屋に寝起きしながら育ち、お互いの秘密をすべて守ってきた。だが、ミリアムが母イヴォンヌと縁を切り、ブレイクとつきあいだすと、グレイスはあらためて、自分たち姉妹はこんなにも共通点が少なかったのかと目をみはった。しかもその思いは日に日に強まっている。ふたりとも、お互いの好みやライフスタイル、人生の目標や仕事、あるいは恋人について理解できていない。姉とのあいだにあるその溝を思うと、冷たくじっとりした息を首筋に吹きかけられたように感じることがある。

「今夜は泊まっていきなさいよ」ミリアムは姉らしく妹を気遣う表情をしっかり作りあげた。「もうけっこう酔ってるでしょ。車はブレイクに運転してもらって、うちに来て泊まればいいじゃない」

グレイスは「そうする」と答えた。

妹がなんの抵抗もせずにあっさり承諾したので、ミリアムは目を丸くしたが、それでもにっこりしてグレイスの手を握った。グレイスとしては、夜遅くまでブレイクにつきあうのも、彼の家で例の麻薬ドラマのポスターが貼ってある客用寝室に泊まり、無機質で無粋な金属のベッドで眠るのも、あまり気が進まなかったが、久々に会えた姉といっしょにいたいという気持ちはあった。

予定が変わったことを両親に伝えるために、グレイスがメールを打っていたとき、テーブルのそばに人が来た。背の高い中年の白人男性で、メタルフレームの丸眼鏡をかけている。フランネルのシャツに、使いこんだ大型の革製ショルダーバッグという格好は、粋な大学教授という感じだ。男性は指先をそろえてミリアムの肩を軽く叩いた。

ミリアムはそこで初めて男性の存在に気づき、はっと居ずまいを正した。「あら、どうも、ジュールズ」いつになくあわてたようすで、ミリアムが椅子から腰を浮かせながら男性の手を握ったので、相手はテーブルから一、二歩離れるはめになった。

「やっぱりきみだったか」男性が言った。「アルフォンソ・キュリエルの追悼式に行ってきたんだが、式のことは聞いていたかな?」

「わたしも行きました」ミリアムが答えた。

〝わたしたち〟じゃなくて〝わたし〟なのか。グレイスはあたりを見まわし、ブレイクがカウンターの前でバーテンダーと話しているのを目にした。ミリアムが妙に緊張しているのは、ブレイクのせいかもしれない。ブレイクはすぐに焼きもちを焼くから、彼がテーブルに戻ってくる前に男性を追い払おうとしているのではないか。

「じゃあ、ウェスタン・ボーイズが来ていたのも見たね?」

グレイスは怖い顔をしたポロシャツ姿の白人男性の集団を思い出した。彼らがウェスタン・ボーイズだろう。

「見ました」とミリアム。

「今度、彼らのことを書くつもりなんだ。カリフォルニアにおける白人優越主義と人種間抗争をテーマにした企画があってね。いや、ここで会えてよかったよ。きみならそのテーマについて意見があるだろう。よかったら――」

「わかりました」ミリアムは愛想笑いを浮かべて話をさえぎった。「わたしのメールアドレスはご存じですよね？　来週なら、お話しする時間がとれると思います」

「そうか。あとで連絡するよ」自分がほんとうに追い払われたのかどうか、判断がつかないらしく、男性はまだ立ち去ろうとしなかった。「お母さんはお元気かな？」

グレイスはミリアムの視線をとらえようとしたが――この白人男性が母のことを知っているはずはないのに、妙な質問をするものだ――姉がこちらを見ることはなかった。姉の顔をなにかがよぎった。一瞬の動揺の色。そうだ、まちがいない。

「元気です」とミリアムは言った。「あの、お目にかかれてよかったです」

「わたしもだ」男性がグレイスに笑顔を向けた。「こちらは妹さんかな？」

これも妙な質問だ――ミリアムとは顔だってたいして似ていないのに。グレイスはここへきて急に酔いが回ったように感じた。まわりの空気がさっきとは変わっている。

グレイスは自己紹介しようとしたが、口を開く間もなくミリアムが返事をした。「そうです」鋼（はがね）を思わせるその声は、敵意ととれるかとれないかの、ぎりぎりのニュアンスを含んでいた。

男性もさすがに察したらしい。「あとでメールするよ」彼はもう一度グレイスを見やり、ほんの数秒、不自然に長く目を留めていた。「あなたにも会えてよかった。それじゃ」男性はそこで立ち去った。

「いまのはなんだったの？」グレイスは男性を目で追いながら訊いた。彼はひとりで隅のテーブルにつき、バッグから赤いモレスキンのノートを取り出していた。

「なんでもない。ごめん。ただ、あの人がグレイスに話しかけるのはいやだったの」

男性について、グレイスは気味悪いという印象は抱かなかった。少なくとも、言い寄られそうだとは感じなかった。なにしろ、相手はブレイク以上に年をとっているのだ。

「だれなの、あの人？」

「物書き。ただの知り合い」

ブレイクが、グレイスのカクテルと、自分とミリアム用に日本のウイスキーのおかわりをもって戻ってきた。グレイスはお礼を言い、もらったものを飲んだ。このスクリュードライバー、ジュースみたいに飲めるじゃないの。物書きの件で姉がなにか言うだろうと思ったが、いくら待ってもその話にならないので、グレイスも彼を話題にするのを控えた。三人は飲みつづけ、ブレイクとグレイスはお互いの仕事についてあれこれ質問し合った——本気の質問というより、ミリアムへの思いやりで話しているのが大半だったが、彼が薬局の仕事に興味があるふりをしてくれたのが、グレイスにはありがたかった。四杯目のおかわりをすると、なんだか心がうきうきしてきた。ブレイクのことが赦（ゆる）せるような気さえする。彼が姉にべた惚（ほ）れなのはまちがいないし、カンに障ることをずけずけ言うのも、時間にして全体の十パーセントだけだ。ひょっとしたら五パーセントかも。

酔った頭でらちもないことを考えていたグレイスは、ブレイクの声でわれに返った。「おい、冗談じゃないぞ」

さっきの物書きが戻ってきたのかと思い、グレイスは顔を上げたが、彼は相変わらず隅のテーブルにいて、店の入口を注視していた。彼もブレイクと同じものを見ているらしい。例のウェスタン・ボーイズのメンバーが六人、薄笑いを浮かべ、一列になって店に入ってきたのだ。加齢でしみが増えてきたピンク色の顔はうっすら汗ばみ、そろいの服は追悼式の会場にいたときよりしわくちゃになっていたものの、やはり目につく。おしゃれな客のたまり場に入りこんだ彼らの姿は、サバンナに現われたペンギンの群れのように目立っていた――むろん、それが狙いなのだろう。

六人は胸を張ってあたりを見まわした。店じゅうの客が彼らに注目し――いくつもの頭が振り向き、話し声が小さくなったのがグレイスにもわかった――本人たちもそれを意識していた。メンバーのひとりが前に出てカウンターに近づくと、残りのメンバーもひな鳥のようにあとに続いた。隊長と思われる先頭の男は、歳は三十がらみ、角ばったいかつい頭の持ち主で、たくましい上腕筋でポロシャツの袖がはちきれそうだった。

ミリアムはやれやれと首を振り、携帯の画面の文章を読んだ。「これ、連中のオフ会だわ」携帯を傾け、フェイスブックのページが写っている画面をグレイスたちに見せる。「〝くそリベ酒場をはしごする〟っていうイベントをやってるのよ」

グレイスが風変わりな物書きに再び目をやると、彼は隅の席でペンとメモ帳を手にしてウェスタン・ボーイズの動きを見ていた。彼らが現われることは承知していたにちがいない。感情的になったミリアムにすげなくあしらわれたりしなければ、物書きは彼らの真の狙いを教えてくれただろうが、それでどうなるというものでもなかった。

「顔面にパンチをお見舞いしてやるか」ブレイクが言う。

「全員に？」グレイスが訊いた。

「まったく、いい度胸してやがる」

「いったい何者なの、あの人たち」

「右翼の負け犬」ミリアムが答えた。「アメリカ人はみんな白人でなきゃいけなくて、女はみんなキッチンにいなきゃいけないと思ってる――そう言えばわかるでしょ」

「なんで追悼式に来てたの？」グレイスは参加することに乗り気ではなかったが、それでも少年の死は悲劇だと思っていた。ティーンエイジャーの男の子が殺されたときに、悲しみ以外の感情を抱くことができて、しかもわざわざ出かけて追悼者のじゃまをするほどその感情が強い人がいるというのが、どうにも理解できない。そういえば、〝神はホモを嫌う〟と喧伝するおかしな集団――他人の葬式に乱入して抗議活動をする、怒れる愚かな白人たちもいる。

「それが負け犬の使命の一部だから。あいつらは、リベラルを挑発できると思えばどこにでも行く。行くこと自体が目的になってるわけ」ミリアムは手もとの酒を飲み干し、立ちあがった。「ドアマンに言ってくる」

グレイスは姉が入口めざして進んでいくのをはらはらしながら見ていた。途中で「待って、わたしも行く」と言ってあとを追ったので、憤懣やるかたないブレイクだけがテーブルに残された。

入口にいる守衛は、ラテン系、もしくはフィリピン人と思われる褐色の肌の男性で、太っていると勘違いされそうなほど、筋肉もりもりの体型をしていた。彼はミリアムが来るのを見て、顔を輝かせた。

「どうした？」守衛の口ぶりからすると、ふたりは知り合いらしい。入店するのに身分証明書の提示を求められたとき、ミリアムが守衛と冗談を言い合っていたのを、グレイスは思い出した。彼はミリアムに少し気があるのかもしれない。

「ねえ」ミリアムが言った。「さっき入ってきた連中だけど――だれだかわかってる？」

「ハットをかぶってたな」守衛は肩をすくめた。「でも、ハットをかぶってるってだけで追い出すわけにはいかないだろ」

「あれはヘイト集団よ。南部貧困法律センターのブラックリストに載ってるような」

「南部、なんだって？」

グレイスは姉の腕にふれた――ミリアムがどんなにがんばろうと、だれも知らないリストに載っているという理由で、店に収益をもたらす六人の客を守衛がつまみ出すとは思えない。

それでもミリアムは話しつづけた。「あいつらはただ飲みにきただけじゃないの。トラブルをおこしにきたのよ。この店は、あいつらのリストの三番目に載ってたと思う」

「見た限りじゃ、バカみたいな制服を着て酒を頼んだってだけで、ほかにはなにもしてないようだが」守衛はいらだってきたようだった。ミリアムはときに、他人をそういう気持ちにさせることがある——見た目のわりにかわいくない口のききかたをするので、人はそのギャップにぎょっとするのだ。

「マネージャーと話したいんだけど」

「なにを話すんだ?」

「この店にナチが来てるって教えたいだけ。それを知ってどうするかは、本人にまかせるわよ」

守衛はため息をついた。「なあ、たかがクラブの会合じゃないか。ほっといてやろうぜ」

「ナチ・クラブの会合よ」

ふたりは真っ向から目を合わせ、互いに相手が折れるのを待っていた。と、守衛の視線が動いた。「友だちのところに戻りな」

グレイスの背後には隊長が立っていた。「どうかしたのか?」くっつきそうなほど近くにいたので、グレイスは彼の声に飛びあがった。期待感に満ちた隊長の顔は、醜悪そのものだった。

グレイスは、姉が口を閉じていてくれますようにと懸命に願った。

ミリアムは、そんなことなどおかまいなしに言い放った。「この店に来たのは、シミ・ヴァレーのヒトラー青年隊と飲むためじゃないから」

「おれたちはナチじゃない」その口調からすると、同じように否定する場面が過去に何度もあったのだろうとグレイスは思った。

「わたしは、自分はナチじゃないって宣言したことなんかない。そんな必要ないもの」ミリアムが言った。

「あんたがどう思おうと、こっちはただ飲んでるだけだ。おれたちを追い出そうとしてるのはあんただな」隊長は首を振り、にやりとした。「言っとくが、商業施設があんたみたいな客を差別していたのは、そんな昔の話じゃない。黒人お断り、ユダヤ人お断り、中国人お断りってな」

ミリアムは鼻で笑った。「皮膚は脱げなくても、ハットは脱げるでしょ。学校でなにを習ったの、四年生までしか行ってないとか？」

「カリフォルニア大バークリー校を出てる」隊長は腕組みをした。

ミリアムがたじろいだのはグレイスにもわかった。姉は高学歴の人物には一目置いているのだ。

守衛がふたりのやりとりに割って入った。「じゃれ合うのはそのくらいにしとけ」そして隊長に声をかけた。「いいか、こっちも手荒なまねはしたくないんだ」

「おれは自分の立場を説明してるだけだよ」参ったといわんばかりに両手を上げて、隊長が引きさがった。

「いまみたいな態度をとると、相手の思うつぼだぞ」守衛がミリアムに言った。「なにもあんたみたいな人が、あんなやつに挨拶しなくてもいいだろ」

振りあげたこぶしをおろすきっかけをもらったのに、ミリアムは取り合わなかった。「マネージャーに伝えなきゃだめよ。ほんとに。あいつはなごやかに飲むためにこの店に来たんじゃないんだから」

ミリアムとグレイスがテーブルに戻ると、ブレイクがさっそくしゃべりだした。熱に浮かされたように早口でまくしたてながら、ふたりに携帯の画面を見せる。そこには、店内で笑っているウェスタン・ボーイズの不鮮明な動画が、ツイートとともに示されていた。

〝@MiriamMParkといっしょに@TheCrookedTailにいたら、なんと、例のファシストどもがお出ましになった。連中はいま来たばかりだから、みんなもぼくらを応援しにきてくれ。LAにやつらの居場所はないってことをわからせてやろう。#ウェスタン・ボーイズの夜遊び〟

「これをツイートしてから五分たつけど、もう三十件以上リツイートされてる」ブレイクにはツイッターのフォロワーが二万人以上いるが、彼がその人数をさりげなく口にするのを、グレイスは五回以上聞いている。「ハッシュタグが流れてるんだが、あいつら、さっきまではベルズ・アンド・ホイッスルズにいたらしい。追い出される前に出ていったようだけど、連中と対決したグループがいたそうだ。いま、ぼくらの援軍がこっちに向かってる」

グレイスは酔った頭で、雷に打たれたような恐怖に襲われた。「ほんとに？　だれが来るの？」

ブレイクは興奮を隠しきれず、にやにやしていた。「来たいやつが来るのさ。アメリカ民主社会主義者（ＤＳＡ）のメンバー、活動家、土曜の夜にひまをもてあまして見物にくるやつも多少はいるかな。追悼式の参加者のなかにも、来るやつはいるはずだ。あの卑劣漢どもに気づいたのはぼくらだけじゃない」

グレイスはその人たちが集まったところを思い浮かべた。彼らのなかには、スリルを求めてやってくる独善的な白人だけでなく、むしゃくしゃしている黒人もいるかもしれない。ブレイクでさえウェスタン・ボーイズのふるまいに激怒したのだから、ほんとうに恨みを抱いている人たちがやってきたら、どれほどひどいことになるかわかったものではない。

「ちょっと、ブレイク」ミリアムが言った。「あの連中はたしかにみじめだけど、みじめな白人の男はだいたい銃をもってるわよ。このままいくと、ほんとにヤバいことになるんじゃないの」

グレイスはほっとした――少なくとも姉のほうは、爪の垢ぐらいの常識はあるようだ。

「ここを出ましょう」

「なに言ってるんだ」ブレイクが息巻いた。「出ていくなんて、そんなわけにはいかない。ここで踏ん張らないでどうするんだ」

ふたりは同時にミリアムを見た。グレイスは店内の景色がぐるぐる回りだしたのを感じながら、姉が自分に賛成してくれますようにと必死に祈った。と、ミリアムがブレイクの手をつかんだ。「あのゲスな連中は、土曜日をまる一日使って、殺されたティーンエイジャーを偲(しの)ぶことに抗議したのよ。あんなやつらのせいでこっちが出ていってたまるもんですか」

ミリアムは心を決めたのだ——グレイスにはわかっていた。ミリアムがいったんこうと決めたら、逆らうだけむだだ。どんなに争っても、姉は一ミリも譲りはしないのだから。

「だったら、わたしはうちに帰る」グレイスは言った。

「今夜は泊まっていくって言ったじゃない」とミリアム。

「そのときはまだ、西部劇の決闘が始まるなんて知らなかったもの」

「だいいち、運転できるの？」

「大丈夫。酔いは醒めるから」

「ほんと？　まさか怒ってるんじゃないでしょうね」

ミリアムに手を握られながら、グレイスは考えた。姉に腹を立てる理由はいくらでもある。姉がいっしょに帰ってくれないから、自分は酔っているのにひとりで店を出るはめになり、その結果、強盗に襲われるかレイプされるか、州間高速五号線で衝突事故をおこすかして死ぬことになる。それもこれも、姉がくだらない縄張り争いに首を突っこもうとするからだ。久々にふたりで会う夜がブレイクに乗っ取られ、姉妹で過ごす貴重な時間をウイスキーとお追従(ついしょう)で台なしにされたのも、姉がブレイクに好き勝手をさせたからだ。姉は母と縁を切って家族を分裂させた。しかも、その理由はいまも不明のままだ。酔いの感覚が波のように押し寄せ、グレイスは頭がぼんやりしてわけがわからなくなった。ミリアムにすがらなければ立っていられず、嗚咽(おえつ)をこらえることもできなかった。

「わたしはただ、うちに帰りたいだけ」グレイスは姉を抱きしめた。「お願いだから、撃たれないようにしてね」

駐めておいた車を捜すのはひと苦労だった。そして、運転席にすわった瞬間に、この状態でヴァレーまで帰るのはどうがんばっても無理だと気づいた。

グレイスがうちに電話をすると、十二時を回っていたのに、母のイヴォンヌはすぐに出た。母はどうしたのかと尋ね、ろれつの回らないグレイスから話を聞くと、父のポールを起こし、いまからふたりで迎えにいくと言った。しかも、お説教はせず、文句も言わなかった――むしろ、相談されたのが単純なことで、打つ手があるとわかって安心したようだった。四十分後、グレイスは母が運転する車で母の隣にすわり、シートベルトによだれを垂らしていた。グレイスの車は父が運転し、母とグレイスのあとについて家に向かっている。グレイスのずきずきうずく頭には、恥ずかしさやありがたさ、苦い後悔や恩愛の念が渦巻いていた。

2

二〇一九年六月二十五日、火曜日

四人はアスファルトの駐車場で一列に並び、照りつける日射しのもとでレイを待っていた。ここに来てからすでに一時間たっているのに、彼らは隊列を崩さなかった。エアコンのきいた車内でくつろいでいるところは見せたくなかったのだ。レイは出てきたらまず四人を捜すだろう。彼がこちらを見る瞬間に備え、すぐ動けるようにしておくこと、それが大事だと思えた。

木陰でピクニックをしたり、近所を散歩したりするにはいい日和だが、じっとしていると暑くなるばかりで、ショーンは閉口した。ニーシャの鼻の下で汗が玉になっているのがわかる。子供たちも、ここまでの道中はあんなにはしゃいでいたのに、いまは黙りこんでいる。気をまぎらすものもない駐車場で暑さに耐えてひたすら待つうちに、浮かれ気分はしぼんでしまったようだ。うちで夕食のしたくをしながら待っててと頼んだのを、シーラ伯母さんが聞き入れてくれて、ほんとうによかった。せっかくの歓迎会を前にして、お祖母ちゃんに気絶でもされたらたまったものではない。

ダーシャは自分の胴体ほどもある大きな風船を手にしていた。陽を浴びてきらきら輝く風船は、青みがかった銀色の地に虹色の文字で〈おかえりなさい〉と書いてある。それはダーシャ自身が選び、週ごとにもらう小遣いから買ったものだった。ダーシャはその風船をパーティ用に準備したケーキなどといっしょに家に置いてくるのをいやがり、ロンポックまでもっていくと言ってきかなかった。彼女がそこまでした理由が、いまはショーンにもわかる。レモンイエローのサンドレスを着てこの風船をもっていれば、自由の身になったレイの目に真っ先に飛びこんでくるのはダーシャの姿になるからだ。

ダーシャの隣にいるダリルは、シーラ伯母さんにボタンダウンのシャツをむりやり着せられ、わきに汗じみを作っていた。ネクタイはここに来る途中でゆるめ、しまいには全部ほどいてしまった。あとでまた締めなおすときには、ショーンが——あるいは、締め方をまだ覚えているなら、レイが——手伝ってやることになるだろう。

少年は宙に浮かんだ風船をつかみ、扇であおぐように、自分と妹のあいだでぱたぱた振った。風船が指とこすれて耳障りな音をたてたので、ダーシャは糸の代わりのたるんだリボンを握りしめ、文句を言おうとした。が、すぐにあきらめ、ひょっとしたら少しは風がおきるかもと期待したのか、風船のほうに体を近づけた。頭を寄せ合って父を待つふたりを見て、ショーンは天使たちが祈りを捧げているようだと思った。

あたりを見れば、目に入るのはコンクリートと金網だけで、枯れた芝生がところどころに残っているほかは、陰鬱な灰色が広がるばかりだ。駐車場の向こうには、殺風景なビルが数棟かたまってひっそりと建っている。それが連邦刑務所であり、レイが過去十年を過ごした場所だった。

そしてついに、ビルを囲む塀の出入り口が一カ所開いて、男がひとり、ダンボール箱を抱えて出てきた。男は顔を上げ、首を伸ばした。

「うちの人だわ」ニーシャが爪先立ちになった。「うちの人が出てきた！」両手を大きく振って叫ぶ。「レイ！」

男は四人に気づき、笑顔になった。背筋を伸ばし、足どりを速めている。それはたしかにレイだったが、彼の姿を目にしたショーンは、一瞬、呆然として、嘘だろうと声をあげたくなった。いとこは真新しいシャツとしゃれた濃紺のジーンズを身につけていた——この晴れの日のためにと、ニーシャがひと月も前に差し入れした服だ。レイは日ごろからおしゃれに気を遣っていたが、それは昔の話で、彼がいつもの服装に戻ったのを見ると不思議な感じがした。全身が蜃気楼のようにおぼろに光っていて、頭のなかで念入りに思い描いたイメージが出現したかと思うほどだ。

だが、そこにいるのは本物のレイで、本物のレイは、見るからに老けていた。ショーンが最後にレイを見た数カ月前とくらべてではなく、自由の身であるレイを最後に見たときとくらべてという意味だ。面会室という時が止まった空間を離れると、その老いは目に明らかだった。四十四歳のレイは、若さの最後の切れ端を超満員の雑居房に置いてきてしまったのだ。髪には白いものが交ざり、細身の体にかつてのしなやかな強さはない。二の腕のタトゥーはくすんで張りを失い、黒インキが色あせて、ぼやけた緑に変わっていた。ゴシック様式の書体で大きく彫られた〈ダリル〉〈ダーシャ〉の文字。それをさまざまな模様や記号がイバラとともにびっしり取り巻いている。

そういえば、彼の胸にはニーシャの名もあった、とショーンは思う。レイはまだ結婚もしないうちから、心臓の上に〈ラニーシャ〉とタトゥーを入れていたのだ。その後、ある夜更けにもののはずみで結婚を決めたのだが、そんななりゆきでも夫婦生活は実り多いものになった。レイの右の二の腕には、もうひとつ、記念の名が彫られている。〈エイヴァ〉だ。ショーンも同じ名前を同じ場所に彫っている。十四になった年に、共通の友人のトラメルに頼んで、ふたりいっしょに彫ってもらったのだ。そのとき、ふたりは背中にもタトゥーを入れた。自分たちが属するグループの名前である〈ベアリング・クロス〉。CROSS（クロス）のRに十字架を重ねたデザインだ。ショーンの背中で、その文字がほのかに熱を帯びている。再び自由になったレイを目のあたりにすると、現実離れした奇妙な感じがした。気分は高揚し、うれしさがこみあげてくる。それでも、喜びとともに強く意識されたのは、自分たちがここに集まることになった理由——薄い粘膜のように親族一同に貼りついている過去のことだった。

子供たちの声でその夢想を破られ、ショーンはまぶしいほどの現実に引き戻された。「パパ！」ダーシャが跳ねるように駆けだし、塀に設けられたゲートから出てきた父親を出迎えた。あとに続くダリルとニーシャは、目を輝かせて自分たちの番を待っている。ショーンは後方にとどまり、あとでみんなが見たがるだろうと考えて、携帯で次々に写真を撮った。

レイはダンボール箱を地面に置き、娘を強く抱きしめながら肩に顔をうずめた。閉じた目から涙があふれ、サンドレスの黄色い生地にしみを作ったのがショーンにも見えた。「ありがたいことだ」娘を抱いたまま、レイは何度もうなずいていた。「神よ、この日を迎えられたことに感謝します」

「お帰り、父さん」ダリルが照れくさそうに小さく手を振った。ショーンはあとで知ったが、十六歳のダリルは、自分はもう一人前の男なのだと思っていた。

レイは大声で笑い、ダーシャを放すと、息子のまねをしていじけたように手を振り、もう一方の手で涙をぬぐった。「なんだ、その挨拶は」レイは大きく腕を広げた。「おいで」

ダリルはおとなしくレイに抱きしめられたが、両手は下に垂らしたままだった。なかなか放してもらえないので、少年が片手で父の背中を叩くと、レイはいっそう力をこめて息子を抱きしめた。

ショーンはいとことその息子を見くらべたが、どちらが背が高いのかよくわからなかった。ダリルは何度目かの急成長期の真っ最中で、若い骨が週ごとに伸びているようだ。子供たちの姿があまりに速く変わっていくので、ショーンはあっけにとられることがある。なにかしら用があって数日おきに顔を見ているのに、それでも驚きを感じるのだ。

「この子が運転してきたのよ」ニーシャがにっこりした。「お父さんを迎えにいくんだから、ぼくが運転するって」

ダリルはレイの腕を逃れ、肩をすくめた。「いい練習になったよ」

レイは息子の肩に手をかけたまま、まじまじと相手を見た。「おまえ、運転できるのか？」

「来月、免許がおりるんだ」

「試験に受かったらでしょ」母のニーシャが言う。「生意気言うのはまだ早いわよ」

ダリルはこの一月に仮免を取っていた。運転を教えたのはショーンだ。自分のグランドチェロキーを近場でダリルに運転させ、モール環状道路をぐるぐる回った。そうすれば、時速三十キロの車の流れのなかで練習できるからだ。二カ月前からは、高速道路にも出ている。一回の走行距離としては、きょうロンポックまで走ったのが最長になるが、ダリルの運転は上出来で、ショーンは鼻が高かった。

ショーンは子供たちふたりに対し、いろいろな面で、レイに負けないほど父親の役目を果たしていた。口に出すのははばかられたが、ショーン自身は、レイを除けば、だれもが多少はそのように感じているのではないかと思っていた。パームデイルからロンポックまでは、車で三時間半かかる。子供たちが小さいうちは、ニーシャが折をみては面会に連れていくようにしていたが、彼女には仕事があったし、ダリルとダーシャも大きくなるにつれて自分の予定が入るようになった。彼らの生活が父親中心に回ることは少なくなってきたのだ。刑務所のなかにいるレイには、子供たちの歓心を買うすべがなかったし、あまりに遠く、あまりに長く離れていたせいで、子供たちのほうも、面会に行かないのを申し訳なく思う気持ちがしだいに薄れていった。ショーンがふたりを連れていくこともあったが、彼らがレイと面会した頻度はショーンとたいして変わらないのではないか。年に三回、せいぜい四回というところだ。そんなわけで、レイは長い間隔をあけてぽつりぽつりと会うときにしか、子供たちの成長を目にすることができなかった。

ショーンも収監された経験がないわけではないが、世間が猛スピードで進んでいるあいだに、刑務所のなかで十年をむだにするのはどういうことかと考えても、あまりピンとこなかった。ショーン自身は、連邦刑務所に入ったことはないものの、若いころはその手の施設に出たり入ったりして、少年院とツインタワー矯正施設でそれぞれ一時期を過ごし、最後はランカスターにある州刑務所で三年間服役した。そうした時間は人生のほかの時期とは隔絶していて、部分的には地獄のようで、全体としては不安に包まれ、足もとがつねに揺らいでいた。釈放されるたびに、昏睡から覚めたかのように頭がぼうっとしたし、塀の外にいたはずの時間は取り戻しようがなかった。ほかの人がもっている思い出が羨ましくなったことも覚えている。穏やかな日常、友人との交流、クリスマスディナー。自分がどんな場面を見逃したか、レイが知らずにいるのは、もしかしたら幸せなことかもしれない。ダリルが出たサッカーの試合、彼のスター・ウォーズ熱。ダーシャが初潮を迎えたときの騒ぎ、シーラ伯母さんがお祝いに作った、赤く色づけしたレッドベルベット・カップケーキ。ニーシャが眠れずに過ごしたつらい夜の数々。ショーンとニーシャはキッチンで遅くまで話しこみ、恐れと寂しさを分かち合うことで絆を強め、ほんとうの家族になったのだった。

レイは息子を解放し、妻を見つめていた。ショーンはニーシャを見て、元気そうだと思った。髪をきれいに整え、化粧をして、服装もおしゃれだ。おまけに結婚指輪まで磨いたらしく、指輪は新品さながらの輝きを放っていた。ニーシャはレイと同い年で、あたりまえだが、レイがいないあいだに年をとっていた。それでも、きょうは赤ん坊がお腹にいる女性のように、肌がつやつや光っている。

「ビッグD、リトルD」ニーシャを見つめたまま、レイが言った。「ちょっとあっちを向いてな」

そう言われた子供たちは、かえって父親に注目することになったが、奇妙な命令のせいか、あるいは意外な呼び方をされたためか、不思議そうな顔をしていた――ショーンにしても、ダリルが〝ビッグD〟と呼ばれるのは聞いたことがない。子供たちがまだ父親を見ているうちに、レイは彼らの母親の唇に唇を押しつけ、湿った音をたてて熱烈なキスをした。すると、子供たちがとまどいの表情を一瞬で引っこめて、おおげさにいやな顔をしてみせたので、ショーンは大笑いした。両親がいっしょにいるのを目のあたりにして、子供たちは喜びを抑えられずにいるのだ。

レイは唇を離し、両手でニーシャの腰を抱くと、あごをしゃくって刑務所のほうを示した。

「これでもう、あと半年あそこに入れられても我慢できそうだ」

ニーシャは吹き出したが、その目にはうれし涙が光っていた。「縁起でもないこと言わないでよ、レイ・ハロウェイ」

そのあとも、ショーンはたくさんの写真を撮った。この家族が四人いっしょにいるところを見たのは何年ぶりだろう――最後に見たのは、レイの四十歳の誕生日にみんなでロンポックを訪ねたときか。ほんとうにいい家族だ。みんな笑顔で。全員そろって。

「こっちを向いて」ショーンは携帯を掲げた。

四人はいっせいに振り向き、レイはやっとショーンに気づいたのか、軽くうなずいてみせた。「なんだ、来てたのか」

「おれだっておまえが大事なんだぞ」ショーンはそう言って、レイが相好を崩したところを写真に撮った。

実はショーンも、うちで待ったほうがいいかと思わないでもなかった。恋人のジャズは、シーラ伯母さんの家で夕食のしたくを手伝っているので、ショーンが手を貸せば喜んだにちがいない。やることはまだまだあったし——少なくとも、シーラ伯母さんはそう言っていた——モニークもだれかが見ていなければならない。ジャズの娘は三歳になったばかりで、怖いもの知らずで元気いっぱいに走りまわるため、いっときも目が離せないのだ。

だが、ダリルとダーシャにはいっしょに来てと頼まれたし、ニーシャには来てくれなきゃだめよと釘を刺された。ダリルが運転すると言ってきかなかったからだ——ショーンはニーシャに迫られて、行きは彼女の息子のせいでみんなが死ぬことがないように気を配り、帰りは運転を交代すると約束させられた。ともあれ、三人ともショーンに来てほしいと言うのだから、行かないわけにはいかない。それに、レイはショーンにとって、いとこであると同時に、兄のような存在でもある。いまのショーンには、肉親と呼べる人はレイとシーラ伯母さんしかいなかった。

ショーンは家族四人が集まっているところに歩み寄り、レイを抱きしめた。ふたりの男は長いこと抱き合っていたが、両方とも鼻をすすりながら笑いだし、そこでやっと体を離した。ショーンはレイが置いたダンボール箱を抱えあげた。

「よし、行こうぜ。もうロンポックとはおさらばだ」

一同はショーンのグランドチェロキーに乗りこんだ。レイは助手席、ニーシャと子供たちは後部座席だ。ショーンは車を発進させた。

「腹がへって死にそうだ」高速道路に入ると、レイが言った。「なにか食い物を買わないか？」

「パパ、お昼を食べなかったの？」ダーシャが前の席の背もたれのあいだに首を突っこんで話しかけた。

「ダーシャ、パパはここ十年、まともな食事をしてないんだ」

ショーンは刑務所で出される古い肉のまずさを思い出した。色が悪く、硬くて、妙な臭いのする肉。ものを食べることに快楽はいっさいなく、たんに命をつなぐ手段だと感じていた時期は、長く続いた。インスタントのマッシュポテト、缶詰の豆。来る日も来る日も出てくる味のない薄切りの白パンは、いやいや噛んでいるうちに口のなかで粘土のようになった。

「うちに着くまで我慢できたら、お義母(かあ)さんがご馳走(ちそう)を作ってくれてるんだけど」ニーシャが言う。「ほんとに、先週から料理にかかりきりだったのよ」

レイはしばらく黙っていた。たぶん、ベーコンチーズバーガーやフライドポテトのことを考えているのだろう。「うちまでどれぐらいかかる?」

「三時間半」ニーシャが答えた。「きょうはあなたが主役よ。どうしたいか言ってくれれば、そのとおりにするから」

レイはあごをなでながら選択肢を秤(はかり)にかけていた。それを見たショーンは、好きなものを選べる喜びを噛みしめているのだと思った。「わかった、我慢するよ」レイは言った。「うちに帰るのが先だ」

〝うち〟というのはラモーナ通りの家のことだった。パームデイルに入って州道一三八号線を下りた先にある。レイはその家で暮らしたことがないが、彼の家族が落ち着いたのはそこだった。ショーンはその家を初めて見たときのことを覚えている——それは七年前に刑務所から釈放された日だった。できれば二度と戻りたくない場所から出てきた日だ。

その日はシーラ伯母さんが迎えにきてくれた。たったひとりで。レイはロンポックにいたし、リチャード伯父さんは息子と甥がそろって収監されているあいだに前立腺癌で亡くなっていた。それを思うと、ショーンはいまでも面目なさでいっぱいになる。男たちがみんないなくなったので、シーラ伯母さんはニーシャの家に引っ越して、ダリルとダーシャを育てるのを手伝うことにした。不況が終わると、伯母さんとニーシャはパームデイルに家を買い、ロサンゼルス市内を出てアンテロープ・ヴァレーに移った。埃(ほこり)っぽい砂漠地帯で、郡内では僻地(へきち)といえる地域だ。ニーシャの勤め先はロサンゼルス国際空港なので、通勤距離は片道十五キロから百十キロに跳ねあがった。とはいえ、新居は手ごろな価格で買えたし、近所は静かで、ギャングたちやサウスセントラルのつらい思い出から遠く離れていた。それに、ランカスターのカリフォルニア州刑務所までは三十キロもないので、シーラ伯母さんは折にふれてショーンに会いにきてくれた。

パームデイルは、一家が前にいたところとは大違いだった。喧騒もなければ活気もない。個人経営の食料雑貨店もなく、ヘリコプターも飛ばず、好き勝手にふざけているティーンエイジャーもいない。味も素っ気もない郊外住宅地が、安っぽくのっぺりと広がっているだけだ。おもしろみには欠ける場所だが、長年暮らすうちに、ショーンはその平凡な穏やかさがいいと思うようになっていた。それでも、落差があるのはまちがいなく、ここから先はパームデイルと告げる標識を通り過ぎたとき、レイが身じろぎしたのがわかった。沿道には見るほどのものもない。倉庫、金網のフェンス、貧相な植え込み、その下の固そうな薄茶色の地面、たるんだ電線、その向こうにむなしく広がる夕焼け空。

「なるほど、こういう感じなんだな」レイが言った。車は州間高速道路を下りてペアブロッサム街道を進んでいるところで、しだいに狭まっていく道の両側には、同じ形の建て売り住宅が花壇の花のように並んでいる。

「けっこういいところよ」ニーシャが言う。「ショッピングモールは十五分で行けるし、そこにはLAにあるのと同じ商品がいっぱいあるから。いまはトミーズ・ハンバーガーだってあるのよ」

レイは笑って後部座席に手を伸ばし、ニーシャの手を握った。「ベイビー、おれがどこにいたと思ってるんだ。あそこにくらべりゃ、ここは天国だぞ」

一家の住まいはベージュ色の四角い建物で、勾配がついた粘土瓦の屋根があり、外観はその区画にあるほかの三軒とそっくりだった。判で押したようにどれも同じで、簡単に建てられる家だが、広さはじゅうぶんで、子供たちはそれぞれ自分の部屋をもっている。さらに、ショーンが泊まるときに使うソファーベッドも置けた。

シーラ伯母さんは、車が私道に入ると同時に外に出てきた。窓から外を見張って、息子たちの帰りを待ちかまえていたらしい。レイは車を降り、母親が広げた腕のなかに飛びこんだ。家族みんなに見守られながら、ふたりはまる一分間抱き合っていた。そのようすを、今回はニーシャが自分の携帯で記録に残した。

「よく帰ってきてくれたね、レイ」シーラ伯母さんはレイに手が届くぎりぎりまであとずさりして、息子の顔を両手ではさみ、感極まったように揺さぶった。「もう二度と――離れないって――約束して」

シーラ伯母さんがいなければ、ショーンもとっくに刑務所に逆戻りしていただろう。伯母さんがニーシャを説得してくれたので、ショーンは出所してから立ち直るまでこの家で厄介になることができた。男の人がそばにいるのは子供たちのためにもなる、と伯母さんは言った。さらに、知り合いのチンピラたちからこれだけ離れたのに、またギャングだなんだとおかしなことを言いだしたら、わたしがこの手で叩き出してやる、とも言った。そうして、この家はショーンの家庭となり、しくじりやすい世界でもう一度踏ん張れるようになるまで、安心して息をつける場所になったのだ。

シーラ伯母さんについてきたモニークは、ショーンを見るなり一目散に駆けだした。タンポポの綿毛のような髪が、小さな頭ではずんでいる。

「ショーン・パパ！」モニークが叫んだ。「抱っこ！　抱っこして！」

ショーンに抱えあげられたモニークは、彼の腕のなかにすっぽり納まり、足をぶらぶらさせた。彼女にとって、ショーンは物心ついたときから知っている人なのだ。

「さあ、モモ」ショーンは言った。「この人がレイおじさんだよ」

レイを初めて見たモニークは、目を丸くした。

「モニークだね。かわいい髪をしてるな」レイは優しい声で話しかけ、指をひらひらさせた。モニークは歯茎と乳歯を見せてにっと笑ったが、すぐにショーンの首筋に顔をうずめた。

「モニーク、ほら、こんにちは、でしょ」うしろから娘に近づいたジャズは、わが子が急に人見知りを発揮したのを笑いながら見ていた。そして、片手でショーンの腰を抱き、空いたほうの手をレイに差し出しながら、明るい声で「ジャズです」と言った。

ジャズは以前からレイに会いたいと言っていた。というより、会わせろとせがんでいた。ショーンとジャズは二年近くつきあっているが、喧嘩をしたのは一度だけで、それはショーンがジャズをロンポックに連れていくのをいやがったためだった。ショーンにとって、彼女とレイが同じように大切な存在であるなら、ふたりを会わせたいと思うのが当然だろう。

ジャズはそう思っていた。だが、面会室で人に会うのがどんなことか、ショーンにはわかっていた。相手は囚人服を着せられ、目に見えない鎖を首につけられ、鷹(たか)のように鋭い目をした看守に見張られ支配されているのだ。レイとジャズをそんな形で会わせたくはなかった。なにしろ、それが初対面になるのだから。

「きみの噂はよく聞いていたよ」握手をしながらレイが言った。彼は昔から女性のあしらいがうまかったし、往年の色気も衰えてはいなかった。

「この人が話したの?」ジャズはあからさまな疑いの目をショーンに向けた。

「いや、ショーンはこんなやつだからさ」レイはわざと表情を殺し、声を低めた。「ジャズはすごいぞ。看護師なんだ。子供もいる」

ジャズはけらけら笑ってショーンを引き寄せた。

「ただ、おふくろもニーシャも、きみのことをなにより大事にしてる。ショーンを見捨てないでくれよ。おれたち全員を悲しませたくなければ」

うちに入ると、シーラ伯母さんが四十人分はありそうな大量の料理をこしらえて待っていた。テーブルは食べ物が満載だ。マカロニチーズ、焼きたてのバターミルクビスケット、ポテトサラダ、いんげん豆のトマト煮。トレイのひとつはバーベキューソースでつやつやしているスペアリブが山盛りで、ほかにローストチキンのトレイもある。Lサイズのドミノ・ピザは、トッピングがペパロニとハラペニョとパイナップルだ。ピザはショーンが選んだものだが、手作りでない料理はそれぐらいだった。このピザはレイとショーンにとっては子供のときからの大好物で、ショーンは〝くさいメシ〟に何年も耐えたあと、それを初めて食べたときのうまさがいまだに忘れられない。レイはテーブルいっぱいのご馳走を食い入るように見つめ、開いた口からよだれを垂らさんばかりにしていた。

「じゃあ、食事にするか」レイは言った。「まずお祈りをしよう」

一同は輪になって手をつなぎ、こうべを垂れて、レイが口を開くのを待った。そのようすからすると、食前の祈りは昔からレイが唱えていたように見えるが、実のところ、ショーンはそんな光景を見た覚えがなかった。子供のころは、ふたりとも教会に通っていたが――シーラ伯母さんとリチャード伯父さんは、日曜の礼拝を欠席するのを長いあいだ許さずにいた――いとこが信仰に目覚めたのはロンポックに入ってからだ。レイの説教を聞かされるのはうっとうしいときもあるが、信仰をもつことは本人のためになっているようだ。人が刑務所で出会えるものはいろいろあるわけで、それがキリストならまだましなほうだろう。

レイが祈りのことばを唱えはじめた。「天にましますす父よ、家族をこうして集わせてくださったことに感謝します。妻がくじけずにいられたことを、彼女に代わって感謝します。妻の揺るぎない愛は、長年にわたってわたしの礎となりました。子供たちが、とても優しく立派に――」

レイがことばに詰まると、シーラ伯母さんとニーシャがアーメンとつぶやいて間を埋めた。目を開けたショーンは、レイが涙をぬぐっているのに気づいた。ニーシャが手探りしてレイの手をとらえ直し、親指で彼の手首をなではじめた。ダリルとダーシャも両親を見守っていて、無邪気な顔が畏敬の念をあらわにしていた。

レイは咳払いをして祈りを続けた。その声はさっきより大きく、まるで叫んでいるようだった。「そして、父なる神よ、わたしを解放してくださったことに感謝します。わたしが正気を保ち、無事でいられたことに、わたしを暗闇から連れ出し、わが家に帰してくださったことに感謝します。なんびとたりとも、わたしをこの家から引きずり出し、もといた場所に連れ戻すことはできません」

ショーンは目を閉じた。ニーシャが鼻をすすり、シーラ伯母さんがまたアーメンと小声で繰り返している。

「ここで、わたしたちが失った者たちのために祈りを捧げます。彼らを見守りたまえ、父なる神よ」

ジャズにきつく手を握られ、ショーンも握り返した。

「主よ、この家を守りたまえ」レイが声を張りあげた。「わが一家が引き裂かれることが二度とありませんように」

子供たちが食事の後片付けをしているあいだに、大人たちはリビングルームでシャンペンのボトルを開けた。レイがデザートのおかわりをしようと席を立つと、ニーシャはショーンの視線をとらえ、あごでレイのほうを示して、ついていくようにと合図した。ショーンは、今夜は説教者の役目を引き受けると約束していた。レイとふたりきりで話すチャンスはいましかなさそうだ。

ショーンはすばやくダイニングテーブルへ移動し、いとこが焼きたてのチョコチップクッキーを皿に大盛りにしたり、バニラアイスを気前よくすくいとったりするのを見守った。

「おい、あんまりがっつくなよ」ショーンは笑った。「腹をこわすぞ」

レイはショーンを見てにんまりした。「これから三カ月間、トイレから出られなくなったってかまうもんか。こいつを全部食ってやる」そう言うと、クッキーの半量を一度に口に放りこみ、むしゃむしゃとたいらげた。

「マニーとは、もう話がついてる」ショーンは言った。「まずは、じかに会って、まともなやつだってことを確認したいそうだが、仕事はすぐにでも始めてくれていいと言ってた」

レイはクッキーをほおばりながらうなずいた。

「金曜の朝に迎えにいくよ。一応、余裕を見て、四時半に出よう」

レイは吹き出し、食べかけのクッキーを床にまき散らした。「嘘だろ、おまえ、いつもそんな時間にうちを出るのか？　黒人のくせに仕事熱心だな」

「おれは毎日勤め先に通う黒人なんだよ。これからはおまえもそうなるんだぞ」

ショーンはマニー運送会社に勤めて七年になる。そこで働きだしたのは、ランカスターの刑務所から釈放された直後だった。マニー・ロペスはショーンの保護観察官のいとこにあたる。懐の深いマニーは、人は再起できると信じており、いとことのよしみでショーンを雇ってくれた。そして今回も同じように、ショーンとのよしみで彼のいとこを雇ってくれたのだ。

勤務条件はもともと悪くはなかったが、いまのショーンは社員のなかでは最年長で、引っ越しの仕事については、部下たちを監督しながら率先して働く責務を負っているため、待遇はさらによくなっていた。唯一のデメリットは、会社の事務所がノースリッジにあるのに、引っ越しの作業現場はＬＡ全域に散らばっていることだった。パームデイルの住人に言わせれば、ノースリッジなどは谷底の町だ。通勤時間に関しては、ショーンもニーシャに負けず劣らず分が悪かった。

レイは口のなかのものをのみこんだ。「わかったよ、なら四時半でいい。なあ、おまえにはほんとに感謝してるんだぜ、ショーン」

「ひとつ注意しておく。最初の一週間はきついぞ。うちに来る働き手は大勢いるし、若くてがっちりした体つきのやつも多いが、そいつらが一週間で辞めていくんだ」

「働くのは別に怖くない。怖いのは、もとのもくあみになっちまうことだ。わかるか？」

この仕事が長続きしない可能性はおおいにあった。それはショーンにもわかっていたし、ニーシャにも、レイ自身にもわかっていた。たしかに、仮釈放されたばかりの者は、とかくえり好みしがちだ。そして、仕事はほかにいくらでもある。もっと稼ぎがよくて、他人の荷物を運ぶためにトラックで郡内を端から端まで走りまわったりしなくていい仕事が。ちなみに、そういう仕事はだいたいが非合法だったりする。

レイはハイスクールを中退してからは合法的な仕事をしたことがなかった。それはショーンも同じで、マニーがこいつを雇ってみようと思ってくれたおかげで、初めてまともな職につけたのだ。以前のふたりは、ベアリング・クロスの仲間と四六時中つるんでいて、やることといえば、ぶらぶら遊び歩くか厄介ごとをおこすかで、金がほしいときは麻薬を運んだり盗みを働いたりした。そうなると、たとえかたぎになりたいと思っても、仕事は簡単には見つからない。結局、レイはすっかりやる気をなくしてしまい、ダリルのために買ったおもちゃの銃をもって銀行に押し入った。三時間後には捕まったが、そのときはまだ、戦利品の現金七千ドルを偽の銃といっしょにダッフルバッグに入れてもち歩いていた。それで、武装強盗が成立した。このたった一度のまぬけな茶番は連邦法によって裁かれ、レイは禁固十二年の判決を受けたが、模範囚と認められたあとは十年に減刑された。そしてようやく、ここまで来たのだ。

「だけど、おまえは偉いな。いまはこうやって立派にやってるんだから」レイは手にしたクッキーでショーンをさし示した。「ところで、ジャスミンは気に入ったぞ。おまえにぴったりの相手だ」

「あいつのことは、おれも気に入ってるよ」

「おふくろの紹介でつきあったたってのが信じられないけどな。あのときのおふくろのがんばりはノーベル賞ものだよ」

ショーンは大笑いした。レイの言うとおりだ。二年前のある日、シーラ伯母さんは胸のしこりを診てもらうために病院に行った。そのとき、せっかくの機会だからというので、薬指に指輪をしていない黒人の美人看護師にせっせと話しかけた。ジャズが離婚していると知った伯母さんは、次回の予約をとるころには、わが家のソファーベッドで寝泊りしている前科者の甥を、お見合いデートの相手として彼女に売りこんでいたのだ。胸のしこりは、あとで良性と判明した。

「ここらで片をつけちまえよ」レイが言った。「自分の家をもって一国一城の主になるんだ」

自分の家。それはあてこすりの一撃だったが、レイもさすがに遠慮したのか、あからさまにいやみな態度をとることはせず、クッキーをもう一枚、口に詰めこんだ。

ショーンはレイに嫌われているわけではない。それはショーンにもわかっていたが、いとこの留守中に家に入りこんでいたことは、絶対に赦してもらえないのもわかっていた。レイが獄中にいるときに、ショーンはレイの母親やレイの妻を頼りにし、レイの子供と遊んでいたのだ。ショーンにとっても、彼らは伯母であり、友人であり、いとこの息子や娘なのだが、そんなことはレイには関係なかった。レイと彼らのつながりは、ショーンと彼らのつながりより強いのだ——レイはショーンに向かってそう主張した。以前、頭に血がのぼったレイに、おまえはずるいぞと言われたことがある。ふたりが子供だったときも、シーラ伯母さんがショーンの肩をもってレイを叱るたびに、それと似た恨みごとを聞かされた。おれの母さんなんだぞ——なんでおまえと獲り合いしなきゃならないんだよ？

ショーンがハロウェイ家に泊まるのは、最初の取り決めでは一時的なこととされていたが、数カ月たつと、ニーシャはずっといてほしいと言いだした。子供たちはおじさんが大好きだからと。レイはそれがしゃくに障ってならなかった。自分の立場を——夫としての立場、父としての立場、男としての立場を――すべてないがしろにされたと感じたのだ。レイは、ニーシャに対しては、ショーンをおれの代わりにしようとしていると責め、ショーンに対しては、おれの女房に近づきすぎだと責めた。とはいえ、獄中の身とあっては――つまり、家族にはなにもしてやれないのだ――結局は矛を収めるしかなく、そのあとは、たまに愚痴をこぼす程度の弱々しい抵抗を示すだけになった。妻がショーンに頼るのはいやだが、へたなことをすれば、彼女はいつでも離縁して出ていけるのだと気づくかもしれず、そのほうがもっといやだ。こうしてレイは口をつぐみ、ショーンはハロウェイ家にとどまった。その居候（いそうろう）生活は六年間続いた。

キッチンにいたダリルがダイニングテーブルにやってきて、クッキーをつまんだ。彼は父親に目を向け、困ったような笑みを浮かべた。もっと父に近づきたいが、なんと言っていいかわからないので、気まずさをごまかすためにクッキーをもぐもぐやっている。レイが肩を叩いてやると、少年はうれしそうに顔を赤くした。近ごろは、ダリルがひどく大人びて見え、ショーンは胸がつまる思いをすることがある。だが、いまのダリルには、子供らしいすなおな愛らしさが感じられた。

「学校はどうだ？」レイが訊く。

ダリルは肩をすくめた。「まあまあかな」

「授業とかは――ちゃんとやっていけてるか？」

「うん、ちゃんとやってるよ」

「そうか、よかった」

十年も離れていたせいで、レイは子供たちの暮らしにすっかり疎くなっている。ショーンはいま、それを思い知らされた。ダリルはもうティーンエイジャーだ。すきがあればぺちゃくちゃしゃべりだす幼児とはわけが違う。子供たちの日常生活をあまり知らないレイは、ごく一般的なことしか訊くすべがないのだ。これからは、子供たちともっと親しんでいかなくてはならないが、そのためには努力が必要だろう。レイにしてみれば、生まれてから一度もしたことのないような努力が。

「勉強はがんばってるか？　成績はいいのか？」

「普通だよ」

「授業さえさぼらなきゃ、それでいい」レイはとりあえず満足したようだった。

ダリルは横目でショーンを見たが、目が合うと視線をそらした。この五月に、ニーシャはパームデイル・ハイスクールから電話をもらった。ダリルは春休みのあと学校を三回休んでおり、三回とも、翌日に〝ラニーシャ・ハロウェイ〟と署名された手紙をもってきた。そこには、息子は具合が悪かったので医者に見せましたと書いてあったという。学校の管理責任者は、ニーシャがすでに知っていること――ダリルが健康そのものであること――は口にせず、ダリルが母親のふりをして自分で手紙にサインしたのを、表立って非難したりもしなかった。ただ、ダリルは大丈夫か、今後も医者に通うために欠席することがあるかと訊いただけだった。

　この話し合いの内容をあとでショーンに聞かせながら、ニーシャは相手の話をすばやく冷静にのみこんだ自分を偉いと思った。彼女は、こういう場合はどんな親でもそうするだろうと思ったことをしていた。まず息子をかばい――トウモロコシ・アレルギーだと今回初めてわかったんです、という図々しい嘘が口をついて出た――次に、あとで本人を叱っておくと約束したのだ。

　ニーシャに力を貸してと頼まれたので、ショーンは少年をわきに呼び、心から忠告した。ちゃんと学校に行くこと、母親のいいつけを聞くこと。そのふたつを守っていれば、刑務所に行かずにすむ。そうなればありがたいだろう？　この一件はレイの耳には入っていないらしい。つまり、ニーシャは夫に一家の現状を説明していないのだ。ショーンもそんなことだろうと思ってはいた。

「まあ、おれに説教されたくはないだろうけどな。ろくでもない生徒だったんだから」レイが言った。「おれは学校を辞めて、どうしようもなくバカなことをやってた」

「たとえば、どんなこと？」ダリルが食いついた。どうやら、本気で興味を感じたらしい。

「いや、それは知らないほうがいい」自分だけの思い出にひたっているのか、レイが照れくさそうににやにやした。

「いいことはなにもしてないぞ」とショーンは言った。レイが昔話をしながら妙に感傷的になっているのが気がかりだ。いい時代には、みんなでぶらぶらしたり、馬鹿騒ぎをしたりできた。それはいやな時代の前や合間にあった時代だが、ショーンはその恩恵にあずかったことがない。レイの青春はショーンのとは別物だったし、子供時代はショーンより長かった。レイがいまのダリルの歳だったころは、ギャング団に入るというのは、要するに、意気がったり友だちとつるんだりすることだった。当時のことを語るレイは、盛りを過ぎたアスリートがハイスクール時代を回想しているようで、思い出は美化されたうえに、あちこち欠けていて、セピア色になっていた。

「このおじさんは、ほんとに堅物だな」顔は笑っていても、レイの当惑は隠しきれなかった。不良少年だった過去を明かしてティーンエイジャーの息子を感心させようとしたのに、ショーンが余計なことを言うから、その涙ぐましい努力は水の泡になってしまった——といっても、彼が明かそうとした過去こそが、連邦刑務所で十年過ごすはめになる元凶だったのだが。

キッチンからダーシャが呼びかけた。「ママ！　ショーンおじさん！　ダリルに、さっさとこっちに戻るように言って」

レイが大声で答えた。「ダリルはここにいていいんだ。リトルD、おまえもこっちにおいで。洗い物はあとでいいだろう」

シンクの水音がやみ、ダーシャがダイニングテーブルのそばに来た。

「パパを抱きしめておくれ」レイが言った。

レイは嫉妬深い男で、ショーンとニーシャの仲を勘ぐることに馬鹿馬鹿しいほどのエネルギーを費やした。ふたりとも、そんな裏切りは絶対にできない性格なのだが。ただ、ショーンにはある自覚があった。心のどこかに——最も深く、最も卑しい部分に——いとこを憎いライバルだと思う気持ちがわだかまっているのだ。物心がついたころから、ショーンは船酔いのような感覚と——強まったり弱まったりするものの、何年も消えずにいる感覚と——闘ってきた。自分と世界はほそぼそとつながっているだけで、ひとたび綱が切れれば完全によりどころを失うという感覚。伯父と伯母がいなければ、自分は親と呼べる人をもたずに育っていただろう。いとこがいなければ、兄と呼べる人をもたずに育っていただろう。それらの堅くたしかな絆があったおかげで、ここまでやってこられたのだ。そう考えると、自分がいとこの子供の父代わりになるのは妥当なことだと思えた。ダリルとダーシャ——この子たちはおれの子だ。だが、そうは言っても、レイがふたりの父親であることに変わりはなかった。

ショーンが三人を残してリビングルームに戻ると、彼の愛用のソファーベッドでジャズとニーシャがシャンペンをちびちびやっていた。シーラ伯母さんはひじ掛け椅子にすわり、モニークに読み聞かせをしてやっている。ジャズがショーンを見てにっこりしたので、彼は愛らしい唇を、優しく澄んだ瞳を見つめた。

ニーシャも彼を見ながら、意味ありげにあごをしゃくってダイニングテーブルのほうを示した。ショーンがうまくやってるよと親指を立ててみせると、ニーシャは安心したように片手を胸にあてた。やはり、ニーシャに対する彼の気持ちは、ジャズへの気持ちとは全然違う。ニーシャのことは愛しているが、彼女は自分にとってどういう存在なのか？　妻ではないし、恋人でもない。母親ともちょっと違う。たぶん、姉みたいなものだろう。

3

二〇一九年八月八日、木曜日

ウリ薬局はようやく閉店時間を迎えた。グレイスは腰が痛み、まぶしい照明のせいで頭痛がしていた。どちらの症状についても、それぞれ百種類は薬があり、その多くはまさにこの店内にあるのだが、十時間立ちづめで働いたあとの疲労感を和らげるすべはない。けさ父のポールといっしょにうちを出てから、グレイスは自分の時間をまったくもてずにいた。きょうはミリアムの誕生日なのに、電話するひまさえなかったのだ。

薬剤師のジャヴィは勤務が明けたので帰ってしまったが、グレイスとポールにはまだ仕事があった。グレイスはジャヴィの作業をチェックし、残っている処方箋の調剤をしておかねばならない。さもないと、あしたの朝は、積み残した仕事を片付けるところから始めるはめになる。父はレジの横のスツールに腰を据え、巨大な計算機に数字を打ちこんでいる。その計算機は、グレイスがまだ十代で、薬局の業務を知るためにジョゼフおじさんの手伝いをしていたころから店にあったものだ。経理の仕事は両親にまかせているが、経理をいまだに手書きでやっている薬局は、もうほとんどないだろう。父も母も計算が得意なので、いまさらお金を払って経理ソフトを使うのはいやだ、そんなものがなくても何年もやってこられたのだからと言っていた。

父ポールはじきに六十五歳になるが、その気になれば、あと二十年はレジ係が務まりそうに見える。静脈瘤がひどくて立っているのもつらいくせに、驚くほど姿勢がいい。仕事ができて自負心もあるというオーラを発散しているが、そのオーラは娘のグレイスには遺伝しなかった。移民ならではの〝ど根性〟――たぶんカギはそこにある。ミリアムも妹と同じで、その点は親譲りとはいかなかった。

両親はもともと働き者で、それは昔からグレイスにもなんとなくわかっていた。ふたりは子供をもつ前はいっしょに働き――そのころのことはグレイスには遠い話で、想像もつかないが――子供ができてからは、ポールが寸暇を惜しんで働くことで生計を立て、イヴォンヌは子育てにいそしんだ。母は身を粉にして娘ふたりを育てあげたが、その奮闘ぶりは、ほかの分野なら賞を獲れるほどだった。のちに薬局を手伝うようになったグレイスは、移民一世の揺るぎない労働倫理を間近で見て、父母のことが以前よりはよくわかるようになった。両親にはかなわない。グレイスは毎日のようにそう感じていた。

幸いなことに、グレイスは必要な教育を受けていた。ウリ薬局はパーク家の家業だが、家族のなかで薬剤師の免許をもっているのはグレイスだけだ。ジョゼフおじさんも薬剤師だが、おじさんといっても血のつながりはない。もっとも、彼はグレイスを赤ん坊のころから知っていた。ジョゼフおじさんは父ポールの親友で、ビジネスパートナーでもある。父はおじさんが前にやっていた薬局で十五年間店長を務め、その後、グレイスがハイスクールに通っていたときに、おじさんとふたりで新店舗を買った。それがいまのウリ薬局だ。ふたりとも、わが子に家業を継いでほしいと思っていたが、その願いに応えたのはグレイスだけだった。ジョゼフおじさんの子供たちは父親とは口をきかなかったし、ミリアムは家族の一員として暮らしていたときでも、いっさい関心を示さなかった。結局、グレイスひとりがいい子になって、学業を修めて家に戻ってきたのだ。ジョゼフおじさんはもう半ば引退しているので、ウリ薬局ではグレイスが主任薬剤師を務めていた。両親にとって、グレイスはなくてはならない存在なのだ。

ポールもイヴォンヌも娘たちの進路に文句をつける気はさらさらないようだが、いまの状況は、ふたりにとって必ずしも公平とはいえなかった。わが子をアメリカで育てるために、グレイスの両親ははかり知れない犠牲を払ったのだ。彼らが八〇年代にアメリカに移住したとき、韓国はまだ貧しかったが、それでも祖国にいたほうが生活は楽だっただろう。ポールは大学を出て、ヒュンダイ自動車でいい仕事についていた。そのまま波に乗り、ホワイトカラーの安楽な境遇に落ち着いて、友人や家族の近くで暮らすこともできたはずだ。なのに、ふたりはロサンゼルスにやってきた。母国語を話す知り合いがひとりもいない町に。ポールの学位や経歴は、アメリカではなんの役にも立たなかった。彼は一からの出直しを迫られ、読み書き計算を英語で学ぶことになった。イヴォンヌはそれ以上につらい思いをしたはずだ。ポールと結婚したとき、彼女はまだ十九歳で、夫になったのは十歳年上の上昇志向の強い男だった。その夫によって海の向こうに強引に連れていかれたのは、二十一歳のときだ。移住の件について、母はろくに意見を言えなかったのではないかとグレイスは見ていた。

グレイスの両親は、この異国の地で、一日また一日、一ドルまた一ドルとこつこつ稼ぎながら、新たな生活を築きあげていった。その目的はただひとつ、グレイスとミリアムがアメリカ人としてのびのびと育っていけるようにすることだったのだ。父と母は、移住したこと自体を悔やんでいるのではないか。グレイスはたまにそう思うことがある。ミリアムは、いかにもアメリカ人らしく、実の母親と縁を切ってしまった――儒教的な価値観からすれば、これはほとんど死罪に等しい。孝行娘はグレイスのほうだが、それでも二十七歳にして、親のすねをかじってばかりいる。これが韓国だったら、グレイスはとうに結婚していて、実家の両親を呼びよせて隠居暮らしをさせてあげましょう、と夫をせっついていただろう。実際には、両親は家賃もとらずにグレイスを家に置いてくれている。しかも、ふたりはグレイスに対し、薬局を引き受けて、何十年にもわたる労働の成果を受け継いでもらうことしか望んでいないのだ。

薬局が両親の自慢の種であることはグレイスも承知しているが、娘の自分にはあまりそういう思いはない。そのせいで罪悪感はさらに深まった。薬局の存在自体はありがたいと思っているし、愛着も強いが、グレイスはその店舗を掛け値なしに見ていた。ヴァレーの奥のしょぼくれたショッピングモールにあり、韓国系のスーパーとフードコートに隣接している、二十平米足らずのガラス箱として。四方の壁はガラス張りで、ビタミン剤や軟膏(なんこう)や、シャンプーの宣伝のチラシと福引きの抽選券の束でさえぎられたところ以外は向こうが透けて見えるが、どの壁も外界に面してはいなかった。日光は入らず、店内に射しこむのはハニン・マーケットの人工の光だけだ。マーケットには薬局のほかに、韓国系銀行、韓国系ベーカリー、韓国系コスメショップが並び、完全に韓国風にされた米国郵政公社の支店まである。万事がそういう感じなので、ヴァレーの韓国系住民は、市内のコリアタウンまで車を走らせなくても、郷里のことばで用が足せる。ウリ薬局はたしかによい店ではあるが、これぞアメリカン・ドリームの結晶と言うのはためらわれた。

いちばんの難点は、仕事がきついことだ。この先三十年も同じように働いていけるとは、グレイスにはとても思えなかった。肉体的な過酷さだけでも信じられないほどで、高等教育を何年も受けておいてこんな目にあうとは予想もしていなかった。勤務中は着圧ソックスをつけ、みっともない厚底スニーカーをはいているのに、帰宅時には毎回脚が痛くなっているのだ。

といっても、自分にはほかにできることがあるだろうか。グレイスがこの道に進むことは昔から決まっていたし、日々の仕事はあまりにもきつくて、別の選択肢を検討するひまなどほとんどなかった。その点が、姉のミリアムとは違う。ミリアムは大学で英語学を専攻したので、グレイスはいやおうなく両親の期待を一身に背負うことになった。自分にはとても姉のまねはできない——家族のことは、姉か自分か、どちらかが考えなくてはならないのだ。

処方箋の最後の一枚を処理して、グレイスは大きく伸びをした。これでまた、一日の仕事が終わった。

父がレジのそばから韓国語で呼びかけた。「全部片付いたか？」そして、帰宅しようとスツールから腰をあげた。

グレイスは、店を出る前にミリアムに電話したいと思った。家には十分で帰れるが、帰ったあと、きょうはミリアムの誕生日だとわざわざ母に知らせるようなことはしたくない——もっとも、母が忘れているはずはないのだが。

「姉さん（オンニ）に電話しなきゃ」グレイスは言った。

ポールはわかったとうなずいた。ということは、父も覚えていたのだ。きょう一日、そんなことはおくびにも出さなかったのに。「電話なら、いましたほうがいい。車で待っているよ」

「お父さんが誕生日おめでとうと言ってたよって、言ったほうがいい？」

「言いたければ言えばいい」

「姉さんと話す？」

「向こうが電話してくればいいだろう」ポールはそう言って出ていった。

厳密にいえば、ミリアムは父とは喧嘩していない。ただ、グレイスの知る限りでは、姉は母とだけでなく、父とも連絡はとっていなかった。父としては、母と共闘しているつもりなのだろう——ミリアムはどうして母さんにあんなに冷たくあたれるんだと、いつも憤慨しているから。ただし、別の可能性もなくはない。つまり、母に橋渡しをしてもらわなければ、父は娘相手に実務的な関係さえ保てないのかもしれない。大学時代のグレイスは、家に電話して母と話したあと、ついでに父に代わってもらうことはあっても、最初から父と話すことはなかった。それはミリアムも同じだったはずだ。父にはそういう変なところがある。そんな父が、自分からミリアムに電話するわけはないし、ましてやわざわざ会いにいくことなどありえない。

呼び出し音を聞きながら、グレイスは心のどこかで、姉の携帯電話が留守電になっていればいいのにと思っていた。ミリアムとは、ダウンタウンで騒動があったあの夜以来会っていない。グレイスが帰宅したあとは、三十人ほどが店に集まったらしい。怒号が飛び交い小突き合いが始まったところで、だれかが警察を呼んだが、そのおせっかいには、当然ながら全員が腹を立てた。逮捕者は二名出た。ウェスタン・ボーイズのメンバーを殴った抗議者が一名、抗議者を殴ったウェスタン・ボーイズのメンバーが一名。後者はくるぶしにボウイナイフを装着していた。なにかの映画で見たのをまねしただけだろうが、それでも恐ろしさに変わりはない——多くの映画では、そういうナイフが人の喉を切り裂くのだ。

ミリアムは、たいしたことではないという顔をしていた。こんなことで騒いでいるグレイスのほうがおかしいといわんばかりに。だが、事件からひと月半のあいだに、激しい論争や街頭での小ぜりあい、ネット上の衝突、抗議活動やそれに対抗する新たな抗議活動が積み重なって、いまでは本格的な騒乱に発展していた。そしてきのう、だめ押しのように、ベイカーズフィールドの大陪審が、アルフォンソ・キュリエルを狙撃した警官のトレヴァー・ウォーレンを不起訴と決定したのだ。

追悼集会に出たあと、グレイスは事件の行方に注目していたが、正直に言えば、肌身に感じた怒りや悲しみはもう消えかけていた。そのことを申し訳なく感じてはいたものの、会ったこともない少年の悲劇をいつまでも気にかけるのは、さすがに無理だった。少なくとも、本気で気にかけるのは無理だ。世界は動きつづけ、ほかのみんなは前進しているように見えるのだから。

また、あとでわかったことだが、キュリエル家の息子には、大学進学を志す優等生とは言いがたい面があった。彼が警察と関わったのは、あの事件が初めてではなかった——実のところ、あのときアルフォンソは逃走中で、警官たちは少年を追いかけた末に彼の自宅の裏庭にたどり着いていた。つまり、近所に住むレイシストが勝手に通報したわけではなかったのだ。アルフォンソが深夜に街をうろつき、他人の家の玄関先に忍び寄って小包みを盗むのを見たという者もいた。最近は個人宛ての小包みを狙って盗みを働くギャングが増えており、アルフォンソはそういう窃盗団に加わっていたのではという憶測も流れていた。

だからといって、アルフォンソが殺されてもよいということにはならない。それはそのとおりだが、偶然なのかどうか、彼の別の顔が明らかになってからは、事件に関する報道は鎮静化していた。グレイスも、気がつくと、あの悲劇を思い出して胸を痛めることが少なくなっている。それでも、大陪審の決定には、胃の腑をえぐるような衝撃があった。裁判が開かれないのなら、あの気の毒な少年にとっては、最低限の正義が行使される可能性すら消えてしまったことになる。

不起訴決定の知らせに対し、人々はただちに行動をおこした。カリフォルニア州内では、あちこちで抗議集会が開かれた。参加者が最も多かったのはLAのダウンタウンの集会で、警官隊は暴動鎮圧用の装備で待ちかまえ、あらゆるトラブルを未然に防ごうとした。ミリアムはその場にいて、警官たちが催涙ガスを発射し、参加者の逮捕を始めたところを目撃したようだった。

ミリアムは現場の写真を撮り、SNSにアップしていた。姉は携帯を駆使して、リツイート数を数えたり、コメントに〝いいね！〟をつけたりしているにちがいない。そう思ったグレイスは、ミリアムに電話してみたが、出てはもらえなかった。

それはいまも同じで、電話してもミリアムは出なかった。時刻は七時半を過ぎたところだ——きっと、食事に出かけて、楽しく過ごしているのだ。こちらが電話したのは着信履歴でわかるのだから、それでいいことにしよう。

家のなかはわかめ(ミヨック)のような匂いがした——室内にこもった磯(いそ)臭さが、一歩入ったとたんに鼻をついた。母のイヴォンヌはキッチンにいて、いくつもの料理を火からおろしていた。足を止めてそのようすを見ていたグレイスは、母の姿に胸を衝(つ)かれた。なんと小さく、なんと疲れているのだろう。背中は丸くなり、目からは光が消えている。

「ただいま」

「はい(ウン)」母は力なく応じた。グレイスのいるほうへ何度もうなずいているが、顔は下を向いたままだ。「ごはんはできてるから。お皿を出してくれる？」

グレイスが皿とスプーンと箸を出しているあいだに、母はわかめスープ(ミョックク)と銀ダラの蒸し煮(ウンデグ・チム)と副菜(パンチャン)とご飯をテーブルに並べた。父は部屋で着替えているか、テレビを観ているか、あるいは、家の女たちが夕食のしたくをしているときに、いつもしているなにかをしているのだろう。どんな勘が働くのか、父は狙いすましたように、食卓がすっかり整った瞬間に現われた。グレイスは目を閉じ、父が食前の祈りを唱えるのを聞いていた。そういえば、ミリアムがよく言っていたっけ——母さん(オンマ)は料理をして、わたしたちはテーブルの用意をして、父さん(アッパ)は神に感謝を捧げるときになってからやっと腰をおろすのよね。

ミリアムや誕生日にまつわることばを、父はいっさい口にしなかった。それはいまに限ったことではなく、母の前ではいつもそうだった。あらためて口にするまでもない。ミリアムの不在を感じさせる空気は家じゅうに充満しているのだから。

グレイスは自分の席につき——隣は母、向かいは父の席で、父の隣はつねに空席になっている——食卓に並んだご馳走を見わたした。なるほど、母は一日かけてこれを作っていたのか。そこにある大量の料理は、いかにもお祝いらしい献立になっていて、メインとなる大皿の一品は、銀ダラと大根をコチュジャン風味のスパイシーな汁で煮こんだものだった。グレイスはこの銀ダラの蒸し煮が好きだ——母の手料理のなかでも大好物のひとつといっていい。ミリアムもこの料理が好きだとよく言っていたので、かつての母は、長女が帰宅するときは必ずこれを作っていた。

だが、目玉となるのはやはりわかめスープだろう。母は、自分以外の家族の誕生日が来るたびに、海藻入りのこの汁物を作ってきた。グレイスが母から聞いたところでは、このスープは出産直後の母親が飲むもので、産後の肥立ちによいとされる栄養素がそろっている。母がミリアムとグレイスを産んだときも、母の母親が桶(おけ)に入れて病院までもってきてくれたそうだ。韓国では、わかめスープは伝統料理におけるへその緒のようなもので、母性と出産と肉体のつながりを祝うために毎年食卓にのぼる。というわけで、今夜もわかめスープは食卓の中央に鎮座し、目の前にあっても話題にしてはいけないものとして、家族三人に圧力をかけていた。

グレイスは極端なまでの母のマゾヒズムに愕然(がくぜん)とした。こんなにも骨折って、報われないと知りつつこんなにも愛を示して——いくらなんでも、やりすぎだ。母の作ったご馳走は、死者への捧げ物、聖堂に納めた供物のようだった。そこには、やむことのない罪悪感と自己懲罰の思いがこめられていた。

父が食べはじめたので、グレイスもしかたなくそれに倣ったが、空腹はまったく感じない。母は食事に手をつけず、じっとしていた。両手をひざに置き、遠い目をしている。

「おまえ(ヨボ)」父が箸をおろして母に呼びかけた。「食べなさい。うまいぞ」

父にしてみれば、それが精一杯の優しさ、寛大さの表明なのだろう。母に対し、おまえの望みはわかっていると露骨に伝えようとしているのが、見ていて痛々しいほどだ。

家族は食事を続け、母は暗い顔で、自分が作った料理を少しだけつついた。どの料理も実においしかったが——母の作るものはいつだっておいしいのだ——三人が互いの存在を意識しすぎているせいで、キッチンはむしむしして息苦しく感じられ、グレイスは独特の臭みを放ちはじめたわかめスープになけなしの食欲を削がれた。

食卓の静けさは耐えがたいほどになってきたので、グレイスは父がテレビをつけたのをありがたく思った。チャンネルは、ふたつある韓国語放送局の片方に合わせられた。グレイスはネットフリックスに入ろうと両親に勧めている。そのためにスマートテレビを買い、子供のころからうちにあった二十七インチのテレビと置き換えることまでした。古いテレビは不用品譲渡を仲介する〝売ります・買います〟サイトのクレイグスリストに出品したが、ただであげますと申し出たのに引き取り手はいなかった。ところが、新型テレビを前にした両親は、この歳で新しいことは覚えられないと言った。母はリアルタイムで観ている連続ドラマがいくつかあるが、見逃したときは、ハニン・マーケットにある韓国系のビデオ屋に行ってＤＶＤを借りていた。

いま合わせたチャンネルでは、母が観ているドラマをやっていた。新作の時代劇で、グレイスがこの前見たときには、主人公が養女である義妹と恋に落ち、その義妹が癌にかかってはかない一生を終えていた。このドラマがそもそもどういう話なのか、グレイスにはよくわかっていない——この二十年というもの、両親は同じ宮廷陰謀ドラマのさまざまな変種を延々と観ているような気がする。幅広い袖のだぶだぶの韓服と丈の高い頭飾りを身につけた男女が、障子の陰でささやき合うドラマ。王子たちのいさかいに、愛妾の悪だくみ。グレイスも韓国ドラマは嫌いではないが、時代劇は厄介だ。韓国語は格式ばっていてわかりづらいし、いつの時代の話なのか、正確に把握できたためしがない。いっとき、タイムトラベルものにはまったことがあるが、たいていは、扇子と馬が出てきたとたんに興味が失せてしまう。遠い祖先が何百年も前によその国でなにをしようが、知ったことか、と思ってしまうのだ。

王が怯える従僕に茶碗を投げつけたところで、コマーシャルになった。父はチャンネルを替え、もう一方の韓国語の局に合わせた――コマーシャルは見ない主義なのだ。コマーシャルを避ければ自分の勝ちだと思っているようにも見える。こちらのチャンネルはニュースをやっていた。大統領が飛行機に搭乗する映像に合わせて、キャスターが流れるような韓国語でコメントするうちに、グレイスはうわの空になっていた。必要であればニュースの内容を追ってもよいが――グレイスの韓国語はまあまあのレベルなので、集中すれば聞きとれるのだ――いまはそこまでがんばらなくてもよさそうだった。

そのとき、アルフォンソ・キュリエルの顔が画面に映った。この写真には見覚えがある――追悼集会で目にしたアルバム写真ではなく、最近出回っている別の写真で、キュリエルはフードをかぶり、腕組みをしてカメラを見おろしている。その映像のテロップをまだ読みきれずにいるうちに――グレイスは韓国語だと読むのが遅くなるのだ――ピッと音がしてチャンネルが替わり、さっきの局に戻った。映ったのは地元の韓国系電気屋のコマーシャルで、炊飯器や洗濯機のセール価格を宣伝している。グレイスは両親に目をやった。ひきつった顔。凍りついた体。身じろぎひとつしていない。

「まだコマーシャルじゃないの」グレイスは父の手からリモコンを取りあげた。

チャンネルをもとに戻すと、激しくぶれつづける動画が流れていた。なにを撮ったものかはすぐにわかった。狙撃されるキュリエルをとらえたボディカメラの映像だ。彼はトレヴァー・ウォーレンに向かって、自分は空手だと示すように両手を振っていた。それから、片手をうしろのポケットにゆっくりと移動させた――そのあとの映像でわかったが、財布を出そうとしたのだ。キャスターが緊張感のにじんだ早口の韓国語で場面の説明をするあいだに、銃声が五発、たてつづけに響いた。画面は涙にくれる黒人女性に切り替わった。「あの子の名前を忘れないでください」カメラに指を突きつけながら女性が言う。その下には韓国語の字幕が出ていた。

その動画はいま初めて流れたようだが、グレイスにはそれを放映する意味がわからなかった。ニュースのなかで法的な解説があったのかもしれないが、このタイミングで放映するのは火に油をそそぐようなもので、はっきりいって愚の骨頂だ。大陪審の決定は発表されたばかりで、その侮辱による傷口はまだ生々しく開いている。そんなときに、被害者の少年が丸腰のまま、血も涙もなく殺されていく映像を流すとは。

父がリモコンを手にとって、チャンネルをドラマに戻したが、まだコマーシャルが続いていた。グレイスはリモコンを取り返そうと手を伸ばしたが、父ににらまれてあきらめた。母のほうを見ると、ひざに視線を落とし、ほとんど表情をなくしている。その姿があまりにもみじめに見えたので、グレイスは腹が立ってきた。うちの親はニュースひとつまともに見られないのか？　ニュースを見るのはそんなに大変なことだろうか？

ミリアムが母と口をきかなくなってからは――あるいは、もう正確には思い出せないが、もしかするとそれよりずっと前から――黒人のことや、人種のこと、差別のことは、ごく遠回しに口にしただけでも、家族のあいだに緊張が走るようになった。よそのうちでもそうなのだろうか、とグレイスは思う。友人たちも親の前では、セックスの話を避けるかのように、そういう話題を避けているのだろうか。

二年前、ミリアムはケネチという男性を家に連れてきた。目的はただひとつ――グレイスはこの推測にまちがいはないと思っている――母に対して〝釣り〟を仕掛けることだった。韓国系の親が娘の黒人の恋人にどう反応するかを知るうえで、ケネチは格好の実験台になった。ミドルクラスの移民家庭で育った、アイヴィーリーグ出の、身だしなみのよい投資銀行員。その条件はよかったが、それ以外は、どこをとってもミリアムの趣味に合っていなかった。鼻もちならないエリート大学生だった金融マンを漫画にしたらこうなるというようなタイプで、ピンクのポロシャツを着て、なにかといえばペンシルヴァニア大学ウォートン校卒であることをほのめかすのだから。ケネチが白人だったら、姉には嫌われていたにちがいない。なのに、三度目のデートがすむと、姉は彼を両親に紹介した。事前の説明もなくいきなり会わせたためか――母はミリアムの相手は日本人男性だと思っていたふしがあり、実際に日本人だったらそれはそれで問題なのだが——ケネチに対する母の態度はそれはひどいものだった。ことばの壁を言い訳にしてごまかせばよかったのに、母がむりやり発したのは、親御さんは何人いるのかという質問で、嫌悪感をむきだしにした表情は、英語がへただからといって赦されるものではなかった。その日の会食は拷問のようだったが、唯一の救いは、あっけないほど早く終わったことだ。グレイスが彼に会ったのはそのときだけで、ミリアムが両親と顔を合わせたのはそれが最後になった。

あの一件はたしかにひどかったが、それが原因で姉と母の仲たがいがここまで続いたとは思えない。ケネチはただの気取り屋で、ミリアムがつきあったのは一カ月間だけだった。彼がインスタグラムで二十歳ぐらいのアジア系女性を十人ほどフォローしているとわかったので、連絡をとるのをやめて関係を絶ったのだ。しばらくたつと、姉はネットを介してブレイクと出会い、そのあとはグレイスのほうから話題にしない限り、ケネチの話をすることはなくなった。グレイスが彼のことをしつこく訊くと——なにがあったのか知っておきたかったので、初めのうちはしょっちゅう訊いていた——ミリアムはいつも不機嫌になって話題を変えた。

そうだ、やはり原因は別にあるはずだ。もっと深刻な原因が。グレイスにとって、それはガラスの壁のようなものだった。現に存在する危険物だが、一定の角度から光をあてなければ——汚れや指紋が浮かぶか、なにかが映ったときでなければ——そこにあることは見てもわからない。アルフォンソ・キュリエルの姿がちらりと映ったことで、壁のありようがはっきりすると、手を伸ばしてさわってみたくなった。壁があることを確かめて、押せばはね返されるのを感じたかった。そうやって形や大きさを把握すれば、壊さずに取り除く方法がわかるかもしれない。

「ほんとにひどいニュースね」グレイスは言った。

母は父の汚れた皿に手を伸ばし、自分の皿に重ねた。そして、立ちあがってテーブルを片付けはじめた。

「起訴もしないなんておかしいわよ」グレイスは母に注目しながら畳みかけた。「さっきの映像を見たでしょ? 警官はなんの迷いもなくあの子を撃ってた」

両親は返事をせず、グレイスは、そもそもこういう会話をする能力が自分たちにあるのだろうかと考えた。グレイスと両親が話をするときは、お互い英語と韓国語をまぜこぜにして使っている。英語と韓国語を行ったり来たりして、ときにはひとつの文を言うあいだに数回切り替えることもある。ただし三人とも、両方のことばを完璧にあやつる力はなかった。グレイスが最初に覚えたのは韓国語だが、学校にあがるとみるみるうちに忘れていった。いまでも、子供が話すようなことと、あとは薬学用語なら韓国語でしゃべれるが、少しでもむずかしいことを言おうとすると舌がもつれてしまう。父と母は、基本的な英語はわかるので、韓国系以外の客を相手にするときはそれで用が足りた。だが、カリフォルニア暮らしが三十年になるというのに、どちらも英語を流暢(りゅうちょう)に話せるようにはなっていない。グレイスと両親が意思の疎通に困ることはあまりなかった。グレイス自身は、自分も両親も、大事なことを――願いや心配、慰めや愛情を――伝えられるぐらいの語彙はあると思っていた。ただ、〝起訴〟を韓国語でどう言うかは知らない。だから英語で言ったのだが、たぶん両親には通じなかっただろう。

ミリアムによれば、自分たち姉妹がおっとりと育って世事に無関心だったのは、両親が自分たちのちっぽけな世界のことしか――学校や教会、家族や友人のことしか――話してくれなかったからだという。しかも、両親はわざとそうしていた、父も母も温室で蘭(らん)を育てるように、あえてわたしたちを箱入り娘にしたのだと言った。そうすれば、娘たちは親に依存し、なにも考えずに親に従うようになる。それがふたりの狙いだったのだと。ミリアムは偏った意見をよく口にしたが、これもそのひとつだった。このように言っておけば、献身的に子育てをしてきた母に、実は下心があったということになるので、姉自身が恩知らずなことばかりしているのも赦されると思ったのだろう。

グレイスがもうこの話はやめようと思ったとき、父が首を振りながら言った。「おまえだって、なにからなにまで事情を知ってるわけじゃないだろう」

「そうね」とグレイスは答えた。「でも、あの少年が丸腰だったことや、死んでしまったことは知ってる」

「人間はまちがいを犯すものだ。警察はあの子が丸腰だとは知らなかったし、相手が逃げたから追いかけていたんだ」父はぎざぎざになった爪で歯の隙間をほじった。

「まさか、悪いのはあの子のほうだっていうんじゃないでしょうね」

「グレイス」父の厳しい口調で、グレイスは自分が大声を出していたのに気づいた。父を見ると、その視線は母に向けられていた。母はカウンターの向こうに立ち、そ知らぬ顔でメロンを切っている。「クマンヅォ」

〝クマンヅォ〟。やめないか。よしなさい。もういい。それは両親が幼いグレイスを叱るときのきまり文句だった。頭ごなしに命じることで、親の権威を振りかざして子供を押さえつけ、質問を封じるのだ。いまのグレイスには、その命令はカンに障るだけだった。

グレイスは母にも聞こえるように言った。「もう二年になるのよ」沈黙を守るために長らく我慢を続けてきたせいで、じれったい気持ちが声に出てしまった。「なにがあったのか、どうして教えてくれないの？」

ハネデューメロンをボウルに盛って、母がテーブルに戻ってきた。器にはくさび形に切った薄緑の果肉が並んでいる。母の目はうるんでいた——身を震わせてこらえているのに、やはり涙はあふれてしまい、やつれた黄色い肌をつたい落ちた。音がするのを恐れるかのように、母はプラスチックのトレイを慎重な手つきでテーブルに置いた。

「ごめんなさい、オンマ」グレイスは言った。すでに怒りは消え、その代わりにもっといやな気分が沸きあがっている。いらだちと不安と自責の念が入り混じった気分。母は腰をおろし、目がしらを押さえていた。

テレビ番組や、携帯に配信されるニュース、つまり、外の世界から伝わってくるのは、知らない場所で知らない人の身におきたことだ——それらのできごとは、たしかに大事ではあるが、グレイスの人生そのものに関わることではない。そういうことがあったからといって、愛する人たちの心根の良さや基本的な価値観を疑ったりしてはいけないのだ。そんなことをすれば、自分も姉と同じになってしまう。

母が薬指の爪で涙の最後の一滴をぬぐった。小粒の真珠のような涙だった。これでおしまいというように小さくため息をつき、鼻をこすると、母は小型のフォークにメロンを刺し、汁がこぼれないように片手をあてがいながら、グレイスに差し出した。「おあがり」その顔には、いまにも消えそうな笑みが浮かんでいた。

グレイスはいつものように抵抗を感じた――うちにいるときでも、母にこうしてものを食べさせられると、子供になったようで恥ずかしくなる。だとしても、今夜ぐらいは、母に母親らしく世話を焼かせてあげるべきかもしれない。グレイスは口を開け、ひと口分の甘さを受けとめた。

4

二〇一九年八月十一日、日曜日

信号が赤になると、ショーンは右側の肩甲骨の下の凝りをもみ、筋肉にいつもと違う痛みがないか確かめた。日曜がようやく終わり、日が沈んでいく。日曜といえども、引っ越し屋は休めない。レイはどうしているだろうと思った。こんなに早く辞めるんじゃなかったと、少しは悔やんでいるだろうか。レイはマニーのもとで三週間もちこたえたが、うち二週間はぶっ通しでくたくたになるまで働かされ、車の運転と引っ越し作業のきつさに音をあげてしまった。入ったとたんにあそこまでやらされたんじゃかなわない、とレイは言った。それに、日曜は教会に行かなきゃいけないしな。バーを経営しているダンカンにアルバイトで雇ってもらったので、とりあえず仕事はあり、保護観察官にもうるさいことを言われずにすんでいるが、ショーンはレイが目の届かないところにいるのが不安だった。このままでは、いつ道を踏みはずして、刑務所に逆戻りになるかわからない。

この仕事のつらさはショーンも承知している。とにかく体にこたえるのだ――きついスケジュールも、重い荷物の運搬も。勤めだしたころは体調は上々だったが――塀のなかにいたときは、労役と読書以外はたいしてすることがなかったから——引っ越し作業は楽なものではなく、彼の肉体は過去には必要なかったあれこれを強いられた。コツをつかむにはしばらくかかった。階段でうしろ向きに体を旋回させたり、重量物の詰まった箱やソファーを腰を傷めずに運んだりするには、それなりの技術がいるのだ。

ショーンはいま四十一歳でもう若くはないが、体は丈夫だし、引っ越し業のことはよくわかっている。その気になれば、あと十年は続けられるだろう。マニーも五十近くまで作業員としてこの仕事を続けており、現場を離れたのは、自分で会社を興（おこ）すと決めてからだった。

とはいえ、この仕事には、いつまでたっても慣れない部分がある。うさんくさげな視線、チップをけちる客。たいていの客は、ショーンを見ると、こう決めつける。こいつは頭が悪いんだ、こいつの人生はくだらないもので、自分たちの人生より明らかに劣っている、と。昔、こんな客がいた——黒人の医者で、痩せぎすな白人の細君がいて、引っ越し先は、スタジオシティにある大理石の柱のついた豪邸だった。その客がショーンの背中をぽんと叩いて、大学に行っておけばよかったと思わないか、と訊いたのだ。あのときは、さすがに、その場で辞めてやろうかと思った。

それでも、ふだんは辞めずに続けてきてよかったと思っている。なにより賃金がいい。少しずつであっても安定した収入を得て、そのきれいな金をジャズの給料に足せば、厄介ごととは無縁でいられる。また、仕事上の作業は、肉体の健康を保つのに役立った。精神面のほうでは、とりたてて刺激的な仕事ではないが、問題解決力はつねに必要になる。働くうちにスペイン語がわかるようになったのは、同僚のなかに英語がほとんど話せない者がいるからだった。

さらにありがたいのは、多少のもやもやはあるにせよ、ロサンゼルスとつながっていられることだった。ショーンは生まれ育ったこの土地を離れようと思ったことが一度もない。ここではろくでもないことがいろいろあったし、悲劇も心の葛藤も尾を引いていたが、たくさんある思い出は悪いものばかりではなかった。

週に六日、ときには七日、ショーンは引っ越しトラックでLAの道路を縦横無尽に走りまわった。日によっては、子供時代に行ったことがある全地域より広い範囲を走るときもある。きょう、彼のチームが午前中に担当したのは、エコーパークからシャーマンオークスに移る白人夫婦の引っ越しだった。そして午後には、ボイルハイツからコンプトンに引っ越すメキシコ人一家を手伝った。こちらの仕事では、ほんの八キロ先は昔の地元という場所に行ったが、その付近にまつわる思い出はすでに薄れかけていたので、つらい思いをせずに懐かしさを味わうことができた。

ノースリッジにある会社の事務所に戻ったときには五時を回っていて、ショーンは早くうちに帰りたくてしかたなかった。だが、その前にミッドシティに寄って、ダリルとダーシャとシーラ伯母さんを拾っていかなくてはならない。三人は週末をLA市内で過ごすことになっていたので、きのうの朝、ショーンが車で送っていったのだ。三人が泊まったのは、リチャード伯父さんの妹のレジー叔母さんのうちだった。叔母さんは、ルームメイトであり、長年の恋人でもある――そのことは、言われなくてもみんな知っていた――クローデットと暮らしている。彼女がレジー叔母さんのうちに越してきたのは、叔母さんがイーライ叔父さんと離婚してまもないころだった。叔母さんの子供であるジェイソンとクリスタルは、ふたりとも成人しているので、いまの叔母さんは、若い子たちをうちに呼んで、大都会で暮らす若くてかっこいいお祖母ちゃんの役を演じるのが楽しいようだ。そんなわけで、この夏、ショーンは月に一度は子供たちを送り迎えしていた。そうした集まりに、ジェイソンとクリスタルが加わることもある。ふたりはそれぞれフォンタナとサンバーナディーノからやってきた。

高速道路を走っているあいだに、ショーンはシーラ伯母さんに電話した。

「ちょうど、電話しようと思ってたの」伯母さんが言った。

「いま向かってるところなんだ、伯母さん」

「実は、予定が変わっちゃってね。ジュールズが食事に連れていってくれるんですって」

ショーンはため息をもらした。相手に聞こえないようにできるだけ注意しながら。シーラ伯母さんは、ジュールズ・シアシーに会うとは言っていなかったが、ふたりはずっと前から会う約束をしていたのではないか。

「きょうは日曜でしょう。うちに帰らなくていいの？」

「もう行くって言っちゃったから。それに、子供たちが行きたいって言ってるの。まだＬＡにいたいらしくて。日曜のいつものディナーはこっちでとりましょう。レイとニーシャも喜ぶわよ、ふたりきりでいられる時間が延びるんだもの」

日曜のディナーは家族生活のかなめとなる行事のひとつだった。神聖なしきたりといってもいい——家族の形が変わり、人数が増えたり減ったりしても、ずっと続いてきたことで、だからこそ貴重といえるのだ。ふだんは日曜ごとにハロウェイ家に集まり、そこで料理をするが、今回のように週末が忙しいときは店で買ったものをもち帰ることもある。大事なのは、みんなが顔をそろえることだ。とにかく、シーラ伯母さんはそう言っていた。土壇場で予定変更と言いだしたのがシーラ伯母さんでなかったら、お説教をたっぷりくらっていただろう。

「それで、ジャズには言ってくれました?」

「もちろん。ジャズはモモを早めに寝かせて、ネットフリックスを観るんですって。あんまりうれしそうに言うから、なんだか、早く帰っちゃいけないのかと思ったくらい」

「だったらもう、それでいい。あとで迎えにいきます」

「なに言ってるの。あなたも行くのよ」

「レジー叔母さんとクローデットも行くんですか?」ショーンは、あのふたりは行かないのではないかと思っていた——彼女たちはシアシーの知り合いではないのだから、シーラ伯母さんはふたりを呼んでシアシーにおごらせるつもりはないだろう。「もし行くんなら、おれもふたりといっしょに行くけど」

「レジーは断酒会の会合に行ってるの」シーラ伯母さんはいったん間をおいた。「レジーは依存症じゃないわよ。クリスタルはそうだと思うけど」ここは声をひそめていた。家族内のつまらない噂話にショーンを引きこむつもりらしいが、この件はもはや周知の事実だ。

「どうしようかな。そのへんでぶらぶらして、時間をつぶしますよ、車で走るとかして」

「車で走るって、いつもそれしかしてないじゃないの。いいから、いらっしゃいよ。子供たちも、おじさんに来てほしいって言ってるんだし」

うまい口実が思いつかず、ショーンはやれやれと首を振った。「わかりました。あと三十分で迎えにいきます」

「それはいいわ。もうすぐジュールズが迎えにきてくれるから。食事するのはロスコーズよ」

実にシアシーらしい。黒人におごるのだからフライドチキンだと決めてかかったのだろう。

「そう、レジーのうちの近くの。先に行って列に並んでおくわ。あなたはそのままお店に行って」

「ピコ大通りの？」


ショーンが店に入っていくと、一同が勢ぞろいしていた。みんながいるのはボックス席で、まわりをピンクのネオンサインが取り巻いている。シーラ伯母さんが手招きするそばで、シアシーは立ちあがってショーンを迎えたが、動いた拍子にひざが鳴った。長身の彼が席を立つところは、はしごが伸びていくさまを思わせた。

かつては、ショーンもジュールズ・シアシーに畏敬の念を抱いていた。内気なティーンエイジャーだったころには。そして同じころ、シアシーが、この背の高い白人の新聞記者が、シーラ伯母さんをとりこにしたのだ。いま、こうしてシアシーを見ると、ショーンは自分の歳を感じずにはいられなかった。シアシーは容姿の衰えを多少は防いでいるようで、眼鏡の奥の瞳はいまも鷹のように鋭く光っていた。それでも、かつては引き締まった体型だったのが、いまはがりがりというほうが近くなっているし、少年のように無造作に伸ばした髪も、以前は赤褐色だったのが、いまはスチールウールを思わせる銀髪になっていた。ショーンには、この男が自分の人生にこれだけ長く関わっているのが不思議に思えた——特につきあいを続ける努力をしたわけでもないのに。とはいえ、どれほど薄いつながりであろうと、彼はこれからもショーンに関わりつづけるだろう。シーラ伯母さんが生きている限りは。伯母さんもシアシーも、お互いを手放すつもりはないからだ。

ショーンと握手をしたあと、シアシーは笑顔で言った。「念のため言っておくが、ロスコーズがいいと言ったのはダーシャだからね」

「検索したら、イェルプで評価が高かったから」ダーシャは鼻高々でそう言うと、ショーンおじさんがすわれるように場所を空けた。「お祖母ちゃんが言ってたけど、昔はみんなでここに来てたんでしょ」

「ぼくらは、きみのパパやおじさんが子供だったころから、ずっとこの店に通ってるんだよ。そのころは行列もなかったし、白人もいなかったけどね」シアシーがそう言うと、ダーシャは彼のシャツの袖にふれた。「変なこと言ってごめんなさい、ジュールズ」

シアシーは一笑した。「別にいいよ」

「ロスコーズに行くんだって父さんに言ったら、友だちとここに来たとき、駐車場で喧嘩を売られたことがあるって教えてくれたよ」ダリルがそう言って、ショーンのほうを向いた。「おじさんもその場にいたの？」

「覚えはないな」とショーンは答えた。

「みんなでテイクアウト用のチキンを買って出てきたら、知らない連中が飛びかかってきたんだって。喧嘩は父さんたちが勝ったけど、相手が逃げてったあとに、仲間がひとりいないぞって気づいて」お得意の笑い話を披露するときのように、ダリルはここからがオチだとにやにやしていた。「そいつはケツの穴が小せえやつで、チキンの袋をもって逃げてたんだ。あとで、チキンは大事だからな、なんて言い訳したってさ」

ショーンもその事件は記憶にあったが、ダリルの話は事実を極端にゆがめていて、全部でっちあげと言ってもいいぐらいだった。店はロスコーズではなくマクドナルドで、喧嘩もただの悪ふざけではすまないレベルだった。レイの仲間には腕を撃たれた者もいたし、ケツの穴が小せえやつは――ダリルがこんなことば遣いをするのは聞いたことがないので、おそらくレイが口にしたのを聞き覚えたのだろう――敵前逃亡の罪で仲間から制裁を受けて袋叩きにされ、病院送りになったのだ。

「いい話じゃないわね、それは」シーラ伯母さんがとがめるようにダリルを見た。

ダリルは片方だけ肩をすくめた。「おもしろいと思ったんだよ」

「あんたはお父さんに、そんなくだらないことを吹きこまれてるの？」

「くだらないことじゃないよ、お祖母ちゃん。父さんが若いころどんなだったか、教えてもらうのが楽しいんだ。それだけだよ」ダリルがぶつぶつ言いながら下を向いてしまったので、ショーンは彼がかわいそうになった。家族の暮らしにレイが戻ってきたので、子供たちはほんとうに喜んでいるのだ。だが、子供たちは、父が家にいてくれさえすればあとはどうでもいいと思っているわけではないし、想像していた父と実際の父に差があるせいでとまどいを感じてもいるようだった。レイが子供たちを放っているとは言わないが、親子で過ごす時間はショーンが期待したほど多くはない。問題は、短いながらも親子で過ごす時間が、どことなくぴりぴりしていて、レイと子供たちのあいだに心理的な距離があることだ。長年離れ離れだったせいで、親の側も子の側も、いまだにもどかしい思いをしているのだろう。

一同が注文したのは、鶏レバーのフライと、オバマ・スペシャルと、グレイビーソースと玉ねぎを添えたハーブ・スペシャルだった。ショーンはずっと空腹だったし、チキンやワッフルをほおばっていれば、ほかのみんなが会話を進めてくれるので助かった。

「夏の初めごろに、伯母さんにばったり会ったんだよ」おしゃべりが途切れたところで、シアシーが話しかけてきた。ショーンは一瞬、シーラ伯母さんを見て、口に入れたものをのみこみながら、心のガードを目一杯引きあげた。ナプキンをとって口もとをぬぐい、テーブルに置く。この食事会は、やはり罠だったのだ。

ジュールズ・シアシーとシーラ・ハロウェイが〝ばったり会う〟ことなどありえない。ふたりは初めて会った二十八年前から、ずっと別々の町で暮らしてきたし、共通の知り合いは数人しかいない。お互い、友だちのようなふりをしているが――百歩譲って、両者が実際に親愛の情を抱いているとしても――金の卵を産むガチョウとその飼い主のあいだに、どんな友情が生まれるというのだろう？　一九九一年当時、大学を出たてのシアシーは下っ端(ぱ)の新聞記者で、仕事熱心ながら、完全に無名の存在だった。彼は記者として身を立てるために記事のネタを探していた。そして見つけたのが、ある聡明(そうめい)な黒人少女の死亡事件だった。少女は、名をエイヴァ・マシューズといった。

シアシーはヴェニスビーチに住んでいるはずだ。ショーンが最後に調べたときはそうだった。そこで「ビーチで会ったんですか？」と訊いてみた。

「ほら、このあいだ、追悼集会があったでしょう、アルフォンソ・キュリエルっていう気の毒な少年のための」シーラ伯母さんが言った。「あのとき、ブラザー・ヴィンセントに、みんなの前で少し話をしてほしいって言われて」

「お祖母ちゃんはすごかったんだよ」ダーシャが口をはさんだ。「あんなふうにしゃべれるなんて知らなかった。聞いてる人たちは、みんな、すごく盛りあがったんだから」

「もう、やめてよ」孫の褒めことばを手を振ってしりぞけながらも、シーラ伯母さんはしごく満悦のようすだった。

ショーンは少女の幼い顔をながめた。優しくて、元気で、いまだ傷ついたことのないダーシャ。最近お気に入りのTシャツを着た彼女の顔には、祖母を自慢したい気持ちがあふれている。Tシャツに書かれた〈黒人の命も大事だ(ブラック・ライヴズ・マター)〉ということばは、黒人に対する白人警官の暴力に抗議するスローガンだ。シーラ伯母さんがどれほどつらい目にあってきたか、この子は知っているのだろうか。苦難に耐えて生き抜いてきた伯母さんだからこそ、〝みんなをすごく盛りあげる〟スピーチができたのだと、わかっているだろうか。ダリルとダーシャは家族の歴史を知ってはいるものの、エイヴァが死んだときはまだ生まれていなかった。あのとき、シーラ伯母さんは、おのれの苦痛と引き換えにすれば世間の注目を集められると気づいたのだ。その行為は、ときとして、正義であるかのように思えたりするが、実体は正義にはほど遠い。ダリルとダーシャは怒りに燃えている。それはそれでいいが、その怒りは家族から受け継いだものであって、自分自身の生々しい感情ではなく、耐えがたいというほどでもない。だから、思う存分怒っても、痛手は負わずにすむのだ。

ショーンは追悼集会のことはなにも聞いていなかったが、それはむしろ幸いだったかもしれない。伯母のことは愛しているが、だからといって、彼女が一般市民を煽(あお)り、ことあるごとにエイヴァの死をもちだし利用しようとするのに協力する気はない。もちろん、伯母にはそうする権利があるし、ヴィンセント牧師やジュールズ・シアシーやその他大勢が、伯母が顔を見せてはこの話を披露するのを期待し、それに応えることで伯母がみんなの役に立てるというなら——そうとも、それを止める筋合いはない。ただ、こちらまでその尻馬に乗ると思ったら大まちがいだ。

「実は、わたし、『別れのワルツ』を読んだんです」幾分顔を赤らめながら、ダーシャがシアシーを見つめた。

ショーンは、肉ところもとグレイビーソースを噛んでぐちゃぐちゃにしたものが、胃のなかで熱くねっとりしたかたまりに変わるのを感じた。

『別れのワルツ――エイヴァ・マシューズの生と死』。それはエイヴァ・マシューズ殺人事件のルポの決定版だった。事件の経緯、犯人の裁判、被害者のコミュニティやロサンゼルス全市が受けた衝撃、九二年の暴動などが、ロサンゼルス・タイムズ紙でシアシーが書いた記事を軸にしてまとめられている。その本はベストセラーになり、賞も獲って、多大な影響力をもつ重要な作品として各方面で高く評価された。ショーンも一度ならず読んでいたし、状況が違っていたら、そうした評価に賛同したかもしれない。本に書かれているのが、自分ではない、ほかのだれかの姉のことだったら。

「ありがとう。とてもうれしいよ」シアシーが言った。「それに、正直いって感心した。けっして読みやすい本ではないからね」

「エイヴァおばさんの話を読むのが楽しかったんです」ダーシャが言う。「おばさんの人生はすごく短かったでしょ。だから、おばさんがみんなに特別な人だと思われてたのがわかって、うれしかった」

「彼女はほんとうに、特別な存在だったんだよ」

シーラ伯母さんは目をつぶってうなずいている。そのようすを見ているうちに、ショーンは吐き気がしてきた。

「もちろん、大事なのはそこじゃないってことはわかってます」ダーシャが続けた。「そこばかり気にするのはよくないと思うし。でも、なんていうか、うちの家族が失ったもののことを思うと、とにかく悲しくて。それは別に——わたし、なに言ってるんだろ」ダーシャは唇を嚙んだ。

「言いたいことはわかるよ。われわれはエイヴァの人生を讃えるべきなんだ。そうしないと、彼女の死がむだになってしまう。そのへんはむずかしいところでね。アルフォンソ・キュリエルが良い生徒だったのはたしかだ。だからって、悪い生徒は殺されてもいいというわけじゃない。ただ、いわゆるシステミック・レイシズム（社会生活の各種の場面で特定のグループが不利になるような、構造的な人種差別）は、不思議なほど相手を選ばないもので、その事実は知っておいて損はない。残念だが、殺されるのは悪党だけだと思いたがる人は、まだたくさんいるんだよ」

ダリルが口を開いた。「おばさんのことも、悪党みたいに言う人たちがいたんだ。あいつは被害者だけど、実際は裁きを受けたようなものだ、とか言って」

ショーンはダーシャからダリルに視線を移した。ふたりそろってか、別々だったかはわからないが、この子たちはエイヴァの事件を本気で調べたようだ。そして、どういうわけか、そのことはショーンおじさんには内緒にしたほうがいいと考えたらしい。別に驚くような話ではないが、それでもショーンは驚いていた。

「きみたち若者がこの件に関心をもってくれると、こっちもがんばろうと思うよ」シアシーが言った。「エイヴァおばさんとアルフォンソ・キュリエルは、直接つながっているんだ。彼らのような若者が殺されて、犯人が無罪放免になるなんてことがなくなるように、世の中を変えていくのは、きみたち世代の責任だからね」

「まったく、クソみてえな話だぜ」ダリルが言う。

「ダリル！」シーラ伯母さんがたしなめた。

「ごめん、お祖母ちゃん、でもほんとのことだから。おれたちぐらいの歳の子が、意味もなく殺されるって話だろ。同じことが何回も何回も繰り返されてる。おれが生まれるずっと前から続いてることなんだ」話しながらダリルが片手を握りこぶしにしたので、ショーンは一瞬、テーブルを叩くのかと思った。

「たしかに、そのとおりだ」シアシーが言った。

それでダリルも落ち着いたらしく、「あいつがどうなったか、知ってるんですか？」とシアシーに訊いた。

「あいつとは？」

ダリルは態度を一変させ、目を伏せてテーブルを見まわした。「わかるでしょう」

シアシーがうなずいた。「彼女の行方はわかっていない。だが、ぼくが知る限りでは、まだ生きている」

この男は事実を洗いざらい話しているのだろうか。ショーンがそう思ったのは、これが初めてではなかった。シアシーは、記者として、ものごとを徹底的に追及することを仕事にしている――エイヴァを殺した犯人の居所を知っている者がいるとすれば、それはシアシーだ。彼が答えを突きとめようとしないのは、探索に失敗すれば自らの名折れになると思っているからか、それとも結果を恐れているからなのか、ショーンには判断がつかなかった。

「ジュールズは次の本を書いてるところなのよ」シーラ伯母さんが話題を変えた。「南カリフォルニアでの黒人に対する暴力をテーマにした本で、出版の契約金もすごいんですって」

おめでとうとつぶやく声がおこり、シーラ伯母さんは満面の笑みをシアシーに向けて、その快挙を心から祝していた。

「いや、金の問題じゃないんだ、シーラ。書かせてもらえるってことが、とにかくうれしくてね。南カリフォルニアは平等主義者の楽園だ、なんてよく言われるが、暴力や不当行為はぼくらがいるこの町にもあふれているのに、そのことはだれも話そうとしないんだ。ここが差別だらけのミシシッピじゃないってだけで安心してしまって、なんとなく毎日を生きている、そんな人が多すぎるんだよ」

ショーンは苦笑いしそうになった。この男のこういう話し方が、謙虚さと意識の高さを見せつけるやり口こそが、権力のもつソフトな一面を表わしているのだ。

「その本のなかで、一章を丸ごと割いて、エイヴァのことを書くんですって」シーラ伯母さんが告げた。

ショーンはあっけにとられ、目をしばたたいた。そうか、だからこうして集まることになったのか。

この男にとっては、ショーンの家族を利用し、エイヴァの血を最後の一滴まで搾りとっただけでは、まだ足りないようだ。聖餐(せいさん)式のように彼の一家とパンを分かち合い、一家から祝福を受けなければ気がすまないのだ。だとしても、ショーンには、その祝福を与えるつもりはなかった。

「まだ書くことがあるんですか」ショーンは自分の声にとげがあるのを意識したが、かまうものかと腹をくくった。

　にこやかだったシアシーの顔がこわばった。自分はほんとうに歓迎されているのだろうか。今夜の集まりのなかで、シアシーがそういう不安げな表情を見せたのは初めてだった。

「ショーン」子供のころだったら、ショーンはシーラ伯母さんのその口調に怖じ気づいていただろう。

　気まずい沈黙が流れたところで、ダーシャが黄色い声をあげ、フライドチキンとワッフルをおみやげにしてもらってもいいかとシーラ伯母さんに尋ねた。それでうまく話がそらされて、一同はどうにか食事を続けることができた。だが、ショーンは自分がシーラ伯母さんににらまれているのを承知していた。シアシーが電話をかけると言って席を立つと、伯母さんはさっそくショーンをなじりはじめた。

「あんな言い方をしたら、ジュールズに失礼でしょう」伯母さんは早口でまくしたてた。シアシーが戻ってこないうちに、言いたいことを全部言ってしまおうと思っているのだろう。

「そんなことはないよ」ショーンは言い返した。泣き言を言う子供のように鼻声になっているのが自分でもわかったが、シーラ伯母さんが相手だとどうしてもそうなってしまう。いくら年をとっても、そこは変わらなかった。子供たちが気づいていないといいが。「シアシーと話をするなら、別のときにしてくれればよかったのに。なんでおれがつきあわなきゃいけないのか、わからない」

「わたしがいけないの」ダーシャが言った。「ジュールズと話したいって、わたしが言ったから」

シーラ伯母さんは孫娘を見て、ため息をついた。子供たちは優しいので、シアシーに会いたいと自分から言いだしたようだが、そうでなければ、伯母さんは子供たちを勝手にダシにしたのではないか。ショーンにはそう思えた。「エイヴァについて少し訊きたいことがあるってジュールズに言われたのよ。あの子が遺したものについて。それで、あなたも彼に話したいことがあるんじゃないかと思ったの」伯母さんが言った。「エイヴァの弟として」

「いや。話をする気はないです」

「それはなぜ？」

ショーンは大きく息を吸い、声を抑えたまま続けた。「あいつはエイヴァのことなんて知らない。それが理由ですよ。あいつはエイヴァがどんな人間なのか、知りたいと思ったことがないんだ。ただの一度もない」

ダリルとダーシャは、ふたりそろって目を丸くして、ショーンおじさんとお祖母ちゃんをかわるがわる見やった。

シーラ伯母さんは鼻で笑った。「なにバカなこと言ってるの。ジュールズは『別れのワルツ』にエイヴァの話を書いてるじゃないの」

シアシーはエイヴァに会ったことこそなかったが、シーラ伯母さんの力を借りて、人々の心に残るエイヴァ像を作りあげた。最初は新聞記事のなかで、のちには『別れのワルツ』のなかで。後者が出版されたのは、エイヴァが死んだ二年後のことだった。本の中身は、大半が殺人事件とその余波を受けたできごとで占められているが、それとは別に、一章丸ごと、三十ページを費やして、エイヴァの短い人生を惜しんだ部分がある。その章の半分は、エイヴァの音楽的才能に焦点をあてていた。若年層を対象にしたショパン・コンクールで優勝したことが、その才能のあかしであり、その舞台でエイヴァが披露したのが、ノクターン一曲と、〈ワルツ第九番変イ長調作品六九－一〉――通称〈別れのワルツ〉だったのだ。

エイヴァにとっては、ピアノの腕前こそが大学に入るための切り札であり、どんな宿命が待ち受けていても、その宿命を乗り越える手段になる。そのことはだれもが認めていた。そその見方はエイヴァの死後にまで及び、彼女をたぐいまれな存在にした。ピアノがうまかったことで、エイヴァは悲しい最期をとげた黒人の少女というだけでなく、聡明で才能にあふれ、前途有望だった人物と見なされるようになったのだ。

ショーンは姉を尊敬していたので、十六歳以降も生きていたら姉はどんな人生を送っただろうと、あれこれ想像にふけることがよくあった。だが、ピアノの腕についていえば、コンクールで優勝を果たした忘れがたい日を思ってみても――その才能がエイヴァをエイヴァたらしめていたわけではないし、人々がエイヴァの死を悼んでくれたとしても、その理由はピアノがうまかったからではないはずだ。

シアシーはありのままのエイヴァを葬った男だ。なのに、ショーン以外はだれもそのことに気づいていないように見える。家族はみんなシアシーが好きで、仲間に入れたがっている。やつは今度はなにを奪うつもりだろう？

「あの本か」ショーンは頭を抱えた。「あんなひどい本はないのに」

「あの本がなかったら、エイヴァを気にかけてくれる人はいなくなるのよ」シーラ伯母さんが鋭い声で言った。

ショーンは自分に言い聞かせた。目の前にいるのは、何年ものあいだ、弁護士や政治家や記者に電話をかけつづけた女性だ。耳を貸すふりをした権力者たちに、片っ端から話をしてまわった人だ。この不満たらたらの黒人女は、姪の死はとるにたりないことなのだと納得できず、こだわりを捨てて前進するのを頑として拒んでいるはた迷惑なやつだ——そう思われるのを承知のうえで、彼女は人々に訴えつづけたのだ。

「白人はそうだね」ショーンはぼそりと言った。

「え？」

「あの本がなければ、白人のなかには、エイヴァを気にかけるやつはいなくなる」

シーラ伯母さんはせせら笑った。「じゃあ訊くけど、ニュースを報道するのはだれだと思ってるの？　だれが法廷を動かすのか、わかってる？」

「その法廷で、なにがおきました？」

シーラ伯母さんは怒ったように小鼻をふくらませた。怒りの対象は、ショーンか、過去の歴史か、あるいはその両方だろう。爆発を抑えるように長々と息を吐くと、伯母さんは彼の質問をはぐらかした。「ねえ、ショーン。あれから二十八年たったのよ。みんな、エイヴァのことを忘れかけてる。でも、わたしは忘れてほしくない。エイヴァのことを覚えていてほしい、大事にしてほしいと思ってるの。ジュールズのおかげでエイヴァの名前は世間に知れわたったんだから、あなたが彼をどう思おうが、そんなの知ったことじゃない。エイヴァが忘れられていくのを黙って見てるわけにはいかないのよ」

「おれはエイヴァを忘れてなんかいない。でも、シアシーがエイヴァを大事にしてると思ってるなら、伯母さんこそエイヴァのことを忘れてるんじゃないかな」

伯母さんは、テーブル越しにおれを平手打ちするつもりだ——ショーンはその予感に、一瞬、身をすくめた。彼女が動かないとわかると、ショーンはいまの非難は不当だったと痛感したが、もはや取り返しはつかず、その非難は宙に浮いたまま、罰せられることもなく、そこに厚かましく居すわっていた。

「別に、本気で言ったわけじゃないよ」ショーンはやんわりと言い、手を伸ばしてシーラ伯母さんの腕にふれたが、相手が身を硬くしたので、その手を引っこめた。「伯母さんは好きにすればいいさ。でも、おれのことは放っておいてほしいんだ」

5

二〇一九年八月二十三日、金曜日

レジのそばにいるイヴォンヌがグレイスに呼びかけた。「あした、ジョゼフおじさんは来るんでしょ？」母は経理の仕事がすんだのだろう——仕事が残っているあいだは、ふたりとも、あまりおしゃべりはしないのだ。

「うん、来るって」グレイスは錠剤の瓶(びん)を次々に調べて、中身がラベルと処方箋に合っていることを確認していった。

「じゃあ、今夜はゆっくりデートを楽しめるわね」

そう言った母の声には、甘ったるい期待と気遣いがこめられていた。初めて聞くその声音(こわね)に、グレイスはいらいらした。母は娘たちを家から出さずに過保護に育てることに心血をそそぎ、悪い虫がつくのを防ぐとともに、ふたりが仲間の悪習に染まらないように気をつけてきた。グレイスが、週末に同年代の子たちに会えるというだけで、教会や進学試験対策用の塾に通いたがったのは、母がそういう育て方をしたからだ。昔、ミリアムがハイスクール時代のグレイスを評して〝見世物用の珍獣みたいな韓国系の引きこもり〟と言ったことがある。

姉はいまでもそう思っているようだが、それはある意味であたっているかもしれない。むろん、グレイスも自分がずば抜けて外向的だとは思っていないが、よりによって母のイヴォンヌが、いまになって娘の人づきあいを心配しているのがしゃくに障る。それも、グレイスはもう結婚してもいい歳だと、ある日突然気づいたというだけの理由で。

「約束に遅れるんじゃない？」時刻は七時を過ぎている。

「どうせ、九時までは会えないから」とグレイスは答えた。「軽く飲むだけなのよ、オンマ」

マッチングアプリのコーヒー・ミーツ・ベーグルで知り合った韓国系アメリカ人の麻酔医とデートすることを、母に教えたのは失敗だった。グレイス本人より、母のほうが舞いあがってしまったのだ。疲れきったグレイスは、週末に二日休めるのが待ち遠しくて、きょうの後半は、土壇場でデートを断ったら失礼だろうかと悩みつづけていた。疲れたからというだけで断れば、さすがに失礼だと思われるにちがいない。それに、母から死ぬほどお小言(チャンソリ)をくうだろう。

「食事はどうするの？」母が訊いた。

「キムチチゲが残ってたわよね」

「ちょっと(オモナ)」母は心底驚いたようだった。「デートの前にキムチチゲなんてだめよ。海苔巻き(キンパ)を買ってきてあげるから、車のなかで食べなさい」

母がマーケットに行っているあいだに、グレイスは薬局で終業の準備をした。それがいつもの役割分担だった。母はフルタイムで働いたあとなのに、買い物をして父とグレイスに夕食を作ることまでやっている。今週は大根を安売りしていたので、カクテキをどっさり漬けるという——母の週末の予定は、それだけで終わっていた。

母が戻ってきたのは、ちょうど店の戸締まりをしていたときだった。グレイスは、母が記録的な速さで買い物をすませたことに気づいた。きっと、娘がデートに遅れてはいけないと思ったのだろう。

「終わった？」母が尋ねた。

グレイスは店の扉に施錠して、母が抱えている食料品の袋をいくつか引き取った。顔を上げると、母がこちらを見ていたので「どうかした？」と訊いた。

「あらあら（アイシ）」母は困ったように首を振った。「その髪、どうにかしないとね」

ふたりがマーケットを出て車のほうへ歩きだしたときには、日が沈みかけていた。駐車場はすでに半分以上が空いていて、あたりはひっそりしている。一台の車が出ていこうとするのを、グレイスがなんとなく見ていると、運転席の男が窓を開けた。黒っぽいキャップのつばで目もとは隠れているが、どうもこちらを見ているようだ。ふたりがいる場所とその車のあいだには微妙な距離があった——相手がなにか尋ねようとしているなら、もう少し近づいてあげないと聞きとれないだろう。あの人の顔、なんだか変だ、とグレイスは思った。肌の色がおかしいし、質感も……。

男は覆面をしていた。

母が悲鳴をあげ、グレイスを突き飛ばした。その力があまりに強かったので、グレイスはよろけながら一メートルほど進み、もう少しで倒れそうになった。

銃は見えなかった。見るひまなどなかった。一発の銃弾で、世界が粉々に砕け散った。

母ががくりとひざをつき、地面に倒れこんだ。顔は蒼白（そうはく）で、体を丸めてお腹を押さえている。そこから血が流れ出すのが見えた。赤黒い液体が、命の源が、アスファルトにしたたり落ちている。

グレイスは母に駆け寄り、その体を抱きおこした。

「カ！」母が悲痛な声でうながした。〝行きなさい〟。こんなときでさえ、母は娘のことを思ってくれているのだ。

犯人はすでに消えていた。グレイスは車が走り去るのも見ていなかった。

撃たれてからどれぐらいたっただろう？　十秒。せいぜい一分か。ついさっきまで、母はまさにこの場所に立ち、食料品の袋をいくつも抱えていた。その袋がいまは地面に落ち、中身がグレイスの両わきに散らばっている。海苔巻きに豆腐に胡麻（ごま）油。青紫の葡萄（ぶどう）、生白い大根。さっきまで、母の身体は健やかで無傷だった。血液もちゃんと体内に納まっていた。その血液が、いまはあたり一面に広がっている。グレイスは靴に血が染みてきたのを感じた。

そこには、銃撃された母を抱き、泣きながら助けを待っている自分がいた。これからどうなるかわからないが、いまは待つしかない。放り出されたショッピングカートが倒れる音がして、だれかが走ってくるのが聞こえた。いつのまにかまわりに人垣ができ、気づいたときには、大勢の人があれこれ質問したり、助けを申し出てくれたりしていた。どの顔も見覚えはあるが、だれの名前もわからない。まるで、舞台の奥のほうに控えていた脇役の一団に囲まれたようだった。そうだ、これは映画のワンシーン——ミステリータッチの俗っぽいサスペンス映画のなかでおきたことだ。暴力という掟のもと、すべての登場人物が危険な人生を送っている映画のなかで。

映画でなければ、こんなことがおきるはずはない。ここは小さなショッピングモールの駐車場で、目の前には家族の勤め先があり、ドラマのDVDを借りたり、食料品を買ったりする店が並んでいる。戦場でもなければ、スラム街の裏通りでもない。どこにでもある普通の場所。ここまで平凡な場所は、現実の人生のなかにしか存在しないはずだ。

それに、現実の人生では、人は撃たれたりしない。母のような人は。

だれかが九一一番に電話してくれたらしく、救急車が到着し、グレイスが見守るなか、救急救命士がぞろぞろ出てきた。それもまた、映画のエキストラがゴム手袋をして無彩色のつなぎを着ているように見える。母はかろうじて意識を保っていて、まぶたをひくつかせ、なにかをつぶやくように唇を動かしていた。救命士たちの腕が伸びてきて、グレイスのひざから母の体をもちあげ、ストレッチャーに固定して、救急車の後部に運びこんだ。グレイスも母のあとから乗りこもうとしたが、鼻先で扉を閉められてしまった。搬送先はノースリッジ病院の医療センターなので、自力でそちらに行ってほしいということだった。さらに、車で追ってくるのはやめてくださいと釘を刺された。そのあと、救急車は回転灯を光らせサイレンを鳴らしながら、猛スピードで走り去った。

母が行ってしまうと、グレイスは母の血で服を汚したまま、ひとり残された。そこにヤジ馬が群がってきて、あれこれ話しかけたり質問したりした。説明するのは彼女の義務だとでも思っているのだろうか。なかには携帯を出して写真を撮ろうとする者までいた。グレイスは、みんな、あっちに行ってと言いたかった。とにかくここを出なくては。車はすぐそこにある。目をつぶり、病院まで運転していくところを思い浮かべながら、呼吸を落ち着かせ、手の震えを止めようとした。そうやって自分を励ますうちに、母のバッグも病院に行ってしまったことに気づいた。車のキーはそのなかにある。グレイスは、見知らぬ人たちに囲まれたまま、その場を抜け出すすべを失っていた。このなかに、病院に送ってあげようと言ってくれる人がいるだろうか。それで迷惑をかけられても気にしないというぐらい親切な人が。迷惑といっても、後部座席に血の染みがつくだけなのだが。

グレイスは父に電話したが、なにを話したかは、切ったとたんに忘れてしまった。またサイレンの音がした——パトカーが三台、駐車場に滑りこんできたのだ。でも、もう手遅れだ。大事なことは、すべて終わってしまったあとなのだから。

待合室はぞっとするほど汚かった。あまり病院に行かないグレイスは、うかつにも、病院といえば、完全に無菌で、白衣を着た美形の医師たちが君臨する清浄な癒しの神殿であるかのように思いがちだった。それが実際には、病人や貧乏人や不潔な人であふれる場所であることを、あらためて思い知らされた。満員の待合室には、明らかに手当てを必要としている人もいるが、その一方で、怪我人にはまるで見えない人もいる。その人たちはだれを待っているのだろうか。ラテン系の若い女性が、小さな男の子をひざに乗せていた。女性のほうはうとうとしているが、子供は起きていて、うるんだ茶色の目をみはり、グレイスをじっと見ている。このふたりも、銃で撃たれた人を待っているのか？　集団レイプで生まれた赤ん坊の父親を？　そう考えるのは、もちろん差別にちがいない。だが、ラテン系のギャングとつきあっていそうなこの娘は、こんなひどい場所で居眠りしているのだ。もしかすると、病院の救急救命部でひと晩過ごすのは、彼女にとっては特に驚くようなことではないのかもしれない。ここにいる人はみんな、とるにたりない人間のように見える。疫病神に祟られていることを別にすれば。そんな人たちに交じって、自分はここでなにをしているのだろう？　男の子にまじまじと見つめられて、グレイスは目をそらした。

世界の枠組みが変わりはじめている。その枠があまりにも急速に広がっていくので、そのことを考えるだけで頭が痛くなった。

生まれてこのかた、グレイスは暴力とは無縁の安全な暮らしを送ってきた。他人には、平手打ちひとつされたことがないのだ。母とミリアムにぶたれたことはあるが、そのときでも一時間以上跡が残ったりはしなかった。銃を見たことは一度もなく、人が撃たれるところを目撃したのも、当然ながら今回が初めてだった。

しかも、今回の件はただの暴力ではなく、災難と言ってすむ話でもない。人間である母の命を、ほかの人間が奪おうとしたのだ。いったいだれが、母を傷つけたいなどと思ったのだろう？　母は、なんの罪もない、ただの中年女性だ。それに、敵もいない。ミリアムを勘定に入れなければ。

ミリアムは、一応、来ることは来た。ショック状態にあったグレイスも、姉には知らせなければと思い、電話だけはしていたからだ。ここまでの数時間はてんやわんやのうちに過ぎ、もうぼんやりとしか思い出せないが、姉を怒鳴りつけたのは覚えている。母が死ぬかもしれないというのに、姉がつまらない恨みにこだわって、知らせを受けた当初は病院に駆けつけるのをためらっていたからだ。怒りにまかせて大声をあげるのは贅沢なことだった。その行為は一種のガス抜きになった。鮮烈な感情が発散され、無力さや恐怖感を突き破ったのだ。

グレイスは父とともに病院に来ており、ミリアムはその三十分後に現われた。父とミリアムが顔を合わせたのは二年ぶりのことだったが、再会を喜ぶ雰囲気はなく、家族が一丸となって難局にあたろうとしているという感覚があるだけだった。父はほとんどしゃべらなかった。娘ふたりのそばに腰をおろし、無表情で身を硬くしているが、数分おきに立ちあがってはどこかに行ってしまうという感じだった。待ち時間が延びて、緊張感が耐えがたいほど高まってくると、席を立つ回数も増えていった。

とりあえず、母はまだ生きている。手術開始から三時間が過ぎたのに、家族はなにひとつ教えてもらえずにいた。グレイスは銃撃された人の生存率をグーグルで調べたが、出てきた数字を見る気になれなかった。そこで、携帯をしまって、ほんとうに久しぶりに、こうべを垂れて祈りを捧げた。本気を示したい、だれかに訴えたいという気持ちで。神さまが願いをかなえてくださるなら、母をもちこたえさせて、すべてを円満に収めてくださるなら、どんなことでもします。教会にもまた通うようにします。もっと他人に親切にします。いまより孝行娘になって、よりよい人間になります……。

体を揺らしながら、組んだ手に唇をつけて祈りの文句をつぶやいていると、背中にミリアムの手がふれるのを感じた。

「ちょっといい？」姉の声がした。

グレイスが目を開けて顔を上げると、ちょうど刑事が隣に腰をおろし、握手を求めてミリアムに手を差し出すところだった。

「ニール・マックスウェルです」と刑事が言い、ミリアムは差し出された手をおずおずと握った。「ロサンゼルス市警で刑事をしています。ミリアムさんですね。妹さんとは先ほどお話をしました」

マックスウェル。そうだ、たしかそんな名前だった。その白人刑事は大柄で無愛想な美男子で、年齢は四十歳ぐらい、硬そうな茶色の髪に、がっちりした体つきをしていた。グレーのスーツに身を包んだ堂々たる姿は、しわくちゃの服をあわててひっかけてきた人がひしめく救急救命部の待合室では、かなり場違いに見える。刑事がバッジを見せたところは、まさにテレビドラマのようだった。自身が主人公となる刑事ドラマで、当然、彼が花形だ。となると、グレイスは〝被害者の娘その二〟というちょい役で、一話のなかでセリフはふたつしかもらえないだろう。

刑事は心配そうな、それでいて励ますような目で、グレイスを見ていた。動揺している家族と話すときは、そういう目つきが役に立つのだろう。駐車場でグレイスに目を留めたのはこの刑事だった。父が迎えにくるまで、彼はグレイスにつききりでぼそぼそと話しかけていた。グレイスたちがここで待っているあいだも、この刑事はずっとどこかに隠れていて、もう一度話をする機会をうかがっていたのだろうか。

「ミリアム・パークです」姉が名乗った。理屈からすれば、姉は警官が嫌いなはずだが、顔つきを見ると、今回は例外にしてもいいと思っているようだった。母が犯罪の被害者になったからだろうか。「犯人は見つかりましたか?」

「まだです」刑事の口調は淡々としていて、詫びるようでもなく、期待させるところもなかった。「いまは目撃者に聞きこみをしている段階ですが、だれもたいしたものは見ていないようです。加害者が車で逃走する前は、駐車場には被害者と妹さんしかいなかったと考えています。車の特徴については複数の証言を得ましたが、互いに矛盾する部分がありました」

刑事がこちらを見ているかどうか、グレイスは確かめなかった。ひざに目を落とし、自分がなんの役にも立てないのを恥じるばかりだった。

車をよく見て、メーカーや車名やナンバーを記憶すればよかったのだが、そこまで考えがいたらなかった。何色だったかもよくわからない――強いていうなら銀色だったような気がするが、なにしろ、ろくに見ていなかったのだから、虎縞の可能性だってないとは言えない。刑事には穏やかな口調でしつこく質問されたが、なにを訊かれても、自信をもって答えることはできなかった。

「お母さんの具合はどうですか？」刑事が訊いた。

「まだ手術が終わってないんです」ミリアムが答えた。「いつ出てくるのか、全然わからなくて」

グレイスの目に、また涙があふれた。いつ出てくるという以前に、生きて出てくるかどうかもわからないのだ。

マックスウェルは、しばらくのあいだ、深刻な顔をして、無言でグレイスたちのそばにすわっていた。自分もいっしょに母の無事を祈っていると言いたいのだろうか。まだ質問が残っているのはわかっていたので、グレイスは彼が口を開くのを待った。基本的なことすら答えられない自分の無能さを呪いながら。

「お母さんは、最近、脅迫を受けたりしていませんでしたか？」刑事が尋ねた。

グレイスは彼のほうを向いて目を合わせた。よかった、これなら答えられる。「いえ、そんなことはまったくありません」そう言って首を振った。

それから、同意を求めて姉のほうを見たが、むろん、母の近況など姉にわかるわけがなかった。ミリアムは唇の内側を嚙み、考えこむような顔をしている。その表情がグレイスには奇異に感じられた。

マックスウェルも同じことを思ったようで、今度はミリアムに直接話しかけた。「なにか恨みがあって、お母さんを傷つけたいと思っているような人はいますか？」

「とんでもない、そんな人はいません」グレイスは横から口を出した。心のなかでは、不安がふくれあがっていた。

刑事はミリアムから目を離さなかった。「お母さんのことで、ある噂が出回っていますね」

グレイスは、あたりが静まり返ったように感じた。マックスウェルが次になにを言うのかと、部屋じゅうの人が耳をそばだてているかのように。だが、彼はくわしい説明をせず、ただミリアムを見守っていた。黙って見つめることで、探りを入れると同時に挑発しているのだ。刑事はもはや、だれをいたわる気もないようだった。

そのとき、父が息せききって待合室に飛びこんできた。体には煙草の匂いがまとわりついている。父は、何年かぶりに煙草を吸ったのだ。

マックスウェルが立ちあがって父を迎え、グレイスは父と姉が心配そうに目を見交わしたのに気づいた。ふたりは二年間も顔を合わせずにいた――なのに、ふたりだけの悩みごとがあるのだろうか？

刑事は自己紹介をして手を差し出したが、父はそれには目もくれず、「どういうつもりだ？」と問いただした。「娘たちにはかまわないでくれと言ったはずだ」

グレイスは愕然とした。自分では隠しているつもりだろうが、父は明らかに怒っていた。妻の事件を担当する刑事に向かって。相手は会ったばかりの人、自分たち家族の力になってくれる人だというのに。

グレイスは父の腕にふれた。「アッパ？」

まわりを見ても、彼女と目を合わせてくれる人はいなかった。

母が銃撃された。命をとりとめるのは無理かもしれない。それだけでもひどいが、グレイスはある直感に襲われた。これから、さらにひどいことがおきるのだ。

「グレイスを連れて帰れ」父がミリアムに命じた。「いますぐに」

特に話し合ったわけではないが、その夜は姉といっしょにいることになり、グレイスはほっとした。シルヴァーレイクに泊まりにくればと言われたが、ノースリッジからの遠さや、ブレイクを心配させることを思えば――さすがのミリアムも、むしろそのほうが面倒だというこ とはわかったらしい。そんなわけで、ふたりは、双方がわが家と呼べる唯一の家、つまりグラナダヒルズの家に帰った。グレイスは姉のために入口のドアを開けてやったが、そのしぐさはわれながら妙にかしこまっていた。まるで、疑い深い客に内見をさせる不動産屋のようだ。鍵を回しながら、早くも先行きを案じている。

もうじき十一時になるところで、家のなかは暗かったが、空気は蒸し暑かった。ふだんの夜なら、両親は家にいて、テレビでも観ながら就寝前のひとときを過ごしていただろう。両親の寝室ががらんとしているのを想像するだけで、グレイスはつらくなった。それは恐ろしく、忌まわしい光景だった。思えば、子供のころは、姉とふたりで毛布を引きずってその部屋に行き、しばらくは床で眠ったものの、結局はベッドに這いあがり、父と母を起こしてしまったものだ。

グレイスの手をとって、ミリアムが言った。「なにか食べたの？」その声は穏やかで優しかったが、疲れきっていた。

言われてみれば、昼食をとってからは、なにも食べていない。今夜は食事どころではなかったし、食べなきゃだめよと言ってくれる母もいなかった。グレイスは母が買ってくれた海苔巻きのことを思い出した。せっかくの食事をハニン・マーケットの駐車場にぶちまけてきてしまったことを。

ミリアムはグレイスをキッチンに追い立て、テーブルの前にすわらせてから、食事の用意を始めた。冷蔵庫には食料品がぎっしり詰まっている。グレイスに見守られながら、姉は庫内をあさり、ご飯や惣菜が入った密閉容器と、残り物のキムチチゲを取り出した。「これこれ、これがずっと食べたかったのよ」

ミリアムは電子レンジでご飯を温め、チゲを煮立てようと火にかけた。空腹を感じていなかったグレイスも、煮えたキムチのつんとした匂いが立ちのぼると、胃袋がきゅっとなった。ミリアムが食卓に料理を並べはじめても、グレイスはすわったままでいた。つらい思いをしているのは同じなのに、姉は自分に気遣いを示してくれているのだ。

チゲを冷ますあいだに、ミリアムは両親が冷蔵庫の上に並べていたとっておきの酒のコレクションを検分した。そして、クラウンローヤルのボトルを選び出し、氷を満杯にして水を加えたふたつのグラスといっしょに食卓に運んだ。「Kタウンおなじみのウイスキーよ」ミリアムはグレイスの前にボトルを滑らせ、自分のグラスを差し出した。「ついでちょうだい」

ボトルは埃まみれだったので、姉のグラスに酒をついでいると、黒い汚れが指にこびりついた。「このボトル、姉さんが出ていってからは、だれもさわってないんじゃないかな」グレイスは言った。

家族のなかで本物の酒飲みといえるのはミリアムだけだった。グレイスはたしなむ程度だ。最後に飲んだときのことを思い出す。あの夜は姉といっしょで、不愉快なことが続いてばたばたして、次の日は昼過ぎまで二日酔いが続いたっけ……だが、それは別の宇宙のできごとのようだった。そこでは、愛する人たちはみんな無傷で、いま思えば、それ以外の点でも、すべてが驚くほど順調だった。きょうからは、ほんとうに、お酒でも飲まなければやっていられないかもしれない。

グレイスは自分のグラスに酒をつごうとしたが、ミリアムにボトルを奪われた。「だめよ、そんなの」姉はグレイスのグラスを半分だけ満たした。「手酌なんかしたら、悪いセックスが七年続くんだからね」

「いけない！」グレイスはハンドバッグを探って携帯を取り出した。気がつけば、最後にチェックしてからずいぶんたっている。「今夜はデートの約束があったのよ。行けなくなったって連絡するのを忘れてた」

「ああ、そうだったわね」ミリアムは妹の恋愛事情を細かく把握していた。グレイスは異性と交流することがめったにないので、デートの予定が入ったときは、必ず姉に教えている。そのあたりは、姉も母もたいして違わない。どちらも、愛するグレイスのために、ものごとがうまくいくようにと願ってくれている。ただ、その〝ものごと〟の種類が違っているだけだ。「例の韓国系の医者とのデートをすっぽかしたわけ？」

グレイスは携帯に届いていたメッセージをすべて読んだ――全部で八件あって、後半の五件は長文で怒りに満ちていた。

「そう、例の韓国系の医者とのデートをすっぽかしたの」グレイスは画面に連なる罵倒のことばに目をむいた。

「なんて言ってる？」

グレイスはミリアムに携帯を渡し、姉が眉間にしわを寄せるのをながめた。「〝ざけんなよ、無神経なくそアマめ〟だって。なんなの、〝ざけんなよ〟って？」

グレイスが肩をすくめると、ミリアムは携帯を返してくれた。

「ねえ、これこそが怪我の功名って……」ミリアムは口を開いたまま、言いよどんだ。

「結局は銃弾をよけられたんだから、って言いたいんでしょ」

ミリアムが苦笑しながらうなずいた。

グレイスはため息をついた。「じゃあ、一日に二発飛んできたってことね」

「いやだもう、ほんとにそうよね」ミリアムが声をあげて笑ったので、グレイスもつられて笑った――そうか、このなじみのない世界でも、前と同じように笑うことはできるのだ。

ふたりはウイスキーを飲みながらキムチチゲをつつき、それがちょっと風変わりな、心の安らぐ食事になった。グレイスはすぐに酔いが回ったが、ほろ酔いでぼんやりしているのは心地よく、気分が落ち着いた。姉が来てくれてよかった。母もミリアムが来たと知れば、ありがたいと思うにちがいない。

グレイスはもうひと口クラウンを飲み、姉に尋ねた。「お母さんが山場を乗り切ったら、仲直りするんでしょう？」

「どうかな」ミリアムが言った。「わたしも、そのことはずっと考えてるんだけど」

「オンニ、お母さんは命を狙われたのよ」

「わかってる。わたしだって死ぬほど心配してるもの。でも、だからってなにかが変わるわけじゃない」ミリアムは首を振った。「グレイス、うちのお母さんは、善人じゃないのよ」

「なんでそんなこと言うの？　お母さんは、姉さんにとってもわたしにとっても、ほんとにいい母親だったじゃない」ミリアムが黙っているので、グレイスは声を抑えて畳みかけた。無理に陽気になろうとしているのが自分でもわかる。「ねえ、わかってるでしょ、いい母親だって」

「それは別の話だから」ミリアムはそう答えたが、特に否定はしなかった。

「姉さんは、一カ月だけつきあった黒人の男の人をサプライズで連れてきたでしょ。まさか、お母さんがあの人に対して差別的な態度をとったから、そんなことを言ってるんじゃないでしょうね？」

「彼は関係ないわよ。わかってるくせに」

グレイスはため息をついた。「なんでお母さんのことをそんなに悪く言うのか、全然わからないけど、姉さんの言うとおりだとすれば、今回のことはじゅうぶん罰になったわよね」

ミリアムの顔をなにかがよぎった。抑えきれない思いが殻を破って現われたかのように。その表情が、暗い秘密の存在を告げている。姉は開きかけた口を閉じた。静寂のなかで冷蔵庫が低くうなっているのが、目を覚ましたスズメバチの羽音のように聞こえた。

「お母さんが罰を受けてるんだとしても、それはしかたないことよ」ミリアムは腹が立つほど用心深い口調でそう言って、髪の毛を手櫛で梳いた。その髪は、ここ数時間で脂が浮いて光っていた。

「なんなのよ、オンニ？　お母さんが撃たれたのは当然の報いだって言いたいの？」グレイスは鋭く言い返した。

ミリアムの顔に憐れみが広がったのを見て、グレイスはうすうす感じていたことが確信に変わるのを感じた。パズルの欠けた部分が埋まって、絵が完成したのだ。刑事に受けた質問、まぬけ面のグレイスをはさんで父と姉が見交わした視線。そうした違和感はいまに始まったことではなく、自分だけ蚊帳の外にいて、決定的なことを見逃しているという感覚が、何カ月も何年も続いてきた。それはつまり、自分には家族が崩壊した理由がわかっていないということだ。思いあたることはなにもない。グレイスの知らない大事なことがあって、姉はそれを知っていながら秘密にしているのだ。

「なにかわたしに隠してることがあるんでしょ？」グレイスは言った。

ミリアムはグラスを回してウイスキーを揺らし、ゆっくりとひと口飲んでから、グラスを置いた。そして、ようやくグレイスの顔を見ると、重い決断をくだしたように、唇を嚙んでうなずいた。「エイヴァ・マシューズという名前に心あたりはない？」

グレイスは首をかしげた。衝撃の事実が明かされるのは覚悟していたことだ。つまり、これがその事実なのだろう。それにしても、エイヴァ・マシューズって？　どこのだれだか見当もつかない。

「心あたりはないけど。あるって言わなきゃだめなの？」

ミリアムは顔をしかめた。「そうよ。みんなが知っておかなきゃいけない名前なんだから」ため息をつき、先を続けた。「ロドニー・キングはどう？　こっちはわかるでしょ？」

「わかるわよ、もちろん」グレイスはあっけにとられた。ロドニー・キングが母となんの関係があるのだろう？「暴動のきっかけになった男性の名前でしょ」

「そう、ロサンゼルス暴動のね。あの事件のこと、くわしく知ってる？」

グレイスは記憶をたどった。一九九二年の四月といえば、自分はまだ生まれたばかりだったが、韓国系市民のあいだで育ったので、事件の話はいろいろ聞いていた。たとえば、みんなで教会の静養所に行ったとき耳にした会話は、よく覚えている。アラン・チャンが――あのころ、グレイスは彼に首ったけだった――自分の家族はコリアタウンでクリーニング店を営んでいたが、その店が略奪にあい、放火されて全焼したと話していたのだ。アランによれば、父親はあとで町に戻り、友人たちがそれぞれ店を守るのを手伝ったが、それは警察がビヴァリーヒルズで暴徒を鎮圧していて、コリアタウンには来てくれなかったからだという。

ほかの子供も何人か会話に加わり、家族から聞いた逸話を披露した。生計の道を断たれたこと、危うく死にかけたこと、父やおじやいとこたちが銃を構えて屋上に伏せていたこと。彼らの話を聞きながら、グレイスは妙に仲間はずれになったような気がしていた。グレイスの両親は、暴動のことを一度も口にしていなかったからだ。たぶん、あの騒ぎはヴァレーの奥までは及ばなかったのだろう。

「韓国系の人たちがひどい目にあったのは知ってるけど」グレイスはそう言った。

ミリアムがうなずいた。「韓国系市民は、サウスセントラルでお店をやってる人が多かったけど、お客さんは大半が黒人で、店主たちとはあまり折り合いがよくなかったの。だから、ロドニー・キング事件の判決が出ると、韓国系がなんとなく標的にされちゃったわけ」

グレイスは姉をにらみつけた——そんなむだ話で時間を稼ごうというのか。「なにが言いたいの、オンニ？　歴史の授業なんかどうでもいい。いま聞きたいのはそんな話じゃないから」

「違うわよ、歴史とか、そんな過去の話じゃなくて、いま——」

「結論を先に言って。エイヴァ・マシューズってだれなの？」

ミリアムはクラウンをゆっくりと口に流しこんでから、グレイスに視線を戻した。「エイヴァ・マシューズは、サウスセントラル出身の黒人の少女で、当時は十六歳だった。暴動のとき韓国系市民が狙われたのには、さっきの話のほかに、もうひとつ理由があった。それがエイヴァだったの」ミリアムは早口になり、一気にまくしたてた。「ある日、エイヴァが近所の食料雑貨店に行ったら、店主が彼女を見て、ボトル入りの牛乳を一本万引きしたって騒ぎだした。ふたりは喧嘩を始めて、店主はエイヴァが背中を向けていたときに頭を撃った。警察が駆けつけて、倒れたエイヴァが手に二ドルを握っていたのを発見した」

グレイスの心臓が早鐘を打ちはじめた——こうなるのはわかっていた。ミリアムが禁断の部屋の扉を開け放ったのは、なかにいる怪物を妹に見せるためだ。ただ、グレイスには怪物の姿がまだ見えていなかった。「それで？」と言ったときには、口がからからに乾いていた。

「その店主が韓国系のおじさんだったとか？」

ミリアムは悲しげに首を振り、妹を見つめた。「店主は韓国系の女性だったの」

6

二〇一九年八月二十三日、金曜日

金曜の夜。若いころのショーンは、それだけでわくわくした――金曜の夜は、思いきり羽を伸ばすときだ。子供時代は、金曜の夜には、もう学校は終わったという意味があった。エイヴァが教室まで迎えにきてくれて、宿題がなくて、これからは二日間遊ぶだけというとき。映画を観にいったり、ショッピングモールでコーンドッグを食べたり、みんなで馬鹿でかいラジカセを囲んで音楽を聴いたりするときだ。もう少し大きくなると、それにパーティや、車で走りまわることが加わった。門限などは屁とも思わなかった。金曜の夜には、初めて味わう自由があった――目一杯楽しもうと欲張ったり、楽しさをちびちびかじって長引かせたりしなくてもよかった。金曜の夜は、厄介ごとと馬鹿騒ぎ、馬鹿騒ぎと厄介ごとの時間だった。

一方、いまのショーンは、土曜日も朝から働いている。おまけに、年をとってきたと感じてもいる。たんに年齢を重ねたということではなく、あのころ予想していた以上に老けたという意味だ。あのころつきあっていた仲間は、ありあまるエネルギーでぎらぎらしている少年ばかりだった。それがいまでは、自由時間の大半を、女ひとりと子供ひとりを相手に費やすようになったのだ。いまのショーンが金曜の夜に望むものは、ふたつぐらいしかない——平穏と静けさだ。

家に三歳児がいると、そのふたつはおいそれとは手に入らない。今夜、モニークのおかげでショーンはへとへとになっていた。モニークは、お気に入りのアニメ番組でロデオをやっているところを見たために——子供番組にロデオの場面を入れようと考えたアホは地獄に落ちろ——ショーンの背中や肩に乗って、行け！　走れ！　と命じる遊びに熱中し、それだけをひたすら繰り返したのだ。ジャズは娘を止めようとしたものの、遊ぶ姿があまりにもかわいいので、内心では、やっぱりもう少し見ていたいと思っているようだった。なにしろ、幼い娘がショーンの肩に乗り、彼が背中を丸めて飛び跳ねたり、鼻息を荒くしたり、いなないたりするたびに、大喜びしてきゃっきゃっとはしゃいでいるのだ。ジャズはモニークを叱るあいだも笑いをこらえきれず、いいかげんにしなさいと大声をあげながらも、携帯を出して動画を撮っていた。こんなときの男はだらしないものだ。子供が飽きてしまうまで、ショーンはお馬さんになってふざけまわるしかなかった。

そしてようやく、平穏と静けさをつかのま味わうチャンスが訪れた。いまは九時——一時間後にはもう眠っていたいものだ。ジャズがモニークを寝かしつけているあいだに、ショーンは熱いシャワーをのんびり浴びた。首筋が痛いのはなぜだろうと思い、はたと気づいた。さっきまでずっとロデオの馬をやっていたからだ。ショーンは思わず笑みをもらし、親指で首の付け根をもんだ。

シャワーがすむと、Tシャツとボクサーパンツになってベッドに入り、重ねた枕に寄りかかってジャズを待った。彼女はまだモニークを寝かしつけている最中だった。モニークがわがままを言いだすと、寝入るまでに一時間半かかったりする。このあいだなどは、ショーンは本を三冊読まされ、最後の一冊は二回繰り返して読むはめになった。このうちはあの子に支配されているのだ――ジャズはショーンほど甘くはないが、それでもモニークのぷっくりした小さな手にかかれば、すぐにめろめろになってしまう。お茶目なふくれっ面や、きらきらしたつぶらな茶色の瞳の前では、ふたりともなすすべがなかった。あの子にはきょうだいがいたほうがいい。彼女の王座を脅かす存在が必要なのだ。このままやりたい放題にさせていたら、どんな暴君に育つかわかったものではない。

ジャズはショーンの携帯で山ほど写真を撮っているが、さっき撮ったぶんは、モニークの画像だけが延々と続いている。それを親指でスクロールして次々に見ていくうちに、ショーンは思わず声をたてて笑ってしまった。ショーンの首に投げ縄をかけるまねをしているモニークに――実際に縄跳びの縄を使おうとして、彼はかまわないよと言ったのだが、ジャズに止められた――ショーンの肩に乗って頭にしがみつき、目を細めて歓声をあげているモニーク。しがみつかれたショーンは、でれでれに相好を崩していて、見ていると自分でも恥ずかしくなってきた。ショーン・パパの親馬鹿なまぬけ面か。

写真をさらにスクロールしていると、着信音が鳴った。トラメルからメールだ。レイが出所したので、ふたりの共通の友人であるトラメルとのつきあいも復活していた。メールを開きながら、ショーンはひとりでにこにこしていた。

チョンジャ・ハンの話、マジかよ

ショーンはがばっと起きあがった。わが目を疑い、三度読み直したが、画面にはやはりあの女の名前があった。チョンジャ・ハン。

シーラ伯母さんが何度も語り直してきた思い出話を別にすれば、これまで二十七年間、チョンジャ・ハンが話題になることはなかった。その名前は、ロドニー・キングやエイヴァ・マシューズの名前と同様に、九〇年代の騒乱を連想させるものだった。当時は、一年間というもの、新聞やらテレビやらビラやら、いたるところにチョンジャ・ハンの顔があった――高慢そうなのに怯えてこわばっている表情は、ショーンがどんなに見たくないと思っても、つねに目に飛びこんできた。そして裁判のあと、彼女は行方をくらました。事件は終わったのだ――拘束を解かれたチョンジャ・ハンは、マスメディアの追及を逃れ、サウスセントラルから遠く離れた場所に身をひそめて、ひっそりと暮らすようになった。彼女がどこでなにをしているのかは、だれも知らなかった。

ショーンがそういうことを知っているのは、ずっと気にかけてきたからだ。不当な扱いを受けた者は、特に考えなくても反射的にそうしてしまうものだが、ショーンも新情報はないかとつねに注意していた。彼女の暮らしぶりは想像もつかなかったが、心のどこかで、その実態を知りたいと願い、それを知るつらさを味わいたいと思いつづけてきた。インターネットが使えるようになったとき、ショーンが二番目に検索エンジンに打ちこんだのは彼女の名前だった。だがヒットしたのは、エイヴァの名を真っ先に検索したときに出てきたサイトばかりだった。その後長年のあいだに同じ名前を何度か検索してみたが、チョンジャ・ハンは名前を変えたか、息をひそめて暮らしているか、あるいはその両方なのか、九三年以降は足跡をいっさい残していなかった。

だが、トラメルはなにかを聞きつけたらしい。しかも、彼はけっして耳が早いほうではない――ということは、噂は相当広まっているのだろう。チョンジャ・ハンは再び姿を現わしたのだ。

ショーンはグーグルで彼女の名を調べ、肩を落とした――どのニュースサイトにも彼女に関する記事はない。それでも、なにかがおきているのはたしかだ。

また携帯が鳴った――今度もメールで、ダンカンからだった。

性悪女にバチがあたった

ショーンはベッドを出て、スポーツ用のハーフパンツをはいた。ジャズはまだモニークの部屋にいるが、彼女が入ってきたときに電話をしていたくはない。こんな話を聞かれるのはいやだ。外は寒いかもしれないが、かまうものか――砂漠地帯の夜の寒さは、むしろ頭を冷やしてくれるだろう。サンダルをつっかけておもてに出たときには、早くも携帯を耳にあてていた。人感センサーが作動してライトがつき、白い光の洪水がショーンに襲いかかった。

いくら情報がほしくても、ダンカンに電話するとは、おれも相当せっぱつまっているな、とショーンは思った。ダンカンは三十年来の知り合いだが、彼には昔からいやな思いばかりさせられている。いやな思いをした理由は、実にさまざまだった。こちらがまだ子供で、レイや彼の友だちにかまってもらおうと必死になっていたときは、ダンカンに馬鹿にされ、からかわれた。相手はふざけ半分にショーンを屈服させるのがおもしろくてしかたないようだった。ギャングの仲間になってからは、ことあるごとに悪さをしろとけしかけられた。そのくせ、当のダンカンは不良行為をやめてしまい、いきなり行ない澄ました顔をして、偉そうにショーンに忠告してきたのだ。

そんなダンカンにも感心な点がある。それは、自力でまともな生活を築きあげたことだ。彼は刑務所に入ったことがなかった――過去に一度だけ、逮捕されて事情聴取を受けたことがあり、そのときに自分は悪行には向いていないとさとったらしい。ベアリング・クロスのメンバーとはうまくつきあっていたが、ショーンの知る限りでは、地元の短大に入ったあとは、犯罪行為からは完全に手を引いていた。その後、カリフォルニア州立大学ロサンゼルス校に編入し、抜け目なさと行動力を活かして合法的な金儲けにいそしむようになった。いまのダンカンは、法にのっとって、小規模店のオーナーになっている。州道一四号線から少しはずれたところでバーを営み、常連の飲んべえたちを相手に手堅く稼いでいるのだ。話し上手のダンカンは、アンテロープ・ヴァレーにひしめく白人右翼の客もうまくあしらえた。右翼のほうも、なぜかダンカンを信頼しているらしい。彼が黒人にしては肌の色が薄く、目が緑色で、いかにもペテン師らしい、華のある笑顔を見せるからだろうか。ショーンはそんな見かけにはだまされなかったが、それでも、ダンカンはいまの生活をずっと守っていくだろうと思っていた。ダンカンはレイの親友で、彼らもショーンも生きていくうえでいろいろな目にあってきたが、現在は三人ともパームデイルで暮らしている。ダンカンが近くにいることには便利な点もあった――ダンカンはロサンゼルス大都市圏でいちばん口が軽い人間なのに、彼が相手だと、みんな、どんなことでも話してしまうのだ。

「今夜はお祝いするんだろ、ええ？」ダンカンがにやにやしているのが、その声でわかった。

「なんの話だ」

「チョンジャ・ハンの話だよ」ダンカンが笑った。

「チョンジャ・ハンがどうした」

こちらがやきもきするのを楽しむように、ダンカンがたっぷりと間をおいたので、ショーンは彼を殴りつけて話をせかしたくなった。

「銃弾をくらったんだよ！」もったいぶった末に、ダンカンが言った。「自分がやってる店かなにかで」

ショーンは縁石のところまで歩いていき、腰をおろして、黒いアスファルトの道路に両足を踏ん張った。星がうっすら散らばった夜空は、危なっかしく傾いでいるように見える。体の外側は寒いのに、内側はほてっていて、頭がくらくらした。心臓が重く脈打ち、血が騒いでいる。

「おい、ショーン、聞いてるのか?」

「その話、どこで聞いた?」

「噂が広まってるんだよ。ツイッターはその話でもちきりだ」

「ほんとにあの女なのか?」

「おれは聞いたことをそのまま話してるだけだ。ただ、ガセではないようだ。うちの近所に韓国系の連中がいて、そいつらは噂話をなんでもべらべらしゃべってくれる。チョンジャは名前こそ変えたが、ずっとこのあたりにいたらしい。父親が八〇年代からチョンジャの知り合いだったという女の子がいるんだが、やつは九〇年代からイヴォンヌ・パークと名乗っているそうだ」

「イヴォンヌ・パークか」ショーンはオウム返しに言った。

十五年ぐらい前に、一週間ほど、ある噂が出回ったことがある。チョンジャ・ハンがサウスセントラルに戻ってきて、また酒屋をやっているというのだ。あちこちの電柱に貼られたビラは、みんなでキング・マーケットに出向いて、あの女を引きずり出そうと呼びかけていた。ショーンはひとりで現場に行ってみたが、酒屋の前には人がふたりいて、通行人をつかまえては、あの噂はまちがいだと訴えていた。ふたりは黒人の母親とティーンエイジャーの娘で、彼女たちによれば、酒屋の店主はサウン・アンという女性で、近所の住民を雇い、人々の勘違いについては広い心で赦しているということだった。

それでも、ショーンは店内に入った。ボトル入りの牛乳を一本買い、店主の女性の目を見つめた。店主は彼を見つめ返したが、その目には怯えがにじんでいた――ショーンがそれを見てとったのに気づいて、店主は目をそらした。釣り銭はカウンターに置かれ、彼が自分で取って出ていけばいいようになっていた。だが、ショーンはその場を動かず、無言で彼女を観察した。歳は四十がらみなのでぴったりあてはまり、ショートの黒髪はまっすぐで量が少なく、三分の一ほどが白髪になっていたが、九一年当時のチョンジャ・ハンと同じく、髪型にはあまり気を遣わず、ばっさり切りそろえてある。

ただし、九二年になると、ハンの髪型は変わっていた――前より長く柔らかい感じになり、妊娠中の豊満なお腹に合わせたように、より女らしくなっていたのだ。銃撃事件から一年後のハンは、もうビデオに映っていた女のようには見えなかった。ビデオの女とは別人になろうと決め、その準備をすでに始めていたのだろう。ショーンは釣り銭を手にして店を出た。あの店主がほんとうにハンだったら、自分はどうしただろうと考えてみたが、答えは出なかった。

「だれに撃たれたんだ？」

「わからん。犯人は自分の名前を宣伝したいとは思ってないだろう。警察は、身を守るすべもない韓国系のご婦人が撃たれたのをかわいそうに思って、撃ったやつを捜すはずだからな」ダンカンは途中から、ふざけて子供っぽい声色で話していた。四十男がそんな声を出しているのは気色悪かったが、話の内容にはうなずけるところがあった。

チョンジャ・ハンがなにをしたとしても、小柄でか弱いアジア人女性という鉄壁の人物像が崩れることはなかっただろう。彼女はだれもが認める被害者で、勇猛果敢にわが身を守らねばならない存在だった。ハンがエイヴァを殺し、駆けつけた警官の前で泣きじゃくると、その仮想のイメージが現実となった。ハンが正当防衛を主張して、おぼつかない英語で涙ながらに証言し、丸くふくらんだお腹がアップで映されたときも、そのイメージが現実となった。殺されたのが白人少女でない限り、そのイメージはつねに現実になってしまうのだ。

「あいつはどこにいたんだ？」

「薬屋だ。ノースリッジの」

　そう聞いたとき、ショーンは初めて慄然（りつぜん）とした。あの女がこれまで何年にもわたって身をひそめていたのが、よりによってノースリッジだとは。そこは、自分が毎日、明け方にアンテロープ・ヴァレーを出て仕事に通っている町ではないか。それほど近くにいたのに、なぜ気づかなかったのだろう？

　しかも、ノースリッジは女が昔住んでいた場所のすぐ近くにある。あのフィゲロア・リカー・マートまでは五十キロもない。自分なら、もっと遠くに逃げていただろう。

ショーンはノースリッジの風景を思い浮かべた。郊外の道路沿いに、必要以上に肥大化した無個性な家屋が並ぶ町。前に一度、あの町で仕事をしたことがある。客は韓国系の家族で、高台にある塀で囲まれた高級住宅街のなかの、モダンできらびやかな豪邸に引っ越そうとしていた。一家の母親を見たとき、彼はチョンジャ・ハンを思い出した。三十歳から六十歳までの韓国系女性を見ると、たいていはハンの姿に重ねてしまう。

ハンもああいう家に住んでいるのだろうか？　高台の邸宅で、大型の衣装箪笥や特注の飾り棚が並んでいて、グランドピアノもある家。エイヴァだったら、そんなピアノは弾かせてもらえるだけでうれし涙を流し、自分のものにすることなど夢にも思わないだろう。

チョンジャ・ハンは、刑務所には一日たりとも入っていない。それはわかっていたが、あの女がいい暮らしをしているはずはない、と自分に言い聞かせるのがショーンの癖になっていた。ハンは世間からつまはじきにされる流刑者であり、憎まれながら味気ない日々を過ごすという終身刑を科せられ、幸せや成功とはどこまでも無縁の人生を送るべきなのだ。

ハンの人生がむなしいものになるのは当然の報いだ。エイヴァは十六歳で亡くなっている。生きていれば得られたはずの時間や、経験や、幸せ――そのすべてが、銃撃の閃光とともに一瞬で失われてしまったのだ。チョンジャ・ハンがそれより多くのものを手にするのは、あまりにも不公平ではないか。

これまでは、ハンの姿は好きなように想像できた――そのつもりはなくても、気がつくと、そういう想像をしていることがよくあった。ショーンの頭のなかでは、ハンは逃亡犯であり、流浪人であり、名もない地獄で一生を終える運命にあった。それがいまでは、彼女がどこでなにをしていたか、はっきりわかってしまった――一発の銃弾でまたもや有名になったハンは、ロサンゼルスの片隅で別の店を営んでいたのだ。何年ものあいだ、彼女はショーンの町で暮らしていた。自分は刑務所にいたのに相手は自由を謳歌していた。こちらは生きるだけで精一杯だったのに、向こうは贅沢三昧のいい身分だったのだ。

「なあ、いい気分だろ？」ショーンが黙っていると、ダンカンが探りを入れてきた。

ライトが消え、ショーンは暗闇に沈んだ。

「どうだろう。なにしろ妙な話だからな。夢を見てるみたいだ」

「夢じゃないよ。だれかがチョンジャ・ハンを撃ったんだ。正義の鉄槌をくだしたのさ」

正義――この話の論点はそこにあるのだろうか。これだけ時間がたって、やっと正義が実現したのか？　ショーンは目を閉じ、満足感がこみあげるのを待った。

だが、そんな感覚はなかった。その代わり、心のなかには、法廷と、証言台と、ひとつの顔が浮かんできた――それらのイメージはいつでも見られるように心の隅にしまってある。そのすべてがフラッシュを浴びて、生々しく鮮やかに甦ったのだ。白い面長な顔は判事のもので、それが黒いガウンの上に突き出ている。彼女は裁判官席の椅子に腰かけて、部屋のなかにいる人々を見おろしていた。ショーンもそこにいて、ダンゴムシのように小さな体で一生懸命に上を向き、判事を見あげている。判事が神のごとき権威によって判決を言いわたしたときの顔は、いまでもはっきり覚えている。裁判のあと何年もたってから、彼女の写真が本に載っているのを見たことがあるが、驚いたことに、写真の顔は記憶にあるものとは違っていた。だからといって、記憶を訂正したりはしなかったが。

ショーンははっと目を開けた。「それで、ハンは――」

「死んだのかって？」ダンカンが先を引きとった。「それはわかってないが、おれが聞いたところでは、かすり傷ではすまなかったようだ。容態はよくない」そこで、からかうような声になった。「なんだ、死んでればいいと思ってるのか？」

その問いは、ショーンの耳のなかで鳴り響いた。「もう切るよ」彼は電話を切った。ダンカンに電話したのは、こんな話をするためではない。

そのあと、どのぐらいそこにすわっていただろうか。ドアが開く音がして、ショーンはわれに返った。

「ショーン？」

ショーンはすわったまま振り向いた。うしろに立っているジャズは、寒さから身を守ろうと腕組みをして、心配そうに眉を寄せていた。

「やっとモニークが寝てくれた。こんなところで、なにをしてるの？」

ジャズが近づいてくると、人感センサーが作動して再びライトが点灯し、家屋をバックに彼女の姿を照らし出した。

いまの自分にとっては、これが人生だ――この家と、この女と、あの子供が。ショーンはジャズに見とれた。ジャズの姿はいつだって見ごたえがある。そのすばらしさは、初めて会ったときとまるで変わっていない。ジャズはたしかに美しい――なめらかな肌も、色っぽい目も、優しさが詰まったようにふっくらした唇も。だが、ショーンが感嘆したのは、もっと深いところに意識が及んだからだ。彼の頭には、ある考えが染みついていた。ほしいものがあるときは、とにかく追いかけて、追いかけて、つかまえて、そのあとも、追いかけてつかまえつづけなくてはならない。それは女のことではなく、というか、女に限ったことではなかった――ショーンの人生には、安定したものがなにひとつなかったのだ。あらゆるルールが断りもなく変更され、ゴールポストは引き抜かれては別の場所に移されてきた。そこに、ジャズが現われたのだ。最初は欲望のままに手探りを続けていたが、しばらくたつと、彼女の体が――この背が高くて強靭な女性の肉体が――ただの体ではなく、支柱であることに気づいた。ショーンはジャズのぬくもりに安心して身をゆだね、彼女が与えてくれた不変のわが家という希望を信じた。ジャズと結ばれたことは、まちがいなく、人生で最良のできごとだった。

それなのに、ショーンはまだジャズにすべてをさらけ出してはいなかった。少なくとも、彼女が望むような形では。

「ねえ」ショーンが返事をせずにいると、ジャズが問いかけた。「なにかあったの？　大丈夫？」

サンダルをぱたぱた鳴らしてジャズが駆け寄ってきた。

ショーンは、そばに立ったジャズの太ももに頭を押しつけ、ひざに腕を回して、しっかりと抱きしめた。

チョンジャ・ハンの生死は定かではないが、いずれにせよ、彼女は戻ってきた。ショーンはいっさいを——あの女のことも、殺人事件のことも、姉のことも——心の奥に封じこめていたが、ここにきて、不本意にも、その封印が破られたのだ。ジャズの手が頭にふれたのを感じると、ショーンの体は小刻みに震えはじめた。

家の呼び鈴が鳴ったのは零時になる直前のことだった。ふたりはようやくベッドに入ったところで、まだ眠っていなかったショーンは、その音ではっと身を起こした。そばにいるジャズが緊張したように身を硬くしたのがわかった。

「ねえ、だれか来たのかしら」

ショーンは首を振り、床に足をおろした。「ここで待ってろ」

ふだんの夜なら、だれも来るはずがないときに呼び鈴が鳴れば、単純に身の毛がよだっていただろう。ショーンは夜中に驚かされるのが嫌いなのだ——それはだれでも同じだ。彼が生まれ育った場所ではそうだった。それにしても、今夜は、ことのほか不吉な感じがした。なにしろ、チョンジャ・ハンが戻ってきたのだ——彼女のほかにも、ショーンに迫ってくる者がいないとは限らない。

ショーンはすでに銃を所持するのをやめていた。そもそも所持はできないし——法を無視すれば別だが——所持したいとも思わなかった。銃をもって走りまわるとどんな気分になるか、経験上、痛いほどわかっているからだ。引き金を引くのがどれだけ簡単かを思うと、われながらぞっとする。

ドアのほうに向かいながら、ほかに手ごろな武器はないかとあたりを見まわしたが、すぐにあきらめた――彼は必ずしも強盗を恐れているわけではなかったのだ。

また呼び鈴が鳴り、そのあと、ドアを激しくノックする音がした。

「ショーン！」

ショーンはほっとした――なんだ、レイだったのか。彼は戸口に駆け寄り、ドアを開けた。

「モニークが目を覚ますじゃないか」ショーンが声を落としたのは、このあとも静かに話したいと思ったからだった。

レイはその遠回しな注意には気づかず、うわずった声でせっかちにまくしたてた。いまにも息が切れそうな話しぶりは、三キロほど先の自宅から走ってきたかと思うほどだ。「おまえ、携帯に出なかっただろ」

「悪かった」ショーンはレイをなかに入れた。「ジャズと話してたんだ。携帯はずっと鳴ってたけど、途中で切った」

「ジャズも出なかったぞ」

「ふたりで話してたからだよ」それまでの二時間の会話を思うと、ショーンは胸が熱くなった。ジャズは、当然ながら、彼の過去を知っていた。なのに、自分はなぜあの話をしようとせず、いままでずっとぐずぐずしていたのだろう？　なにも言わずに、辛抱強く、ひたむきに耳を傾けてくれるジャズの態度――それが以前から心を癒す薬になっていたのに。

「エイヴァの話をしたのか」

ショーンはうなずいた。「じゃあ、おまえも聞いたんだな」

「あたりまえだ。なんだよ、おれの携帯にはだれも電話してこないと思ってるのか？」レイはすねたようにひがみっぽい言い方をした。まるで、ショーンに仲間はずれにされたかのように。

「それでうちに来たのか。言っとくが、おれはあした仕事なんだ」

レイはむっとしたようにショーンを見た。「おまえの身になにかあったんじゃないかと思ったから、来てやったんだぞ。少しはありがたいと思え。まあ、せっかくここまで来たんだ、一杯やろうぜ」

ショーンは断ろうかと思ったが、レイがさっさとキッチンに入っていったので、しかたなくあとを追った。「警察が来たのかと思ってさ」思いきって打ち明けると、頭がくらくらした。ショーンは腰をおろし、レイが冷蔵庫を開けるのを待った。「そこにビールがあるだろ。おれにも一本くれ」

「ジャズは寝てるのか？」

冷えたビールを渡されると、ショーンはぐいっと飲んで「いや」と答えた。キッチンの物音はジャズにも聞こえているはずだ。彼女はレイが帰るまで寝たふりをすることにしたのだろう。「しばらくふたりきりにしてやろうと思ってるみたいだ」

ジャズを呼びにいくことも考えないではなかったが、心遣いにはありがたく甘えることにした。レイが来てくれて、この不思議な時間をともにしているのを意識すると、ショーンは急に安心感を覚えた。シーラ伯母さんを除けば、エイヴァを覚えている肉親は、もう自分とレイしか残っていない。ショーンの姉で、レイのいとこであるエイヴァは、生きていれば四十歳を過ぎている。そんなエイヴァの恨みが、いまようやく晴らされたのだ——その点だけをとっても、これは途方もないことだった。

「そうか、おれのことを警察だと思ったのか」レイが言った。「こっちはこっちで、おまえは逮捕されたと思ったんだぜ。どっちも思い違いで運がよかったな」

ふたりは気の抜けた笑い声をもらし、幸運が続くように願うときのまじないとして、リノリウムのカウンターをとんとんと叩いた。ほんとうは木でできたものを叩くべきだが、そこまでこだわることもない。

「で、今夜はどこにいたんだ？」レイが訊いた。

ショーンは肩をすくめた。「ここにいたよ」

「言い方を変えよう。マシューーズさん、二十三日の夜、午後七時から八時まで、あなたはどこにいましたか？」

「いま言っただろう、ここにいたよ」

「ジャズとモニークもいっしょだった？」

ショーンはうなずいた。

「いっしょにいたのが、恋人と、彼女の小さな娘か。まあ、いないよりはましだ」

「ノースリッジには行ってない。それはたしかだ」

「だったら、証明できるように準備しておけよ。被害者の身元がはっきりしたら、警察は、韓国系の優しいおばさんがどうして撃たれたりしたのかと思うだろう。で、彼女に敵はいなかったかと訊いてまわる。するとここに、おれたちふたりが、身内を殺されて恨みに燃えている重罪犯の黒人野郎がいるってわけだ」

ショーンは口もとがゆるみそうになった。「じゃあ、おまえにはどんなアリバイがあるんだ？」

「アリバイはないよ」

「家にいなかったのか？」

「出かけてた」

「どこに？」

「ただドライブしてただけさ」

ショーンは暗い気持ちになった。ダンカンの店で働きだすと、レイの〝悔い改めたキリスト教マニア〟的なふるまいは影をひそめてしまい、彼の行動を把握するのはむずかしくなった。勤務時間はあいまいで不規則なのに、仕事で家を空ける時間は週四十時間をはるかに超えている。子供たちの顔もほとんど見ていないようだ。夫がどこにいるのかわからず、ニーシャが困って電話してきたことも何度かある。ショーンもレイを見張っていられるほどひまではないし、だいたい、相手はいい大人ではないか――大人であり、父親でもあり、刑務所に戻りたいとは毛頭思っていない男を見張る必要がどこにあるだろう。それでも、ショーンは心配せずにいられなかった。パームデイルにはスラム出身のもとギャングが山のようにいる。その多くは、ゴミみたいな給料を得るためにLA市内に通うことに嫌気がさしている。そこで、ほかの道を見つけて食っていこうとする者が出てきた。その連中は、昔の友だちや、そのまた友だちと、額（ひたい）を集めて相談するようになった。レイがその気になれば、悪だくみはどこにでも転がっているのだ。

「なんだよ、レイ」ショーンはとってつけたように笑った。「おまえがやったのか？」

「違うよ。おまえこそ、絶対にやってないと言いきれるか？」

その刹那（せつな）、ショーンの手に銃の重みが甦った。引き金を引くときに、指に伝わる抵抗感も。彼はチョンジャ・ハンのいまの姿を思い描こうとした——大きなお腹を抱えた妊娠中のハンではなく、髪に白いものが交ざり、しわが増えた五十代の女が、自分を追いかけてきた罪にとうとうつかまってしまったと知って、怯えた目をしているところを。

「もちろんさ」とショーンは答えた。「おれは、今夜はずっとここにいたんだ」

第二部

一九九一年三月十六日、土曜日

けさは、これ以上眠りをむさぼることは許されないようだ。なぜって、ブラインドを手早く引きあげる音がして、朝日が一気に射しこんだと思うと、片腕に乗っかってきたエイヴァに濡れた指でおでこをつつかれてしまったから。「起きなさい、ショーン」エイヴァが節をつけて言った。「起きるのだ、弟よ」

ショーンはうめき声をあげた。きょうが土曜日なので、ゆうべは夜ふかしをして、まぶたが閉じてしまうまでコミック本を読みながら、どこに行ったかわからないレイの帰りを待っていたのだ。横目でレイのベッドを見ると、まだ空っぽのままだ。

上掛けを頭の上まで引っぱりあげ、ショーンはぶつぶつと不平を鳴らした。姉がさっさと退散してくれるように願いながら。「いま何時?」

「十時ちょっと前よ、寝ぼすけくん。シーラ伯母さんが、牛乳買ってきてって」

「だれが買いにいくのか、伯母さんは言ってた?」

「『エイヴァ、牛乳買ってきて』とは言われなかったけど、とにかく牛乳がいるんだって。

朝ごはんに。で、伯母さんはいま食事を作ってるから、残るのはあんたとわたしってことになりそうね」そこでことばが途切れたので、上掛けから顔を出してみると、姉は寝室内のレイの領分を見ながら眉をひそめていた。本来なら、牛乳を買いにいくのはレイの役目だ——レイはエイヴァに命じられればなんでもするし、ショーンのことは、あまり役に立たないと思っている。それに、ひと月ぐらい前までは、レイは母親の手伝いをなにより優先していたのだ。

「レイがどこに行ったか知ってる？」ショーンは姉に尋ねた。

「ダンカンたちと遊びにいくって言ってなかった？　なにをしてたかは知らないけど、遅くなっちゃったんであの子のうちに泊まったんでしょう」姉は肩をすくめたが、そんなふうに言ったのは、ショーンを心配させまいとしてのことだとわかった。レイが初めてひと晩じゅう家を空けたとき、ショーンは夜中にエイヴァの部屋にふらふらと入っていって、姉が寝ているベッドの裾のほうで丸くなって眠ったのだ。

ショーンは母のことをあまり覚えていなかった。母が亡くなったときはまだ小さかったので、これといった記憶が残っていないのだ。短い髪が光輪のように頭を取り巻いていて、細い目がきらきらしていた——そんなふうに、見た目の特徴は言えるものの、それは写真のなかの母の姿をなぞっているにすぎなかった。写真の母はいつも同じ笑顔で、そのほほえみは、緑のカーディガンや、両わきに抱き寄せたふたりの子供によく似合っていた。ショーンは三歳のとき、スーパーで迷子になったことがある。店を出て駐車場に入りこみ、薄汚れた野良犬と遊んでいると、母が捜しにきてくれた。その犬のぴんと立った耳と長くしなやかな尻尾のことや、母がおののきながらもほっとしたようにこう叫んだのを覚えている。「ショーン・マシューズ！　そんな汚い犬にさわっちゃだめでしょ！」ただし、それはエイヴァに聞かされた話であって、頭に浮かぶ光景も、幼かった当時よりもいまのほうが鮮明になっているような気がした。

母のことで確実にわかっているのは、ある日、いつものように車で出かけたあと、飲酒運転の車に衝突されてビルに突っこみ、相手の車が逃げ去ったということだけだ。一瞬のうちにおきた、たんなる偶然のできごとなのに、それですべてが変わってしまった。

レイは、さすがに飲酒運転による交通事故に巻きこまれてはいないだろうが、なんらかの事件に巻きこまれたにちがいない。ショーンにはそう思えた。世の中なにがおきてもおかしくないし、レイはとにかく余計なことに首を突っこもうとしているのだから。

ショーンは上掛けをぎゅっとつかんでいたが、エイヴァはそれを剝ぎとって放り投げた。いまや上掛けは、起きあがって手を伸ばさなければ取り戻せない位置にある。「ほら、起きて起きて」エイヴァがせかした。「そのままの格好でいいから。歯だけ磨いて」

ショーンがトイレから戻ってくると、エイヴァはドジャースの青い野球帽をかぶっていた。それはレイの野球帽だった。新しく買ったものを机に置き忘れていったのだ。

「レイのだろ、その帽子」

「あの子は怒らないわよ」

「タグを切っちゃったのか」

この前、レイはその野球帽をタグをつけたままかぶっていて、エイヴァにさんざん馬鹿にされたのだ。「レイはそこまで頭が回らないから、代わりにやってあげたの。頭のうしろにタグがついてたら、バカみたいに見えるじゃない」エイヴァはあざけるように舌打ちしたあと、にやっとした。

昼前の街は静かだった。ショーンの友人たちは、みんなまだ寝ているだろう。週に一日だけの、学校も教会もない日だから、好きなだけベッドにいられるのだ。クリップスも見あたらない――ゆうべ連中がどんな悪さをしていたにせよ、それはもう終わっていた。戦果を確認するのはこのあとのことだ。やはり、エイヴァが言ったとおりなのだろう。レイは酒かなにかでいい気分になって、ダンカンの家に転がりこんだのだ。前回も、その前もそうだったように。

ショーンとエイヴァは少し歩いて、かつて利用していたフランク酒店を通り過ぎた。シーラ伯母さんとリチャード伯父さんは、いまでもそこでバターや卵を買っている。店主のフランクは、レイの雑誌万引き事件はもう忘れているだろうし、仮に覚えているとしても、ショーンたち三人は成長して見た目が変わっていた――フランクはこのあたりに住んではいないらしく、街で顔を合わせることはないので、店に行っても気づかれはしないだろう。それでも、ショーンたちはフランク酒店には行かないようにしていて、きょうもその習慣に従った。

「ねえ、レイは帰ってきたらすごく怒られるよね」エイヴァが言った。「今週は、朝帰りはこれで三度目だし」

ショーンはうなずいた。「シーラ伯母さんにケツを引っぱたかれる」

「ちょっと。そのことば遣い」

「お尻を、だよ」

エイヴァによしよしと頭をなでられると、ショーンは思わず周囲に目を走らせたが、だれにも見られてはいなかった。「ケツを引っぱたかれるだけですめば、まだいいわよ」エイヴァが続けた。「リチャード伯父さんに家を追い出されたら、レイ・レイは一巻の終わりね」

ふたりがふだん行く店は、フランク酒店の二ブロック先にあるフィゲロア・リカー・マートで、そこも酒屋だった。食料を買う場合は、車でウェスタン街のフード・フォー・レスに行くことになるが、必要なものはフィゲロアにも多少は置いてあった。少なくとも、牛乳はここで買える。店自体は強気の構えで、食料雑貨店を自称していた。店名の看板のすぐ下の壁には、黒ペンキの角ばった文字でこう記してある。〈フィゲロア食料雑貨店・為替取り扱い・精肉・生鮮食品〉

ショーンとエイヴァが店に入っていくと、電子音のチャイムが歌うように〝ピンポン〟と鳴った。カウンターの奥にいた女性が顔を上げ、ふたりの入店を見守ったが、ショーンは彼女の奇妙な表情が気になった。この人は前にも何度か見たことがある。韓国系の女性で――年齢はわかりにくく、二十歳にも四十歳にも見える――髪をボブにして、薄い唇を引き結んでいる。たぶん、ミスター・ハンの奥さんだろう。きょうはその女性がひとりで店番をしているが、彼女がいる場所には、ふだんはミスター・ハンが立ち、腕組みをして店内を見張っていた。ミスター・ハンがいるときは、別にいやだとは思わなかった。愛想は悪いが失礼な人ではないし、一部の韓国系男性は、ショーンのことを少年の皮をかぶったトラブルの種のようにしか見ないけれど、ミスター・ハンにはそんな目で見られたことはない。ショーンが店に行くと、いつも会釈してくれる。会釈といっても、いかめしい顔でうなずくだけだが、そのしぐさで、おまえのことはちゃんと目に入っていると教えてくれるのだ。

　ミスター・ハンの奥さんには、そういう雰囲気はまったくなかった。彼女はショーンとエイヴァをじっと見ていた——いや、違う、エイヴァだけを見ているのだ。

「なんなの、あの人」エイヴァが言った。「目出し帽をかぶった連中を見るような目で、こっちを見てる」

　ショーンとエイヴァは同じ徴(しるし)に気づき、同じことを考えていた。そういうきょうだい間の連携は天性のもので、ショーン自身は、本能的にわかり合えるその力は超能力のようなものだと思っている。ふたりは協調し、不穏な空気を無視してかかった。韓国系のぶしつけなレジ係など珍しくもない。自分たちは牛乳がほしいだけで、それはもう目の前にあるのだ。

　エイヴァは冷蔵ケースの扉を開けたまま、一クォート（約〇・九五リットル）入りの牛乳のボトルをざっと見わたした。「脂肪分は二パーセントがいいのよね？」

「そうだよ」ショーンはレジのほうをちらっと振り向いた。店内の客はショーンとエイヴァだけで、レジの女性はふたりをじっと見張っていた。

「賞味期限が切れそうなのばっかり」エイヴァは次々にボトルを取り出して床に置き、奥のほうの並びに手を伸ばすと、顔をしかめて一本を選び出した。「今週が期限のよりは、来週のほうがましよね」

姉が床に置いたボトルをケースに戻しはじめたので、ショーンも手伝った。

「あいつ、まだわたしのこと見てる?」

「うん。いいから、エイヴ、さっさと帰ろう」

エイヴァはミスター・ハンの奥さんに向かって、わざとらしくにっこりしてみせた。そして、スウェット腹部の大きなポケットに一クォート入りのボトルを突っこむと、今度はショーンに向かって、さっきとは違う笑顔を見せた。

ショーンが壁ぎわの冷蔵ケースから離れたときには、エイヴァはすでにカウンターの前に立ち、レジの女性と対決していた。女性は顔を真っ赤にして姉を怒鳴りつけた。「見たよ!それは、うちの牛乳!」

エイヴァは両手を上げ、あとずさりを始めた。プラスチックボトルはスウェットのポケットに入ったままだが、大きなボトルの形がはっきり見てとれるので、手にもっているのとたいして変わらない。とはいえ、ボトルがポケットのなかにあるのは事実だった。エイヴァはボトルを出そうとしたが、それより早く、女性がカウンター越しに手を伸ばし、エイヴァの胸倉をつかんだ。ふたりのあいだの仕切りを越えて、エイヴァをカウンター内に引きずりこみそうな勢いだ。仕切りはガラスとプラスチックでできていて、客とレジ係を互いから守るために設けられていた。

ショーンは大声をあげたが、なにを言っているのか自分でもわからなかった。舌先に載ったことばは恐怖に押しつぶされて形をなくしていた。エイヴァはあの女にあらがって戦うだろう。それだけはたしかだ。姉は侮辱されておとなしく引っこんだりはしない。

姉の靴が床を滑ったと思うと、両脚がカウンターにぶつかり、並べてあったガムやキャンディをなぎ払った。ショーンには姉の顔は見えず、後頭部だけが見えた。レイの野球帽ははじき飛ばされて床に落ちている。

エイヴァは身をよじり、見知らぬ女の手から逃れようとした。女は手を離すまいとがんばっている。見かけよりは力があるようだ。だが、エイヴァは負けなかった。だれかに訊かれたら、ショーンはこう言っただろう――自分はエイヴァの弟で、姉には打ち負かされることもあれば、守ってもらうこともある。エイヴァは降参しないし、負けたりもしない。

エイヴァがカウンターのへりをつかんで体勢を立て直すあいだに、両足は汚れた床を引っ掻いてもとの位置に戻った。姉の顔はやはり見えなかったが、女の顔つきが変わったのは見えた。いまは憤怒のなかに、怯えに固まったおなじみの表情が混じっている。

足を踏ん張ったエイヴァは、スウェットの胸倉をつかまれたまま女を殴りつけた。そのパンチは乱暴だがすばやく、すばやいうえに効き目があった。握りこぶしが女のあごにヒットすると、エイヴァはもう一発パンチを繰り出した。また一発。さらに一発。合計四発のパンチを、満身の力をこめて相手の顔に見舞った。

ショーンは姉が喧嘩に強いのを知っていた――いろいろな場面を見聞きしているレイから話を聞いたのだ。エイヴァは過去に一度、停学になっている。処分の理由は、放課後に年下の女の子と喧嘩したことだった。その子はエイヴァに偉そうな態度をとられたと思いこみ、スクールバスが並んでいるそばでエイヴァを呼び止め、肩を小突いてこう言った。「なに見てんのよ、親もいないくせに」エイヴァが相手に浴びせたパンチは息が止まるほど強かった。その子の友だちが止めに入らなかったら、もっとひどい目にあわせていたかもしれない。

もっとも、ショーン自身はそういう場面に遭遇したことがなかった。姉の強さや、意地っ張りな面は見ていたが、暴力をふるうところは見たことがない。だれかにやっつけられそうになったとき、姉がどうするかは見たことがなかったのだ。

もう一度、ショーンの口からことばにならない叫び声があがったが、それでも彼は動かずにいた。動くに動けなかったのか、あるいは動きたくなかったのか。ショーンは震えあがっていたが――このままいけば、姉はとんでもない目にあうだろう――目の前にいる姉が激怒しながら、自信満々で勝利をつかもうとしているのもわかっていた。

女がエイヴァのスウェットから手を離し、両手を上げて、早くも腫れてきた顔にさわった。その目は涙こそ浮かんでいないものの、怒りに燃え、血走っていた。エイヴァは一歩さがり、ショーンは姉のほうへ一歩踏み出した。彼は茫然(ぼうぜん)としながら、ショックと安堵(あんど)でぶるぶる震えていた。騒ぎは終わった。エイヴァは大目玉をくうだろう、しかも早々に。だとしても、いまは退散するだけだ。

エイヴァが振り向いた。お腹のポケットに手を入れ、牛乳のボトルをつかもうとしている。ショーンが見たのはそこまでだった――ほんとうは、姉がそのボトルをどうするのか見たかった。冷蔵ケースに戻すのか、店からもち去るのか、床に叩きつけるのか。その瞬間、姉が倒れた。床にのびた姉、床に落ちたボトル。姉はやられてしまった。

と、ミスター・ハンが店に駆けこんできて、大声をあげて妻を揺さぶりだした。ショーンの存在など眼中にないように――実際、ミスター・ハンはろくにこちらを見なかった。ショーンの知らないことばで妻を怒鳴りつけ、怒鳴り返した妻は、急に弱々しくなり、いまや途方にくれたように泣きじゃくっていた。

ショーンは動けなかった。気がついたときには、姉のかたわらにひざまずき――どうやってそこまで行ったのだろう――パジャマのズボンのひざを血と牛乳で濡らしていた。姉の額にあいた穴が、血にまみれて光っている。それが現実だった――姉は女に撃たれたのだ。前にこんなニュースが流れたことはなかっただろうか――同じような話を何度か聞いた気がする――頭を撃たれながらも一命をとりとめた人がいたというニュースが。

九一一だ。九一一に電話しなくては。九一一にかけると言ったら、店の電話を使わせてくれるだろうか？

電話はミスター・ハンが使っていた。ショーンは自分で電話したかったが、動くことはおろか、口をきくこともできなかった。

「うちの妻が、冒頭の女性を」ミスター・ハンはそう繰り返していた。「妻が撃ちました、その――」
〝強盗の女性〟の言いまちがいだ。
床に倒れたエイヴァの体はまだ温かかった。姉のそばで目を見開き、耳をすましていたショーンは、その場に早くも嘘が漂いはじめているのを知った。

あっという間のことだった――人はよくそんな言い方をするが、ショーンはビデオ映像を見たときに、それを実感した。事件は一分もしないうちに終わっていたのだ。だとしても、一瞬のチャンスをとらえて姉を止めることはできなかったのか？　その一瞬で、姉のそばに駆け寄り、大声をあげて抱きついて、害毒にもなる自尊心を腹に納めさせることができたのではないか？

あのときの体験を、自分は何度語らねばならないのだろう？　警察の人たちにも、弁護士たちにも、判事にも語った。シーラ伯母さんにも、リチャード伯父さんにも、レイにも語った。さらには、自分に対しても語った――自分自身に語った回数がいちばん多く、いつまでも繰り返し語りつづけた。とはいえ、自分はいったいなにを覚えているのだろう？　一クォート入りの牛乳のボトルをつかみ出そうとする手。その手と、落ちていく牛乳のボトルと、床に倒れている姉。あとで思い出せるようになったこともある。それは、頭を撃ち抜かれたときのエイヴァの顔と、その向こうに立っている女が、チョンジャ・ハンが、煙の出ている銃を手にしたまま、畏怖の表情を浮かべている姿だった。

おまえは叫び声をあげて床にがくりとひざをついたんだ。ショーンはみんなにそう言われたが、自分では、絶対に声は出していないと思っていた。茫然自失の状態で、全身が硬直していたからだ。再び口がきけるようになると、ショーンは口を開き、事実をありのままに話した。その証言は、ビデオ映像によって裏づけられた。エイヴァが丸腰だったのも、チョンジャ・ハンが、相手が背中を向けるのを待ってから頭を撃ったのも、全部映像に残っていた。それはショーンにとっては安心材料になった。彼の話は警官たちにも信じてもらえたのだ。その日、警官たちは二度と望めないほど優しくしてくれた。なぜなら、ショーンはまだ子供だったからだ――ショックが薄れるまでの数時間は。

しかし、ビデオ映像があっても、ショーンが法廷で証言したあとでも――ハン夫人の弁護士は口達者な黒人で、思い出してください、エイヴァは殺してやると言ってチョンジャ・ハンを脅したでしょう、いますぐ殺すとか、あとで殺しにくるとか言ったんじゃないですか、とショーンを責めたてた――陪審団が四日間の討議の末に、被告はエイヴァを計画性なく故意に殺害したと認定したあとでも、この期に及んでなお、その嘘は人々を惑わせた。韓国系の若妻は、強盗犯の黒人ギャングが死ぬほど怖かったのだと、みんなが思いこんでいた。白人の女性判事がチョンジャ・ハンに科した刑罰は、五年間の保護観察処分、四百時間の社会奉仕、および五百ドルの罰金だった。その一週間後、同じ判事が、ある男を禁固三十日の刑に処した。罪状は、一匹の犬を足蹴（あしげ）にして踏みつけたことだった。

7

二〇一九年八月二十四日、土曜日

あれだけクラウンローヤルを飲んで心をなだめたのに、グレイスはまるで眠れる気がしなかった。明け方の四時ごろになると、ミリアムはグレイスの世話を焼くのをついに放棄し、長年ふたりで使ってきて、いまは妹が専有している寝室に入って寝てしまった。すでに酒が抜けていたグレイスは、気分が落ちこみ、目だけ冴えていて、悩みのほかには心痛と頭痛しか感じなかった。とにかくつらくて、体を引き裂かれるような苦しみにはなすすべがない。それで思い出すのは、まだピルに頼っていなかった十代のころ、生理が来るたびに容赦ない痛みに襲われて体を丸めていたことだ。あの絶望的な痛み。そんなとき、母は温めた石をもってきて、グレイスが寝入ってしまうまで髪をなでてくれたものだった。

そういえば、母はこんなふうに言っていた――病気になったり苦しい思いをしたりすると、母親が恋しくなるものよ、と。グレイスは母がICUにいるところを想像した。生きようとして必死に闘っている姿を。もしかしたら、母はその闘いに敗れるかもしれない。それは考えるだけでもつらいことだった。母がいてくれなかったら、この苦しみをどうやって乗り越えればいいのか？

ひとりでキッチンにいたグレイスは、いつのまにか携帯を出してブラウザを開いていた。親指で検索バーを押す。あれを見てみたい——あるビデオ映像が彼女を呼んでいた。いまや世界じゅうに流れている、二十八年前の防犯カメラの映像が。

それは簡単に見つかった。ロサンゼルス暴動を回顧するサイトにリンクが張られていたのだ。いざリンク先を開こうとして、グレイスはためらった。いまさらそんなものを見て、どうなるというのか。グレイスは暴力描写に抵抗があった。興味がないわけではなく、連続殺人犯についての本ならいくらでも読めるけれど、一方で、ホラー映画は観ないようにしている。ましてや、本物の殺人シーンが出てくる猟奇的なアングラ映画など観たいわけがない。だが、いま見ようとしているのは、まさにそういうものではないか？　実際に人が殺される猟奇映画——しかもそのなかに、銃を構えた母が登場するのだ。

それでも、見ないわけにはいかなかった。そのビデオは母を断罪する決定的な証拠であり、母が極悪人にして冷酷な殺人犯であることを示すために公開されているのだ。それを見て母イヴォンヌを判断した人々のなかに、グレイスと同じように母を知っている人はひとりもいない。その人たちは、映像によって偏見を植えつけられている。ひとりのティーンエイジャーが死んだと思っただけで、彼らは同情心をかきたてられ、被害者に味方するようになったのだ。ティーンエイジャーは全員が純粋無垢（むく）な存在だとでも思っているのだろうか。グレイスは、母のために、虚心にビデオを見なければならないと思った。母を理解しようと努力することは、自分が母に負っている責務なのだ。

リンクをクリックする。ビデオが始まった。映像はたった十五秒しかなかった——目が慣れるのに時間がかかり、画面上で動く小さな点を追えるようになったときには、もう終わりかけていた。まばたきしたグレイスは、ユーチューブが次の動画に切り替わる前に〝もう一回見る〟のボタンを押し、再生が始まるとすぐに映像を停止させた。そんな馬鹿な。自分の母親が見知らぬ人間を撃ち殺すところを、たったいま、この目で見たのに、そのすべてを見逃しているなんて。

これがほんとうに世間を震撼させたビデオなのだろうか？　極端に短く、音もない映像は、物々しさやむごたらしさとはかけ離れていた。もっといえば、生身の人間を感じさせるものでさえなかった。青みがかった映像は粒子が粗く、グレイスは目を細めて静止画像を見つめた。懸命に目をこらすと、ぼんやりした青い背景のなかに、かろうじて人物の輪郭が見てとれた。中央から少し左に寄ったところに、人がふたりいる。ふたりとも髪が黒く、画像内でいちばん黒い二カ所が両者の頭部にあたる。目鼻立ちはぼやけていて表情は読みとれない。

ビデオを再び再生すると、今度は手足が判別でき、動きもすべてわかった。五秒が過ぎたところで、また停止させた——エイヴァ・マシューズが、被害者が、チョンジャ・ハンを殴った直後だ。

信じられない。こんなことをされても、反撃は正当防衛ではないと言われてしまうのか？

早戻ししてもう一度見てみると、今度は、チョンジャ・ハンが殴られる前に少女の胸倉をつかみ、ぐいっと引き寄せているのがわかった。ただ、少女を殴ったりはしていなかった。グレイスは生まれてから一度も殴られたことがない。たぶん、チョンジャ・ハンもそうだろう。この事件がおきるまでは、殴られたことはなかったはずだ――人はそう簡単に他人を殴ったりはしないのだから。この少女は――この子は明らかにどうかしている。こんな子が、かわいらしい無邪気な天使であるわけがない。

グレイスはまた再生ボタンを押した。自分の怒りには正当な理由があると思うと、少しだけ勇気が湧いた。そのおかげで、さっきよりは強い心をもって、これから目にすることに立ち向かえるような気がした。

カウンターの奥にいたチョンジャ・ハンが姿を消し――身をかがめたのか、あるいは気絶したのか？――エイヴァ・マシューズがカウンターに背を向けて、その場から逃げ出そうとした。

と、カウンターの上方に再びチョンジャ・ハンの黒い頭が現われた。そこでエイヴァ・マシューズが倒れ、店の通路の陰で見えなくなった。グレイスはその部分を見直して、チョンジャ・ハンの手がすばやく動き、なにかが光ったのを確認した。その閃光がなければ、そのなにかには気づかなかっただろう。

とにかく、これだけは否定しようがなかった――チョンジャ・ハンはエイヴァ・マシューズを背後から撃ったのだ。

グレイスは再生回数を確かめた――このビデオがユーチューブに投稿されたのは二〇一五

年のことで、それ以来、六万四千七百七十一回見られている。投稿者はイ・ウヒョクというユーザーで、〝心よりお悔やみ申しあげます〟というメッセージを添えていた。再生回数の数字にグレイスはぎょっとした。投稿から五年もたっていないのに、このビデオを見つけ出した人が何万人もいるのか。これがあちこちのニュース・チャンネルで流れるようになってからは、何人が見たのだろう。何百万人？　何千万人？　そんなものではすまないとか？

グレイスは携帯を置き、立ちあがって歩きまわり、レスリングの試合に備えてウォーミングアップをするように腕を振ってみたが、それで動揺が治まることはなかった。歩くのをやめてソファーに横たわり、喉もとに手をあてて、脈拍を落ち着かせようとした。目をつぶり、呼吸に意識を集中する。この部屋には空気が足りない。

だが、一分とたたないうちに、グレイスはまた携帯を手にしていた——一度始めたらやめられなくなってしまったのだ。画面をスクロールして、次々にコメントを見ていく。欲求は急激に強まり、全部見なければ気がすまないというレベルに達していた。

馬鹿げたコメントは際限なく並んでいた。同情や怒りや激しい差別意識が、まちがいだらけの綴りで文章化され叩きつけられている。〝韓国のあばずれは黒人のティーネージャーを殺したかっただけだ！！！！〟、〝貧民街のうじ虫にバチがあたった。ざまあみろ！〟これだけ多くの人が、低空飛行で中性子爆弾を落とすミッションのために、このコメント欄をわざと選んでいるというのはひどい話だが、それよりも、韓国系市民が叩かれていることのほうがグレイスにはつらかった。要するに、この人たちは黒人というだけであの少女の肩をもち、そこで矛先をこちらに向けて、韓国人こそが差別主義者だと言っているのだ。

星条旗をアイコンにしているあるユーザーは、いくつかのスレッドにコメントを書きこみ、チョンジャ・ハンに対するエイヴァ・マシューズの攻撃は〝悪疾かつ恐るべき〟ものであるから、ハンの銃撃は理にかなった行為といえる、それが〝冷徹な真実〟であると述べていた。それらの書きこみが、暗く寒い部屋で唯一の熱源となっている蠟燭のように感じられて――できれば〝悪質〟と正しく書いてほしかったが――グレイスはそれに手をかざして温まりたくなった。この理性的な声の主はどんな人だろうと思い、プロフィールをクリックすると、残念なことがわかった。彼は黒人が被害者になったいろいろな銃撃事件のビデオに片っ端からコメントをつけ、被害者全員を批判していたのだ。しかも、それらの被害者のなかには、非難すべき点がエイヴァ・マシューズよりはるかに少ない者もいた。このユーザーは〝人種差別の現実〟というテーマでブログを書いていたが、それは読まないことにした。チョンジャ・ハンの大いなる擁護者について、これ以上知りたいのかどうか、わからなくなってきたからだ。

チョンジャ・ハン――それがビデオに登場する女性の名前だった。武器をもたない黒人ティーンエイジャーの頭をうしろから撃った犯人の名前だ。その名前はいままで聞いたことがなかった。なのに、それが自分の母親の名前だなんて、そんなことがあるだろうか？　それに、このビデオにしても――こんなもののために、自分を育ててくれた女性を糾弾しなくてはならないのか？　このビデオに母は映っていない。そもそもたいしたものは映っていないし、ぼやけた人影はだれであってもおかしくないのだから。

とはいえ、人影の正体は彼女であり、彼女以外ではありえなかった。少女殺しの犯人にしてグレイスの母親。それが彼女だった。

ガレージの扉ががらがらと開く音がして、グレイスははっと目を覚ました。あれこれ思い悩んだあげく、テーブルに突っ伏して眠ってしまったらしい。片手はバッテリーの切れかけた携帯をまだ握っている。心にふと喜びが湧いたのは、子供のころに培われた条件反射のせいだった。ガレージが開く音、すなわち、オンマかアッパが帰ってきたということなのだ。

時刻を確かめる——朝の八時前。父は病院で一夜を過ごしたのだろう。

ガレージから屋内に通じるドアを乱暴に押し開け、なかに入って靴を脱ぐ。その物音がグレイスの耳に届いた。

「アッパ？」と呼んでみる。

それから、力を振り絞って立ちあがり、父をつかまえようとしたが、呼びかけが聞こえなかったのか、知らんぷりをしているのか、父はさっさと自分の寝室に入ってしまった。

訊きたいことはたくさんある。父の寝室に向かったグレイスは、戸口の手前でシャワーの音を耳にした。部屋に飛びこみ、そのままバスルームに突入しようとして、すんでのところで思いとどまった。娘たちにただいまのひとこともなく、真っ先にシャワーを浴びるなんて、どういう神経をしているのか？

「アッパ！」と大声をあげ、バスルームのドアを激しく叩いた。「どうだったの？　オンマは大丈夫なの？」

ドア越しに父の声が聞こえてきたが、水音がうるさくて、なにを言っているかわからない。

「なに？」と訊き返す。

返事がないので、グレイスは頭から湯気を立ててキッチンに戻った。父はきれいな服に着替えて寝室から出てくると、その足でガレージに直行しようとしたが、彼女のほうは、父をとっちめてやるという気分になっていた。

「待ってよ、お父さん」

父はこちらを見たが、顔ににじれったさが表われるのを隠そうともしなかった。「いまから母さんのところに戻る。おまえは、ミリアムが目を覚ましたらいっしょに来なさい」

「お母さんの具合はどうなの？　お父さんの命令でうちに帰ってからは、なにも聞いてないんだけど」

「手術はすんだ。母さんはまだ眠ってる。容態は悪化してはいないそうだ」

「それって、いい知らせ？」

「知らせとかじゃない」父は肩をすくめ、またそっぽを向いた。

「お父さん」

「なんだ」

グレイスは父の顔を見た。こんな大変なときに、母は不在で父だけがいて、自分はその父から目の前の仕事のじゃまでしかないように見られている。「ミリアムから聞いたの」グレイスはそう言って泣きだした。

父が口を引き結ぶと、のどぼとけがぐっと上がるのが見えた。「聞いたって、なにを」

「ミリアムが教えてくれたのよ」

グレイスはいまや手放しで号泣していた。父親の前でここまで弱さをさらけ出したのは初めてだ。我慢するのをやめたおかげで、気持ちは軽くなっていた。体のなかの重荷を放り出したのだから、あとは父が飛び出してそれを受け止めてくれればいい。今度ばかりは父に助けてほしかった。助けてくれる人はほかにいないのだ。

「ミリアムは余計なことをしたようだな」父が言った。

グレイスはその声に冷ややかな怒りを感じとり、平手打ちをくったように嗚咽が止まった。

「必要だから教えてくれたのよ。お父さんこそ、もっと前に話してくれればよかったじゃないの。こんなことになるまで、こっちはなにも知らずに、なにもかもが普通にうまくいってると――」

「もういい」父は声を張りあげた。「おれは病院に戻る。こんな話をしてる場合じゃない」

「だったら、いつ話せばいいの？　お母さんは死んじゃうかもしれない。また今度なんて、そんなチャンスはないかもしれないのよ」

「いいか、まちがっても母さんにこの話をするんじゃないぞ。おまえの質問にどう答えようかと母さんを悩ませるなんて、いま、いちばんやっちゃいけないことだ」

「でも——」

「もういいと言っただろう、グレイス。おまえはなにも知らないんだ。おまえだけじゃない、ミリアムもだ」

「お願い、お父さん。助けてよ。ちゃんと知りたいの」

グレイスは父の話が聞きたかった。異常な状況について、心をむしばんでいく恐怖について。愛と赦しを乞うことばでもいい。そこでふと、父を不憫(ふびん)に思う気持ちがこみあげてきた。法廷の外で、あるいは陸運局で列に並びながら、貧乏ゆすりをしている父。苗字変更の手続きをするために、へたな英語でつっかえながら係員と話している父。そんな姿が頭に浮かんだ。家族のなかで、生まれたときから苗字がパークだったのは自分だけだ——ミリアムは四歳まではミリアム・ハンだったのだ、本人にその実感はないだろうが。グレイスには、真実を明かされる覚悟ができていた。

父がため息をついた。グレイスのようすを見ているうちに、腹の虫は治まったらしい。

「気持ちはわかるが」父は穏やかに言った。「ちゃんと知るなんてことは無理だ」

8

二〇一九年八月二十四日、土曜日

朝の六時に携帯のアラームが鳴ったとき、ショーンはほんとうに久しぶりに病欠の電話を入れようかと考えた。ゆうべはずっとレイと飲んでいて、ようやく相手がうとうとしだしたのが三時間ちょっと前だ。レイはそのとき、エイヴァとチョンジャ・ハン銃撃犯のために、ひとりで十五回目の乾杯をしている最中だった。ショーンのほうは、酔いつぶれてはおらず、血管に満ちあふれるアルコールのせいで体がしびれたように感じていた。そのあと、いつのまにか寝入ってしまったらしく、目覚めたときには不快感だけが残っていた。レイの誘い方はたしかに強引だったが、それに乗ったのはまちがいだった。あいつは、お涙ちょうだいの思い出話に好きなだけひたっていられるいい身分だ。どうせ、朝起きても行くところがないのだから。

アラームを切り、寝返りを打ってベッドにもぐりこむ。あと十五分だけ寝てやろう。そう思ったが、一分後にはあきらめた。頭が活発に動きつづけ、古い記憶であふれんばかりになっているときに眠れるわけがない。目を開けてみると、乾ききってひりひりしていたものの、視界は明瞭だった。

習慣でメールをチェックすると、受信ボックスに友人や知らない人からの短信と問い合わせが殺到していた。噂は一夜にして広まったのだ。ネットでチョンジャ・ハンを検索すると、いくつかのツイートにその名が出ていたが、昨夜と同様にニュース解説の記事は見あたらなかった。あるツイートに、ゆうべ配信されたロサンゼルス・タイムズ紙の記事のリンクが張ってあった。記事はあっさりしたものだったが、ノースリッジのハニン・マーケットのそばで夕方に銃撃事件がおき、被害者が重態だと伝えていた。

ショーンは携帯をしまい、仕事に行くしたくをして、ジャズとモニークに行ってきますのキスをした。そして、マニー運送会社のTシャツにバスケットパンツという格好で出かけていったが、きょう出勤すれば自分に嘘をつくことになると気づいたのは、ノースリッジ市内に入ってからだった。

会社の事務所とハニン・マーケットは二キロ半しか離れていない。あの女がそこにいないことも、店が閉まっていることもわかってはいた――銃撃事件がなかったとしても、きょうは土曜日で、朝七時を過ぎたばかりなのだ。それでも、この目で確かめなければ気がすまなかった。チョンジャ・ハンが長年にわたって人目を避けもせずに堂々と隠れていた場所を、見てみたかった。

マニーに電話して留守電にメッセージを入れ、家族のことで急用ができたので、きょうは仕事に行けないと伝えた。マニーならうるさいことは言わないだろう。ショーンは嘘をついたりしないし、社長もそれを知っている。このやむにやまれぬ思いさえなければ、きょうも出勤しただろうが、レイが辞めてからは三人組のチームで仕事をしているので、部下のウリセスとマルコにまかせておけば、ふたりだけでも引っ越し作業をこなせるのはわかっていた。

その界隈の道路は幅が広く、早朝とあっていずれも空いていた。韓国語の看板が林立するショッピングモールの近くまで来ると、ショーンは車のスピードを落とした。看板の字が韓国のものであることはわかる。中国の文字ほどごちゃごちゃではなく、日本の文字よりは角ばった感じで輪っかがたくさんついている。この文字を見るのは久しぶりだ。パームデイルでは、韓国語の看板はあまり必要とされていない。あの町でショーンが見かける韓国系住民は、一軒しかない食べ放題のスシ店を営む人たちだけだ。そういえば、日系の住民もあまりいない。いまいるこの地域は、前に通り抜けたことがあると思うが、特に用はないので立ち寄りはしなかった。会社の事務所から車でたった五分のところに、こんな郊外型のコリアタウンがあるとは知らなかった。

ハンドルを切って広々したショッピングモールに入っていく。大型駐車場はがらがらで、店はすべて閉まっている。ハニン・マーケットは長々と続く店の列の真ん中にあった。砂色をした箱型の建物ひとつに全店舗が収まり、どの店も正面が外側を向いている。郊外らしい退屈な雰囲気が漂う巨大な複合施設で、テナント名を網羅したすすけた案内板ののっぺりした文字列が車のなかから見えた。スターバックス、不動産業のリアルター、デリカテッセンのハニーベイクド・ハム。韓国語学校が一校、放課後の習い事の施設がいくつか——音楽スクール、美術スクール、進学試験対策用の塾。小さな町に見合った事業所の集合体で、そのすべてがマーケットから生まれ出たように見える。フードコートにネイルサロン、眼鏡屋に歯医者。ウリ薬局という薬屋。

ショーンは車を停止させ、少し迷ってからエンジンを切り、外に出た。ほんとうにここなのだろうか？　警官もいなければテレビカメラもなく、犯罪現場に張られる立ち入り禁止のテープもない。駐車場に何台か車があったところを見ると、早朝出勤した人がいるにはいるようだが、ここに見物に来たりはしていない。少し前に大事件がおきたとはとても思えない場所だ。十二時間もあれば、片付けはすっかり終わり、事件などなかったかのように思えるということなのか。それでも、ショーンは人目をはばからずにはいられなかった。自分自身が犯罪をおこし、犯行現場に戻ってきたような気分だった。周囲に目を走らせる――どこにも不審なものはないが、やはり、ここに来たのはまちがいだったかもしれない。だいたい、来たところでなんになるというのか？

マーケットの入口まで歩いていったが、ガラスの自動ドアは厳重にロックされていて、なかには入れなかった。よく晴れた朝で、空は明るく穏やかに広がっている。うきうきするような日だ。こんな日には、庭用の折りたたみ椅子を家の前に出して、ジャズとふたりでそこにすわり、モニークがガレージの前で駆けまわるのをながめていたい。こんな日は、かたときもじっとしていられない子供のためにある。昔住んでいた家の前で、エイヴァとレイを追いかけて歩道を行ったり来たりする自分の姿が、まぶたの裏に浮かんだ。三人は小さなゴムボールを蹴りながら走っていき、「マルコ！　ポーロ！」と叫んでいる。あれはなんの遊びだったのだろう？　もう忘れてしまったが……ショーンは久しぶりにその日のことを思い出していた。

ウリ薬局はマーケットの入口をなすアーケードの一画にあった。ここから見た限りでは、小さなガラス箱のような店で、ベーカリーとコスメショップにはさまれ押しつぶされそうになっている。薬局は無傷だった——銃撃は、今回はあの女の店のなかではなく、外でおきたのだ。開業時間前のマーケットは薄暗くて、店の奥のほうまでは見通せなかったが、あの女がカウンターの向こうにすわっているところは想像できた。そこで何年ものあいだ、安閑(あんかん)として隠れていたのだ。何者かの手で明るみに引きずり出されるまでは。

駐車場に車が一台入ってきたのを見て、ショーンは入口から少し離れた。運転しているのは韓国系の中年女性で、パーマのかかったショートヘアの頭につばの広い帽子を載せている。女性はショーンの車から二列おいたところに車を駐め、モノグラム模様のバッグをしっかり抱えこんで車を降りた。ショーンは車のほうに戻りはじめたが、そのあいだも、自分の姿が人目を引いているように思えてならなかった。肌は褐色でタトゥーがあるし、内心の動揺は汗の匂いといっしょに体からにじみ出ているにちがいない。女性はショーンと目を合わせるどころか、こちらを見ようともしなかった。その代わり、彼がいる場所を大きく迂回(うかい)して、マーケットの入口の自動ドアへと歩いていった。

チョンジャ・ハンも、仕事を終えて帰宅するときにあのドアを通っただろう。ショーンがいまそうしているように、自分の車に向かって歩いていっただろう。狙撃犯が近づいてくるところは見えたのか？　それとも、犯人は後頭部を狙おうとして、背後から近づいていったのか？

ショーンは息をのんだ——無言の祈りがうめき声のようになって、口からこぼれ出た。そのとき、彼の足もとで、アスファルトの地面に残った赤黒い染みが、日射しのなかに浮かびあがった。チョンジャ・ハンの生き血は流れたあとに洗われたが、洗い落とすことはできなかったのだ。それは、たとえむごたらしい方法であっても、ある種の裁きが、ついに彼女にくだされたことの証だった。

エイヴァはサンタフェスプリングズのパラダイス霊園という墓地に葬られたが、遺体がある場所は、いまではだれにもわからなくなっていた。エイヴァの葬儀の四年後に、墓地を経営していた事業体が廃業に追いこまれた。きっかけは、経営者たちが墓地の区画を重複販売したかどで逮捕されたことだった。ひとつの墓に複数のなきがらが積み重なったわけだが、そうやって埋葬されたのは貧しい黒人が大半で、遺族である貧しい黒人家族の声は黙殺されることが多かった。墓地の経営者たちは遺体や棺桶を掘り返し、土といっしょに積みあげて放置した。遺体の山はそのまま崩れていき、他人同士の遺骸が混ざり合ってあたり一帯に散らばったのだ。エイヴァにはもう墓石さえなかった——彼女の墓があった場所には、いまはコーネリアス・ヘンダーソンなる人物の墓石が据えられている。第二次世界大戦で戦った退役軍人で、亡くなったのは一九五九年ということだ。たくさんの遺体が集められてまぜこぜにされたので、エイヴァがもとの墓の近くにいるかどうかは、もはや知りようがなかった。ショーンがその共同墓地を訪れたのは久しぶりのことだった。シーラ伯母さんはその場所を忌み嫌っていた。墓地がどうなったかわかったときに、伯母さんは何週間も眠れぬ日々を過ごした。とどめの一撃となった侮辱行為によって、それまでに受けた数々の侮辱が一気に心に甦ったのだ。長年のあいだに、家族はエイヴァの追悼式を何度となく催したが、問題の墓地を式場にしたことは一度もない。追悼式はつねに教会で行ない、節目となる大きな式は、シーラ伯母さんの呼びかけで大勢の人が集まるため、九十一丁目とフィゲロア通りの角にあるヌメロ・ウノ・マーケットの外で行なうようにしている。そのマーケットは、エイヴァが亡くなった店の跡地を含む土地に建てられていた。

ノースリッジから墓地までは、途中で花屋に寄った時間も入れると、車で一時間以上かかった。墓地はひっそりしていて、管理者がいないのが一目瞭然だった。芝生は枯れて茶色くなり、雑草は伸び放題になっている。姉がこんなところに葬られたのかと思うと胸が痛んだ。青々と育った芝生に、名前を刻んだ小さな墓石を据えて、きれいにこしらえた墓。エイヴァはそういう墓をもつことができなかった。墓をもちたいというのはごくささやかな望みに思えるが、姉はその望みすらかなえられず、墓を奪われてしまったのだ。

代わりに姉に与えられたのは、巨大な共同埋葬地に名を連ねる権利だった。埋葬地のしるしとして建立された大きな花崗岩の墓石には、次のような碑文が刻まれていた。

いずれの者も　いずこにおいても　永久に　安らかに眠らんことを

この大きな墓石は、少なくとも、ほかの多くの墓石よりは状態がよかった。白カビや鳥の糞がついてはいるが、たまには掃除されているようだ。墓石の手前には、手向けの品がいくつか置かれていた。アメリカの国旗、プラスチックの造花の束。ショーンは多肉植物の小さな鉢植えを墓石の根元に置き、目を閉じた。

ショーンは小さかったころ――一歳から三歳のあいだだと思うが、正確な年齢はわからない――エイヴァにサボテンを使った手遊びをさせられた。初めにエイヴァが片手をあちこちに動かし、ショーンは明かりにじゃれつく猫のようにその手を追いかけることになった。高い高い、低い低い、ほら、つかまえてごらん！　締めくくりに、姉は手のひらを上にして鉢植えのサボテンの上にかざし、ショーンにその手を叩かせた。だが、どんなにがんばってすばやく叩いても、姉は叩かれる前に手を引っこめてしまう。大笑いするエイヴァの前でショーンがとうとう泣いてしまい、大声でわめきだすと、エイヴァも泣きだした。姉は一部始終を母に打ち明けたが、結局、いたずらを叱られ平手打ちをくらうはめになった。それがショーンの人生最初の記憶だ。サボテンのとげが手に刺さったときの、電流が走るような痛みが。

姉が憎らしかった自分も、姉が大好きだった自分も、ショーンはよく覚えている。姉とは手加減なしの熾烈な喧嘩を何度もして、そのたびにお互いをひどい目にあわせようとしたが、終わってしまえばあっさり仲直りして、受けた傷はどちらもすぐに忘れた。いちばんいいトレーディングカードも、ハロウィンにもらったいちばんいいお菓子も、姉に巻きあげられてばかりいた。一度だけ、姉を〝このクソあま〟と罵(のの)ったことがあるが、悪いことばを使ったのを言いつけてやると脅され、姉の言うことをなんでもきくはめになってしまった。その脅しはけっこう長く続いたような気がする。だが、そんなことがあっても、ショーンは姉を敬愛していた。姉が初めてお泊まり会に出かけたときは、姉の写真を前に置いてすわりこみ、しくしく泣いたりした。

エイヴァが殺されたときには、そうした姉弟関係はすでに変わりはじめていて、衝突が減って思いやりが増したものになりつつあった。大人になっていくうちに形成されたはずの、互いを慈しむ穏やかな関係の予告篇といえばいいだろうか。姉を失ったこと自体より、そういう関係が途絶えたことのほうが悲しく思えるときがある。自分のことをだれよりもわかってくれている人と、生涯にわたる友情をはぐくんでいきたかったのに、その望みが打ち砕かれてしまったのだ。チョンジャ・ハンに奪われたもの――それは、ショーンがこの世でいちばん大事に思っていた普通の少女だった。

エイヴァは天才ではなかった。ハイスクールの成績はよかったが、卒業できたか、さらには大学に進めたかといえば、それはわからないと言うしかない。ショーンも頭はよかったけれど、卒業も進学もできなかった。エイヴァにはピアノの才能があったが、その才能には限りがあった。当人の短い経歴を見ただけでも、それは悲しいほど明らかだった。ほかの子供たちと競おうにも、姉にはろくな武器がなかった。一日に何時間も練習する彼らは、プロの教師について五歳からピアノを始めており、レッスン代を払ってくれて励ましてくれる親がいたのだ。

姉は聖人でもなければ天使でもなかった。数々の不幸に見舞われたものの、それでよい人間になることはなかった。逆に幸運に恵まれることもあったが、それは当然のように受けとめたりしていた。悪態をつき、口答えをした。手を出してやり返すこともあった。世間の人は、エイヴァは盗みを働くことはなかったと信じているようだが、実際には盗みを働いている。ショーンはその場面をこの目で見た。ウェストウッドで暴動がおき、なんでもやりたい放題だった夜に。

エイヴァが盗んだのは、カセットテープ一本と——弟へのプレゼントだ——ゲスのジーンズ一本だった。ジーンズは、ほしくてたまらなかったのに、ぴちぴちでローライズで値段が高いというのでシーラ伯母さんが買ってくれなかったものだ。世間一般の尺度で見れば、その程度の盗みはかわいいほうだった。同じ夜に、レイは新品のスニーカーを、ダンカンはレザージャケットとラジカセを手に入れた。ダンカンはそれに加えて携帯も盗んでいた——ショーンが携帯電話を見たのはそれが初めてだったが、黒いプラスチック製で、長さが腕の半分ほどもあるしろものだった。ただし、それらの品には一クォートの牛乳以上の価値があった。彼らが盗んだ商品は総額でおよそ七十ドル分になった。そうやって考えると、一部の人にとっては、エイヴァの命の値段はそれよりはるかに安かったことになる。

シーラ伯母さんが、ありのままのエイヴァを覚えているかどうかは定かでない。ティーンのころのエイヴァは伯母さんにさんざん迷惑をかけ、ふたりはしょっちゅう喧嘩をしていた。シーラ伯母さんはわが子同然のひとり娘を厳しくしつけようとしたが、エイヴァは伯母さんの期待を裏切ってばかりいたのだ。

ベアリング・クロスのギャングたちとつるんでいた二十代のころ、ショーンは一度だけ、シーラ伯母さんに向かって、エイヴァはチョンジャ・ハンの店でほんとうに牛乳を盗もうとしたのかもしれないと言ったことがある。姉はそういうことをやりかねない性格だったし、あれだけ怒っていたのだから、いっそ盗んでやれと思ったとしてもおかしくはない、と。姉がなにひとつ欠点のない子供だったかのような言い方をすることに、ショーンはうんざりしていた。エイヴァが完全無欠の立派な人間だったからこそ、われわれは彼女を悼むのであって、そうでなければ悼んでやる必要はない、といわんばかりの世間の風潮に辟易(へきえき)していたのだ。

だが、シーラ伯母さんはショーンの頬を張り飛ばし、こう言った。「エイヴァが悪い子だったと思われるようになったら、どうなるかわかってる？　だれも名前を知らない、その他大勢の黒人の女の子とひとまとめにして見捨てられる。ええ、そういうわたしたちだって、その子たちの名前は知らない。ショーン、それは共同墓地に放りこまれるってことよ。たちのことはだれも話題にしないし、本を書いてもくれないから、名前を耳にすることなんかないんだもの。あんたは自分の姉さんをそういう目にあわせたいの？」

ショーンは憤懣やるかたなく顔をそむけた。まさか、この歳で伯母さんに叩かれるとは。もう子供ではなく、一人前の男として自分の人生を歩み、自分の悩みを抱え、その悩みを自分なりに解決できるようになっているのに。彼が伯母さんから顔をそむけたのは、なにも言えることがないとわかっていたからだった。

9

二〇一九年八月二十六日、月曜日

グレイスは寝室を出るたびにブレイクに出くわした。奥の部屋でテレビを観ながらヨガをやっているブレイク。キッチンでコンブチャとかいう気味の悪いものを飲んでいるブレイク。公平にいえば、ここはブレイクの家なので、彼がそこをうろつくことに文句は言えない。それが月曜の午前中で、普通の人は働いている時間であっても。

父は四六時中出かけているし、グレイスと顔を合わせても最低限必要なことしか言わないので、彼女は正気を保つために、姉が暮らすブレイクの家に滞在していた。病院には毎日顔を出したが、ほとんどの時間は客用寝室にこもってブレイクを避けていた。姉がどこでなにをしているかは知らない。外出して昼食をとったり酒やコーヒーを飲んだりしているようだが、それでも、病院にいる時間はまちがいなくグレイスより長そうだ。ブレイクがふだんのようにグレイスを放っておいてくれればさほど問題はなかっただろう。だが実際には、水を飲むために思いきって部屋を出ていくと、ブレイクはやっていることを中断し、優男（やさおとこ）風の憐れむようなまなざしであれこれ質問したり、彼女のあとをついてまわったりするのだった。

仕事をしていれば気がまぎれるので、出勤したほうがいいかなと思わないでもない。だが、ジョゼフおじさんには代わりに店に出てくれるよう頼んでしまっている。そうすれば、自分は土曜の朝からやっていることを続けられると思ったのだ。それは、気をたしかにもって、母の件であれこれ思い悩むことだけなのだが。

グレイスが母の過去をミリアムから聞かされていなかったとしても、結局は自分で気づくことになったはずだ。きのう、ロサンゼルス・タイムズ紙が、母が銃撃されたことを報じた記事のなかで、エイヴァ・マシューズ殺害事件のあらましを淡々とした筆致で説明していたのだから。グレイス自身は記事をきちんと読んだわけではないが、報道があったことにはいやでも気づかされた。その記事はすでに炎上していたのだ。ありとあらゆるSNSでトレンド入りし、批評や憶測、挑発的な意見や悪意が飛び交っていた。イェルプのウリ薬局のページも、以前は閑散としていたのに、いきなり星ひとつのレビューがあふれかえる騒ぎになった。グレイスのもとには、ジャーナリストを名乗る知らない人たちから、慎重にことばを選んだメールが続々と届いた。彼らは遠回しな言い方で事実説明とコメントを求め、問題の記事に対するあなたの言い分を発表させてあげますと言っていた。当のグレイスは、記事の内容をほとんど知らず、いっさい関わりたくないと思っているのに。直接電話してくる人もいて、その数があまりに多いので携帯の電源を切ってしまいたくなったが、生死に関わる知らせを待っている最中とあって、それもできずにいた。

その恥知らずな人たちは、心情お察ししますといわんばかりに声をかけてきたが、彼らが味方ではないことはわかっていた。グレイスがだれの呼びかけにも応じずにいると、彼らはパーク家の沈黙を曲解し、一家をあざ笑うように、コメントを出さないのは非を認めたのと同じだとほのめかした。グレイスの母親はいままさに昏睡状態にあるのに、よくもそんなまねができたものだ。連絡してきた人たちのなかには、アルフォンソ・キュリエルの追悼集会があった日の夜にバーで出会った本物の記者がいた。ジュールズ・シアシーというその記者は、一度顔を合わせただけで友人になったつもりなのか、六回以上もメールをよこした。そのあと、彼はニューヨーカー誌に長文のとんでもない記事を寄稿した。文中では、チョンジャ・ハンが、アルフォンソ・キュリエルを殺したトレヴァー・ウォーレンと比較されていたが、グレイスにはそれがあきれるほど不公平に思えた。シアシーはその記事で、南カリフォルニアで黒人が肉体的暴力を受けている問題について延々と論じつづけ、黒人を人間以下の存在と見なして彼らの命を軽んじているのは、司法制度の欠陥であると述べていた。また、ロサンゼルスで社会不安が増大していることにも繰り返しふれていた——シアシー自身が腕まくりをしてその火に油をそそいでいることは棚に上げて。

グレイスは母に関する資料をあさり、見つけたものを片っ端から読んでいった。ニュース記事は新旧合わせて何十本もあったが、それだけでなく、ブログの記事にコメントのスレッド、ミニ歴史講座からウィキペディアの記事まで読んだ。捜すべきものがわかったいまでは、事件が埋もれていたこと自体が驚きであり、侮辱のようにも思えた。エイヴァ射殺事件の話はどこにでも転がっていた。母の名前を検索して出てくるのは、その話だけだった。大多数の人にとっては、それが母の人となりを知る唯一の材料になっていた。引き金を引くというたったひとつの行為が、その瞬間だけが、ほかのすべてを覆い隠してしまったのだ。

グレイスは、とにかく新鮮な空気が吸いたかった。そのために散歩に行けば、ブレイクからも逃れられるし、ひょっとすると、頭のなかに響きわたる苦悩の叫びも抑えこめるかもしれない。

ミリアムの家はシルヴァーレイクの高台に位置し、近くには溜め池もどきの殺風景な湖があった。姉はその湖のまわりでランニングをするのが趣味で、ランニングの楽しさや、走るとエンドルフィンが出るので穏やかで幸せな気分を保てるといったことを、しじゅう話している。グレイスにはランニングをする習慣はないが——心肺機能を高めるエクササイズには年に数回挑戦することがあり、そのたびに部屋じゅうをひっかきまわして一枚しかないスポーツブラを捜すはめになる——元気よく歩けば同じ効果が得られるのではないか。よくわからないが、こういうときにはエンドルフィンを出すのも悪くないような気がする。グレイスは湖の場所を調べ、そこに向かって歩きだした。

ミリアムの家の近所は完全な住宅街なので人通りは少ない。考えてみると、その静けさがありがたいわけで、人が集まっているところにわざわざ出ていくことはないと思えてきた。人前でどんな顔をすべきなのか、どんなふるまいが期待されているのか、見当がつかない。グレイスは視線を足もとに落としたまま、地面を観察しながら歩いた。〝割れ目を踏んだら、おまえの母ちゃん背骨が折れる〃そんな囃しことばを思い出したので、舗装が平らなところだけを歩き、小さな穴や隙間すら踏まないように気をつけた。

そのとき、なにかに——だれかに——うしろから肩をつつかれ、ぎょっとしたグレイスはゲームを中断し、そのはずみに右足の指の付け根で大きな割れ目を踏んでしまった。

「やっちゃった」とひとりごとを言いながら振り向く。

目の前にいる少年は、見たところ飲酒できる年齢には達しているようで、金髪で痩せ型、見た目はエモ系で、スリムジーンズをはき、黒いプラスチックフレームの眼鏡をかけていた。見覚えのない人だったので、グレイスがまず思ったのは、道を訊かれるのだろうということだった。だが、地元であるグラナダの道案内さえできないのに、この高台の複雑な道などわかるわけがない。ほかの人に訊いてくれればいいのに、と思った。

「すみませんが」少年は有無を言わせぬ調子でねちっこく話しかけてきた。「グレイス・パークさんですよね?」

グレイスはあっけにとられ、一歩さがった。こちらの名前を知っている見知らぬ人物に直接話しかけられたのは初めてだ。しかも、名前を呼んだとき、相手が非難がましく口をゆがめたので、グレイスは内心、追いつめられた気分になった。この人は記者にちがいない。うちの家族の頭上で旋回しながら、死と不幸を狙っているハゲタカはこういう人たちだ。でも、どうすればいいのだろう? これは迷惑メールボタンを押したり、電話を切ったりすればすむ話ではない。グレイスは恐怖で体がすくむのを感じた。

「どういうこと？　だれなの、あなた？」

「エヴァンといいます。エヴァン・ハーウッドです。アクション・ナウという団体で活動しています。聞いたことないですか？」

グレイスは首を振り、逃げ出そうとした。

「そうか。ぼくはお姉さんの、ミリアムの知り合いなんですよ」少年は落胆を隠そうともせずに言った。「ほんとはミリアムと話すつもりだったんだけど、あなたにもいくつか質問できたらと思って」

グレイスはさっときびすを返すと、もう少しで走りだしそうになるのをこらえて、できる限りの早足で歩きはじめた。曲がり角にたどり着いたところで振り返り、どうなったか確かめると、相手はグレイスに負けないほどの急ぎ足で、すぐうしろに迫っていた。

「そういうのは興味ないです」グレイスは大声で言った。「ついてこないでください」

少年はグレイスに歩調を合わせ、ぴったりとついてきた。あまりに距離が近いので、リズミカルな足音が聞こえるほどだ。グレイスは、自分が残虐なホラー映画の第一の犠牲者になったような気がした。愚かにも走りださなかったせいで殺される人物だ。いよいよ走りだそうとしたそのとき、歩道の敷石の割れた断面がせりあがったところにつまずいた。バランスを崩して前のめりになり、地面に向かって倒れこんでいく。もうぶつかりそうだ——衝撃を和らげるには、顔と手のどちらを犠牲にするのがいいか。決めるには一秒ほどしかない。手だ、手にしよう。グレイスは右手を突き出したが、時すでに遅く、あごが右手首に激しくぶつかった――きれいに砕けたように思える手首に。口のなかに血の味を感じながら、振り向いてエヴァン・ハーウッドを見る。さっきと違って礼儀正しく距離を置いてはいたが、彼は携帯をグレイスに向けて動画を撮っていた。

「なにしてるのよ？」グレイスは食ってかかった。

少年は質問を聞き流し、グレイスが転んだことについてはひとことの詫びもなく、逆にこれ幸いと嵩(かさ)にかかって迫ろうとしていた。ふんぞり返ってグレイスを見おろすと、彼はこう言い放った。「いくつか質問したいだけなんですけど」

「『大丈夫ですか？』ぐらい言ったらどうなの」グレイスは舌を歯茎に這わせ、歯の状態を確かめた。どれもぐらついてはいないようだ。

「お母さんの容態に変化はないですか？」

下唇は切れていた。グレイスは怪我していないほうの手を傷口にあてがい、血をぬぐった。

「容疑者の絞り込みについて、警察はなにか言ってませんでしたか？」

道の向こう側から、三十代前半ぐらいのカップルが近づいてきた。女性は心配そうにグレイスと目を合わせ、男性はその数歩うしろで、リードにつないだ白いピットブルを連れている。

グレイスはカップルに聞こえるぐらいの声で、少年の携帯のカメラに向かって話しかけた。

「これを観ている人たちに言いたいんですが、わたしはこのゲス男にしつこくつけまわされて転んでしまいました。なのにこいつは、手を貸そうともしないで根掘り葉掘り質問してくるんです」

　女性が小走りに近寄ってきて、グレイスに手を差しのべた。「大丈夫ですか？」そう言いながら、少年を横目でじろりとにらんだ。

　グレイスはきちんと礼を述べて女性の手につかまり、少年に文句を言おうとしたが、そこで少年が再び口を開いた。早口であたふたとしゃべるようすは、試合終了のブザーが鳴った瞬間に、いちかばちかでセンターラインからシュートを放つようにせっぱつまっていた。

「あの銃撃はエイヴァ・マシューーズ殺害に対する報復といえるんじゃないですか？」少年がわめいた。

　グレイスがいきなり棒立ちになったので、親切な隣人はびっくりしたようだった。しかも、差しのべていた手を急に振り払われ、今度は彼女のほうが倒れそうになっていた。ふだんならグレイスも平身低頭して謝るところだが、いまはそれより先に言いたいことがあった。

「いま、報復って言ったわね」グレイスは歯を食いしばり、唇の傷から血があふれ出すのを感じた。「母はまだ病院にいるのよ。なのにあんたは、図々しくわたしを追いかけてきて、あげくに報復の話をしようっていうの？」

「でも、あなたの母親のイヴォンヌ・パークが、フィゲロア・リカー・マートをやってたチヨンジャ・ハンなのはまちがいないですよね？」

　カップルのほうは、いまではグレイスたちをじろじろ見ながら耳をそばだてていた。連れている犬までが、注目するような顔でおすわりをして、ぴんと立てた耳をこちらに向けている。ふたりはこの光景に目を奪われているだけなのだろうか。女性の表情がわずかに変わったのは、グレイスが何者なのか気づいたからだろうか。彼らの考えはわからないが、あなたたちには関係ないことだから、あっちに行って、と言ってやりたかった。

「母は母よ」

「お母さんはティーンエイジャーの少女を殺したのに、たいした罰を受けなかった。だから、ああやって復讐されたのは当然の報いだと言う人たちがいます。その人たちにはなんと言いたいですか？」

グレイスの心の底で甲高い声があがり、〝こんな馬鹿なやつは放っておいて、傷が浅いうちに手を引くんだ、回れ右をして立ち去れ〟と言いだした。だが、そのか細く弱々しい声には、怒りの爆発を抑えこむ力はなかった。このもの知らずのガキの思いあがりを、なんとしても正してやらねばならない。

「あの子が先に手を出したんでしょ。母は何度も殴られたんだから。それに、言っておくけど、あの子は痩せっぽちのチビなんかじゃなくて、身長百六十五センチで体重は六十一キロもあったのよ！」

自分が絶叫しているのは意識していた。大声を出すのは痛快で、うっとりするほど気持ちよかった。鬱屈した思いを発散させたことで、グレイスは銃撃事件の前も含めて、これまで経験したことがないほど強い快感を味わっていた。少年を見ると、まだ携帯をこちらに向けていたので、叩き落としてやろうかと思った。だとしても、勢いまかせにしゃべりつづけるのはやめたほうがいい。でも止まらない。心の奥から――このうえなく純粋で明るく、愛が燃えさかっている場所から――真実という清らかな水が噴き出してきたみたいだ。

「わたしはいま二十七歳で、身長百六十五センチ、体重は五十九キロある。母はそのわたしより小柄なのよ。あんたがいま、身長百八十センチの十五歳の凶暴な少年に殴りかかられたらどうする？　自分の身を守ろうとするんじゃない？　絶対そうするわよね。ハイスクール時代のシャキール・オニールみたいな子に頭を殴られたら、相手はまだ子供だなんて考えてはいられないはずよ」

少年がきょとんとしたあと、馬鹿を言うなとばかりにげらげら笑いだしたので、グレイスはいっそう腹が立った。「あれは正当防衛なんかじゃない。チョンジャ・ハンは計画性のない故意の殺人で有罪判決を受けたじゃないか――裁判所が彼女を有罪と認めたんだぞ」

「母はもうじゅうぶん苦しんだわ」

「子供を殺したことで？」

グレイスは目を伏せ、少年に背を向けると、腫れあがった手首を反対の手で支えながら一目散に逃げだした。今回は、だれも追ってはこなかった。

10

二〇一九年八月二十六日、月曜日

ショーンは子供のころからつねに警官と関わってきた。あるときは会話し、あるときは知らんぷりをし、あるときはなるべく近づかないようにして。どんなときでも警官たちは生活の一部だった。いまのパームデイルはあのころのサウスセントラルとは違うが、それでも彼らはパトカーで四六時中見まわりをして、話を聞けばなんらかの収穫があると見こんだ者を片っ端から呼び止め、車の窓を開けて話しかけている。そのようすを見ていると、まるで釣りにでも来ているみたいだと思ったりする。連中が流れに釣り糸を垂れるのは、たんに、どんなやつが釣れるか見てみたいからなのだ。

もっとも、いまのところ、パームデイルの警官にはそれほど迷惑をかけられていない。それはたぶん、ショーンが年をとってチンピラが集まる池の底から抜け出したためだろう。若いころは、警官に出くわすと、挨拶抜きで、壁に向かって手をつけと命じられたものだが、いまは当時とはわけが違う。あるいは、近ごろは、外出時にはたいてい女か幼児を連れているからかもしれない。その状態で警官にからまれるとは考えにくい。まあ、結局はそういうことなのだろう――人間はものぐさなので、真っ先に頭に浮かんだ考えを採用し、それが事実だと思いこんでしまうのだ。そういう考え方をする警官は、若い白人男性だ。健康で身だしなみがよく、牛肉好きで、糊（のり）のきいた制服に身を包んだ若者たち。彼らは、タトゥーを入れぶかぶかのズボンをはいた黒人少年は恐ろしいぞと教えこまれている。その恐ろしい少年は、サミュエル・L・ジャクソンのセリフをまねしたり、モーガン・フリーマンが叔父さんだったらいいのにと思ったりしている少年でもあるのに。

マックスウェル刑事がその手の警官ではないことは、会ったとたんにわかった。若くないし、制服も着ていないし、わざわざ遠くから車を走らせてショーンに話を聞きにきたのだから。

「いいうちですね」刑事はうなずきながらそう言うと、夕食で使った食器がちらかったままのキッチンを見まわした。いまは彼がこの部屋の支配者なのだ。ただ周囲を見まわしているだけなのに、その態度にはある種の迫力が感じられた。こちらが見せたくないと思っているものまで見つけ出そうとしているからだろうか。

ジャズが刑事にコーヒーを出したのを見て、ショーンは口もとがゆるみそうになった。ジャズはもてなし役を神妙に演じているが、コーヒーを入れたマグカップは不用品交換会で手に入れたもので、長毛の猫の前足をかたどっている。ふだんは絶対に使わないカップだ。ジャズは、大切な客にそれを見せるぐらいなら死んだほうがましだと思っているだろう。マックスウェルが礼を言ってコーヒーに口をつけたので、カップの底面に描かれたピンク色の肉球がショーンの目に入った。

ジャズがショーンの隣にすわると、マックスウェルはやれやれといった顔で苦笑した。彼女が芝居を演じているのを承知のうえで、とりあえずやらせておこうと思っているのだろう。「マシューズさん、実をいうと」と切り出した。「ふたりだけでお話しできればと思っていたんですよ」

「わたしも同席したいんですけど」ジャズが言った。

刑事はショーンから目を離さなかった。「こちらとしては、ていねいにお願いしているつもりなんですが」

「彼に弁護士をつけたほうがいいですか？」

「その必要はないと思いますね。ご自宅でくつろぎながら、普通に話をしているだけですから」マックスウェルが軽い調子で答えた。「こうやって、いつもガールフレンドに気持ちを代弁してもらうんですか？」

見え透いた芝居だとショーンは思った。黒人男性相手に、おまえは男らしくないと侮(あなど)ってみせることで、話を引き出そうとしているのだ。とにかく、これでわかった――この刑事はおれのことを馬鹿だと思っているらしい。

「おれは大丈夫だ」ショーンはジャズに言った。「どのみち、モニークのようすを見なきゃならないだろ」

ジャズがショーンの頭にキスして娘の部屋に向かったあと、男たちはふたりとも沈黙していた。刑事はコーヒーを飲み干してから、再び口を開いた。

「わたしがなぜここに来たか、おわかりですか」

「だいたい想像はつきます」

「であれば、金曜の夜にチョンジャ・ハンが銃撃されたと言っても、驚いたりはしないでしょうね」マックスウェルは目を光らせてショーンを注視していた。

ショーンの体は、本人の思いに反して、うしろめたいことがあるかのような反応を示した——胸苦しさを感じ、いまにも冷や汗が出そうになったのだ。「その話はもう聞いています」

「彼女がいまもLAにいるのはご存じでしたか？　殺人を犯して裁きを切り抜けたあとに、それまでどおり地元で暮らしていたなんて、考えただけでも腹が立ちますよね」刑事は〝殺人〟と言いきった。過失致死ではなく。そのあたりは抜け目がない。

「それは、金曜の夜に初めて知りました」

「金曜の夜の、いつごろですか？」

「メールをもらって知ったんです。携帯はポケットに入っているので、受信した時刻を確かめろと言うならそうしますが」いま、この家のなかに銃は一丁しかないのだが——大男の刑事が、ジャケットの下に、いつでも抜けるようにして身につけているはずだ——刑事はそのことを知らないし、疑わしきは罰せずの理論に頼るのは危険だと思った。そこで、ポケットに手を入れるのはマックスウェルが許可を出してからにして、いざ手を入れるときも、念のため、相手に見せつけるような動きをした。携帯を取り出し、トラメルのメールを確認する。

「九時十七分です」

「メールはだれにもらったんですか？」

「それは大事なことですか？」

「イヴォンヌ・パークが――チョンジャ・ハンはいまではそう名乗っていましてね――パーク夫人が撃たれたのは午後七時過ぎでした。店の営業を終えたあとです。もちろん、ニュースはすでに大々的に広まっていますが――きのうのロサンゼルス・タイムズの記事は見ましたか？　日曜版の第一面の記事を」

ショーンはうなずいた。被害者の身元が判明すると、この件は普通の銃撃事件より大きな意味をもつようになった。当初はたいした報道はなかったのに、そこからは全マスメディアがそのニュース一色になった。ショーンはそれらの報道を何時間も追いかけ、むさぼるように記事を読んだ。

「まあ、いまでこそ大々的に広まっていますが、金曜の夜はどうでしたかね？　SNSでやっと噂になりだしたころだ。それがまわりまわって、あなたにまで届いたのかもしれない。違うかもしれないが。とにかく、そう、彼女が撃たれたことを、事件の二時間後にあなたに知らせたのはだれかというのは、大事なことといえます。その人の名前を教えてください」

ショーンはトラメルのことを考えた。太っちょのガキだったトラメルは、ギャング生活を適当に楽しんだあと、恋人と結婚したが、相手は七つ年上で、ワルを気取ってみせてもまるで取り合ってくれない女だった。いまの彼は、ふたりの娘をもつX線検査技師で、休みの日にはウーバーの運転手をやっている。悪癖はあるにはあるが、それも娘たちが寝たあと、たまにガレージでマリファナをふかすことぐらいだ。そんなトラメルが疑われるはずはない。それは、エイヴァ自身が墓から蘇って容疑者になる可能性がないのと同じぐらいたしかなことだ。

それでも、自分の証言のせいで刑事がトラメルの家に踏みこむようなことになるのはいやだった。その刑事がどんな手がかりにも飛びつくとわかっていればなおさらだ。かつてのショーンなら、名を明かすことを考えただけで自分を恥じただろう。相手が警察となれば、一歩譲るのは仲間を売るのと同じことだ。どんな理由であれ、名前をもらすのは最も下劣な裏切りになる。

だが、もうそんなのんきなことを言ってはいられない。自分には前科があるし、家族がいるのだ。「トラメル・トマスです」ショーンは、別に困ることはないという顔をして言った。トラメルには自分でなんとかしてもらうしかない。

マックスウェルはその名を書き留めた。

「事件のことを知ったときは、どこにいましたか？」

「この家です。ちょうど寝るところでした」

「九時にですか？」

「刑事さん、おれは年寄りなんですよ。それに、朝が早いし」

「仕事があるからですね？　勤め先は、ノースリッジにあるマニー運送会社だ」刑事はメモ帳を前に置いていたが、それを見ずに話していた。「けさ、社長さんに話を聞いたんですよ。おとといの土曜日、あなたは会社に来なかったと言っていた」

マニーは彼のことを警察に話していた。やはりそうなるか——ショーンは頭がかっと熱くなるのを感じた。噂が伝わるのは速いものだ。マニーはマニーで、心配なことがあるのだろう。「それは事実です。その日は休みをとったので」

「休んだのは数年ぶりだとか」刑事はメモ帳をめくったが、手もとに視線を落とすことはなかった。「つまり、ふだん病気はしないわけだ。うらやましいな」

ショーンは黙っていた。どうせ、相手も彼がしゃべるとは思っていないだろう。

「じゃあ、ショーン。よりによって、その土曜日に、予告もなく休みをとることにしたのは、どういうわけかな？」

「おれが二十年以上もたってから彼女を殺そうとしたと思ってるようだけど、銃撃のニュースを聞いておれが動揺したとすれば、なんで動揺したかはわかるんじゃないですか？」

マックスウェルはその質問を笑顔で聞き流した。「わたしなら、街に繰り出して祝杯を挙げていただろうな。きみもそうしていたんじゃないか？」

「おれは、思い出してたんです」ショーンはそれしか言わなかった。

「犯罪現場に行って、そうしていたわけか」刑事が言った。「つまり、思い出していたと？」

ショーンはテーブルの下で両手を握りしめ、こちらを見ようとしなかった韓国系女性のことを思った。あの女性は実際にショーンのことを警察に通報したのだ。そうでないなら、別のだれかが通報したことになる。「姉を思い出してたんです。そのあと、姉のお墓にも行きました。そのことは、だれも通報してないんですか？」

刑事はまじめくさった顔で首を振った。その表情は残念そうで、若干神妙なところもあった。ショーンはふと、こういう男は必要に応じて、ありとあらゆる表情をとりつくろうことができるのではないかと思った。いま見せているのは、哀悼の意を表するのにふさわしい、優しい顔だ。

適度な間をおいたあと、刑事は話をもとに戻した。「そういえば」秘密を打ち明けるような口調で言う。「町の噂では、クリップス傘下のベアリング・クロスが、あの銃撃は自分たちのしわざだと言っているらしい」

ショーンは思わず目をみはった。「町の噂って、どこの町ですか。この近所じゃないですよね」

「噂というのがどんなものか知ってるだろう。だれかがなにか言う。その話が広まる。自分の耳に入ったことなら、相手の耳にも入っているかもしれないと思ったほうがいい」

「ベアリング・クロスのことは、なにも聞いてませんが」

刑事はショーンを見つめたまま、しばらく黙っていた。親指はメモ帳のページをめくっている。あのメモ帳のどこかに、マックスウェルが考え出したショーンの身の上話が記されているにちがいない。公の記録にもとづき、点と点を結んで作りあげた、彼の四十一年にわたる人生の物語が。

「言っておくが、今回の事件は最悪のタイミングでおきたんだ。キュリエル事件があんな形で決着したというときに、大衆に九〇年代初頭の状況を思い出されてはかなわない。それはなんとしても避けたいところだ。今回の銃撃が、きみの姉さんとはなんの関係もないとわかれば、われわれ双方にとってこんなに喜ばしいことはないだろう。とはいえ、そんな都合のいい偶然があるとは思えない、違うか？」ショーンが答えずにいると、刑事は話を続けた。「昔の友だちとは連絡をとっているか？　ジャリール・プレンティスや、ケヴィン・プライスや、アイザック——あだ名はなんだったかな——そうだ、アイザック・〝ニュート〟・ジョンソンか、そういう友だちがいただろう」刑事はほくそ笑んで名前を並べたてた。

ショーンはそれらの名前を何年も耳にしていなかった。それは、神経がぴりぴりしている目つきの悪い少年たちの名前であって、いまの彼と同年代の男たち、家族をもち重責を担っている男たちの名前とは思えなかった。要するに、あのころの自分たちはガキだったのだ——いまならそれがわかる——ニュートの父親の車を乗りまわしたり、女の子やスポーツや音楽の話をしたり、くだらないことを言って笑い合ったりしていたころは。ただし、ガキといえども真剣に生きていた。自分たちの子供時代は人より短く、無邪気でいられる特権的な時期はすでに終わっていたのだ。そのガキどもは生と死の言語に通じていた。それは、彼らが死というものを知っていて、そのおかげで怖いもの知らずになったと自負していたからだ。

かつてのショーンは、友人たちの電話番号をそらで覚えていた。それがいまでは、彼らがどこにいるのかも知らずにいる。ニュートが麻薬密売と殺人未遂の罪で服役中なのは知っている。ニュートは十代のころの親友だ。自分があんなふうでなかったら、ニュートは違う道を歩んでいたのではないかと思うこともある。そんな〝たられば〟など、考えてもしかたないのだが、かといって、考えずにいるのも無理だった。数々の過ちに、数々の不運。ショーンは、自分にはいろいろ責任があり、手もちの札でできるだけのことをするのが務めだと信じていた。ただ、だからといって、陥没した通路や遮断された道のことを思わずにすむわけではない。母親は早くに他界し、続いて姉も亡くなった。ふたりとも奪われてしまうと、あとはひとりで生き抜くしかなかった。それが自分に与えられた人生なのだ。自分たち家族には、悲運を越えたところによりよい人生が待ち受けていたのか？　それはどんな人生で、いつのまになくなってしまったのだろう？

刑事がじっとこちらを見ているので、ショーンは首を振った。「つきあいがあったのは、大昔のことなので」

「レイ・ハロウェイはどうだ？」

ショーンは身震いをこらえた。「ええ、もちろんレイには会っています。彼は〝昔の友だち〟じゃなくて〝家族〟ですから」

「きみたちのようなギャングは、全員が〝家族(ファミリー)〟なんだと思っていたよ」そこで、刑事はいくらか間をおいた。ショーンがその気になれば餌に食いつけるように、時間を与えたのだ。

「だからこそ、チョンジャ・ハンを仕留めるのは自分の仕事だと思ったやつがいたんだろう。きみの姉さんをハンに殺されて、ファミリーは痛手を負った。なのに、まだかたきを討っていなかったんだ。たしかに、ハンはみんなの力でサウスセントラルから追い出されたし、きみはそれでじゅうぶんと思ったかもしれない。だがそこで、ハンの現状を嗅ぎつけた者がいた。彼女は穏やかで自由なアメリカン・ライフを満喫していたんだ。いいか、あの小柄な韓国のご婦人は、昔の地元に関しては、住みたくて住んでいたわけじゃない。店が焼き討ちにあったときは、さすがにショックを受けただろうって？　わたしの見方を教えようか。ハンは保険金がおりて小切手を手にすると、その金で新規まき直しを図ったんだ。ギャングどもは、くだらん噂のせいで、あるいは、相手が妙な目つきをしたと言っては盛大に殺し合いをする。こっちはその現場をさんざん見てきた。今回の件で唯一驚きだったのは、ファミリーが逆襲に転じるのにここまで時間がかかったことだ」

「エイヴァはクリップスのメンバーじゃなかった」とショーンは言った。

「だが、チョンジャ・ハンはそうだと思っていた。エイヴァは死んだとき、クリップスのシンボルカラーの青を身につけていた」

「ドジャースの野球帽ですよ」

マックスウェルは肩をすくめた。「青い野球帽だ。まあいい、エイヴァはギャングに関わっていなかったとしよう。だとしても、きみと、きみのいとこは関わっていた。きみは、いまはままごと遊びをしているようだが」刑事は手を振ってあたりを示した――その部屋にいろいろなものがあるのは、ただの手品の仕掛けであって、自分が指を鳴らせばすべて消え去ってしまうというように。「きみの逮捕記録を見せてもらったよ、マシューズ。麻薬密売、乱闘、銃撃。それがどういうことかはわかっている。氷山の一角にすぎないとわかっているんだ」

ショーンは相手の目を真っ向から見据えた。こいつの言うとおりだ。おれはいろいろな罪をまぬがれてきた。ただし、人を殺したことはない。それに、罪を犯したあとは、チョンジャ・ハンよりずっと大きな代償を払ってきたんだ。

「きみは本物のギャングだった。しかも、いまは怒りを抱えている」

ショーンは音をたてて長々と息を吸い、それを大きなため息に変えた。「刑事さん、姉は殺されたんです。そのことで、おれは二十八年前に怒っていた。同じことで、先週の金曜にも怒っていたし、きょうも怒っています。うちに来たのは時間のむだでしたよ。おれが怒っていることぐらい、どんなバカでもわかるはずだ。来る前に電話してくれれば、そのときにそう教えてやったのに。いいか、あんたが聞き出せるのはこんなことだけだ。おれが話せるのはそれだけなんだから」ショーンは立ちあがった。「もう、いいかげんにしてくれ」

11

二〇一九年八月二十八日、水曜日

ここがどこなのか思い出すまでに数秒かかった――姉の家の客用寝室。世間の人々の独断的な視線を避けて、そこで逃亡犯のように身を隠していたのだ。目を覚ましたあと、グレイスは悪夢に逆戻りしていた。もう一度しっかりと目をつぶり、いっそう深々とベッドにもぐりこむ。

「ねえ、起きてよ」ミリアムがグレイスを揺さぶった。「食べるものをもってきたわよ。わたしが出かけたあと、ちょっとでも動いた？　もう九時になるのに。なにか食べなきゃだめでしょ」

そうか、もうまる一日たったのか――ずいぶん長く寝ていたようだ。たぶん、思ったより四時間以上長く寝ている。そう思うと妙な達成感をおぼえたが、頭痛はまだ続いていて、とてもベッドを出る気にはなれなかった。

「ブレイクとふたりで、サンセットジャンクションにできたヴィーガンの店に行ってきたの」ミリアムの声には若干あきれたような響きが混じっていた。ブレイクにはいろいろ妙な趣味があるが、ヴィーガン、つまり完全菜食主義だけは、さすがのミリアムも理解しかねているようだ。「テリヤキ豆腐みたいなのが載ってる丼ものを買ってきてあげたわよ。ほら！ちゃんと起きて！　お膳にしてもってきたんだから。オンマ流のフルサービスよ」

グレイスが再び目を開けると、姉はトレイをひざに載せていた。テイクアウトの料理は陶器のお碗にきれいに盛りつけてあり、プラスチック容器入りのシラチャー・チリソース、キムチの小皿、缶入りのダイエット・コークが添えられている。「ありがとう、オンニ」グレイスはぼそっと言った。

ミリアムはグレイスが食べるところを見ていた。「どう？」

グレイスは肩をすくめた。「豆腐は、まあこんなものかな。でも、キムチはおいしい。これもその店で売ってたの？」

「なに言ってるの。白人からキムチを買うわけないじゃない。それはわたしのよ」

グレイスはびっくりして目を上げた。ミリアムはどこでキムチの作り方を習ったのだろう？　母に教わったのか？　グレイス自身は料理など習ったことがない。大好きな味が、母の死とともにこの世から消えてしまったらどうしよう？

「わたしのって言ったのは、レストランが作ったものじゃないってこと。わたしがＨＫマーケットで買ったのよ」ミリアムはグレイスの箸を手にとり、ひと口だけつまみ食いをして、首を振った。「この丼はひどいわ。でも、グルテンミートはまずそうだったから。ヴィーガン好きな連中って、ご飯と豆腐だけの料理すらまともに作れないのね」そう言うと、シラチャーを絞って丼にくねくねと線を描き、全体を混ぜ合わせた。「ほら、これで少しはましになったんじゃない」

グレイスは料理を食べた。きょう初めての食事をして、自分が空腹だったことにようやく気づいた。食べおえると、ミリアムがトレイをキッチンにさげにいったので、そのあいだにまた横になった。はたして、もう一度眠ることができるだろうか。

姉はすぐに戻ってきてグレイスのそばにすわり、べたつく髪をなでてくれた。ミリアムの指先の優しい動きを感じると、また涙がこみあげてきた。

「姉さんも、わたしのこと嫌いになった?」

「まさか。嫌いになんかならないわよ」

「でも、わたしのこと、レイシストだと思ってるでしょ」

「グレイス、たぶん、人はみんなレイシストなのよ」

グレイスは、二十七年生きてきて、初めて他人からの憎しみを感じていた。全身が燃えるように熱く、肌はむずむずして、掻いても掻いてもかゆみが治まらない。自分はおとなしい生き方をしてきた――人とつきあう範囲はいつも適度に限定していたし、意見はあまりはっきり言わず、こちらの顔を見て不快になる人がいないようにしている。グレイスを嫌っていた人は、過去にふたりだけ覚えがある。ひとりはハイスクール中等部にいた女子、もうひとりは大学にいた男子だ。そのふたりになにか言われると、健全とはいえないほど長いこと思い悩み、相手がグレイスのことなど考えなくなったあとでも、まだぐずぐず悩んでいた。わたしは人気者よとうぬぼれているわけではないが――自分のカリスマ性については、考えるだけむだとわかっている――だれも傷つけていないのに、人から喧嘩を売られるのかと思うと、それだけで頭がおかしくなりそうだった。

それはすべて昔のこと――グレイスが平凡な移民二世で、韓国出身の寡黙で勤勉な両親が、教会に通い、店を営み、子育てをして、手入れされた庭のように小さくまとまった人生を送っていた時代の話だ。でも、いまならわかる。そんなわが家は砂上の楼閣にすぎず、豪雨の襲来で水かさが増すと、俗世間の冷たい波にのみこまれるしかなかったのだ。

きのうの朝、受信ボックスを開けると、新たなメールが百通以上届いていた。ふだんの十倍ほどの量だ。初めは、記者たちがいっそう貪欲になったのかと思ったが、そこで件名のひとつが目に留まった。〝くそアジアのあばずれは死ね〟

グレイスはそのメールを開いた。というより、開かずにいられなかった。本文は下品な罵(ば)詈雑言(りぞうごん)のオンパレードで、グレイスをレイシスト呼ばわりし、腐れまんこの中国女はレイプして射殺すべきだなどと書いてあった。

それまでのグレイスは、人からそんなことばを浴びせられたことは一度もなく、そのメールを読んだだけで携帯を窓から投げ捨てたくなった。それをこらえて、次のメール、その次のメールと読み進んだ。同じようなメールは何十通もあり、内容の論理性や辛辣さはまちまちだったが、ある程度抑制のきいた堅苦しいメールも含め、どれも一様に怒りに満ちていた。送り主は全員が知らない人だった。彼らはグレイスを嫌悪するあまり、メールアドレスを突きとめずにはいられなかったのだ。

そんなおせっかいな他人のなかに、あるリンクを張ってきた人がいた。そのリンク先を見ると、頭のなかがかっとして苦しくなった。まるで、心臓が頭蓋骨のなかにあって、脈打ちながら押し出されていくように。

リンク先はフェイスブックの投稿で、見出しは太字になっていた。〝**エイヴァ・マシューズ射殺犯の娘、レイシズムの暴言を吐き散らす（最後までご覧ください！）**〟

グレイスは両手で口を覆い、自分があのいまいましい少年を怒鳴りつけている映像に見入った。そんな馬鹿な。こんなことになるなんて。すぐにやめさせなくては。削除させる方法はあるはずだ。

ミリアムが部屋に入ってきたときには、グレイスは金縛り状態になり、涙が枯れ果てた目で携帯を見つめて、中傷メールや激昂（げっこう）したコメントを際限なく読みつづけていた。ミリアムはグレイスの手から携帯を取りあげると、なにも言わずにフェイスブックのアカウントを停止し、熱いお茶と精神安定剤をもってきてくれた。グレイスのみじめな気分は変わらなかったが、それでも姉が世話を焼いてくれたうえに、いつもと違ってせっかちな決めつけを控えているのはありがたかった。

「わたしの動画はウケてる？　もうじゅうぶん拡散されたかしら？」

「やめて、グレイス」

「教えてよ、オンニ。自分がどんな状況にあるか知りたいの」

ミリアムはため息をついた。「いい状況ではないわね」

「再生回数は？」

「なんとも言えない。いろんなサイトに上がってるから」

「でも、数百万とか」

「数百万かどうかは知らないけど……」

「じゃあ、数百万いってるかもしれないのね」

ミリアムが黙りこんだので、グレイスは身震いした。そこまではいかないと言ってくれるものと思っていたのだ。再生回数が数百万？　その数がどんな意味をもつのか、グレイスには見当もつかなかった。かわいい動物の動画でもそれぐらいが普通なのか、それとも、世界じゅうで見られている動画、つまりチョンジャ・ハンが映っている防犯カメラの粗い映像のようなものでなければ、そこまで増えないのか？　ロサンゼルスの人口はどのぐらいだろう。百万？　一千万？　その人たちがみんな、動画のなかのわたしを見ているのか？

「姉さんもみんなに追いかけられてるんでしょ？」グレイスは、その声に期待が混じらないよう注意するのを忘れていた。

ミリアムはその声音にむっとするでもなく、妹をいたわるようにほほえんだ。「ううん。もちろん、わたしがあなたの姉だってことは知られてるけど、追いかけられてはいない。みんな、あなたのほうに気をとられてるんじゃないかしら」

「わたしがけだものに頭から食われてるあいだに、姉さんは逃げちゃったわけね」

ミリアムはくすっと笑った。「うまいこと言うじゃない」

「なにがおかしいの」グレイスは憤然とした。「あのエヴァンって子がわたしを見つけられたのも、もとはといえば、あいつが姉さんの〝友だち〟だからでしょ。姉さんこそ、けだものに食われちゃえばいいのに」

「前にも言ったけど、エヴァンには一度ぐらいしか会ってないんだから。わたしのフェイスブックを見張ってるときに、たまたまあなたの写真を見たんでしょう。ねえ、正直に言うけど、アクション・ナウみたいなネット集団は、相手にしないほうがよかったんじゃないかな。こんなときは特に」

「わたしがなんでこんなに落ちこんでるか、わかる？　ここまで来れば、わたしの知り合いはひとり残らず、あの動画を見たと思うの。教会とか学校で知り合った友だち全員が。だって、第一級のゴシップだもの——隅々まで広まったにきまってる」

嗚咽が喉にこみあげると、ミリアムが髪をなでてくれた。

「その人たちは動画を見て、うちのお母さんのことを知る。お母さんが撃たれたからこんな動画が撮られたんだってことが、みんなに知られちゃうのよ。お母さんはわたしの目の前で撃たれたっていうのに。ねえオンニ、どこに行っちゃったの？　わたしの友だちはみんな、どこに行っちゃったの？」

「ジーニーとサマヤは電話をくれたって言ってたじゃない」

「ええ、そうよ。メラニーからも電話があったし、カリフォルニア大のときの友だちは、何人かメールをくれた。だけど、だれも味方してはくれなかった。わたしは世間の人たちに好き勝手言われてる。それに対して、『グレイス・パークのことはよくわかってます。彼女はレイシストじゃありません。それに、ほんとうにつらい目にあったんです——念のために言っておくと、いま、グレイスのお母さんは意識不明の状態なんですよ』って言ってくれた友だちは、ひとりもいないんだから」

「だからわたしは、SNSから離れなさいって言ったの。とにかく、ほとぼりがさめるのを待ちましょう——ネット民はすぐ熱くなるけど、冷めるのも早いから。相手にしないほうがいいわよ。お友だちも、この件には口出ししないほうがいいわね」

グレイスは半分だけ身を起こし、ベッドの硬い枠に寄りかかった。「姉さんは、わたしをかばってくれてもいいいんじゃない」

そう言われたミリアムは——姉さんの愛犬を血祭りのいけにえに捧げてほしいと頼まれたかのような顔をしていた。

「あなたの発言は、かばってあげられない」

「発言じゃなくて、わたしという人間のことを言ってるの」

「わかってないみたいね、グレイス。わたしはウェブライターとして生計を立ててるのよ。インターネットでは、発言がその人のすべて。だから、そんなことをするのは職業上の自殺行為になるの」

「実の妹をかばうことが？　嘘でしょ」

ミリアムは答えなかった。姉はもう、グレイスのほうを見てもいなかった。

「お母さんと口をきかなくなったのも、そういうことなの？　昔の事件がまた知れわたったときに、大いばりで『どう、わたしはうまく逃げたでしょ』って言うつもりだったとか？」

グレイスはまた横になり、寝返りを打って姉に背を向けると、くすんと鼻を鳴らし、手で鼻水をぬぐった。濡れて光っている手は、上掛けにこすりつけてきれいにした。それでもミリアムが黙っているので、部屋を出ていくつもりなのかと思った。

予想に反して、姉はグレイスのそばに寝そべり、ため息をもらした。グレイスは、姉の額が肩にとんとんと打ちつけられるのを感じた。

「わたしね、ある仮説を思いついたの。ここ二年は、そのことをずっと考えてたんだけど」ミリアムが言う。「だれかを強く愛したときには、愛した相手が罪深いと自分も罪深くなるっていう説」

グレイスは目を閉じ、黒人の少女が死んでいくところを思い浮かべた。身長百六十五センチで体重六十一キロの少女が、うしろから頭を撃たれたところを。

「わたしがお母さんのことを知ったのは、ビル・コスビーの事件が大騒ぎになってまもないころだった。あなたが世間知らずなのはわかってるけど、あれは覚えてるでしょう？」

グレイスはうなずいた。《コスビー・ショー》というコメディドラマは観ていなかったが、うっかり者の優しい父親を演じたコスビーが連続レイプ犯だと判明したのは、やはりショックなことだった。

「カミール・コスビーのことを書いた本は、読んだことある？」

「ううん」グレイスはぼそぼそと返事をした。「ビルの娘さん？」

「奥さんよ。あのとき、ふたりの結婚生活は五十年以上続いてた。まだ別れてはいないはずだけど、いまはさすがに夫のことを憎んでるでしょうね。とにかく、彼女はあの時点で声明を出したの。二、三回出したのかな。ビルはいい人だから、女性たちのほうが嘘をついているにちがいないって」

「被害者は百人ぐらいいたんじゃなかった？」

「そこまではいかないだろうけど、数十人はいたはずよ。それがみんな嘘をついてると言い張るのは、なにかよこしまな狙いがあるとしか思えない。カミールはビルを擁護したことでさんざん叩かれたけど、それはしかたないわよね。レイプされたってわめきたてる女は男をひどい目にあわせたいだけなんだっていう、ものすごく有害な神話を、さらに広めようとしてたんだもの。そうなれば、レイプ容認文化がまた点数を稼ぐだけなのに」

　グレイスはコスビー夫人の姿を想像しようとした。黒い肌のお祖母ちゃんといった感じの小柄な年寄りが、かんかんになって敵を罵っている姿を。

「問題は、わたし自身が、あまり彼女を責める気になれなかったこと。カミールは人生の大半をビルの妻として過ごしてきたのよ――わたしだって、結婚というものが一筋縄ではいかないのはわかってるし、彼女がなにも知らなかったとは考えにくいけど、それでも夫のことは愛してたんだと思う。実際、相手とのつきあいがある程度長くなると、赤の他人が――知らない女とか、ネット空間にいる知らない連中とかが——束になってかかってきても、この人のことは自分のほうがよく知ってると思うものよ。仮にブレイクが、そこらの変な女にレイプ犯として非難されたりしたら、わたしは一も二もなくその女の顔に唾を吐きかけてやるわ」

ミリアムなら、恋人のために全力で闘ったとしてもおかしくはない。だが、一方で、姉は実の母を自分の人生から切り捨てるようなまねをしている。それに、フェイスブックに妹を擁護するコメントを書くことさえしてくれないのだ。

「お母さんのことを聞いたときは、だれかの顔に唾を吐いてやったりしなかったの？」

「お母さんのことは、だれかに教えてもらったわけじゃなくて、独学で学んだって感じ。九二年の暴動に関する資料を読んでたときに気づいたの。反論の余地はまるでなかった。もしあったら、なんとかして反論しようとしたんじゃないかな」

「反論はいくらでもできるわよ。わたしはああやって反論したから、ここに閉じこもるはめになったんだもの」

「そこが問題なのよ。いい、グレイス、あなたがあそこでわめき散らした理由はわかるけど、あれはだめよ。どう考えても差別発言だもの。エイヴァ・マシューズがお母さんより背が高かったとか、そんなのは関係ない。エイヴァは子供だった。お母さんは、背後から頭を狙って子供を撃ったのよ。お母さんのことを悪人だとは思いたくないでしょうけど、そう思わないとしたら、殺人を正当化するために自分の考えをねじ曲げたことになる——そうやって自分を曲げていったら、最後には人が変わってしまうのよ。前より悪人になってしまう」

　グレイスは即座に反撃した。「へえ、そうなの、姉さんってそんなに偉かった？　自分を育ててくれた女の人を悪く言うのが、そんなに偉いことなの？　その人は子供たちによりよい暮らしをさせるために、すべてを捨てて異国にやってきたのよ。だいたい、姉さんは人さまより意識が高いつもりでいるみたいだけど、なんでそんなふうに思えるの？　お父さんとお母さんが身を粉にして働いてくれたおかげで、アイヴィーリーグの有名校に行けたからでしょ。姉さんは、サウスセントラルの食料雑貨店で働いたことがあるの？　ていうか、サウスセントラルの食料雑貨店に入ったことがある？」

　グレイスは、背後にいるミリアムが開きかけた口を閉じたのを感じた。姉はサウスセントラルの食料雑貨店に入ったことがあって、それでも、その事実を口にするのはやめておこうと思ったようだ。おそらく、大学時代にレポートを書いたときに、実地調査のために入ったのだろう。

「ほら、ないんでしょ」グレイスは言いつのった。「それと同じで、お父さんとお母さんだって政治学のゼミに出たことはないわよ。わたしは、うちの両親に有機化学の知識なんてあるわけないと思ってる。だから、姉さんが、うちの親はレイシズムやら正義やらなにやらの高度な理論を理解してると思ってるのが、不思議でしょうがないの。お母さんは大学に行ってないし、ハイスクールに行ってたのは韓国にいたときよ――韓国の学校ではキング牧師のことさえ習わないんだから」

「グレイス、これは殺人の話であって、無神経なコメントの話をしてるんじゃないのよ」ミリアムがため息をつき、グレイスはその息を背中に感じた。「でも、あなたの言うとおりかもね。わたしは別に偉くなんかない。わたしたちはみんな、自分が人を殺したら、身近な人たちに死体を埋めるのを手伝ってもらいたいと思ってる。それに、わたしたちはみんな、だれかに対して死体を埋める役を担ってあげる人でありたいと思ってるはず。でも、わたしは自分がそういう人間じゃないってわかってる。実の母親に対してその役を担ってあげたりはしないの。で、わたしは前より悪人になったわけ。お母さんがあんなことをしたから。情け容赦なくお母さんを切り捨てたから。ときどき思うの、昔の自分はいまより人間味があったんじゃないかって」

「死体を埋めるのを手伝ってなんてだれも頼んでないと思うけど。お母さんのことを自分の母親だって認めてあげて、でも一度だけ悪いことをしたんだって思えばいいじゃないの」

「つまり、〝罪を憎んで人を憎まず〟ってこと?」

「そうよ」

「そういうふうに思いたかったら、現実から目をそむけて、一生そむけつづけるしかないんじゃない」

ミリアムはベッドを降りたが、グレイスは姉に背を向けたまま動こうとしなかった。姉の顔を見れば泣き崩れてしまうとわかっていたからだ。明かりが消されると、グレイスはもう一度眠ろうとがんばった。息は熱く、心は千々(ちぢ)に乱れたままで。

子育ての仕事をするものと決めこんでいるかのように。ニーシャは辛抱強く夫を見守っているが、ショーンはそれがいつまで続くだろうかと案じていた。子供たちは平気な顔を装っているものの、内心傷ついているのはたしかだった。父親が戻ってきたときはあんなに喜んでいたのに、その父はほとんど家にいないのだ。そのうえ、こんなことまでおきてしまった。ダリルが窮地に陥ったそのときに、父親がレーダーから消えてしまうとは。

「どういう事故だったんだ？」とショーンは尋ねた。

「たいしたことはなかったみたい――怪我人はいないけど、車は両方とも被害があったって」

「責任はダリルにある？」

「そうなの。あの子の話では、相手はお婆さんで、運転はへたくそみたいだって。だけど、向こうが直進してきたときに、ダリルはその鼻先で曲がろうとしたっていうの。そのお婆さんが『優先権はこっちにあったのよ』って、うしろでわめいてるのが聞こえた。でも、それはもうどうでもいいわよね、なにしろダリルは無免許なんだから」

「ダリルのほうから電話してきたのか？」

「ええ、そうするしかなかったんでしょうけどね。わたしともめるか、警察ともめるかってなったら、警察のほうがおっかないと思ったんじゃない」

「とにかく、逃げようとはしなかったわけだ」

「逃げようとしなかったかどうか、それはわからないけど」ニーシャはくすっと笑い、ショーンは彼女の笑い声が聞けたのがうれしかった。「でも、そこまでバカな子に育てたつもりはないから」

「ダリルはどんな感じだった?」

「そりゃもう、おろおろしてたわよ。泣いてたんじゃないかな」ニーシャはまた笑った。

「いい気味だわ、あの嘘つき坊主め。あの子をあれだけ強く叱ったのは初めてかも」

「これからどうする?」

「そのことで電話したの。わたしはあと五時間は仕事があるし、いますぐここを出たとしても、パームデイルに着くのは二時間後になっちゃう。レイはつかまらない。あなたはいま、どこにいるの?」

ショーンは頭のなかで、きょう担当する引っ越しの段取りをざっと調べた。チームの三人が全員で作業にあたれば、三時間で片付くだろう。それをふたりでやると、四時間近く、へたをすると五時間かかるかもしれない。ウリセスは所帯もちで、奥さんと三人の小さな子供がいる。マルコはカリフォルニア州立大学ノースリッジ校の社会人学生で、仕事のかたわら会計学を学んでいる。彼らには彼らの生活があるのだ。それはよくわかっていた。それでも、ショーンは迷わず決断した——ウリセスもマルコも大事な部下だが、ダリルのほうがもっと大事だ。

「いまはカラバサスだけど、すぐに出発するよ。一時間半ぐらいで着く」

「よかった、ありがとう」ニーシャが言った。「ドジでまぬけな坊やには少しやきもきさせてやりましょう」

　ダリルはバーガーキングの駐車場でショーンを待っていた。衝突事故をおこした交差点に面した店だ。ショーンが到着したときには、相手のドライバーもまだそこにいた。ダリルの名誉のためにいえば、彼女は公道で車を運転させていいような人物には見えなかった。年齢は百歳ぐらいで、背丈は百五十センチ以下まで縮んでいて、遠近両用の瓶底眼鏡をかけ、白髪交じりの小ぶりのアフロヘアがもじゃもじゃと頭を覆っている。ショーンの車が駐車場に入っていくと、老婦人は自分の車を――いかついダッジ・デュランゴを――降り、ショーンが車を停めて出てくるのを待ち受けた。

　ふたりがレイのシボレー・マリブをはさんで向き合うと、運転席にいたダリルが肩を落として降りてきた。申し訳なさそうにしょんぼりとうなだれている。

　老婦人は身ぶりでダリルのほうを示し、「この子はあんたの息子なのね！」と言った。質問のつもりなのだろうが、ショーンたちには非難のように聞こえた。

「いとこの息子です」ショーンは話しながら、こちらの冷静さが言外に伝わるように努めた。しゃべる速さは許されると思うぎりぎりまでゆっくりにした――極端にゆっくり話したりすれば、馬鹿にしていると思われかねない。ショーンとしては、これ以上彼女の機嫌をそこねることは避けたかった。

　ありがたいことに、事故は深刻なものではなかった。ダリルに怪我はなく、なんの奇跡か――きっと、巨大なSUVの恩寵だろう――体重三十八キロの老婦人も無傷ですんだ。衝突時はどちらものろのろ運転をしていて、ダリルはじゅうぶん余裕があると思ってデュランゴの前でハンドルを切り、老婦人のほうは衝突を避けるのに間に合うようブレーキを踏んだつもりだったのに、レイのセダンの後輪に突っこんでしまったのだ。

ダリルは免許証を家に忘れてきたと釈明していたが、その図々しいごまかしは老婦人には通じなかった――だてに三人の男の子を育てたわけじゃない、よその女の息子の嘘ぐらいすぐにわかると言われてしまったのだ。ダリルが学校をさぼって父親の車を無免許で乗りまわしていたことまで見抜かれたかどうかは、ショーンにもわからなかったが、老婦人は自分が少年の首根っこを押さえていることを承知しており、その力を手放すつもりはなさそうだった。譲歩するかどうかは彼女次第というわけで、犬がおやつの骨をかじるように、その優越的地位を味わっているのだ。

ショーンは思った。自分がこういう人間でなければ、相手を懐柔して追及の手をゆるめさせることもできただろう。レイやダンカンならうまくやったにちがいない――どちらに行かれるところだったんですか、お子さんたちは近くにお住まいですか、ご家族はどこの教会に通ってらっしゃいますか、などと質問して。だが、自分は下心に気づかれずにおべんちゃらを言えるほど口がうまくはない。そこで、最善の策はすべてを正直に話すことだと腹をくくった。ショーンは老婦人に向かって、ダリルを赦してやってくださいと頼みこんだ――車の修理代はこちらで払いますし、こいつには、大人の家族全員が一生分のおしおきをしてやります。ですから、警察を呼ぶには及びません。保険屋に連絡するのも勘弁してください。あいつらは警察に連絡するにきまってますから。

老婦人はショーンの連絡先を書き留め、免許証を確認すると、ぼんやりしているダリルをレイのシボレーのドアのわきに立たせて、これ見よがしに写真を撮った。それでも最後には、憤りと愚痴に加え、選りすぐりの訓辞をいくつか残してSUVに乗りこみ、車線をはみ出しながら颯爽と横滑りして走り去った。

「おれの言ったとおりだろ、あんなに運転がへたくそなんだ」ダリルが言った。

ショーンがダリルに目をやると、少年は彼をちらりと見て、期待するように口角をつりあげた。だが、ショーンがにこりともしないので、もとの神妙な顔に戻った。

ふたりは照りつける日射しを避けてバーガーキングに入った。時間帯のせいか――すでに三時を過ぎていた――店内はがら空きで、ショーンが隅のテーブルを指さすと、ダリルは力ない足どりで歩いていき、おとなしく席についた。ショーンはそのあいだにフライドポテトと飲み物を買い、ふたりでしばらく落ち着けるようにした。

ショーンがハロウェイ家で居候を始めたとき、ダリルは九歳で、身長は百四十センチもなかったが、それなりに抜け目ないところもあり、ショーンはいやおうなく彼の機嫌をとるはめになった。ダリルはショーンおじさんになついていた。なにしろ、生まれて六時間目からずっとそばにいてくれた人なのだ。とはいえ、実の父がそのことをおもしろく思っていないのも、どこかで察していたらしい。父はもう戻ってこないのではないか、ショーンが父の後釜にすわるのではないか、と気を揉むことも少しはあったようだ。九歳のダリルはお天気屋で、ショーンは誠実な継父のような思いやりをもって彼に接した。最初のうちは多少距離をおき、そのあとは、相手が喜ばずにいられないような心配りを見せてちやほやしてやったのだ。お話もいろいろ読んでやった――『五次元世界のぼうけん』、『とどろく雷よ、私の叫びをきけ』、『ダンとアン』などだ。六歳のダーシャには、こういうお話は怖いし悲しいから、きみにはまだ早いよと言い聞かせた。子供たちの好きな料理も作れるようになり、ときには外食に連れ出して――ニーシャには、大盤ぶるまいは週に一度までにしてほしいと言われていた――チキンナゲットやチョコレートシェイクをごちそうしてやったりした。このバーガーキングにも、昔はずいぶん通ったものだ。

ショーンは、ひょろ長い手足をした険しい顔のティーンエイジャーの前に、チョコレートシェイクを置いた。ダリルは歳に似合わぬ大人びた態度で、感謝のしるしにうなずいてみせた。それから、ポテトを片手でつかんで口に放りこんだ。

「どういうつもりだったんだ？」ショーンは尋ねた。

ダリルはポテトをのみこみ、シェイクをごくりとひと口飲んだ。

「相手が黒人でラッキーだったな。あれが白人の女性だったら、いらいらしながら二時間も待たされたあとに小言だけで赦してくれたりはしなかっただろうよ。あのご婦人は、おまえをひどい目にあわせたくなかったんだ。でも、ひとつまちがえば、どれだけひどい目にあったかわからないんだぞ」

「もうじゅうぶんひどい目にあってるよ」ダリルがつぶやき、またポテトをわしづかみにした。

　きょう一日で初めて、ショーンは少年の横っ面を張り飛ばしたくなった。自分がダリルの歳のときには、それこそ四六時中、危険に身をさらして生きていたのだ。いつでも、だれかしらが馬鹿なことをしでかしていて、自分はいつでもそれに巻きこまれて、神経をひりひりさせ、身辺を警戒しながら走りまわり、いつ撃たれるか、いつ逮捕されるかと怯えていた。もちろん、ダリルもシーラ伯母さんに油を絞られ、悪さをやめろと説教されたり、聖書を読みあげられたりしているが、それでひどい目にあったと言えるのか？　そんなのは〝ひどい目〟のうちに入らない。

　この子はどれほど恵まれていることか。両親はともに健在で、祖母とおじさんは彼を愛するあまり、分別の足りない立派な頭の両わきについた耳をひねりあげてくれるのだから。

「そうさ、おまえはあとでおふくろさんに叱られるだろうが、いまはその話をしてるんじゃない。あのご婦人は、おまえのことを警察に通報してもよかったんだ。そうなったら、いまごろは、バーガーキングで自分を憐れんでるどころじゃなくて、刑務所に入ってたはずだ。なあ、おまえはいつも〝黒人の命も大事だ（ブラック・ライヴズ・マター）〟運動の話をしてくれるじゃないか。黒人少年がなにもしてないのに射殺されたことに怒って、抗議集会に参加したいとか言いながら、盗んだ車を年寄りにぶつけるとはどういうつもりなんだ？　言わなくてもわかるだろうが、おまえは事故で死んでたかもしれないいんだぞ」

ダリルは音をたててシェイクをすすりながら、目に涙をためていた。それを見たショーンは、怒りが和らぐと同時に、やりきれない気分になった。この子が泣くのを最後に見たのはいつだったか？　そう考えると、やはり思い出してしまう。『ダンとアン』に出てくる猟犬のオールド・ダンとリトル・アンがかわいそうだとダリルが泣きじゃくるので、小さな肩をなでてやったことを。

「なにも意地悪で言ってるんじゃない。ただ、これだけはわかってくれ。おれはおまえに、ものすごく腹を立ててるんだ。おまえはまだ子供で、学校をさぼって好き勝手に車を乗りまわしたりしてる。だけど、その一方で、おまえは自分の人生を台なしにしたうえに、家族まで転落の道連れにできる程度には年をくってる。そうなると、失敗のつけは永遠に残る。自分の判断ミスの結果が尾を引いて、それがどこまでもついてまわるんだ」

ショーンは自分の声を意識した。それはわれながら奇妙に感じる声で、いかにも深刻そうで、非難がましく、どこか嘘くさい響きがあった——事前に鏡の前でこのスピーチを練習していたみたいに。そこで、やりきれない気分になったわけが腑に落ちた。以前、ダリルが学校をさぼったことが発覚したとき、いま話したことは全部話していたのだ。あのときは、道義にのっとって男と男の話し合いをしたつもりだった。なのに、結局はなにも変わらず、数カ月ごとに同じ話を蒸し返さなければならないのか。

「このままいけば、おまえはおやじさんみたいになるぞ。それでいいのか？」やりきれない気分はさらに強まり、ショーンは喉が詰まりそうになった。

少年がふいに顔をこわばらせたのを見て、ショーンは一線を越えてしまったことに気づいた。そんなつもりで言ったわけではないのだが。

「いけない？」ダリルはいきなり語気を強めた。「おれの父さんだよ。父さんみたいになっちゃいけないの？　じゃあ、だれならいいんだよ？　おじさんみたいになれってこと？」

少年の声には見くだすような響きがあった。それはいままで隠してきた思いの表われであり、もうもとには戻せないのだとショーンはさとった。それがわかると、彼はダリルの狙いどおりに傷ついたが、その気持ちは胸の奥にしまいこみ、冷静に話すように努めた。「そんなつもりで言ったんじゃないんだ」ダリルに抱いている愛情と心配を丸ごとこめて、ショーンは少年を見つめた。その感情はあまりにも大きく、体が震えそうになった。「おれみたいになるのもよくない。おまえには、おやじさんやおれよりいい人生を送ってほしいんだよ」

少年は両手で顔を覆って泣きだした。どんなに意気がってみせようが、どんなに偉そうな態度をとろうが、やはり子供は子供だ。ショーンはめまいがするほどの安堵感を覚え、テーブル越しに両腕を伸ばすと、ダリルの震える肩に手を置いた。

レイの車は駐車場に置いたままにして――あとでレイといっしょに回収に行くから、とニーシャに言われたので――ショーンはダリルを家まで送ってやった。家ではシーラ伯母さんとダーシャが待っていた。ダリルがくたびれきっていたので、ショーンはニーシャにメールで現状を伝え、責任追及は彼女にまかせることにした。なんといっても、ニーシャはダリルの母親なのだ。ショーン自身は、シーラ伯母さんがキッチンでばたばたと夕食のしたくをしていたあいだに、子供たちの相手をするだけで満足だった。

そんなわけで、三人はいっしょにリアリティ・ショーの《シャーク・タンク》を観ていたが、途中でショーンの携帯にニーシャから電話があった。彼女にくわしい話をしようと思い、ショーンはその場を離れることにしたが、ダリルはおじさんがソファーから腰をあげても、テレビ画面にかたくなに目を据えていた。

「もしもし」ショーンは電話で話しはじめた。「こっちは問題ない。いま、帰り道なのか?」

「ちょっと違うけど」ニーシャが言った。「ショーン、レイが逮捕されたの」

13

二〇一九年八月二十九日、木曜日

母のようすはひどかった。洗っていない髪は汚れ、肌は蠟細工のようで、頬は落ちくぼみ土気色になっている。意識が戻ったのに容態はむしろ悪化しているように見え、その姿は生きて目覚めている死体さながらだった。病室は饐えた臭いがした。人間の臭い、水を換えてもらえずに枯れかけている花の臭いだ。グレイスは、だれが見舞いにきたのだろうと思った。病院のロビーに併設された陰気な花屋で花束を買ったのはだれなのか。でも、花はもっとたくさんあってもいいはずだ――そう思うと、殺風景な室内が急に気になってきた。もし自分が一週間も昏睡状態にあったら、目覚めたときは、大勢の心優しい知り合いが心配して回復を祈ってくれた証拠が周囲にあふれ返っているのを見たいと思うだろう。銃で撃たれることの唯一の利点はそこにあるような気がした――自分自身の葬儀を見物するという夢が、ある意味でかなえられるのだ。だとしても、死の淵から生還したとたんにがっかりさせられるのは、あまりにも残酷ではないか。

グレイスは、ここ二日間、母を見舞っていなかった。自己憐憫にひたっていたせいで、体がほとんど動かなかったからだ。いまはそんな言い訳をするのが怖くて、胸がどきどきしている。なにしろ、あのミリアムでさえ、毎日見舞いにきて、父といっしょに枕もとに付き添っていたのだ。父はまじめに務めを果たし、病院の敷地内でまる一週間過ごして、寝るときだけ家に帰っていた。父はどうやって耐えたのだろう。グレイスは家族のいない家でぽつんとしている父を想像しようとした。寝るときはちゃんとベッドに入ったのか？　わたしが家にいてくれればいいのにと思っただろうか？　父はなにも言わず、グレイスはその沈黙に救われたような気がしていた。

いまは午前中で、面会時間は始まったばかりだ。母は、前よりは安心できる眠りから目覚めたところだった。母はまわりに集まった家族を力なくながめていたが、グレイスは、自分でも気づかないうちに、母の頭を支えている枕を凝視していた。あとで母とふたりきりになることもあるだろうが、そのときなにを話し、なにを話さないかを考えると、急に怖くなってきた。

最初に口を開いたのはミリアムだった。「オンマ」その声はかすれていた——姉は二年ぶりに母に話しかけたのだ。

母が口を開けると、乾ききった唇が開く音がした。唾をのみこんでから発した声は、弱々しく震えていた。自分が愛してやまない美しい娘、放蕩（ほうとう）娘を見つめながら、母は言った。

「来てくれたのね」

母と姉がこのように再会することを、グレイスはどれほど願ってきただろう。これまでの二年間は、ふたりの不和こそが不安と悲しみのもとになっていたのだ。母と姉が和解してくれれば、人生は欠けるところのない完全なものになり、ものごとは正常に戻り、傷口はふさがって、傷跡もすぐに薄れて忘れられるはず——そう考えるのはたやすいことだった。

けれども、それは全部まちがっていた。これまであたりまえのように思っていた母の全体像はまがいもので、殺人犯と判明したいまの母は、どこかの野蛮な復讐者にもう少しで殺されるところだった。グレイスは無情な世間を前にして、知らないうちに物笑いの種になっていたのだ。それに、自分の家族であるこの三人はどうだ。ここ二年というもの、グレイスは自分こそが一家のかなめであり、家族四人がばらばらにならないように、たったひとりでけなげに心配りをしていると自負してきた。なのに、その間ずっと、ほかの三人に嘘をつかれていた。三人はそれぞれの立場で嘘に関わり、その秘密を守っていた。グレイスだけが蚊帳の外で、赤の他人であるかのように、家族の重要な秘密をなにも知らずにいたのだ。

母は生きている。五十四歳にして、自分の命を狙うたくらみに打ち勝ったのだ。エイヴァ・マシューズがそれぐらい幸運だったら、そもそもこんなことにはなっていなかっただろうが。グレイスは心からほっとしていた——ほかの人から見て母がどんな人間であるにせよ、自分にはまだ母を失う覚悟はできていない。とにかく、いま必要なのは寛容になることで、母が順調に回復し、凶悪な犯罪の標的にされたトラウマを乗り越えられるように見守っていかねばならない。それは当然のことだし、ミリアムでもそれぐらいはわかっているだろう。それでも、姉を見ている母がこちらを向いてくれるのを待つあいだに、グレイスの頭にあったのは、母の枕もとに駆け寄って大声でわめくことだけだった。

そのとき、母がグレイスのほうを見た。そこで目にした光景によって、母はすべてが変わってしまったことに気づいたようだった。ぼんやりしていた目は、霧が晴れたように、しっかり焦点を結んだ。こんなに怯えている母を見たのは初めてだ。グレイスはふと、母を不憫に思ったが、自分には相手を圧する力があるのだと思うと、憐れみは一転して残忍な快感に変わった。

「来たわよ、オンマ」

母は小さな声で「グレイス」と呼び、目をつぶった。透きとおるように薄いまぶたは蠅の羽を思わせる。それが細かく震えながら、目覚めるのはいやだといわんばかりにぎゅっと閉じられていた。

その状態で数分が過ぎた。母がまた眠ってしまったのか、ただの狸（たぬき）寝入りなのか、グレイスには判断がつかなかった。と、父が咳払いをした。痰（たん）のからんだ年寄りくさい咳は、沈黙を押しのけるためにわざとしたように聞こえた。「母さんはすごく疲れているんだ。少し寝かせてやろう」

立ちあがった父は、グレイスとミリアムについてこいと身ぶりで命じ、廊下に出た。母は横になったまま、ぴくりともしなかった。

「刑事から電話があった」病室を出てドアを閉めてから、父が言った。「容疑者を逮捕したそうだ」

グレイスは父の腕をつかんだ。「だれを？」

「死んだ女の子の……エイヴァ・マシューズのいとこは、刑務所を出たばかりらしい。警察は、そのいとこがやったと思ってる」

つかのまの沈黙のあと、ミリアムがにわかに血相を変え、吐き捨てるように言った。「その人がやったと〝思ってる〟って、どういうこと？　根拠はなんなの？」

「声が大きいぞ」父が叱った。

「ごめんなさい、アッパ。でも、それって、〝手近な黒人を捕まえとけ〟って言ってるようなものじゃない」

ミリアムは物音ひとつしない病室に腹立たしげに戻っていき、グレイスは父とふたりきりになったが、もはやなにを訊こうと答えてはもらえなかった。

グレイスは、病院からも家族からも離れたいと思ったが、遠くに行くわけにはいかなかった。母はいつ目を覚ますかわからないし、目覚めたときはそばにいてあげたいからだ。父もそれを望んでいるだろう――ものごとが順調に進み、あたりまえの予想がくつがえったりしなければだが。

今週は、ウリ薬局には一度も顔を出しておらず――ジョゼフおじさんに代役を頼んだので――気がつくと、グレイスは職場を理想郷のように思い描き、その平穏な清潔さや、淡々と続く退屈な仕事が恋しくなっていた。薬局には十分もあれば行ける。あそこでしばらく身を縮めているのも悪くない。少しは戦力になれるかもしれないし。

グレイスが急いで車を走らせ、薬局に着くと、ジョゼフおじさんはカウンターで処方箋の調剤をしている最中で、レジはジャヴィが受けもっていた。ふたりは離れた場所で仕事をしていたが――見たところ、ジャヴィはグレイスの両親の代わりを務め、調剤はジョゼフおじさんにまかせているようだった――グレイスがいなくても特に問題はなさそうだった。常連客のペク夫人に応対しているジャヴィは、彼女がさまざまな不調を得意げに並べたてるのを聞いてやっていた。ジャヴィはグアテマラ出身の美青年で、驚くほど端正な韓国語を話すので、顧客のあいだで人気があり、とりわけおばさん(アジュンマ)たちに好かれていた。

薬局のドアを開けると、チャイムが鳴った。店内の三人はいっせいに振り向き、全員が表情を和らげて神妙な顔をした。「ああ、グレイスか。ちょっと待っててくれ」ジョゼフおじさんは、いつものように、韓国語で穏やかに歯切れよく話していた。その優しい声を聞いただけでグレイスは泣きたくなった。

ジャヴィはレジでペク夫人の会計をすませると、きまり悪そうな顔をして、こちらに小さく手を振った。グレイスはジャヴィとは仲良くやってきたが、いまは、ネットでレイシスト認定されている自分の動画を彼が見ただろうか、もう以前と同じように接してはくれないのではないかと不安になっていた。グレイスは口もとにほのかな笑みを漂わせて、ペク夫人に会釈したが、相手がこちらを見ている時間はいささか長すぎたし、その視線には好奇心が表われすぎていた。ペク夫人はグレイスにとっては一患者にすぎず、渡した薬のことを必要に応じて説明するだけの間柄だったが、夫人にはそれ以外の面もあった。恋人はいるのか、結婚する気はあるのかなどと、グレイスに遠慮なく訊いてくる韓国系女性の大集団に属しているのだ。やはり、店に来たのはまちがいだったかもしれない——ヴァレー北部の韓国系住民でにぎわうハニン・マーケットのような場所には、足を踏み入れるべきではなかったのだ。

ジョゼフおじさんがカウンターの奥から出てきて、ジャヴィに英語で話しかけた。「ジャヴィエ、わたしは昼めしに行ってくるよ」おじさんがジャヴィに作業の段取りを指示するあいだ、グレイスは精一杯がんばって、これといった表情を示さないようにした。

そこでペク夫人が近づいてきて、グレイスの手をつかみ、骨ばった指で握りしめた。「あらまあ、ずいぶん痩せたみたいね」夫人は嘆いた。「ちゃんと食べなきゃだめよ。お母さんのためにもがんばってね」ありがたいことに、彼女はグレイスの返事を待たずに立ち去ってくれた。

「まったく、おせっかいな人だな」グレイスの肩をぽんと叩いて、ジョゼフおじさんが言った。「おまえは来なくてもよかったのに」

「わかってる。でも、来たかったの」

「昼めしはまだだろう？」

ふたりは二十メートルほど歩いてフードコートに入った。ジョゼフおじさんはグレイスを席に着かせ、自分はふたり分のランチを注文しにいった。グレイスにとって、ジョゼフおじさんは子供のときからの知り合いだ。両親の数少ない親友のひとりなので、グレイスはおじさんの子供たちといっしょに育ち、お互いの家で遊んだり、週末には両家族そろってオックスナードやサンディエゴに出かけたりした。若いころのジョゼフおじさんが——若いといっても、当時の大人はみんな、なぜか妙に年寄りじみて見えたが——ステイシーを肩車している姿はよく覚えている。そんなおじさんも、六十代に入ったいまでは、髪はまだふさふさだが白いものが交じり、ポロシャツの裾をスラックスにたくしこむときは、スリムな体型に不似合いな太鼓腹が目立つようになった。

グレイスの実の伯父や伯母たちはシカゴやソウルにいるが、ジョゼフおじさんは、いろいろな意味で、彼らより親しい存在だった。もっとも、最近では、おじさんとのつきあいは、ほぼ仕事上のものに限られるようになっている。薬局の仕事は形だけでなく中身を伴っているので、それを続けていれば、特にべたべたしなくても、ちゃんとぬくもりのある関係を保てるのだ。ハニンのフードコートには、ふたりとも毎日のように通っているのに、ここでいっしょに昼食をとるのは初めてだった。おじさんはわたしにアドバイスをするつもりなのだろうか——グレイスはそれを恐れる一方で、興味も感じていた。

「お母さんの具合はどうだ?」ジョゼフおじさんは韓国語で話すのをやめ、訛りのあるたどたどしい英語で尋ねた。

「もう目は覚めてる」とグレイスは答えた。「というか、いまは眠ってるけど、意識は戻ったの」

「つまり、もう危険はない?」

「そうね、そうだと思う。死んだりはしないってこと」

「それはよかった。だれも、お母さんのために祈ってるよ」

グレイスは口もとがゆるみそうになった。おじさんはいまだに〝だれも〟と言っているのか。この場合は〝だれもが〟と言うべきなのは、もうわかっているはずなのに。昔は、おじさんがこの言いまちがいをするたびに、グレイスも姉もいらいらしたものだった。

呼び出しベルが鳴り、受信機が樹脂加工されたテーブルをごとごと滑っていった――頼んだ料理ができあがったのだ。ジョゼフおじさんは席を立ち、トレイに冷麺（ネンミョン）とトッポギと海苔巻きを山盛りにして戻ってきた。グレイスがふだんフードコートで食事をするのは、たんに便利だからであって、ほかに理由はなかったが、いまはフードコートの料理を見ただけで口のなかに唾が湧いてきた。母が入院してからは、まともに食事をしていなかったのだ。

ペク夫人がご近所さんらしく心配して声をかけてくれたことを思いながら、グレイスはジョゼフおじさんの顔を見た。「ひとつ訊きたいことがあるんだけど、もし訊いたら、ほんとのことを教えてくれる？」

「がんばってみるよ」

「おじさんは、うちのお母さんのこと、知ってるんでしょ？」

「なんのことだ？」

声が聞こえる範囲に大勢の人がいるのが、急に気になって、グレイスは声をひそめた。

「お母さんが女の子を殺したこと」

ジョゼフおじさんはゆっくりと水を口に含み、のみこんでから、ため息をついた。「知っている」

「だれもが知ってることなの？」

「〝だれも〟って、だれのことだい？」

「わたし以外はみんなってことよ」グレイスは、自分がすねたような口調になっているのに気づいた。

「あのころ……」話が複雑になると思ったのか、ジョゼフおじさんは再び韓国語で話しはじめた。「あのころおまえの両親を知っていた人たちは、なにがあったのか、全員が知っていたよ。あれはほんとうに悲しい事件で、おまえの家族は、力を貸すと言われれば、どんな支援でもありがたく受けていたんだ」

チョンジャ・ハン事件の資料を読みあさり、関連映像を手あたり次第に見ていたグレイスは、そこでやっと思い出した。裁判所の傍聴席が韓国系市民で埋めつくされていたことを。殺人犯の女性のために韓国系コミュニティの人々が法廷に集まり、彼女の弁護を求められれば、人柄のよさを示す逸話をいくつも披露したことを。母が通っていた教会は裁判費用を募金で集めてくれた。それが母の運命を変えたのだ。初めのうち、母には公選弁護人がついていたが、裁判が始まったときには、弁の立つ黒人弁護士を雇うまでになっていた。母を悲劇の当事者として演出したのは、その弁護士だった。頭の回転が速く、力強い弁論を展開する人物だったが、グレイスは、母が彼を雇ったのはそれが理由ではないと思っていた。母が金を払ってその弁護士を法廷に立たせたのは、黒人コミュニティの代表として、黒い肌をもつ彼がそこにいることによって、自分が赦免されると考えたからだ。法廷を埋めつくした韓国系市民が、何度もうなずいたり、アーメンと唱えたりするところが目に浮かぶようだった。彼らが所属しているのは、ヴァレー・コリアン統一メソジスト教会だろう。グレイスも子供のころはそこに通っていた。これまでは考えもしなかったことだが、そうした事実を意識すると、なんとなく食欲が失せてきた。

ジョゼフおじさんも同じ教会に通っている。グレイスの両親と出会ったのもその教会だ。グレイスは時系列を整理してみた——ジョゼフおじさんは、グレイスが生まれたころから最近まで、父の雇い主だった。ふたりがビジネスパートナーになったのは、そのあとのことだ。計算すると、おじさんが父を雇った時期は、父の食料雑貨店が焼き討ちにあった直後にあたっている。そのころは、周囲の人もいまほど父に対して協力的ではなかっただろう。だとすれば、ジョゼフおじさんはたんに母の過去を知っているだけでなく、その過去を葬り去るのに手を貸したことになる。

「ステイシーも知ってる？」

ジョゼフおじさんが口を開けたまま、なにも言わずにいるので、嘘をつこうか迷っているのがわかった。

「やっぱり。わたし以外はみんな知ってたのね」

グレイスは久しぶりにステイシー・キムのことを思い出していた。ジョゼフおじさんの娘のステイシーはグレイスと同い年で、一時は親友だったのだが、彼女はグレイスより先に大人になってしまい、そこで友人関係も解消された。あるとき、ステイシーの誕生パーティに呼ばれたグレイスは、モーニンググローリーのスケジュール帳と、かわいいステッカーを選んで束にしたものをプレゼントしたが、ステイシーはそれをつまらなそうに受けとり、ほかの子からハードキャンディのリップグロスとマニキュアをもらうと、打って変わって大喜びした。それから二週間とたたないうちに、ステイシーはグレイスを見捨てて、別の女子グループの仲間になっていた。お化粧をして、あこがれの男子（オッパ）グループが通りかかるとくすくす笑うような女の子たちだ。以来、ステイシーとは疎遠になったままだが——ジョゼフおじさんとスギョンおばさんが離婚してからは、顔を見ることもなくなっていた——フェイスブックでは友だちとしてつながっている。いまのステイシーは、インテリア・デザインの仕事をしていて、既婚で子供がひとりいて、サンタモニカに住んでいるという。その人生はグレイスの人生とはなんの関わりもないが、そんなステイシーでさえ、おそらく何年も前から、母の本名や恥ずべき過去を知っていたのだ。

「わたしらの仲間はそれほど大人数ではないし、みんな噂好きだからな」そう言ったあと、ジョゼフおじさんはグレイスを見ながら口を開け、いったん閉じて、また開けた。「おまえだって、うちの家族のことは知っているんだろう?」

その不意打ちで、グレイスは顔が赤くなった。五年ほど前に、あるスキャンダルがヴァレーのコリアタウンを席巻したことがある。ジョゼフおじさんはその中心人物だった。グレイスは事件の内容をすべて把握していたが、おじさんとその話をしたことはなかった。当時、ジョゼフおじさんとスギョンおばさんは結婚二十五年目を迎えていたが、そこでおじさんが牧師の奥さんと不倫関係になったのだ。おじさんが彼女に恋をしたのは、聖書研究会や聖歌隊の練習で顔を合わせていたときだった。ふたりはそれぞれ伴侶と別れて再婚に踏み切ったので、子供たちとは疎遠になり、教会の信徒団のひんしゅくを買うことになった。グレイスは、そのころには教会にあまり行かなくなっていたが、そのいきさつは耳にしていた。しかも、教えてくれたのは両親ではなかった。要するに、世の中はそういうふうにできているということだ——自分のまわりにいる人は、知るべきことは全部知っていると思ったほうがいい。その人たちは、こちらがいちばん秘密にしておきたい不祥事を、陰で噂の種にしているのだ。

そういえば、夕食の席でおじさんの不倫の噂を話題にすると、両親はすぐに話をさえぎった。その点に関しては、父は厳しかった——おまえには関係ないことだ、ことのいきさつをすべて承知している者はいない、だれがなんと言おうとジョゼフおじさんは善良な男なんだ、それはわきまえておけと、怒鳴らんばかりの勢いでグレイスをいさめたのだ。父に怒られると、さすがに恥ずかしくなった。いまにして思えば、大罪を前にして動じなかった父が、たかが噂話でぐらついたりしないのはあたりまえだ。わが家の安寧を保てるかどうかは、高度なプライバシーの意識と礼節にかかっている。パーク家には守らねばならない秘密がある。そして、当然ながら、一家はジョゼフおじさんに恩義を感じているのだ。

申し訳ない気持ちでグレイスがうなずくと、おじさんは笑顔を見せ、テーブルの向こうから箸を伸ばしてトッポギを取った。スキャンダルの件はふたりともずっと前から承知していたが、それをおおっぴらに話題にしたのは初めてなので、グレイスは不思議な気分になった。考えてみると、自分は不倫をしたからという理由でおじさんを悪く思ったことはない。一般論でいえば、浮気をする人は好きではないが、ジョゼフおじさんのことは好きだし、いまの奥さんは感じのよい女性だ。グレイスは以前から心のどこかで、ふたりには、聞けばだれもが納得するような、やむにやまれぬ事情があったのではないかと思っていた。

「人間はみんな罪びとなんだよ、グレイス。イエスさまの助けがなければ、われわれは善人にはなれないんだ」

「でも、みんながみんな、人を殺すわけじゃないでしょ」

ジョゼフおじさんは眉をひそめ、歯の隙間から音をたてて息を吸った——グレイスが自分の母親を暗に悪く言ったのが気に入らないのだろう。

「十字架にかけられたイエスさまによって救われた強盗犯がいただろう?」

グレイスはうなずいた。

「われわれが悔い改めれば、イエスさまはすべての罪を赦してくださるんだ」

「おじさんは悔い改めたの?」

「もちろん」

「でも、ステイシーや彼女のお母さんのところには戻らなかったわよね。チョさんの奥さんと再婚したんだから」

いまの会話がだれかに聞こえたのではないかと不安になり、グレイスはフードコートを見わたした。こんなとんでもない話をしているのに、ジョゼフおじさんにはまるで動じる気配がなかった。

「一度犯した罪は、なかったことにはできない。それはおまえのお母さんがいちばんよく知っているはずだ。われわれにできるのは、祈りを捧げて、神の赦しを得ようと努力することだけなんだよ」

グレイスは、自分が韓国系の教会を結局嫌いになったわけを思い出した。青年団の男子大学生たちは、ハイスクールに通うかわいい女子たちと煙草を分け合っていた。着飾ったおばさんの集団は、飢餓に苦しむ子供たちのことをしおらしく口にしながら、腕にはルイ・ヴィトンの大きなバッグを競うようにぶらさげていた。教会の信徒団は、部外者からお互いを守っているつもりなのか、隣人をさかんにこきおろした。信徒たちは口が悪く、無作法な態度をとるが、実は安心してそのようにふるまっているのかもしれない。なにしろ、自分たちの勘定はイエスさまが支払ってくださったと信じているのだから。

「じゃあ、悔い改めることになんの意味があるの？」グレイスは尋ねた。「世界を前より悪くしても、神さまに借りを返せばそれですむわけ？　だったら、わたしたちに傷つけられた人はどうなるの？　こっちがイエスさまに謝ったところで、その人たちには関係ないんじゃない？」

ジョゼフおじさんは悲しげな顔になり、ゆっくりと首を振った。グレイスはまだ子供だから、夢を壊すのは忍びないというように。「自分が悪いことをした相手に直接償いができるとは限らない。そういうときは、神さまに借りを返すしかないんだよ」

14

二〇一九年八月二十九日、木曜日

レイはダウンタウンにある拘置所兼用のロサンゼルス郡中央刑務所――監獄のなかでも最低最悪の、地獄のような場所だ――に勾留され、警察はその間に彼をどう扱うか決めようとしていた。レイはすでにひと晩をそこで過ごしており、ショーンとニーシャは再び日が沈む前に彼を出してやりたいと思っていた。といっても、できることはあまりない。いまのところ、ショーンは黙ってニーシャを見守るだけで、ニーシャは彼の愛用のソファーベッドで隣にすわり、次から次へと電話をかけていた。彼女の意向で、子供たちやシーラ伯母さんにはぎりぎりまで知らせずにおくことになっている。弁護士の手配はニーシャの役目で、彼女が見つけたフレッド・マクマナスというタカ派の刑事弁護士は、呼び出しがあればすぐに駆けつけられるように待機しているところだった。ニーシャによれば、彼を雇えたのは幸運だという――法律問題の解説役としてしょっちゅうテレビに出ているやり手弁護士なのだ。マクマナスを雇う費用は、割引料金でもぞっとするほど高くついた。それでも、ニーシャは覚悟を決めていた――レイが濡れ衣を着せられて刑務所に逆戻りするのを防げるなら、家を売り払ってもかまわないと。

出所して二カ月で、レイは殺人未遂事件の容疑者にされ、そのせいでもろもろの厄介ごとに巻きこまれている。ショーンは例の刑事のことを思い出した。証拠はなにもないのに、自分が顔を見せて揺さぶりをかければなにかがこぼれ落ちると期待して、あちこちで聞きこみを続けているマックスウェルのことを。あの大馬鹿野郎が勝手なまねをして、レイを逮捕したのだ。

ただし、大馬鹿野郎がレイのほうだったら、話は別だ。ショーンのいとこがあとさき見ずに執念を燃やし、せっかく手にした自由をふいにしてでも、昔の恨みを晴らそうとしたというなら、話はまるで違ってくる。

レイと話ができればよいのだが、弁護士のほかは一日ひとりしか面会を許されていないし、きょう面会に行くのはニーシャだ。彼女は仕事に出かけていて——うちで気を揉んでいるよりはそのほうがいいと言うのだ——終業後に夫に会いにいくことになっていた。

ショーンは家でモニークの面倒を見ていた。きょうは木曜だが、ショーンはたまたま仕事が休みで、ジャズは病院で勤務中だった。彼は子供の世話にかかりきりになったが、モニークはいつもよりおしゃべりが少なく、動きもおとなしかった。幼児には事情は理解できないはずだが、なにかがおきたことは感じているようだ。ショーンはそれが気になった。大人の世界がまき散らす害毒を、子供はこんなにも簡単に吸いこんでしまうものなのか。

ショーンがモニークのお昼を用意していたとき——ツナサンドを作り、小さな三角に切り分けることにした――携帯が鳴った。ツナまみれの指を拭きもせずに、急いで電話に出ようとしたところで、表示された相手の名前が目に入った。なんだ、ダンカンか。

とりあえず、電話には出た。「どうした？」

「電話をくれって言っただろ」

「そうだったな」ダンカンはゆうべ電話をよこし、ひとりきりになったら電話してくれと言っていたのだ。いろいろなことがあったせいで、きれいに忘れていた。

「ニーシャはまだそばにいるのか？」

「いや、仕事に行ってる」

「おまえはいま、なにをしてる？」

「モニークの世話をしてる。お昼を作ってやってたんだ」

ソファーベッドに腰かけて恐竜の本をぱらぱらめくっていたモニークが、顔を上げてショーンのほうを見た。

ダンカンはショーンの返事を聞き流し、話を続けた。「なあ、うちの店まで出てこないか？話があるんだ」

「なんだよ、いますぐにか？」

「いや、いますぐでも遅いぐらいだ」

ショーンがモニークに目をやると、彼女はこちらをじっと見ていた。恐竜のことはすっかり忘れたように、目を真ん丸にして首をかしげている。

「きょうはモニークを見てなきゃならないんだ」

「連れてくりゃいいだろ」

「酒場にか？」

「おれの店だし、いまはだれもいない」

「いま、この電話で話すって手もあるぞ」

「この件は、どっちかというと、顔を合わせて話したほうがいい。前にも聞いたが、その子はいくつだ、五歳だったか？」

「三歳だ」

「そうか、まあいい、とにかく連れてこいよ」

ショーンはモニークにお昼を食べさせ、車に乗せたが、そのときはもう、ダンカンの言いなりになっている自分はとんだまぬけだと思いはじめていた。それでも、レイのことで話があると言われれば、聞かないわけにはいかなかった。

ダンカンズは高速道路をおりたところにある怪しげなバーで、ダーツとジュークボックスがあり、酒はふんだんに用意されている。ダンカンはその店で雇われマスターとして十年働いたが――当時の店名はロジャーズだった――雇い主である店主が引退を決めたとき、破格の値段で店を譲ってくれたので、そのまま経営を引き継いだのだ。そのいきさつ自体はどうということのない話だが、酒場不足に悩んでいるアンテロープ・ヴァレーだけあって、ダンカンの商売は繁盛した。人々は毎晩のようにダンカンズに集まり、酔っ払ったまま車で帰宅するのだった。

ショーンが到着したとき、店の駐車場に駐まっていたのはダンカン所有の二〇〇一年式ポルシェ・ボクスターだけだった。きょうはレイが出勤する日だったのだろうか。いまのダンカンは、バーテンダーの仕事はあまりやらなくなっている。

ショーンがモニークを抱いて店に入っていくと、ダンカンはカウンターの奥で待っていた。

「やあ、モニーク」ダンカンが声をかけた。「覚えてるかな？　ダンカンおじさんだよ」

モニークは不信感をあらわにしてかぶりを振った。

「ほら、〝こんにちは〟だろ、モモ」ショーンは笑みをこらえて言った。「このおじさんは、おれやレイおじさんの友だちなんだよ」

「こんにちは」モニークはそう言って、ショーンの首筋に顔をうずめた。

「おれはダンカンおじさんとちょっと話をするからね」ショーンはしがみつくモニークを引き離して、カウンターのスツールにすわらせ、自分はその隣にすわった。

「ほら、これ」ダンカンが赤、青、黒のボールペンをわしづかみにして、メモ帳といっしょにモニークに差し出した。「よかったら、これで塗り絵でもしてな」

「ありがとう、ダンカンさん」モニークはペンを一本とってキャップをはずし、律儀にいたずら書きを始めた。

「なにを飲む？」ダンカンが訊いた。

「きょうは飲みにきたんじゃない」ショーンは答えた。「なにがあったんだ？　そもそも、レイのことはどこで聞いた？」

ダンカンは眉をつりあげた。「おまえこそ、聞いてないのか？　レイはここで捕まったんだよ。クソみてえにひどい騒ぎになった」

罵倒語が聞こえると、モニークはわずかに顔を上げた。ショーンとジャズは、子供の前では悪態をつかないように気をつけているが、それでも、悪いことばがどういうものかはなんとなくわかっているようだ。

ショーンはその場面が目に浮かんだ。客たちと軽口を叩きながら仕事をしているレイ。手錠をかけられ、うなだれたまま連行されるレイ。

「レイとはまだ話してないんだ。ニーシャはあいつと少しだけ話をしたんだが、事情をいろいろ聞くひまはなかったらしい」

「チョンジャ・ハンを撃ったのはレイだって聞いたぞ。その疑いでパクられたんだろ？」

ショーンはうなずいた。

「そんなことだろうと思った」ダンカンは唇をゆがめ、痛みをこらえるように木製のカウンターのへりをつかんだ。「くそっ」

ダンカンは耳よりな内輪話を聞き出すためにおれを呼びつけたのだろうか、とショーンは思った。いかにもこいつの考えそうなことだ、この薄っぺらなクズ野郎め。「おれに話があるんじゃなかったのか？」

ダンカンは少し迷ってからうなずいた。「レイのしわざじゃないのはわかってるんだ」

「『わかってる』って、どういうことだ」

「それはだな、あのアマが撃たれたとき、おれはレイといっしょにいたからさ」

ショーンは胸のつかえがおりるのを感じた。ほっとして気が抜けたせいで、スツールにすわったままぐったりしてしまった。さんざん心配させられたが、レイにはアリバイがあったのだ。「あいつは仕事中だったのか？」

「いや。店はマーヴにまかせてた。ほら、あれは金曜の夜だっただろ。おれとレイは出かけてたんだ」

ダンカンは顔をしかめ、唇をしきりに噛んでいる。それを見たショーンは、いとこは潔白であってもどん底に落ちるかもしれないと気づいた。考えてみれば、レイが警察に捕まったのに、彼の親友はレイの無実を世間に訴える代わりに、ここでショーンと話をしているのだ。そのアリバイは、堂々と主張できるようなものではないのだろう。

「レイの面倒はあんたが見てくれるんじゃなかったのか」ショーンはダンカンをにらみつけた。

「なんだって？」

「おれたちはみんな、あんたがレイを見張っててくれるものと思ってた。それがどうだ」ショーンはモニークに目をやり、声を荒らげないように努めた。「あいつにまたギャングまがいのことをさせたのか？」

「待ってくれよ」ダンカンは笑ったが、その笑い声はどこか元気がなかった。「違うよ、そういうことじゃない。おれだって、そんなバカなまねはしないさ」

「じゃあ、『出かけてた』ってのはどういう意味だ」

「この話をしたら、おまえは怒るだろうな」ダンカンはわざとらしく頭を掻いてみせた。

「おれの彼女のシンディに会わせたことはあったかな？」

話を聞いてわかったのは、ダンカンにつきあっていると言えなくもない相手がいることだった。マッチングアプリで知り合ったシンディという女の子で、年齢は二十五歳、美容師をしているという。別に深い仲ではないが、いっしょに遊びにいったりすることはある。先週の金曜には、そのシンディが友だちのデニースを連れて店にやってきた。

「デニースはシンディの友だちで、ＬＡに住んでるんだが、パームデイルに引っ越そうかと思ってるというんで、シンディは彼女に遊べる場所を教えたかったらしい。だから、おれは思ったんだ、この子たちといっしょに、ちょっとしたパーティをやってみるかって」

ショーンは耳を傾けながら、この話がどう転がっていくのかとびくびくしていた。

「レイは金曜日は非番だから、電話して、四人でおれのうちに集まることにした」

「何時ごろだった？」

「時間はけっこう早かったよ。五時か、五時半ぐらいかな」銃撃事件の二時間以上前ということか。「とりあえず一杯やって、それから外に行って、どっかでなにか食おうって話になった」

四人がレストランに行ったのなら、レイを見かけたという人がいてもおかしくない。「じゃあ、出かけたんだな？」

「いや、つまり、そこが問題でね。おれたちは、そのままうちにいたんだよ」ダンカンは思わせぶりな顔をして、ばつが悪そうにショーンをちらりと見た。片方の眉が上がり、口もとはゆがんでいる。「なにが言いたいかわかるか？」

ショーンはぽかんと口を開けた。「レイと、そのデニースって子が……」

「だけど、おれのせいじゃないよな？　めいめいが二、三杯飲んだあと、おれはシンディを連れて自分の部屋に行った。で、少したって出てきたら、バスルームからあいつらの声が聞こえてきたんだ」

レイが色気づいたハイスクールの女生徒のような娘といっしょにバスルームに忍びこむところを想像し、ショーンはやれやれと首を振った。

「それからどうした？　レイはすぐに帰ったのか？」

「みんな、しばらくのんびりしてた。ピザを頼んで、また飲んで。レイはそのあとうちに帰ったよ」

「それは何時ごろだ？」

「そんなに遅くはなかった。たしか、九時ごろだ。おれが銃撃のことを聞いたときには、レイはもういなかった」

「まさかあいつは――」

「なんだよ、まだチンコも乾いてないのに、酔っ払ったままノースリッジまで車を走らせて、人殺しに及んだってか？ そんなことはないだろうよ。だいいち、事件がおきたのは店が閉まるころで、あの薬局は七時閉店だっていうじゃないか。レイは七時にはおれといっしょにいた、それはまちがいない」

「あんたの彼女のシンディと、デニース、そのふたりもいっしょにいたんだろ」

「そうさ。レイがアリバイをほしがってるなら、アリバイはあるんだ。で、教えてくれよ。おれはどうすればいい？」

いま現在、ニーシャは夫が勾留中なのに職場にいる。それは、夫に会いたくないからではなく、家族を養うために仕事を続けなくてはならないからだ。しかも、いまは金食い虫の弁護士を雇ってもいる。ショーンはニーシャのこれまでの苦労を思った。十年のあいだ、彼女がレイを待ちながら子供たちを育て、寂しさに耐えて貞節を貫いたことを。レイに妻を裏切った過去があることは、ショーンも知っている。ニーシャは、子供たちが小さいうちはそれが悩みだったと話していたので、夫が家を離れていた長い年月のあいだに、彼女が離婚を考えた理由はその一点に限られていたのだとわかった。だが、いまや中年男になったレイは、妻から多くを得ているはずだ。ショーンはいとこより若いが、欲望の名のもとに不品行に走りそうになったのはずいぶん昔のことで、もうその手の話はない。いまは身を固めて、満ち足りた暮らしを送っているし、ジャズには感謝するばかりだ。だから、どんな女が現われようと、いま手にしているものをわざわざ火にくべるほどの価値があるとは思えない。ティーンエイジャーの子供がふたりと、二十年を超える結婚生活——見ず知らずの娘と一度限りの関係を結ぶために、レイはそれだけのものを賭けてしまったのだ。彼の家族が苦労して手に入れた、愛情いっぱいの穏やかな暮らしを思って、ショーンは胸を痛めた。このあとにはいさかいが待っている――悲嘆にくれるニーシャ、とまどう子供たち、そしてレイ自身も、いずれはけじめをつけるときが来るはずだ。この先、シーラ伯母さんの家にみんなで再び集まることはあるのだろうか。そう思うと、レイが憎らしくなった。彼の弱さやだらしなさが赦せなかった。

「アリバイが証明できるなら、レイにそのことを教えてやるべきだ」

ダンカンはうなずいた。結局、彼は許可がほしかったのだ。「ニーシャは出ていくかな?」

「その可能性はあるな。いや、むしろ出ていくのが当然だろう」

「たった一度のことじゃないか。あいつは十年間も牢屋(ろうや)にいたんだぞ」

ショーンはダンカンに注意をうながすために、それとわかるようにモニークに目を向けてみせた。子供はメモ帳を放り出してカウンターにあごを載せ、大人ふたりをつまらなそうに見ている。ダンカンはそれに気づいていないように見えたのだ。

「女の子に色目を使われて、めろめろになっちまったんだ。ショーン、あいつもただの男だってことだよ。それはニーシャにもわかってるだろう」

ダンカンの話が嘘なのかどうか、ショーンには判断がつかなかった。おそらくは嘘だろう。こいつはレイの親友の独り者で、四十四にもなって、いまだにハイスクール時代と同じ調子で女の話をするやつだ。あのころ自分がこんな男にあこがれていたのかと思うと、あきれ返ってしまう。もっとも、それは遠い昔の話だが。「ニーシャだって、同じように寂しいのを我慢してきたんだぞ」

「男の場合はわけが違う。なんだよ、ショーン、そこまでおまえに解説しなきゃいけないのか？」

ニーシャがその方面でどんなにつらい思いをしてきたか、ショーンにはわかっていたが、それをくわしく説明する気力はなかった。それに、ニーシャも当時のことをダンカンに知られるのはいやだろう。落ちこんだ日や、気持ちが弱った日や、浅ましい欲望にとらわれた瞬間のことを。

ショーンは話題を変えた。「警察に行って話をしてくれ。レイはその子と寝たことで、自分の結婚生活に手榴弾（しゅりゅうだん）を投げつけちまったわけだが、それはあいつ自身が片を付けることだ。ただ、このままいけば、レイは殺人未遂容疑で起訴されるだろう。そっちを解決するのが先だ」

「警察には、なにからなにまで話す必要はないよな？」

「なにを言ってるんだ。あんたは尋問されるんだぞ。女の子たちも同じだろう。警察は、何時何分になにがあったのか、細かいところまで全部把握するつもりなんだ。あんたが洗いざらい話せば、レイのためにもなる」ショーンは、再び獄につながれたレイがどんどん自暴自棄になっていくところを思い浮かべた。「どっちみち、あいつはもう自分で話してるはずだ。でも、最初に嘘をついてたら、そのあとは信用してもらえないかもしれない。あんたが証言してくれれば、レイは牢屋から出られるんだ」

「警察は、ニーシャには言わないんじゃないかって気がするんだが」

「だとしても、ニーシャは頭がいいから、レイがなにかを隠してるのはわかるだろう。そしたら、その秘密を探りあてるはずだ」

「彼女に訊かれたら、おまえは話すのか？」ダンカンは、どこか不快そうに顔をゆがめた。ここまで話してきていちばん腹が立ったのは、ショーンがレイを裏切ろうとしていることだといわんばかりに。

ショーンのほうも、それを思うと落ち着かない気分になった。レイは自分のいとこで、兄のような存在だ。レイにはずっと世話になってきたし、忠義をつくす相手として真っ先に思い浮かぶのもレイの顔だった。自分の人生を自らの手で台なしにできることをレイ自身が痛感しているのに、ショーンが彼に代わって台なしにしてやったところで、なんの意味があるだろう？　ショーンはレイの息子と娘のことを思った。彼らはむずかしい年ごろにさしかかっていて、そのタイミングでようやく両親が家にそろったのだ。今回の件が発覚すれば、兄妹はショックを受け、当然ながら母親の味方につくだろう。ふたりがレイと縁を切ってしまったらどうなる？　レイはたしかに父親ではあるが、子供たちはもともと人生の大半を父抜きで過ごしてきたのだ。親子が絶縁したとして、ショーンはそれに加担したことになるのだろうか。

いま聞いた話は全部なかったことにして、レイとニーシャには、いままでどおりレイとニーシャでいてほしかった。ニーシャは知らないほうが幸せだろう。その点に疑問の余地はない。それでも、この件を彼女に黙っておくのかと思うと、ショーンは気が重くなった。

「どうかな。それは、よく考えてみないと」

沈黙が流れ、モニークの甲高い声がそれを破った。「ショーン・パパ、レイおじさんはなにか悪いことしたの？」

男たちはふたりそろってモニークをまじまじと見た。この子はどれだけ察しがいいのだろう。二、三時間もすれば、いまのことはすっかり忘れてしまうだろうが、それにしてもだ。

「いいや、お嬢ちゃん」ダンカンがあわてて笑顔をとりつくろった。「レイおじさんは大丈夫だよ」

レイがチョンジャ・ハンを撃っていないとわかって、ショーンは安堵していた。いとこが刑務所に逆戻りするのはいやだ——罪状があの女を撃ったことであれ、ほかのどんなことであれ、とにかくいやだ。とはいえ、チョンジャ・ハンは人殺しで、おれから姉を奪った女だ。この手であいつに復讐することを、これまで何度夢見たことか。レイがほんとうにハンを撃ったのであれば、彼の愚かさや軽率さ、身勝手さに腹は立つが、その行動はわからなくもない。レイが妻を裏切ったことよりも、むしろそちらのほうが、はるかに理解しやすいかもしれない。

15

二〇一九年八月三十日、金曜日

グレイスは自室で机の前にすわり、父から渡された注意事項の一覧を読み返した。看護師がその一覧表について父に説明したときは、グレイスも同席していたが、いろいろなことで心が乱れていたので、身を入れて話を聞くことができなかった。どの薬をいつ投与すればいいかはわかったものの、それ以外はどれも初耳で大変なことのように思える。グーグルで〝清拭(せいしき)の方法〟を検索すると、イラスト付きの解説が見つかったので、そのあとは、両親の部屋で人が動く物音がしていないかと耳をすませていた。

いざ自宅に戻ると、妙な気分になった。きちんと片付いた静かな家が、いまではお化け屋敷のような、凶悪さを内に秘めた場所に感じられる。この家自体が、これまでずっと、わたしをだますためにほかの家族とぐるになり、殺人犯の家であることを隠して普通の平凡な家のふりをしていたのではないか――そんな気がしてしかたなかった。自室にいても心がざわざわする。ここはまるで子供部屋みたいだ。ソファーベッドにはぬいぐるみが並び、壁はハイスクール時代に心躍らせたポスターが貼ったままになっている――アニメのセーラームーンや、韓国のボーイズグループのビッグバンのポスターが。グレイスを毎朝ベッドから追い出してくれたドラゴンボールのプラスチック製目覚まし時計は、いまも机に載っているが、最後にベルを止めてからずいぶんたつ――いまだに正確に動いているなんて、びっくりだ。この部屋が、つい最近まで、あんなに居心地がよかったのが信じられない。いまは、できるものなら、どこでもいいからほかの場所に行きたかった。

母が意識を回復して二十四時間とたたないうちに、主治医から帰宅許可が出たので、グレイスは仰天した――銃で撃たれて意識不明になった知り合いはいないが、そういう大怪我にはもっと長期の入院が必要なのだと思っていた。短くてもひと月。そこまでいかなくても、退院まで一週間以上はかかるのではないのか。

その思いとは裏腹に、昨夜、一家は母イヴォンヌを病院から連れ帰った。ストレッチャーで運ぶのではなく、父ポールの車の助手席にすわらせ、シートベルトをつけさせて。特別な配慮や式典などはいっさいなかった。夕食は、ミリアムがハニン・マーケットで買ってきたパック詰めのトッポギと豚の腸詰め(スンデ)と海苔巻き、デザートは人気のベーカリー、トゥレジュールのスイートポテトケーキだ。帰宅の瞬間に居合わせないように、三十分間を買い物に費やしたのは、ミリアムなりの気遣いの表われだった。退院祝いの食事会は、父母の寝室で、湿っぽい雰囲気のなか行なわれた。家族が全員そろって食事をしたのは久しぶりのことだ。ほんの一週間前でも、このような機会がじきに訪れると知ったら、グレイスは大喜びしただろう。しかし現状では、あたりまえだが、なにひとつ喜べることはなかった。

母が早々に床につき、ミリアムがきょうは家に帰る、ブレイクが待っているからと言いだすと、グレイスは姉についていこうかと考えた。

だが、姉妹は父に引きとめられた。「おれは、あしたからまた店に出る」と父は言った。「母さんの面倒は、おまえたちが見てくれないか」

グレイスはあきれ返り、その思いが顔に出そうになるのをぐっとこらえた。父に上司はいないので、出勤しなくてもとがめられることはない。そもそも、この一週間、店は父がいなくても問題なく回っていたのだ。父はその週の大半を、病院の廊下をうろうろして過ごしたが、携帯が鳴って、ウリ薬局に戻ってほしいと頼まれることは一度もなかった。父はただ、自分は別室でやきもきする以外にすることができたのだから、妻の世話はほかの者にやらせようと思っているだけなのだ。看護師が注意事項を延々と説明していたとき、父の目がどんよりしてきたのにグレイスは気づいていた。要するに、そういう話は自分には関係ないと思っているのだろう。

グレイスはミリアムの顔を見た。家族のなかで、勤め人でもなければ銃撃で怪我してもいないのは姉だけだ。

ミリアムは口をとがらせていた。こんなのは予想外で、迷惑で、不公平だというように。

「あしたはランチ・ミーティングがあるんだけど。ブレイクがお膳立てしてくれたの。相手はネットフリックスと契約してるエグゼクティブ・プロデューサーなのよ」

「なるほどね、つまりランチの予定があるってこと？」グレイスはあきれて言った。

「ただの〝ランチの予定〟じゃなくて、仕事がらみの話だから。その人が、将来わたしを雇ってくれるかもしれないし。約束をキャンセルしたら体裁が悪いじゃない。わたしにとっても、ブレイクにとっても」

「『申し訳ありませんが、昏睡状態にあった母が意識を回復したばかりなので』って言えばいいんじゃないの？」

「相手は会ったことない人だし、なんか大物っぽいから。こっちの暮らしのことをいちいち知らせても、いやがられるだけだと思う」

「グレイス」父が叱責するような厳しい声で割って入った。「母さんにはおまえがついててやれ」

「え？　嘘でしょ、仕事に戻らなきゃいけないのはわたしのほうなのに」

「ジョゼフならわかってくれる。ミリアムは、そのエグゼクティブ・プロデューサーに細かい説明をする必要はない」父は〝エグゼクティブ・プロデューサー〟ということばを言いにくそうに発音した。そんな用語を聞いたのは初めてだったのだろう。

実際、ジョゼフおじさんはわかってくれた。「お母さんのことがいちばん大事だからな」電話に出たおじさんは、穏やかな声で言った。「好きなだけついててやればいい。店はわたしがいれば大丈夫だ」これだからいやなんだ、儒教文化は、とグレイスは思った。わたしが母の介護のために仕事を辞めたとしても、ジョゼフおじさんはやはりわかってくれるだろう。母の容態がこれ以上よくならないと判明したら、むしろそうするのが当然だと思われるのではないか。

母はほぼ一日じゅう眠っていた。眠るほかは、あまりすることがないようだ。ずっと横になっていなくてはならないし、薬のせいでつねに体がだるいのだから。グレイスは時間つぶしに、パズルゲームのキャンディークラッシュを何度も何度もやった。エイヴァ・マシューズを題材にした電子書籍も買ってあり――著者があのジュールズ・シアシーだということは、あとで気づいた――ノートパソコンのモニターで、ゲーム画面のうしろに隠すようにして表示していた。母が病院にいるうちに読みはじめるつもりだったのだが、それは間に合わなかった。そしていまは、母が隣室にいると思うと、とても読む気にはなれなかった。

今週末は気温が上がり、この夏でもとりわけ暑い週末になっていた。しかも、家のエアコンはヴァレーの暑さをしのげるほど強力ではない。どれぐらい暑いかといえば、きょうの午後などは四十度超えの状態が続いているのだ。母はおとなしくて、グレイスをこき使うこともなかった。そんな母にたったひとつ頼まれたのは、お風呂に入るのを手伝ってということだ。だったら、いまのうちにやってしまおうとグレイスは心を決めた。

両親の寝室にそっと入っていくと、母は目を覚ましていた。

「ごはんは食べた？」グレイスの顔を見ると、母は反射的に尋ねた。

「まだ四時過ぎよ、オンマ。さっき食べたばかりだから。お腹すいたの？」

母はかぶりを振った。

「お風呂に入る？」

母は顔をしかめながら身を起こした。「起きるから手伝って」

銃で撃たれたあと回復途上にある怪我人をベッドからおろすには、どうするのがいちばんなのか、グレイスにはわからなかったが、それでも母とふたりで四苦八苦した末に、なんとか床に立たせることができた。母の腰に手を回し、わき腹とわき腹を密着させて、相手をもちあげるようにして歩きだす。母は重い足どりでよろよろ歩いたが、その体は悲しいほど軽く感じられた。汗を吸ったパジャマの重みで倒れてしまうのではないかと思うくらい、か弱く華奢(きゃしゃ)な体になっていた。

母の裸は見慣れていたが――ふたりで韓国式のスパに行ったことは何度もある――服を脱ぐのを手伝ったときは、ぎょっとした顔をしないようにするのが大変だった。母はびっくりするほど体重が減っていた。意識不明の状態で、病院で一週間寝たきりになっていたとはいえ、ここまで痩せてしまうとは。使い古した革のようにてろんとして薄くなった皮膚は、体から垂れさがっているように見える。最初は、その全体的な見た目のほうが、傷跡そのものよりショックだった。傷跡のほうは、ガーゼと包帯できちんと覆われていた。

「お湯を入れて」母が言った。バスタブは空のままだ――注意事項の表には、傷口は濡らさないようにと書いてあった。「少し溜めるだけでいいから。寒いのよ」

バスタブの底にお湯を溜めるあいだ、母はグレイスに寄りかかって震えていた。お湯が五センチほど溜まったところで、母はバスタブの縁(ふち)に外向きに腰かけてグレイスの肩をつかみ、体の向きを変えて脚をバスタブに入れると、爪先で湯加減を確かめた。母がうなずいたので、グレイスは母を支え、バスタブに身を沈めるのを手伝った。

母はすわりながらため息をついた。「情けないねえ」

そんなことないわよ、と言うのはためらわれた。小さくなった母、壊れ物のような母は、裸でうずくまっていた。背筋は丸くなり、脊椎（せきつい）は肌を透かして形が見えている。撃たれたのは前方からで、銃弾は肋骨（ろっこつ）のあいだから入って体を貫通していた。傷口はきれいに処置されていたが、まわりは大きなあざになっていて、紫と緑の光輪のように見える。グレイスはキッチンからもってきた大ぶりのボウルにお湯を入れた。

「オンマ、ちょっと顔を上げて。まず髪を洗っちゃいましょう」

このバスタブで、母は何回、娘たちをお風呂に入れたのだろう？　自分が何歳からひとりでお風呂に入るようになったかは、よく覚えていないが、姉とともに、あるいはひとりでバスタブのお湯につかっているところは、はっきり思い出せる。娘たちがバスタブのなかにいると、母は――これが父だったことはない――バスルームの床にしゃがんで髪を洗ってくれた。グレイスがシャワーを使うようになってからも、最低でも年に一、二度は、母につかまえられ垢擦り（テミリ）をされた。目の粗い布でごしごしこすられると、体表のあらゆる部分から、古い皮膚や垢が灰色のうじ虫のようになってぼろぼろ落ちていき、最後には、全身がきれいにひと皮むけてピンク色になったものだった。

グレイスは幼いころからこの苦行がいやでたまらなかったが、たいていの子供はそんな目にあっていないとわかると、ますますいやになった。この行事を自分の手で終わらせた夜のことは、いまでも覚えている。あれは十二、三歳のころ、グレイス自身の感覚では、もう子供とはいえない年ごろにおきたことだった。シャワーを浴びている最中に、母がバスルームに入ってきた——当時は、家庭内で部屋のドアに鍵をかけるのはミリアムだけだったのだ。母は自分で作った垢擦りの歌を口ずさんでいた。韓国の流行歌の節を借りた、くだらないCMソングのようなものだ。「アカスリ、アカスリ、アカスリ、アカスリ……」幼いころのグレイスなら、それだけでげらげら笑っていただろうが、その夜は、お茶目なふりをしてプライバシーを侵してくる母の態度がことのほかカンに障った。グレイスは大声をあげて母を拒絶し、その激しい声音には母のみならずグレイス自身も愕然とするほどだった。湯気に曇った鏡で母の顔を見たときは、恥ずかしさでいっぱいになった。

グレイスは母の髪にシャンプーをつけて泡立てた。指をからめてみると、その髪の毛は細くていまにもちぎれそうだった。母がうつむいているので頭のてっぺんが見え、染めた髪が伸びて根元が白くなっているのがわかる。安物の毛染め剤を使ったせいで、栗色に染めた髪は紫に変わりかけていた。

「もっと強くしてもいいわよ。頭は怪我してないんだから」母が言った。「もういい、自分でやるわ」

グレイスが止めるひまもなく、母は娘の弱々しい手を押しのけ、やりすぎと思えるほど力強い手つきで頭皮をごしごし洗いはじめた。ふだんの母には似合わない、ふてくされたようなその行動を見ていると、涙がこみあげて、鼻の奥がつんとした。人に頼るのが嫌いな母を、自分はどうやって世話すればいいのだろう。

　母が小さな悲鳴をあげて両腕をおろし、お腹を抱えこんだ。

「オンマ！　じっとしてなきゃだめよ。お腹にクソでかい穴が開いてるんだから」

　そう言ったあと、グレイスは手で口を覆いたくなった——これまで母に対して悪態をついたことは一度もないし、それどころか、母の前で汚いことばを使ったのも今回が初めてだ。母はぎょっとしたように身をすくめたが、娘の口から出たことばをとやかく言うことはなかった。グレイスが言ったことは、否定しようのない事実だったからだ。

　母が抵抗するのをあきらめたので、グレイスは精一杯努力して、まず母の髪を洗い、次に体を洗いにかかった。

　グレイスがスポンジに石鹸（せっけん）水を含ませ、肩甲骨のあたりを洗いはじめると、母が沈んだ声で言った。「あんたは背中を流してもらうのが好きだったたね。覚えてる？」

　グレイスはうなずいたが、母には見えないと気づき、あらためて答えを口にした。

「指で背中に模様を描いてもらうのも好きだったし。お風呂に入ったときには、ついでにアルファベットを勉強したっけね」

　グレイスは、母の指が背中を滑っていく感触を思い出した。MやWやZを書くときのジグザグの動きはくすぐったかった。ハングルの母音字は、長くまっすぐな線が特徴だった。

「傷口もきれいにしないと」グレイスは言った。

　傷にあててあるガーゼ類をはがしたグレイスは思わず息をのみ、銃弾が穿（うが）った穴をまじまじと見つめた。それは見るも恐ろしい無惨な傷で、黒ずんだ肉の色をしていた。ほんとうなら日の目を見るはずもない体の内部が露出してしまっているのだ。

きれいな布で傷口をおそるおそる押さえると、母がうめき声をあげた。グレイスは両手を背中に添えたが、その背中は縮こまっていた。母はグレイスには想像もつかない痛みに襲われているのだ。

母の呼吸は苦しげだった。グレイスが銃弾の抜けた穴を再びガーゼで覆うと、母はひざを抱えた。

「あんたも話は聞いたんでしょう?」自分のひざに口をつけるようにして、母がつぶやいた。その声があまりに小さかったので、グレイスは聞き違えたのではないかと不安になった。

「オンマ?」

「アッパが教えてくれたのよ」

グレイスは黙っていた。母とこの話をするのを待ち望んでいたのに、いざそのときになると、手もとに来たボールを未来の自分にパスしたくなっていた。未来のグレイスなら、いまより人間ができていて、もっと賢くなっていて、銃弾で穴が開いたむきだしの背中をじろじろ見たりはしないだろう。

「わたしの顔を見るのもいやなんでしょう——気づいてないとでも思った? あんたが生まれる前に、あんなことをしたから」

グレイスは、なにひとつことばが見つからなかった。

「あんたにはわからないわ、あのころがどんなだったか。韓国人は息の根を止められそうになってたのよ、知ってた？　銃を突きつけられて商品を奪われたり、現金やビール目あてに殺されたり。あのギャングたちは、けだものみたいだった。わたしは店に立つのもいやだったから、お父さんに店を手放してって何度も頼んだの。ミリアムはまだ小さかったし、家族にもしものことがあったらと思うと怖くてしかたなかった」

「でも、あの子はティーンエイジャーで、まだ子供だった」彼女の名前を声に出せば、その残響を聞くことになる。グレイスにはそうするだけの勇気がなかった。

沈黙のあと、すすり泣きが聞こえた。「あれはまちがいだったのよ。おきてしまったことを取り消しにできたらって、毎日願ってる。でも、そんなことはできるわけもない。どれだけ償いをしたらいいの？　たった一度の過ちに？　娘たちを失えばすむの？　そしたら、過ちを正したことになる？」

「娘たちを失うなんてことはないわよ、オンマ」憐れみと怒りと愛と嫌悪に突き動かされ、グレイスは泣きだしていた。「だいいち、姉さんもわたしもまだ生きてるじゃないの」

グレイスは目の前の仕事に戻った。やるべきことがはっきりしていて、実行可能な仕事に。不器用な手つきで母の体にふれていると、母は次第におとなしくなってきた。こんなのはおかしい、なにもかもがどうかしている。グレイスが母と喧嘩することはめったにない。彼女は昔から喧嘩を仲裁する側であり、〝扱いやすい子〟と言われ、スポットライトを浴びようとするミリアムの横で、自分の番をじっと待っているような子供だった。もっとも、これはそもそも喧嘩ではないのかもしれない——喧嘩なら話し合いの余地はあるし、解決も可能なのだから。グレイスは母の行為をどうしても容認できなかった。ふたりを隔てるその壁は、これからも消えることはないのだ。

「グレイス、泣くのはおやめ」子供のころのグレイスは、駄々をこねては静かにしなさいと叱られていたが、母の厳しい口調はそのときと同じだった。

それに対するグレイスの反応も、子供のころと同じだった——泣き声がいっそう激しくなったのだ。

「グレイス、やめなさいと言ってるでしょう」

「ごめんなさい、でも止まらなくて」グレイスは鼻を鳴らし、鼻水を盛大にすすりあげた。「いままで生きてきて、こんなにつらい目にあったのは初めてよ」

そう言ってから、グレイスは顔を赤くした。なんて馬鹿なことを言ってしまったのだろう。女の子が殺されて、彼女の友人や家族はその悲しみに耐えて生きてきたというのに。とはいえ、母が少女の死をわが身に降りかかった災難のように思い、おのれの過去に不当に苦しめられてきたと感じているのも事実だ。しかし、母のその恨みよりも、娘の自分が抱いている恨みのほうが強いのではないか。自分はなにも悪いことはしていない。罪を犯したのは母なのに、その余波から娘を守ることさえしてくれなかったのだ。

母はグレイスのほうを振り向き、疲れきった悲痛な笑みを浮かべた。「よかった。娘がそう言ってるってことは、わたしは母親としてはそう悪くなかったわけね」そう言うと、母は両腕をうしろに回してバスタブの底に手をつき、裸のお腹をさらした。そして、そばに置いてあった包帯をあごでさし示した。「それを巻いてちょうだい」

グレイスは包帯の包みを開き、傷口を見ながらまたたじろいだ。その傷は、母のしなびた乳房の下で大きく口を開けていた。

パソコンの画面から、エイヴァ・マシューズがこちらを見ている。グレイスは、このとき初めて、その目をむりやり見つめ返した。白黒で粒子の粗い肖像写真は、『別れのワルツ——エイヴァ・マシューズの生と死』の一ページ目に掲載されていた。ぼんやりした灰色一色の背景は、学校のアルバムの写真を思わせる。少女はパフスリーブ付きのごてごてしたデザインのワンピースを着ていた。髪は入念にアイロンをあて、たっぷりした前髪にしっかり丸みをつけているので、八歳ぐらいの子供のように見える。まなざしは柔和で、ふっくらした唇を軽くゆがめてほほえんでいる。ユーモアと純真さに満ちた顔。これまでグレイスには正視できなかった顔だ。

彼女を殺したのが自分の母親だとわかっただけでも、身にこたえた。これ以上のことは知りたくない、この少女のことを、一個人として、ほかのみんなと同じように大切にされていた人間として考えたくはないと、心のどこかで思っている。それでも、少女はそこにいた。ふと気づくと、彼女の声を想像し、なにが好きでなにが嫌いだったのか、どんな夢を抱いていたのかと思いをめぐらせていた。グレイスは画面をスクロールして次のページを表示させ、本文を読みはじめた。

エイヴァ・マシューズは父を知らずに育ち、八歳のときに、飲酒運転の車がおこした事故で母親を亡くしていた。それを知ったとき、グレイスは心臓をぎゅっとつかまれたような気がした。自分はいま二十七歳だが、この歳になっても、母を失うのは耐えがたい悲劇のように思える。子供時代に母を亡くしていたら、自分の人生がどうなっていたか、グレイスには想像もつかなかった。エイヴァは弟とともに伯母の家にひきとられたが、その伯母によれば、母親を亡くしたその年のあいだ、エイヴァはずっとうつろな顔をしていたという。伯母や伯父とは話をせず、学校では教師の言うことをきかないので怒られてばかりいたようだ。

そんなエイヴァが外の世界に戻れたのは、音楽のおかげだった。エイヴァは昔から音感がよく、トゥルーウェイ・バプティスト教会では児童聖歌隊で歌っていた。教会通いをやめることは伯母が許さなかったので、悲しみのどん底にあっても歌の練習は続けていた。聖歌隊の女性指揮者はエイヴァをかわいがり、教会にあった古い小型グランドピアノを使って、無料で弾き方を教えてやるようになった。エイヴァには才能があり、心のこもったすばらしい演奏をした。ハイスクール中等部の最終学年に入ってからは、LA各地で開催される若年層を対象としたコンクールに次から次へと出場し、プロの教師について本格的なレッスンを受けてきた子供たちを抑えて勝ちあがるようになった。そして、あるショパン・コンクールでは、自前のピアノさえもたないエイヴァが弾いた〈別れのワルツ〉に審査員全員が感銘を受け、彼女は優勝賞金百ドルを勝ちとったのだった。

恵まれない立場にいた少女が、逆境を乗り越えて一世一代の演奏を披露する――まるでディズニー映画の終幕を飾る勝利の物語のようだ。グレイスも大学に入るまでピアノを習っていたので、コンクールの雰囲気には覚えがあった。本番に向けて何時間も練習を重ねたこと、母に叱咤激励されたこと。寒々しい会場、非情な審査員、一曲が終わるごとに残る余韻。グレイスは優勝経験こそないが、バッハのパルティータで惜しいところまで行ったことはある。自分がコンクールでエイヴァと競ったらどうなっただろう――そんな妄想が一瞬だけ頭をよぎった。ふたりはともにティーンエイジャーで、いかにも女の子っぽい髪型にして、着心地の悪い清楚な衣装に身を包み、姿勢よくすわって両手の指を広げている。神経はとぎすまされ、打てば響くピアノの弦に似て、瞬時に反応する……。

だが、エイヴァはすでにこの世になく、グレイスは彼女が死んだときにはまだ生まれてもいなかった。つかのまの無邪気な幻想は、その残酷な事実に打ち砕かれた。この本に書かれているのは、ある少女の物語ではなく、彼女の死についての物語なのだ。

グレイスは読書を中断し、エイヴァ・マシューズに関する情報をさらに探しはじめた。まだ知るべきことが残っているなら、つらい思いをしてでもすべて知っておきたいと思ったのだ。だが、見つかったのは既読の記事と『別れのワルツ』の参考文献だけで、目新しいものはなかった。ただ、ロサンゼルス・タイムズ紙に最初に出た記事のなかにシアシーが執筆したものがあったことは、初めて知った――あの少女の人生については、彼がいちばんの権威になっているらしい。

グレイスはネット上にあるシアシーの写真をながめた。彼がおのれの正しさを信じていることは、瞳に宿る光に表われているようだ。ペンの力を駆使してグレイスの母親を糾弾したのはこのシアシーなのだが、その態度をいいかげんだとか、さらには下劣だとして責めることはできないと思った。彼の文章にはエイヴァ・マシューズに対する哀悼の念が明確に示されていて、その思いは真摯なものに感じられるからだ。もしかしたら、この人は敵ではないのかもしれない。むしろ、お願いすれば力になってくれるかもしれない。

携帯の受信ボックスを開いてシアシーのメールを捜すと、七通見つかった。いずれも文面はていねいだが断固としていて、切迫感がにじんでいる。電話番号はそれらのメールに書いてあった。

「もしもし？」夜の十時を過ぎていたが、シアシーは呼び出し音一回ですぐに出た。グレイスのほうは、相手になにを言うか、まだはっきり決めていなかった。「もしもし？」

「すみません」乾いた口で唾をのみこむと、その音が耳に響いた。「ジュールズ・シアシーさんはいらっしゃいますか」

「わたしですが」

「グレイス・パークです」

「ああ、あなたでしたか、どうも」電話の向こうであわただしく動く音がした。なにをしていたかは知らないが、やっていたことを中断して通話に集中するつもりなのだろう。「連絡をもらえてよかった。ご家族の調子はいかがですか？」

母は眠っていた。グレイスの介助で入浴と着替えと食事はすませてあり、いまは帰宅した父が添い寝をしながら、なにかあればグレイスか病院に応援を求める構えでいる。それはともかく、父はふだんと違って母に優しく接していた。別に驚くようなことをしているわけではないが――グレイスは両親がキスしているところさえ見た覚えがない――いつもより穏やかに声をかけ、肩にふれたり、手を握ったり、グレイスに食べ物や水をもってこさせようかと言ったりしている。

「みんな元気です」グレイスはまのぬけた返事をした。

「それで、あなたご自身は大丈夫ですか？」

グレイスはその質問に、シアシーの声の優しさに不意を衝かれた。「今週は大変でした」

「まずお伝えしたいのですが、アクション・ナウの行為にはわたしもショックを受けました」シアシーが言った。「彼らは人々の怒りを煽ってページビューを稼ぐことで知られていますが、今回の件は、それにしても度が過ぎています。ジャーナリスト全員があんなことをするわけではないので、そこはわかってください」

「お気遣いありがとうございます」グレイスは唇を噛んで涙をこらえた。

「そこでご相談ですが、近いうちに、直接話をうかがいたいと思っているんです。お目にかかることはできますか？　たとえば、今週のうちに。いろいろなことがあったあとですから、あなたも話せば楽になるかもしれません。こういう騒ぎのど真ん中にいるせいで大変な思いをしているのはお察しします。ただ、あなたのほうも、機会があれば自分の言い分を明らかにしたほうがいいですよ」

またもやあのフレーズが出た。〝自分の言い分〟か。それはどのように受けとられるのだろう。この話に、わたしの言い分が入りこむ余地などあるのか？「そんなことができるかどうか、自信がありません」

「気持ちはわかります。まあ、とにかく考えてみてください。こちらの電話番号はお伝えしてあるわけですから」その口調から、シアシーがにこやかに話しているのが伝わってきた。内心で落胆しているとすれば、その思いはうまく隠せている。「ほかになにか力になれることはありませんか？」

「お書きになった本を読みはじめたところなんです」グレイスはそう言いながら、自分はなんのために電話したのかと、まだ思い悩んでいた。

「ありがとう。それは――うれしいですよ、そう聞くと」

「逮捕されたいとことというのは――彼女と同じ家で暮らしていた、あのいとこですか？ その人のお母さんが、親代わりになって彼女を育てたんですよね？」

短い間のあとに返事があった。「そうです」

グレイスはしばらく黙っていた。次のことばは、相手を押し切れるように、できるだけ強く言わなければならない。「わたし、その人と話がしたいんです」

「それはむずかしいでしょうね。わたしも彼とは話せないんですよ。こちらが連絡できるのは、彼の弁護士だけなので」

グレイスは唇を噛みはじめた。自分が言ったことはとっさの思いつきにすぎないし、シアシーが言うような状況なら、母を撃った犯人に面会するのは無理だろう。そう思うと、少しほっとした。

それでも、なにかしたい。エイヴァ・マシューズはもうこの世にいないが、遺された家族は、彼女が生きたあかしを大切に受け継いでいるのだ。「彼女には弟がいましたよね。その弟さんに会えませんか」

「どうしたんですか、いきなり」

「ただ、会って話がしたいんです」

シアシーはため息をついた。「それはどうでしょうね、グレイス」

グレイスは喉にこみあげるものを感じ、その思いを声にこめた。「わたしにとっては、なにもかもが初耳だったんです。母が殺されそうになるまで、事件のことはなにも知らなかったので」

「昔の銃撃のことはご存じなかったんですか？」シアシーが驚いたように尋ねた。

「先週初めて知りました」

しばらく沈黙が続き、グレイスはかたずをのんで返事を待っていた。

「いいですか。こちらとしても、力になりたいのはやまやまですが、そう簡単に連絡先を教えるわけにはいきません。倫理的な問題がありますから」

グレイスはなにも言わなかった。相手の声には迷いが感じられた――シアシーは力になりたいと思ってくれているのだ。それが無理でも、彼女の機嫌をそこねたくはないのだろう。

そこで、自分にできることを話そうと決め、それをどう話すか考えているらしい。

「どうしても連絡をとりたいというなら、お姉さんに訊いてみてはどうでしょう」

グレイスは聞きまちがいではないかと思い、携帯を握りしめた。「すみません、だれに訊けと？」

「あなたのお姉さんのミリアムですよ。どうすれば連絡がつくか、お姉さんにはわかっているはずです」

16

二〇一九年八月三十一日、土曜日

その晩、シーラ伯母さんの家にやってきたのは、あの女だった——宗教系の勧誘者みたいだった、と伯母さんは言った。すがりつくような目をして厚かましくドアを叩く姿がショーンの脳裏に浮かんだ。ニーシャはそのときもレイに会いにいっていて、家にはいなかった。レイのアリバイについてはダンカンが申し立てをしていたが、結局のところ、それは釈放の切り札にはならなかった。ダンカンの話は、レイが先に供述していた内容と矛盾していたからだ。レイはいまも中央刑務所にいて、ニーシャはなにも知らずに断固として夫を支援していた。夫婦のどちらかが家にいたら、グレイス・パークは門前払いを食わされていたかもしれない。だがシーラ伯母さんは、彼女を招き入れてお茶をふるまっていた。

仕事を終えたショーンが、テイクアウトの料理を腕いっぱいに抱えて伯母さんの家に立ち寄ってみると、ふたりはテーブルの前に落ち着き、目をきらきらさせて、穏やかに話をしていた。ジャズとモニークは自宅にいるので、今夜は子供たちに顔を見せたあと、声を落として、伯母さんとあらためて話し合うつもりだった。それなのに、伯母さんはキリスト教徒としての親切心を名目にして、こんな爆弾を投げつけてきたのだ。

ショーンはひと目で相手の正体に気づいた。問題の動画は本気で見てはいなかったが、あちこちから何度も送られてきたので、静止画像は目にしていた。唇の切れた韓国系の若い女性が、歩道に倒れたまま、なにかを叫んでいる画像だ。それを見ていなかったとしても、彼女が何者かはわかっただろう。丸顔や高く秀でた柔らかそうな頬やほっそりしたあごは母親譲りで、その容貌のおかげで幼くおとなしそうに見える。これこそ、だれにも手出しができない無敵の殺人犯の顔だ。

ショーンの姿を見ると、女は目をみはった。その目に表われているのは恐怖心だろうか？この女は、こちらの人生に図々しく入りこんでおきながら、怯えた顔を見せるつもりなのか？

女ははじかれたように立ちあがった。自分の無礼な態度に、たったいま気づいたかのように。

「あの」女が口を開いた。「グレイスです」体の横に垂らしていた手を迷ったようにもぞもぞさせると、その手をショーンに差し出した。握手に応じてもらえるかどうか自信がないのだろう。

ショーンはそこに立って、相手をじっと見ていた。女はとうとう手をおろしたが、その顔は真っ赤になっていた。

「ねえ、ショーン」シーラ伯母さんが言った。「この人がだれだかわかる？」まるで賓客を紹介するかのような言い方だった。聖人か偉人を家に迎えたとでも思っているのだろうか。

ショーンは買い物の袋をテーブルに置いたものの、腰をおろすことはしなかった。彼は女より頭半分ほど背が高かったが、相手はうつむいて、足もとのカーペットの染みを見つめていた。

「わかるよ」ショーンは女のうしろにいるシーラ伯母さんを見やった。「伯母さんは、あの動画は見てないんだね？」

グレイス・パークが目をつぶり、肩をすぼめた。そうすれば居心地の悪さを切り抜けられると思っているのか。身を縮め、苦しげに顔をゆがめてはいるが、しょせん引きさがる気はないのだ。

「動画って？」シーラ伯母さんが尋ねた。

「ネットでは、この女の顔はそこらじゅうに出回ってるんだよ。こいつはなんでここにいるんだ？」

グレイスが目を開け、再びショーンのほうを見た。「ご迷惑をかけるようなことは絶対にしません。ただ、お話がしたいだけなんです」そして、こう付け加えた。「いとこさんが逮捕されたのは知っています」

「エイヴァの身におきたことは、最近知ったばかりなんですって」シーラ伯母さんの声は穏やかで優しさに満ちていた。目の前にいる女もあの悲しみを共有しているといわんばかりの口ぶりだ。「お母さんがだれかに殺されそうになって、それで初めて彼女がしたことを教えられたのよ」

「だれかに、か」ションは笑いそうになるのをこらえ、ようやくグレイスに話しかけた。

「あんたは、母親はおれのいとこに撃たれたと思ってるんだろう」

「その――そのことはなにも知りません。でも、彼が――というより、このうちのみなさんが――母に対して大変な怒りを感じているのはわかっています。わたしがここにうかがったのは、別にだれかを責め――」

「ショーン、この人はね、わたしたちの力になりたいと思ってくれてるの」シーラ伯母さんが口をはさんだ。つっかえながらへたな言い訳をされると、じれったくなる性分なのだ。

「彼女からご両親に話をしてもらってもいいわよね。ひょっとしたら、それでうまくいくかもしれない。ご両親が警察に強いことを言わなければ、事件の扱いが多少は穏便になるんじゃないかしら」

「母は快方に向かっています。つまり今回は、死者は出ていないわけで……」グレイスはことば尻を濁し、またもや顔を真っ赤にした。「担当の刑事さんにはもう会っています。彼に頼めば、話を聞いてくれるかもしれません。わたしは、みなさんのお力になりたいんです」

「アルフォンソ・キュリエルの追悼集会にも来てくれたのよね」シーラ伯母さんが、励ますようにグレイスの腕にふれた。

「わたしと姉は――わたしたちは、世の中に不当行為があふれていることに気づいています。警官がおこした事件で、被害者が――暴力犯罪の被害にあったのが黒人である場合は、特にそういう行為が目立ちます。このうちのみなさんの心を少しでも晴らすために、できることがあれば、ぜひ……」適当なことばが見つからなかったのか、グレイスの声は尻すぼみになり、うなずきながら文末を繰り返すだけで終わった。「ぜひ」

沈黙が続くあいだ、女は喉をひくひくさせて、ショーンがなにか言うのを待っていた。うちの家族はピンチに直面しているところなんだ、とショーンは思った。ダリルとダーシャのために、シーラ伯母さんのために、なにか発言しなくてはならない。とはいえ、いい年をして子供じみたふるまいをするこの女は、自分にはなんの関わりもない、どうでもいい人間だ。こんなやつが騒いだからといって、相手にする必要はない。

「おれのいとこは犯人じゃない」ショーンはきっぱりと言った。「それは事実としてわかってる」

「だったら、なおのこと、彼を拘置所から出してあげなくては」早口になったことばは聞きとりづらかったが、女は先を続けようとして口を開きかけた。

ショーンは片手で相手を制した。「あんたはなんでここにいるんだ?」

女はぽかんと口を開けた。傷ついた表情は、夢中でしゃべっていた生徒が教師に話をさえぎられたときのようだった。「え?」

「どうしてうちに来たのかと訊いてるんだ」

「ショーン」シーラ伯母さんが言った。

「『ショーン』じゃないよ、伯母さん。おれは、こいつがここに来た理由を知りたいんだ。

レイを拘置所から出すためじゃないのはわかってるからな」

グレイスはうつむいて自分の手を見つめたが、ショーンは相手の表情が変わったのを見てとった。そこにはプライドのかけらもなかった。あごは小さく震え、いまにも鼻水が垂れそうだ。

「どんなに申し訳なく思っているか、伝えにきたんです」グレイスが深々と頭を下げたので、ショーンは彼女がひざまずきはしないかとはらはらした。「動画での発言についてもすまないと思っています。なにもかも初めてのことだったし、あの記者のせいで気持ちが追いつめられてしまって。でも、うちの家族があなたのご家族を苦しめてしまったことは、それ以上に申し訳なく思っています。いま、お姉さんのことを書いた本を読んでいるところなんですが、お姉さんは優しくて、才能にあふれた、聡明な娘さんだったんですね。もしかしたら、わたしと似たところがあったんじゃないかって、どうしても思ってしまうんです。わたしもピアノをやっていましたし。うちの家族がいなかったら、お姉さんはまだ生きているはずだ、いったいどんな人生を送っているだろう――そう考えるだけで、いたたまれない気持ちになるんです」

涙を流しはじめた女はテーブルの前ですわりこみ、シーラ伯母さんに優しく肩を叩かれていた。その伯母さんの手を、ショーンは払いのけたくなった。こんなでたらめを言うやつを、なんでのんきに慰めているんだ？　この女がエイヴァに似ているわけがない。どちらもピアノを弾いていたとか、家族を愛していたとか、日曜に教会に行っていたとか、そんなのは関係ない。共通点が千個あったとしても、だから似ているということにはならないのだ。だいいち、グレイス・パークに似ていたら、エイヴァは殺されたりはしなかったはずだ。

「母をかばおうというんじゃないんです」女の話は続いた。「母がやったことは承知しています。でも、母は怪物じゃない。きのうも話していました、おきてしまったことを取り消しにできたらどんなにいいだろうって。母は、ほんとうに申し訳なく思っているんです」

さすがのシーラ伯母さんも、この最後のことばには顔色が変わり、女の肩にかけた手を引っこめて居ずまいを正した。「ちょっと待って。まさかあの人は、これだけ時間がたったあとに、自分の代わりに娘をよこして謝らせようとしてるんじゃないでしょうね」

グレイスは首を振った。「いいえ、違います、そういうことでは——母はわたしがここに来ていることも知らないんです」

「謝る気があるんなら、チョンジャ・ハンには三十年近い時間があったのよ。なのに、謝罪はしないで、嘘をついて刑務所行きをまぬがれて、そのあとは行方をくらました。目に涙を浮かべてわたしたちのほうを見ることさえしなかったじゃないの。そうよ、いまさら謝られたって、こっちもそれを真に受けるほどお人よしじゃないわよ」

「おっしゃることはわかります」グレイスは片手を胸にあてた。「わたしにできるのは、自分の気持ちを伝えることだけです。わたしは、ほんとうに申し訳なく思っています」

「あんたは、別に謝るようなことはしてないだろう。それはわかってるはずだ。あのときはまだ生まれてもいなかったんだから」

女は顔を上げ、ショーンのほうを向いた。その目が期待に輝いている。女は赦罪の宣言を待っているのだ。神父代わりのショーンの手で聖餅を舌に載せてもらうのを待つように。

思ったとおりだ。それがこいつの狙いだったんだ。ある意味では、シアシーも同じものを狙っていた。黒人以外の人たちは、ショーンが何者で、どんな目にあったかを知ると、必ずものほしげに彼の顔を見つめるが、それも同じことだった。そういうやつらの善なる思いはエイヴァに向けられるべきものだが、姉はもういないので、連中は機会を見つけては、その善良さをところかまわずふりまき垂れ流している。シーラ伯母さんはその風潮を利用しているが、ショーンはそれを責める気はなかった。しかし、ここまでくると、さすがに我慢できない。子供のころは、善人面をした下種どもが次々に寄ってきて、彼の頭をなでていった。その連中はショーンが経験した悲劇を薪にして火をおこし、安全な位置までさがってからおのれの魂を温めていたのだ。だが、自分はもう子供ではなく、我慢する必要もない。もっとも、はたから見れば、ショーンはこれからもずっと、不当な仕打ちを受けたことが知られている黒人の子供でありつづけるのだろう。善意の巡礼者がひざまずく祭壇となり、同情のことばと引き換えに恩寵を与えるという役目も変わらない。その意味では、すでに死んでいるエイヴァは幸運かもしれない。悲劇的な最期を遂げた彼女の人生を、みんながおおげさに悼んだりするのを目にしなくてすむのだから。

「あんたは、おれの赦しがほしいんだろう？　だから、うちに来たんだよな」

「お力になりたいと思ってるんです」消え入るようなその声を聞いて、ショーンは言った当人も発言に自信がもてないのだろうと思った。

「おれは動画は観てないが、あんたがなにを言ったにせよ、なんでそう言ったかはわかる。それ以外、あんたにはなんの恨みもない。おれはあんたになにも悪いことをされてないいんだから、赦す理由がないいんだ」

ショーンは相手のようすを見守った。女は彼のことばを吟味し、望みのものが得られたかどうか考えているようだった。少しすると、女はまた口を開いた。たぶん、まだ納得がいかないのだろう。「わたしはただ、ごめんなさいと言いたかったんです。それだけです。いままでは、ほんとうになにも知らずにいたので」

「こっちは大昔から知ってたさ。これまでの二十八年は、あんたに謝罪されなくても生きてこられたし、それで問題はなかったんだ。シーラ伯母さんだってそうだ」

伯母さんはなにも言わなかったが、重々しくうなずいていた。うちの食卓にやってきて、不当行為がどうのこうのと言い立てるとは、この女はどこまで厚かましいのだろう、とショーンは思う。エイヴァの遺体を発見したので、それを葬るためにいますぐ協力してほしい——女の態度はそう言っているようにさえ見える。こっちはもう、姉を一千回以上も葬ってきたというのに。できることはほぼやりつくしてしまったので、それしか方法がなかったのだ——姉を生かしつづけるには。

女を戸口まで見送ると、シーラ伯母さんは疲れたと言って寝室にひきとった。枕に顔をうずめて泣くのではなく、ちゃんと眠っていればいいが。そう思いながら、ショーンはテイクアウトの包みを開いて——オレンジチキン、牛肉とブロッコリーの炒めもの、チャーハン、かた焼きそばだ——大声で子供たちに呼びかけ、食器を並べるように言った。

名前を呼ばれたとたんに、ダリルの部屋のドアが勢いよく開き、兄妹が転がるように出てきた。

「さっき来てた人は、だれだったの？」ダーシャが目を光らせて心配そうに尋ねた。「お祖母ちゃんはどこ？　大丈夫なの？」

ダリルはなにも言わなかったが、身を硬くして肩を怒らせていた。どうやら、ふたりとも必死に聞き耳を立てていたらしい。

「だれでもないよ」とショーンは答えた。「お祖母ちゃんは、ちょっと疲れてるだけだ。さあ、早く食事にしよう。料理が冷めちまうぞ」

「教えてよ、ショーンおじさん。あのアジア人の女の人はだれなの？」

「おまえたち、あの人に会ったのか？」ショーンはにわかに不安になった。

「会ったとは言えないかも。お祖母ちゃんに、自分の部屋に行きなさいって言われちゃったから。でも顔は見たよ。それで、なにかあったんだなって思った。わたしもお兄ちゃんも、バカじゃないもん」ダーシャが応援を求めるように兄のほうを見ると、ダリルはあいまいにうなずいた。「あの人、パパのことで来たんでしょう？　あと、あの韓国人の女の人のことで。パパに撃たれたって言われてるのはその人だよね」

ショーンは腰をおろし、目をつぶった。とにかく落ち着かなくては。ダーシャが言ったことはそのとおりだ──この子たちは馬鹿ではない。ふたりは父親を逮捕されているのだ。彼らを守ろうとがんばってみたところで、ふたりともニュース記事の読み方ぐらいはわかっている。とはいえ、今回の件は尋常ではない。あの女は、自分の重荷を、自分の血筋を背負ってやってきた。それをこの家にもちこむことを、なんとも思っていないのだ。この子たちは──おれの子たちは──あの女の顔を見てしまった。ふたつの道をむりやり交わらせたのはあの女だ。これを侵略と呼ばずになんと呼ぶのだろう。

「あの人、なにしに来たの？」ダリルが訊いた。

「それは気にするな」ショーンは喉の奥がからからになっているのを感じた。「あの人は、おれたちとはなんの関係もない」

第三部

一九九二年四月二十九日、水曜日

陪審がロドニー・キング事件の評決をくだす日、シーラ伯母さんは子供たちに、学校を休んで家にいるように命じた。そうすれば一家そろってニュースを聞けるから、というのが伯母さんの言い分だったが、ショーンはそれだけが理由ではないと思っていた。伯母さんの声は緊張していたし、差しのべた手や、母親らしい柔和な笑顔にも、すがりつくような気持ちや怯えが感じられたからだ。

家族は午後三時に集合した。リチャード伯父さんとシーラ伯母さん、ショーンとレイの四人は、一本の鎖でつながれているように、体をくっつけ合ってソファーに並んだ。三時十五分には、ショーンの腕をつかんでいるシーラ伯母さんの手が熱くなり、湿り気を帯びてきた。まるで、あの日の法廷のようすが丸ごと甦ったかのようだ。ショーンは胸が高鳴り、頭がずきずきしていた。体は恐怖と怒りを抑えこもうと必死になり、心は期待をこめて叫んでいる。今回はきっと、前とは違う結果になるはずだ。その違いが時をさかのぼり、すべてを変えてくれるかもしれない、と。

いまは、チョンジャ・ハンの裁判から半年近くたっている。その半年のあいだに、シーラ伯母さんは抗議運動をおこして人々を煽り、裁判を担当した判事と陪審、そして司法制度そのものを非難しつづけた。非道きわまる判決や、悪い冗談のような量刑のことは、広く知れわたっているように見えた。一般の人たちにも、検事たちにも。マスメディアですら、こちらに味方してくれている気がした。ところが、つい先週のこと、州の控訴裁判所が問題の判事がくだした判決を支持すると決定した。全員一致の支持——つまり、統一戦線による決定だった。エイヴァと遺族に対して裁判官全員が背を向けたのだ。その決定を正しいと思っている人、あるいは、一応理解はできると思っている人を、ショーンはひとりも知らなかった。もしかすると、決定権を握っている重要人物がひとりいて、そのひとりを知らないだけかもしれないが。

居ずまいを正したシーラ伯母さんの横で、リチャード伯父さんがテレビのボリュームを上げた。

評決のニュースが始まった。

レポーターの表情からはなにも読みとれなかったが、にもかかわらず、白人男性であるレポーターの口からどんなことばが流れ出すか、ショーンには見当がついた。ショーンが抱いた期待は、明け方の霧のように消え去ってしまった。

先ほど、被告全員に無罪評決が出ました。

被告側の完全勝利です。

このあと、市長は全市民に対し、平静を保つよう呼びかけを行なうものと見られます。反発の動きが小規模にとどまるとは考えられません。

評決との関連は定かではありませんが、今回の陪審団に黒人は入っていませんでした。ご存じのように、陪審団は十二名の陪審員で構成されています。そのうち十名が白人で、ラテンアメリカ系が一名、残る一名はアジア系でした。

立ちのぼる煙が柱と化した光景は聖書の一節を思わせた。黒い煙は生き物のように上へ上へと伸びていき、灰色の空と一体になっていた。ショーンは額に刺すような熱さを感じ、指でその部分にさわってから、指先を見た。灰だ。あたり一面が灰だらけだった。雪が降るように、灰の薄片が次々に舞い落ちていく。

ショーンは口を開け、炎が発する熱気を味わった。煙と涙に刺激されて目がひりひりする。

レイが舌打ちした。「すげえな。さすがに黒人連中も黙っちゃいないわけだ。きょうばかりは」

ショーンには酒屋の床に倒れているエイヴァの姿が見えた。その瞬間、混乱した頭で、店といっしょに姉も焼かれているのだと思った。姉の遺体が――そのなきがらは、一年前に薄汚い墓地の小さな墓に埋められて、いまはそこに雑草が生い茂っているのだが――生きている姉を最後に見た場所に、いつまでも貼りつけられているような気がしたのだ。

「ショーン！」

道を半ばまで渡ったところで、ショーンはレイにひじをつかまれた。

「なんのつもりだ？　店が燃えてるのが見えないのか？　いったいどうしたんだよ？」

レイに引きずられながら、ショーンは店が炎上するのを見ていた。看板は真っ黒に焼けこげて、文字がほとんど読めなくなっている。過去の遺物と化したフィゲロア・リカー・マート。自分はこれを望んでいたのだ。いまやっと気づいた。シーラ伯母さんが止めるのも聞かずにレイのあとについて町に出たのは、この光景を見たかったからだ。エイヴァがチョンジャ・ハンに殺された日から、店はずっと閉まったままだった。ハン一家は、もちろん、地元民があだ討ちに来るのを恐れていた。噂によれば、一家は店を売りに出していたが、買い手はつかなかったという。呪われた店。幽霊が出る店。そんな禍々しい店は燃やされて当然だ。だとしても、この店を破壊する権利があるのは、ショーンだけではないのか？

鼻を刺すいがらっぽい煙にむせながら、ショーンはレイの手を振りきって駆けだした。うちだ。うちに帰るんだ。父も母も姉もいないうちに。

レイはなにもわかっちゃいない。だいたい、レイのことがなければ、姉と自分はフィゲロアに行ったりはしなかった。そしたら、チョンジャ・ハンに出会うこともなかっただろう。レイと、あのフランク酒店のクソおやじさえいなければ、エイヴァはいまも生きていたはずなのだ。

ショーンはなにも考えず、ただ左右の脚を交互に前に出して走りつづけた。だが、ふと顔を上げると、目の前にフランク酒店があった。明かりは落ち、扉は全部閉めきってある。店自体が精一杯がんばって身を隠しているみたいに。駆け足の足音がうしろから迫ってきて、スピードをゆるめたと思うと、レイが横に立っていた。

「フランクのクソじじいめ。あいつには、いやというほどビビらされたな」レイが言った。

「でも、いまはもう、あんなやつは怖くないぞ」

ショーンはレイが白髪交じりの長身痩軀の男と対決するところを思い浮かべた。ただでさえ怖い男の顔は、眼鏡のせいでいっそう怖く見える。レイの言うとおりだ——ふたりとも、小さいころはあいつが怖かったかもしれないが、いまはもう子供ではないし、レイなどは本物のギャングになっている。もっとも、エイヴァはクリップスやブラッズのメンバーに殺されたわけではないのだが。

「あいつ、いまここにいるかな？」ショーンの声はかすれていた。

「え？」

ショーンは咳払いをして、地面に唾を吐いた。「フランクだよ。この店のなかにいるのかな？」

「そんな気配はないぞ。でも、なんでだ？」

ショーンは入口に近づき、レイもついてきた。ドアを開けようとすると、鍵がかかっているのがわかった。

ガラスのドア越しに店内をのぞいてみた。昔からある近所の店は、闇のとばりに包まれていても懐かしい感じがする。目が暗さに慣れてくると、陳列されたスナック菓子や化粧品、さらには壁一面を占める冷蔵ケースに飲み物が並んでいるのが見えた。

レイが「だれもいないな」と言って、ドアを引っぱり、揺さぶると、上についている小さなベルがからんころんと鳴った。だが、ショーンが試したときと同じで、ドアはまったく開かなかった。「くそっ。この店の雑誌を全部かっぱらってやろうと思ったのに」

ショーンがフィゲロア・リカー・マートのほうを振り返ると、立ちのぼる炎が見えた。あたりはぼんやりと霞(かす)み、空が暗くなってきた。日が落ちて、煙は勢いを増している。通りは人でいっぱいだった。大勢の人がうろつくのが見え、数ブロック先で怒声があがるのが聞こえる。ついに始まったのだ。街はエネルギーに満ち、騒然としていた。そのエネルギーを感じとったショーンは、大きなうねりがこの界隈を、さらにはLAの町全体をのみこもうとしているのを知った。ショーンとレイは、同じ周波数に合わせて音を鳴らしていた。家にいるシーラ伯母さんとリチャード伯父さんもそうだし、この局にダイヤルを合わせるはめになった人は全員同じだ。〝世界じゅうのみんなが、この騒ぎの一部なんだ〟肌に噴き出す汗が、そう叫んでいた。

フランクは不穏なざわめきが近づいてくるのを耳にして、店を閉めてうちに帰ったのだろう。自分には関係ないというように。いったん店を離れて、別の島からやってきた嵐が過ぎ去るのを待てばいいだけだというように。それですむと思ったら大まちがいだ。あいつも騒ぎの一部なんだ。それに、あいつにはくそったれな仕打ちの落とし前をつけさせなくてはならない。

　ショーンは店に入ろうとしていた。ドアに鍵がかかっているから、なんだと言うんだ。施錠されたドアなど、規則を守ってくださいというポーズにすぎない。ショーンのような連中に、おとなしく引き返してくれと頼んでいるだけだ。それで効き目があったことなどあるのだろうか。こんなガラスの一枚ぐらい、その気になればどうにでもできるのに。

　初めは、ドアをこぶしで叩き割ってやろうかと、ちらっと思った――そのぐらいはわけないように見えたのだ。それから、冷静になってあたりを見まわし、こぶしの代わりに使えそうなものを探した。野球のバットもなければ金槌（かなづち）もない。木の枝さえ落ちていない。だが、駐車場の端に縁石が割れているところがあって、そこにコンクリートの塊が鎮座していた。なんだか、ビデオゲームでお城の入口の鍵を見つけたみたいな気がする。ショーンはそこへ歩いていき、塊を拾いあげた。レイは口を開けてそのようすを見ていた。

「嘘だろ、おい」レイが言った。「おまえにそんな――」

　ショーンが投げたコンクリートの塊はガラスを突き破り、ドアにぎざぎざの穴が開いた。その穴から腕を入れると、錠前に手が届いた。

　ショーンはドアを開けて店に入り、レイもおそるおそるついてきた。

「こいつはすげえな」レイが笑い声をあげた。

「動くな！」

　ふたりはあわてて顔を上げ、声がしたほうを見た。声の主は韓国系の男で、塹壕（ざんごう）にひそむ兵士のようにレジの陰に隠れ、カウンターから頭と銃だけをのぞかせている。フランクだ。

目の前のフランクは、ショーンの記憶にあるフランクより老けて痩せているように見えた。顔は病気ではないかと思うほど極端にやつれている。だが、それはどうでもいい。相手は銃をもっているうえに、それをまっすぐレイに向けているのだ。

ショーンの口は恐怖と怒りでいっぱいになっていた。「なんだよ」口を開くと、自分でも驚くほど強気な声が出た。「おれたちを撃つ気か?」

銃口は動かなかったが、フランクはショーンに視線を移し、値踏みするようにながめた。

ショーンは相手の目に自分がどう映っているか考えてみた。十四歳になった彼は、レイほど上背はないものの、体は一年前よりずっと大きくなっていて、体格的には子供というより大人に近かった。最近は週を追うごとに成長している――気がつくと、死んだときのエイヴァと同じ背丈になっていたし、もう少したてば、そのときの姉と同じ年齢になるのだ。顔のほうもやはり年をとり、子供らしい頰の丸みは削ぎ落とされて、それといっしょに、過去の幸せな日々がもたらした輝きも消えうせた。いまのショーンは笑顔をほとんど見せなくなっていた。

おれは泥棒だ。暴漢だ。チンピラだ。黒い肌をした危険人物だ。

ふたりがそこに立ったまま、息を殺して動かずにいると、しばらくしてフランクが銃をおろした。「きみは、弟だな」彼はショーンを見つめていた。

ショーンは驚きを隠して、顔をこわばらせたまま、相手を見つめ返した。

「あの子の弟だろう。ハン・チョンジャが――」最後まで言えず、フランクは唾をのみこんだ。「きみたちは、前にもうちの店に来ていた。覚えているよ」

その声には優しさがにじんでいた。目の前にいる男はショーンを気の毒に思い、ショーンの苦しみを見てとり、それを受けとめている。ショーンは心のなかのある部分でそのことを理解していた。フランクがこちらに危害を加えようとしたことは一度もなく、いまも危害を加えるつもりはないことも、心の同じ部分で理解していた。彼はただ、自分の生活を心配しているだけなのだ。だが、ショーンの心には怒りに燃えている部分もあり、その部分は違う理解をしていた。

「姉はあんたのせいで死んだんだ」ショーンは穏やかな声でさらりと言った。

「なんだって？」

ショーンは咳払いをして、声を張った。「姉はあんたのせいで死んだと言ったんだ」

フランクはあっけにとられた顔になり、ショーンからレイに視線を移した。

レイは雑誌を数冊まとめて手にとり、床に叩きつけた。「なんであんなにおれを締めあげたんだよ、たかが雑誌一冊盗ったぐらいで」ペントハウス誌を取りあげ、表紙をちらっと見てから、それも床に投げつけた。「こんなもの、いくらもしないだろう？　二ドルぐらいか？」

ショーンはレイに目を向けた。二ドル。一本の牛乳のために命を落としたエイヴァが、その代金を払おうと手にしていたのも二ドルだった。姉は二ドル分の汚れた紙幣を握りしめて死んでいったのだ。

「だいたい、あんたはなんでここにいるんだ？」レイが言った。「あんたの仲間たちは」

その意地の悪い質問は、険悪な空気のなかを漂ったあと、近づいてくる消防車かパトカーのサイレンの音にかき消された。フランクは背筋を伸ばし、カウンターの奥で胸を張った。そこにはプライドを守ろうとする男の姿があった。「ここはわたしの店だ」

「へえ、そうかい。韓国じゃ店はできないってのか？　ここはあんたらの国じゃない。あんたらにはいてほしくないんだ。おれたちのことをバカにしてるんだろ？　ポテトチップとりんごを買っただけで十ドル払わされても、ぼったくられたと気づかずにいると思ってるんだよな」

「わたしが金持ちに見えるか？　こっちは必死に働いてるのに、きみたちに万引きされて、脅されるんだ。友人のマイク・オは殺されてしまった。彼には家族がいるのに、レジにあった百ドルのために命を奪われたんだ」

その話はショーンも知っていた。詳細はともかく、そのパターンはわかっている。チョンジャ・ハンの弁護士は、裁判中にその話題を百回はもちだした。姉が射殺される前の一年間に、サウスセントラルで万引き犯に殺害された韓国系の酒屋の店主はひとりだけではなく、それらの逸話が片っ端から引き合いに出されたのだ。それはまあ、大変なことだとは思うが、その話はもう聞き飽きていた。だいたい、ギャングどもが拳銃強盗を働いたことと、姉が無慈悲に撃ち殺されたことに、なんの関係があるというのか。

ショーンがからからに干上がった口を開くと、舌が妙な音をたてた。「あんたの友だちのチョンジャ・ハンはどうなんだ？」

「友だちじゃない」フランクが言った。「彼女は悪いことをした。きみたちが気の毒だ」

だが、そうは言っても、店主がならず者の黒人ふたりをカウンター越しににらみつけていることに変わりはなかった。彼の内心の思いは目つきに表われていた。このクズ野郎はハンに同情しているのだ。だとしたら、どんな目にあおうが自業自得だ。

ショーンは気づかなかったが、店の外には少年が数人集まっていて、ドアベルの音とともに店内になだれこんできた。全部で四人、みんなレイより年上のようだ。顔はなんとなく見覚えがある。そのなかのひとり――丸太のような腕をした背の低いやつ――は、たしかクリップスの一員で、スパーキーと呼ばれていたのではなかったか。両親が育てた芝生で隣家の犬が粗相をしたといって、その犬を撃った少年だ。

四人が入ってくると、フランクはさっとそちらを向き、銃を構えて「出ていけ！」と怒鳴った。

スパーキーは仲間のほうを見てから、レイとショーンに目を向け、レイに軽くうなずいてみせた。顔には笑みが浮かんでいる。「ほう、おれたち全員を殺るつもりか？」

フランクがたじろいだ。銃を握る手からは明らかに力が抜けている。彼が一回まばたきすると、スパーキーが銃を抜き、韓国系の男の頭に狙いを定めた。

「わかってるだろうが、おれは銃の扱いを心得てる」スパーキーが言った。「きょうは無茶はしないつもりだが、そいつをおろしてもらわないと、こっちは身を守るしかなくなるんだ」

フランクが動かずにいると、スパーキーはふくらはぎまでのショートパンツを揺らしながら、そちらにぶらぶらと近づいていった。腕を伸ばし、相手に銃を向けたまま、一歩また一歩と間合いを詰めていく。だれもが声をのんでいるうちに、銃口はフランクの額から三センチのところで止まった。

「出ていくのが身のためだぞ、おっさん。この店はもうあんたのものじゃない」

土気色になったフランクの顔は、一瞬にして老けこんだように見えた。店主は目をつぶってうなずいた。ぶ厚いまぶたは細かく震え、かさついたしわだらけの頰は涙で光っている。

フランクは無言のままスパーキーに腕をとられ、店から連れ出された。ショーンが見ていると、フランクは一度だけ振り返り、店をじっと見つめた。胸のつぶれる思いで、わが店に別れを告げているのだろう。ショーンは思わず彼に同情しそうになったが、そこで思い出した――そういえば、チョンジャ・ハンも涙を流していた。あれは情けを乞うための涙だ。生活の手段を守るための涙だ。おのれを憐れむ涙だ。世の中には、なくなるのが惜しいものと、そうでないものがある。フランク酒店などは数ある悪質な店のひとつにすぎない。

少年たちの仕事ぶりは、同じことを一千回も繰り返してきたかのように手慣れていた。スパーキーは店主が残した銃を確保し、レジの現金をさらった。ほかの仲間は通路から通路へと移動して、選んで盗っているとは思えないような速さで次々に商品をものにしていった。レイもそれに加わり、こぶしでスパーキーとハイタッチをしていた。ショーンは店内を見まわし、なにかほしいものはないかと考えた。

雑誌はいらないし、電池も、ビールも、煙草もいらない。スナック菓子も、紙おむつも、宝くじもいらない。どこを見ても、目に入るのはがらくたばかりだ。フランクは、店を守りたい一心で、銃をもって暗がりに身をひそめ、一歩もひかずにがんばっていた。このしょぼくれた店を、そこまで大事に思っていたのだ。その店の商品を、自分はどうしようというのか？

ショーンが望んでいるのは、実現不可能なことだった。流血沙汰をなくしたい。おきてしまったことをもとに戻したい。それが望みなのに、ガムを一個盗ったところでなんになる？

ショーンは咳きこんだ。ほかのみんなは奇声をあげてげらげら笑っていたが、そのざわめきには空気を熱する炎の音も混じっていた。自分が着ているTシャツを嗅いでみた――煤と煙の匂いがする。そうだ、やりたいことがひとつだけある。

店の商品にはウオッカもあったので、ボトルの中身を床に散らばった雑誌にぶちまけると、焦げ臭い空気のなかにアルコールの刺激臭が立ちのぼった。レジの横には煙草用のライターが並んでいるが、ここはマッチがいい。探してみると、箱入りの長いマッチが見つかった。三十二本入りか。一本で用は足りるのだが。

種火が豪快な音をたてて紙のページに移ったと思うと、みるみるうちに激しい火の手があがった。ショーンはそのようすをうっとりと見守った。炎は床の雑誌を総なめにして、どんどん大きくなっていく。そのうちに、この炎上を呼びおこしたのはマッチとウオッカではなく、おのれの体内からほとばしった悲哀と怒りの閃光ではないかと思えてきた。だが、自分の体の外で燃えている火をこうして見ていると、好奇と畏怖の念しか感じない。まるで、他人が創造した怪物の誕生に立ち会っているような気分だ。こいつが次になにをするか見てみたい。

「ショーン！」彼はレイに肩をつかまれ、燃えさかる火から引き離された。外側に広がってきた炎にあぶられ、足はすでに熱くなっている。

肩を引っぱられてよろけたはずみに、はっとわれに返ると、ほかのみんなはショーンの横をかすめて大あわてで逃げ出していくところだった。ショーンもレイに手首をつかまれて彼らのあとに続いた。そのあいだに、炎は雑誌の陳列棚を這いあがり、残っていた雑誌を次々にのみこみながら勢いを増していった。

一同は駐車場に集まり、火事を見物した。スパーキーが声をあげて笑うと、仲間もいっしょになって笑った。

スパーキーがレイの背中を叩き、ショーンのほうをあごで示した。「おまえの弟か？」

「いとこだ」レイはよく知らない人を見るような目でショーンを見た。

スパーキーは口笛を吹き、また大笑いした。「どうかしてるぜ、このチビは」

それは六日続いた。六日間に及んだ火災は、大地を覆いつくす審判となった。フィゲロア・リカー・マートは消え、フランク酒店もなくなった。フローレンス・リカー・アンド・

グロッサリーも、エンパイア・マーケットも、ジングル・ベル・リカーも同じ道をたどった。コインランドリーが破壊され、機械に入っていた硬貨が奪われた。クリーニング店は略奪にあい、大勢の人がここぞとばかりに他人の服を盗んでいった。子羊の血で門口に印をつけたという聖書の逸話のように、戸口に看板を掲げた店もあった。〈黒人所有店〉と記したその看板を見ると、暴徒たちは素通りした――ときどきは。テリー内装店が焼き討ちにあい、続いてロッド・デイヴィス・ファイアストン・タイヤ店が、さらにアフリカ難民センターが同様の被害にあった。しばらくすると、放火は無差別におきるようになった。州兵が動員され、死者は六十三人に及んだ。

ショーンはそのすべてを目撃した。法の及ばない場所には無法者がはびこっていた。どこを見てもギャングだらけだったが、彼らが大暴れできたのは、警察がいなくなったからでもあり、グループ同士が珍しく抗争をやめていたからでもあった。つまり、優先すべき目標がほかに移ったのだ。ギャングたちが徒党を組んでコリアタウンに押しかけるようになると、ショーンもスパーキーの祖母のフォード・エスコートの後部座席に陣取り、その流れに加わった。今回は、出かけるときにシーラ伯母さんに嘘をつくことさえしなかった。コリアタウン――そこにいるのは韓国系住民だ。チョンジャ・ハンの同類だ。ハンの話を信じ、ハンを支援している連中だ。やつらはエイヴァのことを、交通事故か嵐みたいにハンを襲った災難だと思っている。だから、この騒動をコリアタウンにもちこむのは理にかなったことだ。おれたちみんなで、やつらに裁きをくだしてやる。ハンの仲間に、ハンの家族に。そしてハン自身に。

それが終わったときには、すべてが変わっていた。どこに行っても見わたす限りの焼け野原で、目に入るのは野放図な怒りの日々の冷えきった残骸ばかりだった。建物があったところには、その骨組みだけが、子供の鉛筆描きの絵のように、くすんだ灰色をしたすかすかの線として残り、崩壊寸前の状態にあった。落書きや灰で汚れたシャッターは、金属板がゆがんで開閉不能になっていた。道に散らばった瓦礫（がれき）やがらくたは、抜け落ちた歯や剝げ落ちた皮膚のようで、腐敗した死体を思わせた。

付近一帯は紛争地域さながらに見えた。ショーンはそういう場所を写真でしか見たことがなかった。それがいまでは、実際にそこで暮らしているのだ。被害者として。市民として。兵士として。暴徒として。

ショーンはもう昔のショーンではなく、いまなお変わりつづけていた。あの放火によって、人としての核の部分が揺らぎ、作り変えられていったのだ。クリップス傘下のベアリング・クロスに加入したときは、スパーキーが保証人になり、修羅場をくぐってきたこいつは十四歳とは思えないほど冷酷だと太鼓判を押してくれた。暴動がおきた翌週に、ショーンはレイとスパーキーと他の四人に暴力の洗礼を受けて仲間入りを果たした。その現場となったのはトゥルーウェイ・バプティスト教会の駐車場で、教会の化粧漆喰（しっくい）の壁は、もとはピンク色だったのが、地面から尖塔（せんとう）の根元にいたるまで全体が真っ黒に煤けていた。六人のメンバーがショーンを取り囲み、それぞれ新入りを見つめながらうなずいたところで、儀式が始まった。

最初に襲ってきたのはレイだった。ふたりはかつて何度もやったように腕を振りまわして互いにパンチを浴びせ合い、それが終わると、他のメンバーがかわるがわる殴りかかってきた。ショーンはこぶしをおろすことなく精一杯戦ったが、最後には力つき、ぼこぼこにされて地面に倒れこんだ。倒れたあともこぶしは飛んできたが、筋肉のしびれや、喉に流れこむ血の味を感じながら、ショーンは仲間たちに身をゆだねて苦痛を味わいつくした。手心を加えた攻撃をファミリーから受けるのは最高だ。与えられる痛みが我慢の限度を超えることはないとわかっているのだから。

17

二〇一九年九月一日、日曜日

グレイスは部屋じゅうをひっかきまわして聖書を捜した。引き出しを片っ端から開けて調べ、クローゼットからは本や写真や思い出の品を入れた箱を出して、そちらも全部あらためた。絶対どこかにとってあるはずだ。あの縁が金でピンクの革装の新国際版聖書を、なにより大事にしていた時期もあったのだから。教会では毎週、青少年部の集まりがあり、聖書をもってくるのを忘れた子はみんなに囃したてられたものだった。「素っ裸のクリスチャン！クリスチャンが素っ裸！」

「大丈夫だってば、グレイス」ミリアムが言った。「わたしたちが顔を出せば、みんな大喜びしてくれるんだから。胸に逆五芒星(デビルスター)をつけていくようなまねをしなければ、それだけで上出来よ」

ゆうべ、パームデイルから戻ってきたグレイスは、疲れきって意気消沈していたが、こそこそと自室に入ろうとしたところで父に見つかってしまった。そのとき、あしたの朝は教会に行くから準備しておくようにと言われたのだ。話し合いで決着ずみのことを念のためにもう一度伝えたといわんばかりの口ぶりだった。母は体調がいいので行けると言っていて、ミリアムもうちに戻って家族といっしょに出かけることに同意したという。そのあと、グレイスはろくに眠れず、現実そのもののような苦しい夢を見ては目を覚ますことを繰り返し、やっと熟睡できそうになったときにはミリアムに起こされていた。それも、一時間早めに。

ミリアムは床にすわりこみ、グレイスが部屋じゅうを捜しまわるのを見物していた。刺繍(ししゅう)入りの白いブラウスに地味な紺色のスカートという格好で、顔つきはいかにもさわやかだ。薄いメイクのおかげで肌はしっとりして、頬紅のほんのりした色味が清純さを感じさせる。色あせた緑のカーペットのけばを所在なげにむしり、長いふわふわの糸くずを手のひらで丸めている姉は、夏の野原で花を摘んでいるようにしか見えず、グレイスにとっては正視に堪えなかった。

　グレイスはミリアムが大学に入るまで、つまりは人生の半分を、姉と寝室をともにして過ごした。ベッドとベッドのあいだは五十センチで、壁ぎわの二台の机は密着するように置かれていた。ふたりはそこに並んで宿題をやり、ベッドでは眠りに落ちるまで噂話に興じ、朝は共有の目覚まし時計のスヌーズボタンを押し合って、最後は部屋の入口までやってきた母に叱られていた。そうした光景は、子供時代の思い出全般を彩る背景のひとつになっている。グレイスとミリアムは仲良く並んで床についた。『白雪姫』の小人たちのように。『げんきなマドレーヌ』に出てくる小さな女の子たちのように。

　だが、グレイスも姉も、もう小さな女の子ではなくなっていた。寝室は狭く、ふたりいっしょにいると息が詰まりそうだった。

グレイスが姉のそばを通ると、ふくらはぎをぴしゃりと叩かれた。「いいかげんにすわったらどう？」

「あいたっ！　なにするのよ、オンニ、痛いじゃないの」

そう言いながらも、グレイスは仏頂面をして姉の隣に腰をおろした。

「で、どうなの」ミリアムが言った。「例の件がどうなったか教えてよ」

グレイスは少し迷ってから、エイヴァ・マシューズの遺族を訪ねたときのことを適当にはしょって話した。行くには行ったが、うまくいかなかったと。姉のほかには話せる人がいなかったので、打ち明けると気が楽になった。それでも、一連のできごとのなかで、いちばん恥ずかしい部分は言わずにいた。できれば忘れてしまいたいと心ひそかに願っている部分は。

ミリアムは首を振った。「だから、あのうちには行くなって言ったのに」

「住所を教えてくれたのは姉さんじゃないの」

「だって脅されたんだもの」

その点については反論しなかった。別に脅したつもりはないが、姉さんがいままでそのことを言わなかったのは、嘘をついたのと同じで、裏切り行為だと何度も言いつのり、おおげさに騒ぎたてたのは事実だ。

「だいたい、なんで住所を知ってたの？」

「調べて突きとめたのよ。お母さんのことがわかってから、わりとすぐのころに」

「どうやって調べたの？」

ミリアムは肩をすくめた。「そんなに大変でもなかった。わたしはジャーナリストとかじゃないけど、普通の調べものぐらいはできるから」

「じゃあ、なんで、よりによってジュールズ・シアシーが、姉さんが住所を突きとめたことを知ってたの？」

ミリアムは、指で丸めたカーペットの糸くずをながめた。「こっちから彼に連絡したの。あなたもそうしたんでしょ、それと同じような感じで。共通の知り合いが何人かいたし、遺族に連絡をとるにはシアシーを通すのがいちばんだと思ったから。それで、もしご迷惑でなければ、彼らと話をする場を設けてもらえませんかって頼んだの。そのついでに、住所はこれでまちがいありませんかって確認したんじゃなかったかな。なにか贈り物をするかもしれないから、そのときのためにって」

「なによ、花束みたいにアレンジしたカットフルーツでも贈るつもりだった？」

ミリアムは丸めた糸くずを握りしめて、中指を立てた。「なんの心遣いもしないで、いきなり会いにいくよりはましでしょ」

「でも結局は会わなかったのよね？」

「そう。わたしは人と人のあいだにある境界線を大事にしてるから」グレイスはそれに反論しようとしたが、ミリアムは声をあげて笑い、妹を責めるつもりはないことを示した。「どっちみち、シアシーはそのあとなにも言ってこなかったしね。ところで、どんな人だったの、ショーン・マシューズは。彼の写真は見たことないのよ。露出を避けてるらしくて」

グレイスはショーン・マシューズの容姿を説明しようとした。背が高くて体重もありそうな、大柄な男性だった。太ってはいないが、がっしりしていて、腕にはタトゥーを入れている。大きな手を握ったり開いたりするのは緊張したときの癖で、無意識にやっているようだった。顔だちは平凡で、細かいところはもう思い出せない。黒い肌、形のよい唇、太い眉毛。黒髪は地肌すれすれまで刈りこんでいる。見た目は悪くないが、レストランや道端で見かけたとしても印象には残らないような気がする。黒人ということ以外は。

ただし、目はすごかった。いま思い出したが、彼の目はわたしのすべてを見通しているようだった……。

部屋のドアにノックの音が響くと、心に浮かんだ彼の面影はたちまち消え去った。「もう時間だ」父が言った。「車を出すぞ」

グレイスはもう青少年部に加わるような年齢ではなくなっていたので、主要な礼拝に参加するときは、姉とふたりで両親のそばに着席した。父と母は、いまでも日曜日はたいていこの礼拝に出席している。グレイスは信徒席に目を走らせ、いっしょに教会に通った仲間はどうしたんだろうと思った。おそらく、年月がたつうちに通うのをやめてしまったのだ。ミリアムがハイスクールの中等部のときに、グレイスが大学に入ってからそうなったように。とにかく、彼らの姿は見あたらなかった。これはちょっとした天恵かもしれない。

わたしはもっと喜んでもいいはずだ、とグレイスは思った。母の傷は癒えかけている。それに、家族全体の傷も。考えてみると、礼拝に出られたのは神さまのおかげだ——銃撃事件がおきてからは、母を救ってもらえたら、永遠に信仰を守り、感謝を捧げつづけますと百回も誓いを立てていたのだから。なのに、おなじみの賛美歌を歌ったり、祈りの文句を唱えたりするために口を動かそうとすると、胸の奥で魂がちぢこまり、神の光から逃れようとするのがわかった。

見ると、クォン牧師が説教台の前に立っていた。彼はグレイスにとっては子供のころからの知り合いで、いまもイースターのときなどに教会に立ち寄ると必ず声をかけてくれる。きょうの説教は〝迷える羊のたとえ〟で、クォン牧師さま（モクサニム）が声を張りあげて朗々と話しながら、グレイスたち家族にしっかり目を向けていたと感じたのは、気のせいではなさそうだった。

グレイスは、自分が教会に通うのをやめたときのことを覚えていた。きっかけになったのは、大学で友人になったサマヤが弟のニクを亡くしたことだった。ハイスクールの二年生だったニクは、友人たちと酒を飲んでプールに飛びこみ、ポンプの力で水底に吸いこまれて溺れ死んだのだ。ニクは一応ヒンズー教徒だったので、プールで死んだ彼が気づいたときには地獄にいるのかと思うとやりきれない気持ちになった。すると急に、でたらめすぎるような気がしてきたのだ——結局はその人の信仰の形ですべてが決まってしまうことや、悪人が救われて罪なき者が地獄に落ちたりすることが。

「この聖なる日曜日に、パーク家のみなさんが、わたしたちとともに礼拝に参加してくれました」クォン牧師の声で、グレイスは現実に引き戻された。ミリアムのほうを見ると、その顔には貼りつけたような硬い笑みが浮かんでいた。「神はパーク家に多くの試練を与えられましたが、わたしたちが彼らのために祈りを捧げると、神は聞き届けてくださいました」

　神を讃える力強い声が会衆のあいだで沸きおこった。「主よ（チュヨ）！　アーメン！」

「パーク家の人々は全員がここに集い、主の前にこうべを垂れています。羊飼いであられる神は、ご自分の迷える羊を目にすればお喜びになります。わたしたちも彼らの帰宅を歓迎いたしましょう」

　グレイスはひざに載せた手を組み、その手を見つめた。穴があったら入りたい。この人たちはみんな――わたしが何者で、母が何者なのか知っている。わたしたち一家がなにをして、なにに苦しんできたか知っているのだ。薬局に来たときの彼らは、社会規範に従ってマナーを守り、露骨な行動をたいていは控えてくれるのだが、それでも好奇の目にさらされるのはつらかった。ましてや、いまの状況では、もはや罰を受けているような気分にしかならない。まるで、クォン牧師の手で舞台に押し出され、ヤジを浴びながら卵を投げつけられているようだ。

　そのとき、グレイスの左肩が力強い手でぽんと叩かれた。続いて右肩が励ましをこめた手でぎゅっとつかまれた。ミリアムに目をやると、姉はうしろを向き、目の前の人々にていねいに頭を下げていた。父はなごやかな表情の老婦人と握手している。母はすわったまま胸を張り、注目に応えて手を振っていた。その顔が感極まったように輝いている。

グレイスは思いきってあたりを見まわした。そんな行動に出たのは、この日初めてのことだった。

父の向こう側の席から、ジョゼフおじさんがにこやかにこちらを見ている。その向こうにも、見覚えのある顔が並んでいた。日曜学校に通っていたときの先生だったメアリー・オ。ハニンでウリ薬局の向かいのネイルサロンを経営しているヒョジン・キム。ジョナ・リーのお母さんもいる。ジョナはゲイであることをカミングアウトしてから、お母さんに口をきいてもらえなくなったらしい。賭け事にのめりこんで一家破産になったウェイン・カン。そんな彼らが、ひとりまたひとりとグレイスの視線を受けとめ、祝福をこめて熱いまなざしを返していた。

もちろん、彼らのなかには意地の悪い人もいる。了見が狭く、欠点だらけで、自分自身が罪深いくせに他人についてすぐに決めつけをする人が。それでも、この屋根の下に集ったいまは、全員が輪になって抱き合い、一体になっている。両親がここに通っているわけがよくわかる。彼らの顔のなんと優しいことか——それまで苦渋の一週間を過ごしてきたグレイスには、その善意が酸素となって胸をふくらませてくれたように思えた。こんなに深く赦されたと感じたのは、生まれて初めてのことだった。

その日はミリアムが夕食を作った。トマトソースのスパゲッティは姉の数少ない得意料理のひとつで、母がキッチンで腕をふるっていないときは、それが一家の作り出せる最高のごちそうになった。料理ができると、父が母をキッチンに連れてきた。母は三度の食事をベッドでとるのに飽きてしまい、テーブルについて食べると言ってきかなかったのだ。

　一家はそろって食卓についた。父が食前の祈りを捧げたあと、四人は神妙な顔をしておとなしく食べはじめた。グレイスは母が自分と姉を見ているのに気づいたが、そのまなざしは、こちらが気恥ずかしくなるほどいとおしげに見えた。

「おいしいわ」母が言った。「ミリアムは料理上手なのね」

「スパゲッティをトマトソースであえただけよ、オンマ。こんなのだれでも作れるから」

「お母さんは作り方を知らないもの」

　ミリアムは笑った。「なるほどね、だったら、知らないままでいてちょうだい」

「ブレイクは幸せね、あんたに食事を作ってもらえて」

　グレイスは横目でミリアムを見た。はたして姉は反論するだろうか。姉は、他人から専業主婦と見なされ、仕事につけない妻が稼ぎのある夫のために食事を作っていると思われるのを恐れているのだ。まあ、ブレイクは食べ物にうるさいので、ふだんは自分で料理をしているということだが。

　姉はにっこりしてうなずいただけだった。さすがのミリアムも、いまは母を安心させたいようだ。その態度が長続きしないのはわかっていたが、それでもグレイスはほっとした。

「ブレイクはどうしてる？」父が訊いた。

「元気にやってる」ミリアムが答えた。「二週間ほど前に、新作のパイロット版をフールーに売ったところ」

父はうなずいていた。たぶん、ミリアムの返事の意味を頭のなかで解き明かそうとしているのだろう。パイロット版とはなにか。フールーとはなにか。

母はミリアムのおしゃべりを笑顔で聞いていた。「あんたたち、つきあってどのぐらいになるんだっけ？」

「もうじき二年かな」

父も母もブレイクに会ったことはない。ただ、グレイスを通じて彼の話を聞いているだけだ。ミリアムはどうしているか教えてと母にせがまれると、グレイスはついでにブレイクのことも話していた。そのときは適当にことばを濁し、いいことばかり教えるようにしている。両親が知っているのは、ブレイクが金持ちで、一軒家をもっていて、ミリアムと愛し合っているらしいということだ。グレイス自身は彼について若干の懸念を抱いていたが、それは自分の胸に納めていた。いつの日か母と姉が和解しますようにと長らく願ってきたので、自分がつまらないことを言ったせいで、ふたりをつなぐ橋が閉ざされてしまってはいけないと思っているからだ。

「結婚する気はあるの？」母が訊いた。

ミリアムがグレイスの視線をとらえた。グレイスは唇の内側を噛んだが、それでもこらえきれなかった――思わず笑みがこぼれたと思うと、ふたりは同時に爆笑していた。母はミリアムとグレイスを交互に見やったが、驚きうろたえながらも内心では喜んでいるのが、控えめな表情から見てとれた。

ミリアムは笑いすぎて咳きこんでしまい、水をがぶ飲みしてから、ため息とともにグラスを置いた。「もう、オンマったら、どこまでも母親なのね。自分は怪我でほとんど動けないのに、娘が未婚なのを心配するなんて。お母さんはブレイクに会ってもいないじゃないの。どんな人だか気にならないの？」

「あんたはもう三十一でしょ。お母さんは、いまのグレイスの歳には、もうあんたたちふたりを産んでたんだから」

そうだった、とグレイスは思った。母は二十七歳で第二子を出産した。そして同じ年に、刑務所行きをまぬがれ、新しい身分を獲得している。そう考えると、喜びにふくらんでいた胸がしぼみはじめた。

「じゃあ、わたし、いい子になるわよ」ミリアムが言った。「そうね、結婚のことは話し合ってます。だから心配しないで、お母さん。わたしもバカじゃないから、子供がほしいんだったら、そういうことを考えなきゃいけないのはわかってるもの」

グレイスは家族四人が結婚式に臨む姿を思い浮かべた。白いドレスを着たミリアム。姉の腕をとって通路を進んでいく父。目がしらを押さえる母。花嫁の付き添い役はこのわたしだ。わたしたちにもそんな日が訪れるのだろうか？　家族がひとつになって、喜びを分かち合う日が？

グレイスもようやく感じるようになっていた——恐怖が幸福と希望に覆い隠され、先延ばしにされていくのを。この状態はこれからもずっと続くのだろうか。すべてが白日のもとにさらされているのに、だれもその話にふれない状態が。考えてみれば、両親は、三十年近く、そうやって生きてきたのだ。少女の死は恐ろしいできごとではあったが、それでも夫婦の歴史においてはほんのひとコマにすぎず、ふたりは愛し合いながらよりよい生活を新たに築いていくために、その話題を避けている。それはいけないことだろうか？　いけないと言うなら、父と母はどうすればよいのか？　事件のことをいつまでも悩みつづける？　自殺する？グレイスは、胸を締めつける恐怖がゆるんできたのを感じていた——そうした恐れは、日々生きていれば自然に小さくなっていくものなのだ。ミリアムも、本来の自分にほぼ戻っている。強情なふりを続ける陰で姉の怒りは力を失い、どこかに消えてしまっていた。たぶん、世の中というのはそのようにできているのだ。人間は恐るべき事実を毎日のように忘れていく。そこまでいかなくても、それを思い出すことは忘れていく。だいたい、不愉快なことを考えるのが好きな人などどこにいるだろう？

ショーン・マシューズの顔を、グレイスはやっとはっきり思い出した。引き結んだ唇、まじろぎもせずにこちらを見ている目。人間は忘れるものだといっても、すべての人が忘れるわけではないのだ。それはわかっている。だとしても、ショーン・マシューズの発言はあたっている——わたしはなにも悪いことはしていない。だったら、もう悩むのはやめて、先に進んだほうがいいのかもしれない。わたしはむしろ運がよかったのかもしれない。

18

二〇一九年九月二日、月曜日

トラックでノースリッジの会社事務所に戻ったころには、すでに日が暮れていて、ショーンは早く帰りたくてしかたなかった。ジャズとモニークはハロウェイ家にいる。子供たちはきょうは学校が休みなので、シーラ伯母さんは家族みんなに、ランチのときから延々と手料理をふるまっているはずだ。伯母さんは、ショーンにもなにかひと皿残しておくと約束してくれた。そのことを考えると腹が鳴った。一日じゅう、まともな食事をとるひまがなかったせいだ。きょうは労働祭(レイバー・デイ)で、この祝日は毎年きまって仕事が忙しくなるのだった。

ショーンが自分のロッカーの前で身じたくをして、パームデイルまでの長距離運転に備えて気を引き締めていると、マニーが彼を捜しにきた。

「〝過剰労働祭〟はどうだった？」マニーはにやにやしながら毎年おきまりのジョークを飛ばした。

「もう、過剰に大変でしたよ」

ショーンはロッカーを閉め、社長と向き合った。ウリセスとマルコが帰ったあと、すぐにマニーが現われたので、ふたりきりになれるのを待っていたのだろうと思った。

「急いでるか？」マニーが訊いた。「ちょっと話があるんだが」

ほんとうは帰りたかったが、マニーの機嫌をそこねることはしたくない。先月末は、立て続けに二度も欠勤と早退を重ねてしまったので、特にそう感じていた。マニーに従って社長専用の事務室に入っていくあいだに、ショーンはどんな厄介ごとが待ち受けているのだろうとあれこれ思案をめぐらせた。マニーはふだんどおりの顔をしていたが、よく考えると、彼が怒ったり、ことさら不機嫌になったりしたところは見たことがない。この社長にクビを切られるとは思えないが、わざわざ居残って話をしようというのだから深刻な問題であることはまちがいなかった。

事務室は雑然として足の踏み場もなかった。マニーがここでなにをしているのかは定かでないが、室内はいつも目もあてられないほどの散らかりようで、フォルダーや書類がいたるところに積みあげられ、床にまで置かれている。片付いているのは本棚だけで、そこには孫の写真と粉末プロテインの馬鹿でかい容器が並んでいた。もうじき六十になるマニーは、年寄りじみた白っぽい眉に、しわだらけの硬い肌をしているが、自分の体については自慢に思っている部分もあるようだ。彼の胸は堂々として幅が広く、引っ越し作業で鍛えたふくらはぎは引き締まっていて、短くたくましい脚には野球ボール並みに硬い筋肉がついていた。

マニーが椅子に積んであったがらくたを床に移し、ショーンがきれいになった椅子にすわいる。

マニーはデスクの前の回転椅子に陣取った。腰の位置を安定させるためにマニーがもぞもぞ動いたので、座面のビニールがこすれて音をたてた。頭上では電球が小さくうなっている。

マニーは上体を前に傾け、頭を左右にかしげて首筋を伸ばした。首がぽきっと鳴ると、満足げにため息をつき、ようやくショーンに顔を向けた。「最近、調子はどうかと思ってな。それが訊きたかっただけなんだが」

ショーンはほっとしてうなずいた。「おかげさまで、なんとか元気にやってます。このあいだは、急に現場を離れてすみませんでした。それに、先々週の土曜日は、仕事を休んでしまって――」

「それはどうでもいい」マニーはぶっきらぼうに手を振り、謝罪をしりぞけた。社長の腹立たしげなようすに、ショーンはびっくりした。「コリアタウンで銃撃があっただろう――おまえのいとこは、あの件で捕まったんだよな？」

「そうです」レイがここで働くことになったとき、マニーがどんなに喜んでくれたか、そのレイが早々と辞めてしまったことでどんなにがっかりしていたか、ショーンはよく覚えていた。マニーはリスクを承知でレイを雇ってくれたが、それはなによりも、レイがショーンのいとこだったからだ。「あいつは犯人じゃありません。レイは――暴力をふるうようなやつじゃない。もしそうだったら、雇ってやってくださいと頼んだりは――」

「ああ、わかってるよ。おまえの話は信じてるから、心配はいらない。おれはレイのことを、おまえが知ってるほどには知らないが、そんなおれでも、あいつがそういう人間だとは思えないんだ。たぶん、警察はあせって人違いをしたんだろう。連中はおれのところにも来て、おまえのことを訊いていったが、それは知ってたか？」

「話は聞きました」

「警察には、おまえが犯人であるはずはないと言ってやったよ」

ショーンにはそのようすが目に見えるようだった。この狭苦しい事務所で、マックスウェル刑事がショーンの犯罪歴を引き合いに出し、誘導尋問によってマニーを追いつめていくところが。それを思うと、はらわたが煮えくり返った。おれには欲はない。大金はいらないし、名声は望まないどころか、注目されるのもごめんだ。愚か者たちが国を動かしているときに、こっちは家具を運んでいるわけだが、それを恨めしく思ったこともない。

望むものは、すでに手にしている。努力を重ねて手に入れた、人生という名の小さな土地。誠心誠意、毎日耕している土地だ。家族、家、仕事。先週までは、地に足をつけて、安定した幸せな暮らしを送っていた。そんな落ち着きを得たのは、エイヴァを亡くしてからは初めてかもしれない。幸せと引き換えにしたものもある。たとえば、怒りを抑えこむことを覚えた。口のなかに苦い怒りがこみあげたときは、歯を食いしばって苦汁をのみこむようになったのだ。こちらはだれのじゃまもしていないのだから、その見返りに、放っておいてもらえるのが筋というものだろう。なのに、このとおり、ろくでもない考えごとで頭はいっぱい、手間ひまとられたうえに、そのトラブルが職場まで追いかけてくるとは。

「で、エイヴァ・マシューズは」マニーはそこでいったん口をつぐんだが、すぐに先を続けた。「おまえの姉さんだったんだな」

ショーンは目を伏せてうなずいた。

「事件のことは覚えているよ。裁判のことも。あれはほんとうに……」ことばが見つからないのか、マニーは唇を震わせて息を吐いた。「いろいろ考えたが、どうも納得がいかない。なあ、ショーン」

ショーンは目を上げた。

「おれたちは、知り合ってどれぐらいになる？」

「七年ですね」

「そうだ。七年になる」マニーは首筋をなでると、さびしげな笑顔を見せた。「だから、おれには話してくれよ」

「別に――」

マニーは人のよさそうな笑い声をあげ、話をさえぎった。「おいおい、なんて顔をしてるんだ。なにも、おれの肩に顔をうずめて泣けと言ってるわけじゃない。おまえの悩みはおまえだけのものなんだから、それに口出しするつもりはない。ただ、おれにできることがあるなら言ってほしいんだ。休みをとりたいとか、急いで家に帰らなきゃならないとか――そういうときは、家族のために、やるべきことをやればいいんだよ」

「ありがとうございます」ショーンにはそれしか言えなかった。申し訳なさと感謝の思いが心にあふれ、気分はすっかり楽になっていた。

「とにかく、『すみません、社長。こんなことは二度としません、社長』みたいなくだらんことは、もう言わなくていいぞ」マニーは身ぶりでショーンに帰宅をうながした。「自分を犠牲にしちゃいかん。そんなことをしたって労災はおりないからな」

なにか悪いことがあったのは、部屋に入ったとたんにわかった。ソファーベッドで横になっているシーラ伯母さんは、濡れタオルを額に載せ、両足をジャズのひざに預けている。ニーシャは携帯を耳にあて、小声で怒ったようにしゃべりながらキッチンを歩きまわっている。子供たちの姿は見あたらず、モニークさえいなかった。みんな、自分の部屋に追いやられたのだろう。

ショーンはソファーベッドに駆け寄り、そばにひざまずいた。「伯母さん、大丈夫？」シーラ伯母さんは目を開けはしなかったものの、片手をショーンのほうへ差しのべた。彼がその手を握ると、伯母さんも力なく握り返してきた。ひんやりした薄い肌にふれ、柔らかな血管が太く浮き出ているのを親指でなでているうちに、この人はお婆さんなのだといまさらのように実感し、ショーンは愕然とした。

彼は顔を上げ、ジャズに目を向けた。

「大丈夫よ」ジャズは医療者らしく落ち着いた声で請け合った。「いまは横になったほうがいいから、そうしてるだけ」

「なにがあったんだ？」

ジャズは唇を嚙み、シーラ伯母さんのほうに首を振ってみせた。その話をすれば、伯母さんをまた動揺させてしまうと思っているようだ。

ニーシャがキッチンから顔を出し、無言で手招きしたので、ショーンは伯母さんの手を放して立ちあがった。

料理はすべてカウンターに出しっぱなしになっていて、覆いもとられず、ただ冷めていくばかりだった。なにか事件がおきて食事が中断されたのだ。気がつくと、ショーンの空腹感はどこかに消えていた。ニーシャが彼の腕をつかみ、肩に顔をうずめた。少したって顔を上げたときには、大きく見開いた目が涙に濡れていた。「レイが自白したの」

「なんだって？」

「大声を出さないで」ニーシャが声をひそめて言った。「わたしから話を聞いて、お義母さんはもうちょっとで気絶するところだったんだから。ショーン、お義母さんはずっと眠れてないのよ。レイが逮捕されてからは、すっかり弱ってしまって」

ショーンは大きく息を吸い、落ち着きを取り戻そうとした。次から次へと問題がおきて、どんどん山積みになっていき、もはや手に負えなくなってきたようだ。「自白したってどういうことだ？　レイとは話をしたのか？」

「したわよ、フレッドから電話をもらったあと、すぐに」フレッドというのはレイの弁護士で、ニーシャとはファーストネームで呼び合う仲になっている。「急いで面会に行って、わたしの目を見てって言ったの」

「それで？」

ニーシャは首を振った。「レイはやってない。わたし、夫のことはわかってるから。中年のおばさんを撃つなんてバカなまねをしたあとに、うちに帰ってきてわたしの隣で眠ったりしたら、なにか変だって気づくわよ。あの人、そこまで嘘がうまくないもの」

ショーンとしても、ニーシャの言うとおりだと思いたいのはやまやまだが、彼女の話は穴だらけだった。ニーシャはほんとうに、自分で言うほどレイのことを知っているのだろうか？　ショーンが見た限りでは、レイがついた嘘のなかには、妻にばれずにすんでいるものもあるようだ。ニーシャがレイに甘いのはたしかだが、踏みつけにされたとわかれば黙ってはいないだろう。彼女がレイの欠点を我慢しているのは、おおもとの部分で夫を信頼しているからだ――信頼してはいけないときでも。

ショーンはレイと話さなくてはと思った。あいつをにらみつけて、なにがどうなっているのか聞き出してやろう。ショーンもレイのすべてを知っているわけではないが、彼が嘘をついたときに、それを嗅ぎあてられるぐらいには知っている。レイの話におかしな点があれば、すぐにわかるはずだ。

しかし、実際にレイが犯人だったなどということがありうるだろうか？　アリバイを整理しおえたダンカンは、レイのために証言するつもりでいるようだが、ショーンはダンカンのことをはなから信用していなかった。レイはダンカンのバーで働きだしてから、怪しげな行動をとることが多くなっている。やはり、あのふたりはなにか悪だくみをしているのではないか。

だとしても、復讐のために人を撃ったりするだろうか？　そんなのは、ずっと昔、走行中の車から発砲するのがはやっていたころの話だろう。ショーンもレイもまだ若くて無鉄砲で、なにをやってもすぐ調子に乗っていたころだ。当時は、怖がることは禁物で、腰抜けの証拠だった。怖がりは、騒ぎが大きくなると仲間を見捨てて逃げ出すようなやつだとされていた。だが、いまはあのころとは違う。レイには妻がいる。子供もいる。本人は刑務所から出たばかりで、逆戻りはしたくないと思っているのだ。怖がらずにいられるような、のんきな身分ではない。それに、エイヴァが殺されたのはずいぶん前のことで、レイはいまさら犯人を撃ちたくなるほど怒っているようには見えなかった。だいたい、撃ったところで、恨みが晴らせること以外はなんの得にもならないはずだ。

だが、考えてみると、いままでは、どこに行けばチョンジャ・ハンが見つかるかわからなかったのだ。ショーンにしても、自分なりに気持ちの整理をつけたつもりでいたが、それはハンの存在が再浮上するまでのことだった。何者かがレイにハンの居所を教えたのだろうか？　そのうえで、けじめをつけろとそそのかしたのか？　この推理があたっているとして、だれがそんなことをしたのだろう？　その人物がショーンではなくレイに近づいたのはなぜなのか？

「犯人じゃないなら、なんで自白なんかしたんだ？」

「バカみたいな自白をする人なんて、いくらでもいるじゃないの。それぐらい、わかってるでしょ」

「そういうやつがいるのは知ってるさ。でも、いまはそこらにいるやつの話をしてるんじゃない。レイの話をしてるんだ。なんであいつは、やってもいないことを自白したんだ？」ニーシャは黙りこんだ。その問いに対しては答えをもちあわせていないようだ。ショーンは彼女を追いつめてしまったことを申し訳なく思った。

「それで、レイはどんなことを言ってた？」

「自白についてはなにも話してくれなかった。そんなことってある？　ただ黙ってそこにすわって、悪さをした犬みたいにうなだれてるなんて」ニーシャは一瞬ためらってから、また口を開いた。「これは考えすぎかもしれないけど、レイは警官たちに自白させられたんじゃないかしら」

ショーンは例の刑事のことを思い出した。あいつはメモ帳をただめくるばかりで、中身は読みもしなかった。どうせおまえたちは、こっちが聞きたいことを話すようになるんだと言いたげな顔をして。

「自白させられたって、どういうことだ」

「わからないけど、たとえば殴りつけて、むりやり嘘の自白をさせるとか。警察って、そういうことをするんでしょ」

まわりに偉い人の目がないと思った警官が、あの手この手でひどいことをするところを、ショーンは何度も見てきた。あたりまえだが、彼自身が警官から偉い人だと思われたことは一度もなかったのだ。薄暗い部屋に入れられて彼らと向き合ったこともある。この歳になるまで、そうやって警官に捕まったことは数えきれないほどあった。捕まった理由としては、ショーンが悪いことをしたから、という場合もあった。そのほかには、悪いことをしたと思われたから、あるいは、なにかを知っていると思われたから、さらには、警官自身がなにもわかっていないために、とりあえずだれかを捕まえる必要に迫られたから、ということもあった。

警官が望んでいるとおりに答えなかったために、顔を殴られたり、小突き回されたりしたことも何度かあった。相手がこちらを殴りたくてうずうずしているのは、言われなくてもわかった。ちびのクズ野郎に捕まり、壁に顔を叩きつけられたこともある。いまのはわざとじゃなくて、事故だからな——そいつはにやにや笑いを続けながらそう言った。その後何日ものあいだ、ショーンの歯はぐらついたままで、スポンジみたいにふにゃふにゃで生々しい血の味がする歯茎にかろうじてくっついていた。

「レイは殴られたように見えたのか？　切り傷とか、あざとかはあったか？」

「見た限りではなかったけど、あの人たち、へたなことはしないでしょ。ゴムホースを使うとか、はたからは痕跡が見えないところを殴るとかするのよ」

これはおおごとになる。ショーンは直感的にさとった。それはもう避けようがない。チョンジャ・ハンは人々を九〇年代初頭に、ロサンゼルスが燃えていた時代に連れ戻してしまった——アルフォンソ・キュリエルの事件がおきたばかりのいま、警察にとってはいちばん避けたい事態が到来したのだ。警官たちは重圧を受けている。なんとしても犯人を見つけだし、事件を解決しなければと思っている。手際よく、迅速に、ことを収める必要がある。火花が火薬庫に移らないうちに。

だとしても、彼らがレイを殴って自白を引き出したのなら、そのことはニーシャをはじめとして、世間全体に知ってもらわねばならない。

「殴られて自白したんなら、きみにはそう話すだろう。レイは頭痛がしただけでも大騒ぎするようなやつだからな」

「警官たちに聞かれてたらまずいと思ったんじゃないかしら。殴るんじゃなくて、別の方法だったのかもしれないし。でも、気分は悪そうだった。何日も寝てないとか、食べてないとか、そんな感じ。もしかしたら、食事を与えてもらえなくて、お腹がすいてへろへろになって、降参しちゃったのかも。よくわからないけど、とにかくうさんくさいのよ」

ショーンはうなずいた。たしかに、なにかが臭う。薄っぺらい見せかけをはがせば、陰でなにが腐っているかわかるはずだが、それを見るのは怖かった。

リビングルームからシーラ伯母さんがぶつぶつ言う声が聞こえてくると、ショーンとニーシャは顔を見合わせた。こっちは声を落としていたつもりだが、と思いながら、ショーンはニーシャといっしょに伯母さんのそばに行った。

ジャズがモニークのようすを見てくると言って席を離れたので、代わりにニーシャがそこにすわり、シーラ伯母さんの痩せ細った脚をマッサージしはじめた。

「お義母さん？」ニーシャがそっと呼びかけた。

シーラ伯母さんは目を開けた。「あの子は犯人じゃない」しゃがれ声で苦しげに言う。「わたしの息子が、あんなことをするはずないもの」

「そうよ、お義母さん」ニーシャが言った。「わたしたちの力で、なんとかするから」

「レイは警察に追いつめられたのよ。たとえあの子の署名があったとしても、そんな自白なんてただの紙きれで、なんの意味もありゃしない」シーラ伯母さんがまばたきすると、涙があふれだし、頬に刻まれた深いしわをつたって流れ落ちていった。

ニーシャが伯母さんの上にかがみこみ、髪をなでながら言った。「心配しないで、お義母さん」

シーラ伯母さんはショーンのほうを向き、ささやくように尋ねた。「あんたはどう、あの子がやったかもしれないと思う？」

ショーンは少し迷ってから答えた。「おれは、そうは思わない」

シーラ伯母さんはショーンの顔をながめ、彼が不安を隠しきれずにいるのを見てとると、両ひじをついて身を起こした。「あの子がほんとうに犯人だとしても、もう刑務所には行かせたくない。人を殺したことは一度もないのに、バカなまねをしたせいで、あの女がわたしのかわいいエイヴァを平然と殺したときの判決よりも長いこと塀のなかにいたんだから。このうえ、息子まであの女に奪われるなんてごめんだわ」

ショーンはときどき忘れてしまうのだが、シーラ伯母さんの胸には、なにものにも左右されない無条件の愛情が宿っている。伯母さんは頑固一徹で、揺るぎない道徳観の持ち主なので、ショーンは理想的な彼自身の姿を基準にして人間性を測られているように感じていた。そこで基準になっているショーンは、つねに正しい決断をする男であり、これまでもずっと正しい決断をしてきた非の打ちどころのない男なのだった。その一方で、伯母さんには固く守っている独自の信念があり、そのなかでもっとも大事なのは、家族をいちばんに考えるということだった。それが他の信念と矛盾する場合、伯母さんは困惑するしかなかった。否定と自己弁護のあいだを行ったり来たりしながら、さまざまな問題を一度に扱うことに疲れ果ててしまうのだ。

シーラ伯母さんには、わが子のようにかわいがっていた娘が一クォートの牛乳を盗んだかもしれないという考えが受け入れられなかった。だが、その娘が殺人事件の被害者ではなく加害者でも、伯母さんは、実際に娘のために正義を求めたのと同じ熱意をもって、娘を刑務所行きにしないために活動していただろう。そして、その間ずっと、自分は正しいことをしていると信じて疑わなかっただろう。

そのとき、ショーンの耳に大きな音が聞こえてきた。まちがいない、ガレージの扉が開く音だ。レイが戻ってきたのかと思い、彼の心はつかのま喜びに沸いたが、そこでダリルの部屋の入口に目がいった——さっきまで閉まっていたドアが少しだけ開いている。ニーシャのほうを見ると、彼女は早くもショーンに目を向け、不安をあらわにしていた。

ショーンはガレージに飛んでいったが、ダリルはすでにレイの車に乗りこみ、バックで出ていくところだった。そして、止める間もなく走り去ってしまった。

19

二〇一九年九月三日、火曜日

仕事に戻れたのはうれしかった。電話に応答し、処方箋を処理しながら、形式に沿って細かいやりとりを重ねるうちに一日が過ぎていくと、気持ちが楽になる。薬局の明るく静かな空間で、いつもどおりに仕事をこなすことによって、自分が守られているような気がした。ミリアムは家で母の介護をしている。グレイスは父とともにウリ薬局に戻り、一週間以上ぶっ続けで出勤していたジョゼフおじさんに休みをとらせていた。

父との会話は少なかったが、あまり話をしないことで、むしろふだんの状態に近づいていた。父とグレイスはそれぞれの領分を守りながらいっしょに働いており、どちらも義理でことばを交わす必要はないと思っていた。それに近ごろは、話すべきことはいくらでもあるとはいえ、どの話題も深刻すぎて、ジャヴィや客たちがいるときに薬局のなかで口に出すことはできなかった。

刑事がやってきたのは、その日の夕方、終業時刻の一時間あまり前のことだった。訪問者に気づいたのは父のほうが先で、グレイスは、レジの奥にいる父が不審者を見た番犬のように身を硬くして、不快そうに口をゆがめたのを目にした。マックスウェル刑事は勢いよくドアを開け、チャイムが鳴るなか、のんびりした足どりで店に入ってきたが、そのあいだに早くも周囲に目を走らせていた。

「なんの用だ」父が挨拶代わりに言った。

「これはどうも、パークさん。実は、お嬢さんに話がありましてね」刑事はグレイスに向かってうなずいてみせた。「きょうは、調子はどうですか」

「おかげさまで」グレイスが答えると、刑事はカウンターに近づいてきた。「話ってなんでしょうか？」

「お茶でも飲みませんか。おごりますよ」

グレイスが父のほうを見ると、父は気をつけろという顔でこちらをにらんでいた。

「いまはちょっと――」

「お手間はとらせません」刑事はグレイスのことばをにこやかにさえぎった。「ですが、閉店後のほうがいいとおっしゃるなら、それまで待ちますよ」

グレイスは、父が入口のガラスドア越しに外を見ているのに気づき、マーケットに大勢いる詮索好きな韓国系市民の目を気にしているのだと思った。マックスウェル刑事はハニンでは目立つ存在だ。一見して仕事中の刑事とわかる白人男性。彼がフードコートでグレイスを待っているところが目に浮かんだ。あつらえのスーツに身を包み、足もとのぐらつく樹脂製テーブルの前にひとりですわって、メモ帳をめくっている。その合間にマーケットのあちこのだ。

ちに視線を走らせているが、言うまでもなく、そこは担当の事件がおきた現場の隣接地帯な

「店はおれが見ておく。さっさとすませろよ」父が不機嫌そうにグレイスに声をかけた。主導権は刑事ではなく娘のほうにあると言いたいのだろうか。

マックスウェルがコーヒーを飲みたいと言うので、ふたりは韓国系ベーカリーに行ってコーヒーを頼んだ。

「トゥレジュール、か」刑事は看板に書かれた店名を読んだ。「フランス語だね？　パリバゲットって店もあるけど、あれと同じような感じかな」彼がウインクしてみせたので、グレイスは用心しながらほほえみ返した。

マックスウェルはグレイス相手に雑談を始め、仕事のことや通っていた学校のことなどを尋ねた。口説いているのかと思うほど愛想のよい話しぶりで、グレイスはなにが狙いなのかといぶかり、警戒感を強めた。フードコートで話をしていたので、周囲の注目が集まっているのを感じたが、それは気にしないようにした。

「レイ・ハロウェイが自白しましてね」マックスウェルが言った。

グレイスは思わず姿勢を正した。「それは驚きですね」

「たしかに」

「話があるというのは、そのことだったんですか？　それだけなら、わざわざいらっしゃるまでもないでしょうに」

数秒のあいだ、マックスウェルは黙ってグレイスを見ていた。グレイスはおずおずとほほえみながら、この人の狙いはなんだろうと考えた。すると、相手はテーブル越しに身を乗り出し、秘密を打ち明けるかのように、周囲を見まわしてから口を開いた。「ご両親は、わたしに対して、なにか隠しごとをしているようです」

「なぜそんなふうに思われるんですか？」グレイスはコーヒーを口に運んだ。それは主として顔を隠すためだったが、隠すようなことはなにもないという自信もあった。とにかく、このコーヒーはけっこういける。砂糖とミルクをどっさり入れたからだろうか。

「ウォリーに勤めてどのぐらいになります？」

ウォリーがウリ薬局のことだと気づくのに、しばらくかかった。「二年です」

「違法薬物を手に入れるために新規の患者が来ることはありますか？」

「たまにあります」以前なら、韓国系市民のなかに麻薬常習者がいるとは思わなかっただろう。だが、少数ながら怪しげな患者が来たことはたしかにある。なかには、複数の医師から不正に入手した処方箋をもって繰り返し来店する者もいた。期待どおりに錠剤が出てくると、彼らはあからさまにほっとした顔をした。だが、そういう患者は、グレイスになにか質問されたときはきまって姿を消してしまうのだ。「なぜそんなことを？」

「わたしは、この仕事を十年以上やっています。だから、こちらの裏をかこうとするやつがいれば、ひと目で見破れる。相手が容疑者でも、目撃者でも、ときには被害者でも、やっていることは同じだ――みんな、嘘をついているわけです」マックスウェルは椅子の背にもたれ、指の関節をぽきぽき鳴らした。「お父さんの嘘は、ほかの連中とくらべても特にへたくそだ」

「父があなたに嘘をついたというなら、なぜそんなことをしたんでしょう？」

「お父さんは、わたしに対しては、最初からずっと嘘をついていた。それはたしかです。その気になれば話せることはいろいろあったのに、なにひとつ口にしなかったんですからね」

「それは以前のことです」グレイスは反発した。父が沈黙していたのは、わたしがなにも知らなかったころ、すべてが明かされる前のことだ。

「おたくの店にはカメラがついていますね」マックスウェルはグレイスの抗議を聞き流した。

「あれは動いているんですか？」

たしかに、薬局には防犯カメラが数台設置してある。たいしたものではない――父も母も機械類は苦手なのだ。カメラの最大の役目は万引きを抑止することだった。グレイスにしても、それらが記録した映像は見たことがなかった。

だが、チョンジャ・ハンがエイヴァ・マシューズを射殺したときの映像は見ている。粒子が粗く、ぼやけているのに、決定的な力をもつ映像。今回の件では、防犯カメラのことを訊くのを忘れていた。あんなにあわてていなければ訊いたと思うのだが。母が撃たれたときの映像が残っている可能性はあるのだろうか？　父はカメラのことはなにも言っていなかったが、どうやら、警察には録画ビデオのたぐいはいっさい提出していないようだ。

「わたしは、そのへんのことはなにも知らないんです」グレイスは罠にかかるのを恐れ、ことばを選びながら話した。「父に訊いていただければ、わかると思いますが」

「もう訊きましたよ」マックスウェルはため息をつき、片手で髪をかきあげた。「カメラはただの見せかけだと言っていました。わたしは信じませんがね」

見せかけだという父の返答に、信憑性がまったくないわけではなかった。韓国系の人たちはしみったれなのだ。ウリ薬局は、薬局になる前はウリ眼鏡店だった。看板全体を書き換えても費用はたいしてかからなかったはずだが、〝わたしたちの〟という意味の〝ウリ〟は、そのあとになにを続けてもおかしくない単語なので、それはそのまま残し、〝眼鏡店〟だけを緑十字に変えたのだ。韓国系市民が商売をしている場所では、それと似たような手法がいたるところで見られるので、そういう店の防犯カメラの半数がダミーとわかったとしても驚くにはあたらない。

ただ、父が店内に防犯カメラを設置させたとき、グレイスはそばで仕事をしていたので、父が業者の作業を注意深く見守っていたのは覚えている。そのカメラがあとで故障してしまい、修理せずに放ってあるのかもしれないが、だとしても、ただの見せかけということはありえない。

「お役に立てなくてすみません」グレイスは肩をすくめ、なにげない顔を装った。「もう仕事に戻らないと」

引き止められませんようにと願いながら、グレイスがおそるおそる腰をあげたときも、マックスウェルは彼女から目を離さなかった。

「わたしは、お母さんを殺そうとした犯人を突きとめようとしているんです」刑事が言った。「カメラのことをお父さんに訊いてもらえますか」

それは質問ではなかった。この刑事は、自分の推理は正しいと確信している。それはつまり、こちらが彼の話に動揺したのを見抜かれたということだ。

マックスウェルも立ちあがり、グレイスと握手した。「なにかわかったら電話してください。番号はご存じですよね」

グレイスはうなずいた。刑事の電話番号は前に教えてもらっている。「コーヒーをごちそうさまでした」

父がマックスウェルの訪問の意図をグレイスに問いただしたのは、車で帰路についてからだった。両手をハンドルにかけ、前方の道路を見据えていれば、運転に集中しているということで、グレイスのほうを見なくても言い訳は立つ。

「なにを訊かれたんだ?」父が言った。

グレイスは返事に迷った。父は他人に腹を探られるのをいやがる。なんであれ訊かれること自体が腹立たしいようで、それだけの理由で質問に答えなかったりするのだ。この商品とあの商品の値段を取り違えているんじゃないのと言っただけでも、すごい剣幕で怒鳴られるのだから、どうして警察に嘘をついたのかと訊いたりすれば、頭を食いちぎられてもおかしくはない。

「ねえ、お父さんは、マックスウェル刑事に、店の防犯カメラはただの見せかけだって言ったの？」

父は答えなかったが、口もとを引き締めたのが見てとれた。

ふたりが沈黙するなか、車は走りつづけた。いまの話題を蒸し返さずにいれば、父は満足なのだろう。父は道路に視線を集中させ、グレイスにもわかるほどスピードを上げていた。家に着いてしまえば、それで万事解決するといわんばかりに。

「なんでそんなことを言ったの？　そんな嘘、すぐにばれるにきまってるのに」

「おまえはやつになにを言ったんだ？」

「なにも言ってないわよ。お父さんは嘘をついたんだろうなって思ったけど、お父さんを面倒な目にあわせるのはいやだったから」

父はうなずいた。「それでいい。警察のことは、おれにまかせておけ」

「だけど、いったいどういうこと？　証拠があるのに提出してないの？　事件の被害者はお母さんなのに」

「おまえは、事件を解決してほしいんだな」

グレイスは吹き出しそうになった。「あたりまえでしょ。うちのお母さんがだれかに撃たれた。その事件の容疑者として捕まった人がいる。その人がほんとうに犯人かどうか知りたいし、もし犯人なら、このまま刑務所に入っててもらわなくちゃ」

「母さんもそれを望んでると思うか？」

　母がなにを望んでいるのか、グレイスにはわからなかった。これまでは、だいたいにおいて、母の望みと自分の望みは同じだったのではないかと思う。自分が幸せなら母も幸せだった。娘が成功を収めたときは、母はその喜びをともにし、娘の欠点はわがことのように案じてきた。母はグレイスに仕事を好きでいてほしいと願い、おそらくは、すてきな恋人ができればいいと思っている。母は、家族がひとつにまとまって、みんな元気でいることを望んでいるのだ。

「そうだと思うけど、違うの？」

「母さんは、犯人が刑務所に入るかどうかなんて気にしてない。いろんなことが、もとどおりになればいいと思ってるだけだ」

「それは無理よ。わかってるでしょう」

「たしかに、うちの家族のことがニュースで騒がれている限りは、もとどおりになるのは無理だ。裁判が長いこと続けば、おれたちが証言台に立たされれば、もとどおりにはならない。おまえには、そういう状態がどんなものかわからないだろう」

「多少は想像がつくけど」自分の悪評がネットで拡散されたことを思い出すと、グレイスはそれだけで顔が赤くなった。

「おまえはまだ小さかったから覚えていないだろうが、あの事件のせいで、母さんはぼろぼろになったんだ。うちの店はなくなった。わが家は引っ越すしかなかった。そこまでしても、母さんはほとんど家から出なくなってしまった。おまえとミリアムがいなかったら、母さんは自殺していたかもしれないんだ」

父は淡々と話していたが、グレイスは父の言うとおりなのだろうと思った。母が不本意ながら生きつづけたのは子供たちのためだったという話には、腑に落ちるところがあった。

「おれは、母さんをまたあんな目にあわせるつもりはない」

「でも、警察には頼らなきゃならないでしょ」グレイスはショーン・マシューズのことを考えていた。彼がいとこの潔白を固く信じていたことを。「警察に捕まった人が犯人じゃなかったらどうするの？　真犯人がいまでも野放しになってたら？　犯人はお母さんを殺そうとしたのよ。もう一度同じことをしないと言える？」

そうやって話していると、強い恐怖感が喉もとにせりあがってきた。父はこちらを見ようともしない。

「お父さんはどうなの？　心配じゃないの？」

父はハンドルを切って車を路肩に寄せ、そこで停車した。全身から激しい怒りを発散させている。グレイスはついに、父の逆鱗にふれてしまったのだ。

「自分の家族は自分で守る」父が言った。「これからはもう、だれにも母さんを傷つけるようなまねはさせない」

グレイスは「わかった、わかったから、アッパ」と応じた。家族を守るというなら、どうやって守るのか訊きたいところだが、その質問は我慢した。

「だいたい、母さんが狙われたのは警察のせいなんだからな」

「なに言ってるの？」

「あの当時、サウスセントラルでどれだけの人が殺されたか知ってるか？　あそこは戦場みたいだった。毎日、だれかが撃たれてた。おれの知り合いも殺されてる」

「知ってるわよ。そういう話は全部聞いたもの」

「だが、ロサンゼルス市警は、数ある事件のなかで、おれたちの事件に的を絞った。大々的に記者会見を開いて、公正な裁きについて何度も演説をぶった。そして、母さんが第一級謀殺で、要は計画的で重大な殺人の罪で起訴されるようにすると約束したんだ。黒人のティーンエイジャーが殺されるたびに、警察がそんなことをやってたと思うか？」

「でも、あの子は――」

「あの子がどんな子だったかは知ってる。あれは大変な悲劇だった。だが、警察は、そういう理由であの事件を選んだわけじゃない」

「じゃあ、どんな理由だったの？」

「あのときは、ロドニー・キング殴打事件がおきてから二週間とたっていなかったからだ。警察はその件でさんざん非難されている最中だった。テレビでは、四人の警官が丸腰の黒人男性を袋叩きにしている映像が毎日流れていた。毎日流れて、それが二週間続いた。そんなときに、あの娘が母さんに撃たれたんだ」

グレイスは父の話の筋道を理解した。キング事件の映像は見たことがあるが、警官たちの行動は完全にたがはずれていた。警察は火消しを画策し、母の件をそれに利用したにちがいない。彼らは世間の注目をほかにそらそうと躍起になっていたのだ。「警察は、黒人のことを大事にしているという態度をとらなきゃならなかったのね」

「警察は正義の味方になろうとしていた。そのために母さんを悪役に仕立てたんだ」

早口でまくしたてる父を見て、グレイスは気づいた。お父さんは、娘が自分の話に聞き入り、納得してくれているのが、うれしくてしかたないのだ。

そこでグレイスが首を振ったのは、フィゲロア・リカー・マートの映像を思い出したからだった。「お母さんは警察にあやつられて罪もない女の子を撃ったわけじゃないのよ」

父は聞こえないふりをして話しつづけた。「うちの店が焼き討ちにあったとき、警察はなにもしてくれなかった。しかも、うちの店だけじゃない——近所の店はみんな打ち壊されたのに、知らんぷりをしていたんだ。なにもかもなくした韓国系市民は大勢いた。なかには、おれたちを責める人もいた。だが、おれたちを悪役に仕立てたのは警察なんだ。そのあと、おれたちはその警察に見放された。警察はおれたちに責任をなすりつけた。サウスセントラルやコリアタウンで暴動があれだけ広がったのに、そこにはまったく姿を見せなかったんだ」

「でも、それは三十年ぐらい前の話でしょ。いまは警察も力になってくれようとしてるじゃないの」

父が首を振るのを見て、グレイスはさとった。娘になにを言われようと、父が長年にわたって死守してきた山から下りることはないのだ。「警察は味方じゃない。連中はおれたちを守ってはくれないんだ」

家庭内でノートパソコンをもっているのは、グレイスだけだった。母はめったにパソコンを使わないし、父はメールを送ったり書類を印刷したりするが、そのときは古いデスクトップパソコンを使っている。それはリビングルームの片隅に置いてあった。

グレイスはそのパソコンに長いことさわっていなかった。最後に使ったのはハイスクール時代で、そのときはまだ新品に近かった。自分専用のノートパソコンをもつようになったのは大学に入ってからだ。こんなに古いマシンがまだ現役なのは奇跡だが、ここまで長もちしているということは、両親はこのパソコンにたいした仕事をさせていないのだろう。

両親が床についたあと、父の間延びした静かないびきが廊下を漂ってくるまでには二時間ほどかかった。

グレイスはそこでようやくベッドを抜け出し、リビングルームに忍びこんだ。両親のいる家でこそこそしていると、なにか悪いことをしているような気分になったが、物音をたてずにパソコンに近づく方法は心得ていた。大人になるまでのグレイスは、男の子とつきあうとか、こっそりお酒を飲むとか、そういった面で両親の信頼を裏切ることはあまりしなかったものの、両親が寝静まるのを待ってからパソコンに向かうのが習慣になっていた。たいていは、マンガを読むか、ヘッドホンをしてユーチューブを見ていたが、あるとき、ちょっとした好奇心でポルノビデオをのぞいたことがある。そのときは、ものの数分で画面を閉じ、ブラウザの履歴を消去することになった。怖さと恥ずかしさが先に立ってしまい、とても楽しむどころではなかったのだ。

いまやっているのは、それよりずっとひどいことだ――このことが父にばれたら、なにをされるかわかったものではない。グレイスはパソコンを起動し、機械のうなるような騒々しい息遣いにびくびくした。いま両親が起きてきたら、ノートパソコンが壊れちゃったのと嘘をつくしかないだろう。両親がその言い訳を疑って娘を詰問するほどパソコンにくわしくありませんように、と祈ることになるはずだ。

ハードディスクのなかは、だいたい整理されていた。そもそも、たいしたものは入っていない。保存されているのは税金の書類のような業務上のデータがほとんどで、それ以外は、たまにメールの添付写真をダウンロードしていたりするぐらいだった。

目あてのビデオは〝セキュリティ〟という名前のフォルダにまとめられていたが、ロックはかかっておらず、すぐに目につくところに置いてあった。こんなときでなければ、さすがにのんきすぎると笑っていたところだが、いまは父の純朴さを思って罪悪感がつのるだけだった。録画ビデオは日付順に並べられ、銃撃事件がおきた八月二十三日で終わっていた。グレイスはその日のビデオを、閉店時間の直前のところからざっと見ていった。

銃撃自体は駐車場の奥のほうでおきたので、店のカメラには記録されていなかった。考えてみると、ハニン・マーケットのほかの店にも防犯カメラがあるなら、警察はそれを調べているはずだ。犯人は防犯カメラにとらえられないようにする方法を知っていたのだろうか。

ビデオには、その日の仕事を終えたジャヴィが退出し、母が食料品を買いに出かけるところが映っていた。グレイス自身は、母が戻ってくるのを待って閉店作業を完了し、午後七時三十七分に店を出てドアを閉めていた。そのあと、店内は真っ暗になった——薬剤を販売する店は、法律によって、無人のときは出入り口に施錠するよう定められている。ウリ薬局では、鍵をもっているのはグレイスとジョゼフおじさんだけだった。ところが、それから十五分以上経過したところで、再びビデオになにかが映りはじめた。銃撃がおきたあとのことだ。

午後七時五十五分、父が店に入ってきた。グレイスはそのときのことを思い出そうとした——ハニンに駆けつけた父は、病院まで車を走らせる前に、グレイスのハンドバッグを取りあげて、彼女を残してどこかに消えていただろうか。その場面は記憶にはなかったが、実際、父はそうしていたのだ。店に入った父は、カメラをまっすぐ見据えた。それから、両手をこぶしに丸めてカメラに近づいてきたので、その姿はどんどん大きくなり、小型の脚立に乗ったところで顔が大写しになった。グレイスはビデオを一時停止にして、父の顔を観察した。ひとりきりで無人の店内にいる父は、見たことのない表情を浮かべ、感情をあらわにしていた。青白く、ものに憑かれたような鬼気迫る顔。そのとき、父が警察に協力するのを拒んでいる理由が、恐ろしいほどはっきりわかった。

父は愚かにも、自力での解決をもくろんだのだ。

父の狙いは、自分でビデオを調べて、妻を撃った男の姿を探し出すことにあった。それでなにがわかったにせよ——なにもわからなかったかもしれないが——もう録画ビデオを警察に提出することはできない。いまさら提出すれば、証拠を隠していたのを刑事に知られて、彼らにひざを屈することになってしまうからだ。

フォルダには、最後の一週間のビデオのほかに、自動消去される前に父が保存したと思われる、より古いビデオがいくつか残っていた。グレイスは先にそちらを確認していき、それらの映像のどの部分が父の目を引いたのか突きとめることにした。ビデオのなかでは、カウンターの奥にグレイス自身がいたり、ジョゼフおじさんがいたりした。ほかに、ジャヴィや、ジャヴィが休みのときに代わりを務めるもうひとりの薬剤師、テヒの姿も見られた。彼らはみんな、日々そうしているように、店を出たり入ったりした——ただし、母のイヴォンヌだけは、どのビデオを見ても、つねにレジのそばで会計の仕事をしていた。

ビデオのなかで、客たちはカウンターに近づいて、処方された薬を受けとったり、サプリメントや宝くじを選んだりしていた。どれも薬局の日常の風景だったが、何本目かのビデオを見たとき、グレイスは父の目をとらえたものに気づいた。一時停止した画面には、ひとりの黒人男性が映っていた。店内ではなく外の通路にいて、通りすがりに店のほうに目を向けている。早戻しをして、もう一度確認した。特になにかに注目しているようすはない。ウインドウに書かれた文字をひまつぶしに読んでみたといった風情だ。だが、それこそがグレイスが探していたものだった——どことなく目につく人物。実際の犯行の前に下見をしているようにも見える人物。その人物は、母の姿をじっくり見ようとして立ち止まったのかもしれない……。

父が選んで保存したらしいビデオには、どれを見ても、そういう人物が——通りすがりに足どりをゆるめ、ウインドウのなかをのぞいていく人が——必ず映っていた。ハニンでは黒人の姿はあまり見られないので、それらの人物も黒人とは限らなかった。グレイスは薬局の前を通り過ぎていく人々を注意深くながめた。人の流れが安定して続くのは見慣れた景色であり、なかには知った顔もあった。フードコートでチャジャン麺の店を営んでいるミセス・オ。食料雑貨店でレジ係を務める若いロヘリオ。グレイスがその店に買い物に行くたびに、ロヘリオは、ご両親は元気か、薬局は繁盛しているようだね、などとたわいもないことを言って彼女の気を引こうとする。グレイスはそうした知り合いの姿を見ながら、この人たちに訊けばなにかわかるだろうかと思った。

八月一日のあるビデオを見ていたとき、グレイスは途中で椅子にすわり直し、早戻しをした。ひとりの黒人男性が、ウインドウの前を歩きながら真剣な目でなかをのぞいている。店内の物の配置を記憶するか、なんらかの疑問を解き明かそうとしているように。男性の視線はレジで仕事をしている母にたどり着き、そこで動かなくなった。

グレイスはビデオを一時停止にして、画像を拡大しようとした。それがうまくいかなかったので、次はパソコンのウインドウのほうを最大化してみた。画質が粗くなってモザイク画像のように見えるが、なにが映っているか判別できないほどではない。丸くなめらかな顔の輪郭もわかるし、肩を不自然に怒らせているのも見てとれる。その姿は成人男性にはほど遠く、どう考えても中年男のレイ・ハロウェイではありえなかった。そこに映っていたのは、体に合わないだぶだぶの服を着て、両手をポケットに突っこんでいる、頬がふっくらしたティーンエイジャーの少年だったのだ。

その映像を穴があくほど見つめていると、胸のなかに生じたいやな予感が、鎖を巻きとるようにどんどん固く濃密になってきた。そこには、グレイスの視線をとらえて放さないなにかがあった。画面に映った顔の細部をたどり、優しそうな口もとから、まっすぐ通った鼻筋、少年らしい濃い眉の下で細められている目に行き着いたところで、視線が止まった。鳴り響く警報を聞いたかのように、グレイスはいまはっきりと意識した——この顔は、どこかで見たことがある。

20

二〇一九年九月三日、火曜日

ショーンはジャズを家に帰し、ニーシャといっしょに徹夜覚悟で待っていた。午前零時を回ると、ニーシャはダーシャにもう寝なさいと命令し、ショーンはシーラ伯母さんを説得して睡眠薬をのませ、心配の種が増えるのを防いだ。ショーンとニーシャはリビングルームで椅子にすわったまま、ときにうとうとしながら携帯や家の呼び鈴が鳴るのを待ち、ガレージで音がしないかと耳をすませていた。だが、ダリルから電話はなく、本人が帰宅することもなかった。

結局、寝ずの番をした甲斐(かい)はなく、朝が来たときには、みじめでつらい疲労感が残っているだけだった。ニーシャはそれでも仕事に行くと決めた――そうでなければ、この危機の前にひざを屈し、仕事を犠牲にして、職場に長期休暇を申請することになる。道はふたつにひとつしかなかった。

ニーシャが自室を出てシャワーを浴び、身じたくをしているあいだに、ショーンはコーヒーを用意し、彼女は感謝しつつそれを飲んだ。ニーシャが職場であるロサンゼルス国際空港まで車を飛ばすあいだ、このコーヒーの力でなんとか目が覚めているといいのだが、とショーンは思った。ニーシャの目の下のくまは、まつ毛と同じぐらい黒々としていた。

「言うほど簡単じゃないのはわかってるが、一日じゅうくよくよするのはやめたほうがいいぞ」ショーンは言った。「ダリルは誘拐されたわけじゃない。本人も行動には気をつけているはずだから、危ない目にあうことはないだろう。自分がどんなにバカなまねをしているかわかったら、戻ってくるさ。たぶん、きょうのうちに」

「でも、きょうじゅうに戻らなかったら？」

「そしたら、あした戻ってくるよ」ショーンはそのことばがうつろに響くのを感じた。ニーシャはそれ以上反論しなかった。ショーンにはもうこちらを安心させる材料がないと気づいたのだろう。「ねえ、どうしたらいい？　警察に電話するのは無茶かしら？」「警察に電話するわけにはいかないよ。ダリルがどうして出ていったのか、わかってないんだから」

ニーシャは唇を嚙んでいた。ダリルがなぜ出ていったのか、その理由は考えたくないのだ。ゆうべ、ショーンはその話を何度かもちだしてみたが、ニーシャは話し合いを拒みつづけた。とにかく、いまはダリルを見つけるのが先だ。疑問はあとで解消すればいい。だが、ダリルがなにをたくらんでいるにせよ――それがたわいのないことだったとしても――黒人の少年が家を出て動きまわっているのは問題だ。警官たちは千キロ先まででも追いかけていこうとするだろう。

「おれが捜すから」とショーンは言った。「あいつの友だち連中に、もう一回あたってみよう」

ショーンはフェイスブックをほとんど使わない。子供のころはそんなものはなかったし、ひまな時間に自分の実人生を掘り返しておもしろいものを見つけ出し、いっしょに学校や教会に通っていた人たちに紹介して、彼らを楽しませたり、評価を求めたりすることには、特に興味を感じないからだ。ショーンの人生は、それでなくても人目にさらされすぎていた。そんな彼でもSNSが有用だと思うことはある。それは、子供たちの動きを追うときだ。ダーシャとダリルはSNSを積極的に利用しているので、ふたりにどんな友だちがいて、その子たちとなにをやっているのか、無理に聞き出さなくてもわかるのはありがたかった。

ゆうべはニーシャとふたりで、何時間もかけて、名前がわかっているダリルの友人全員に、ニーシャのアカウントからメッセージを送っていた。知っていることがあれば教えてほしいと頼んで、自分とニーシャの携帯番号を両方とも記しておいたのだ。だが、だれからも電話はなく、メッセージに対する返信すらほとんどなかった。ダリルのお母さんは、彼がひと晩家を空けただけで取り乱している、そんなのは被害妄想だと思っているのだろう。なにしろ、きのうは連休最後の夜だったのだ。ショーンは、ダリルが友だちといっしょにいて、彼らの肩越しにフェイスブックのページをのぞきこみながら、恥ずかしさで声をあげていればいいのにと思っていた。

「もう一度ブリアナに訊いてみて」ニーシャが言った。「あの子は常識があるから、なにか知ってたら教えてくれるかもしれない」

ブリアナ・レイシーは、少し前までダリルとつきあっていた娘だ。ダリルにとっては初めてできたガールフレンドで、つきあっていた半年ほどの期間は、一心同体といってもいいぐらい仲がよかった。ショーンも何度か会ったことがあり、レイが戻ってくるまであと数週間というときに、ふたりが別れてしまったのが残念でならなかった。たしかにニーシャの言うとおりだ。ブリアナはいい子だ。気が優しくて、人のことをよく心配してくれる。ニーシャとショーンがどれほど強い恐怖を感じているか、それが伝わりさえすれば、できることはなんでもやってくれるにちがいない。

七時前にニーシャが出かけてしまうと、ショーンは彼女の留守中にやるべきことを考え、その段取りをつけようとした。ありがたいことに、仕事のほうは一日休みがとれていたが、シーラ伯母さんが体調不良で、レイは逮捕され、ジャズとニーシャは勤務中となれば、包囲下にある家庭という砦(とりで)を守れる大人はショーンしかいない。彼はダーシャを学校に送り届けたあと、いったん自宅に帰って着替えをすませ、ジャズが病院に出勤するのを見送った。

それから、モニークを連れてハロウェイ家に戻り、家の入口と携帯とパソコンに目を光らせながら、できる限り彼女と遊んでやった。モニークは一度も眠そうな顔にならず、手に負えないほどはしゃぎまわったので、シーラ伯母さんが寝室から出てきてモニークを見てやると言ってくれたとき、ショーンはその提案をありがたく受け入れ、子守りから解放されたすきに二時間ほど熟睡した。

そして、携帯が鳴る音で目を覚ました。電話はニーシャからだった。

「ブリアナから連絡があったの。メッセージが届いたときは寝てたんですって。いま話しおえて電話を切ったところ」

「あの子はダリルの居場所を知ってるのか？」

「居場所は知らないって。それはほんとだと思う。嘘をつくためにわざわざ電話してくるわけないもの」

「ほかになにか言ってたか？」

「喜んで協力するって言ってくれたから、あなたと話をしてもらえないかって頼んでおいた。きょうの放課後に、あの子に会いにいくことはできる？」

「電話するんじゃだめなのか？」

「そうねえ、でもどっちみち、学校には行ってみたほうがいいんじゃないかと思って。ダリルがそのへんをうろついてるかもしれないから」

学校にはニーシャがすでに電話しており、ダリルは授業に出ていないと教えられたが、彼女もショーンもそれで驚くことはなかった。ショーンには、ダリルが学校でぶらぶらしているとは思えなかったが、ニーシャの提案自体は筋が通っていた――念のために調べてみても損はない。ニーシャも百キロ以上離れたところにいるのでなければ、自分で調べにいったはずだ。

「学校に行くなら、ついでに校長先生に会ってくるといいかもね。電話したとき、家族のことで急用ができたって伝えておいたけど、直接会って話したほうがいいでしょ。このごたごたが片付いたあとにダリルが退学になったら困るもの」

「わかった、そうするよ。ついでにダーシャも連れて帰ろう」

「ありがとう」ニーシャの声は安堵感に満ちていた。「いろいろ面倒をかけちゃってごめんなさいね、ショーン」

「謝ることはないさ。おれたちは家族だろ」とショーンは言った。「だいたい、うちの家族がこんなひどい目にあってるのがおかしいんだ。もっと運に恵まれてもいいぐらいなのに」


校長は外出中か、多忙だったらしい――いずれにせよ面会はかなわなかった。ショーンは保護者として、大馬鹿者の少年を大目に見てやってほしいと頼むつもりだったが、校長に会えなかったので、代わりに受付の女性に事情を話した。受付にいたのはラテン系のお婆さんで、モニークを見たとたんに顔をほころばせた。レイの逮捕のことはざっと説明しただけだったが、彼女は話に聞き入り、すぐに同情を示して、ショーンが来たことは校長に話しておくと約束してくれた。さらに、ショーンたちが帰ろうとすると、モニークにクリームソーダ味の棒つきキャンディをくれた。

子供を見せつけるように連れ歩いていることに、ショーンは多少のうしろめたさを感じていた。モニークのことは、シーラ伯母さんに頼めば喜んで面倒を見てくれたはずだが、当のモニークがショーンについていくと言ったのだし、ショーンのほうも子供がいれば便利だという予感があった——学校の管理責任者をおだてて丸めこむときや、背中に感じる疑いの視線をそらすときに。ただの黒人男と見られるより、父親である黒人と見られるほうが有利なのは、たいていの場面にあてはまることだが、ハイスクールではその傾向が特に強いのかもしれない。

ブリアナとは授業が終わったあとに学校で会う約束になっていた。ショーンが正門まで来たときには、彼女はすでにそこにいて、横並びになっているバスの手前でダーシャのそばに立っていた。ふたりの少女はショーンを待っていたが、彼の姿を捜してはいなかった。向かい合って額を寄せ、どちらも深刻な顔をしている。ショーンにはふたりの唇が動くのが見えたが、読唇術を使わなくても、ダリルのことでひそひそ話をしているのだとすぐにわかった。

モニークがダーシャめざして一目散に駆けだした。少女ふたりはそちらに顔を向け、満面の笑みで幼子を迎えた。

「モニーク！」ブリアナが声をあげ、しゃがみこんで子供と視線を合わせた。「大きくなったわね。わたしのこと、覚えてる？　ブリアナよ」明るい声で名乗りながら、自分の胸を指さした。

モニークは恥ずかしそうにうなずき、ブリアナに抱きしめられた。

「なあ、ダーシャ」ショーンは親しみをこめて少女の肩をぐっとつかんだ。「モモにそのへんをちょっと案内してやってくれないか？」

「なんで？」横目でショーンを見ながら、ダーシャが尋ねた。

「ブリアナと話がしたいんだ」

「だから？　わたしだってブリアナと話したいんだけど」

ブリアナはあいまいな笑みを浮かべ、ふたりの顔を交互にながめると、モニークの手を握ってうしろにさがった。

「長くはかからないって、ダーシャ」そう言いながら、ショーンは自分の声にとげがあるのを感じた。たしか、道の向こうに空き地があったはずだ。ダリルはそこでよく友だちと遊んでいて、水路にいるオタマジャクシをつかまえていた。「モモにオタマジャクシを見せてやってくれよ」

ダーシャはたっぷり十五秒ほど、彼の顔をにらみつけていた。ショーンはぎょっとした――いままでダーシャがそんな顔をしたのを見たことがなかったのだ。ダーシャはこちらの意図に気づき――彼女の目がそう語っていた――おじさんも無意味なことをするものだと思っている。実際、ダーシャを追い払うのは無意味だった。ダーシャはモニークとは違う。もうそれなりの年齢なのだから、話が聞こえないところに追いやっても彼女を守ったことにはならない。それでも、話し合いの場にダーシャを加えるわけにはいかなかった。ダーシャの前ではブリアナが口を閉ざしてしまうおそれがあるからだ。

「おいで、モモ」少したつと、ダーシャはやっと折れてくれた。モニークは、おねえちゃんといっしょならどこにでも行きたいようで、嬉々としてダーシャについていった。

「ほんと、かわいいわね」ふたりを見送りながらブリアナが言った。

ショーンとブリアナは黙ってそこに立っていたが、ショーンは相手が徐々に落ち着きをなくしてきたのに気づいた。ブリアナは愛らしい少女だ。シナモン色をしたハート型の顔。鼻梁には、絆創膏を横向きに貼ったように、そこだけ細かいそばかすが密集している。耳もとできらめくいろいろなフープピアスやスタッドピアス。首につけている小さな銀の十字架のペンダント。服は短めでぴったりしているが、全体的にはどこまでも無垢な感じがした。優しさと品のよさをかもしつつ、自然な若さを発散している。沈黙に耐えきれず、そわそわしているのも若さゆえだろうか。カットオフのショートパンツの裾のほつれを指でしきりにひねくっている。

「ダリルのお父さんのことは、気の毒に思ってます」ブリアナがとうとう口を開いた。「それに、ご家族がいろいろ大変な思いをされていることも」

ショーンはうなずいた。ブリアナは、なにがあったのかとは訊かなかったが、事情を知りたいと思っているようだ。

「ダリルから連絡は来てないか？」ショーンはそう訊いてみた。「きのう以降の話だけど」

「わたし、彼がいまどこにいるのか知らないんです」ブリアナは申し訳なさそうに言った。

ブリアナが目を伏せたので、もとカレの秘密を、彼の身を案じる親戚のおじさんにばらすべきかどうか、頭のなかで検討しているのがわかった。ショーンは沈黙を守ったが、それは、余計なことを言って相手がダリルをかばおうとする気持ちを強めてしまうのを恐れたからだった。ショーンはなにも言わずに正門のほうをながめた。そこでは、生徒たちがバックパックをだらんと背負って迎えの大人やバスを待っている。この日の午後も、砂漠地帯らしい暑さは変わらず、汗と若さに輝く無邪気な顔には、いずれもいらだちが浮かんでいるのが見てとれた。生徒たちはじっとしていられないようだった――だれもがアスファルトの地面を足でとんとん叩いたり、指の関節を鳴らしたり、髪の毛をいじったりしている。彼らの半数は携帯を手にしていて、画面を見る合間にときどき顔を上げ、待望の迎えが来たかどうか確めていた。ダリルとダーシャがいるべき場所は、この閉ざされた安全な空間だった。そこには複数のゲートが設けられ、生徒たちが外界にスリルを見つけるたびに自由気ままに駆けだしていくのを阻んでいる。暗闇に光るものは危険な誘惑なのだ。

ショーンはブリアナがもじもじする気配を感じた。最初の質問に続いて、なにか訊かれるのを待っているのだ。振り向いて顔を合わせると、彼女がこちらの知りたいことを話そうとしているのがわかった。

「正直に言うと、最近は、彼の動きがつかめなくなっているんです」とブリアナが言った。「ダリルと別れたからだね」

ブリアナは首を振った。「そうじゃなくて。というか、別れたのはほんとだけど、問題は、なんで別れたのかってことです。ダリルが変な態度をとるようになって、わたしには彼の気持ちがわからなかったから」そう言うと、立ち聞きされるのを恐れるように、近くにいる生徒たちを見まわした。「どこか別の場所で話しませんか？」

ふたりが歩いていった先にはフットボール競技場があった。ショーンは、ダリルがそこでトラック競技の練習をするのを見物したことがある。いまはフットボールの練習が行なわれているが、観覧席にはほとんど人がいない。ブリアナが日陰の席を選んだので、ショーンはその隣にすわり、彼女がさっき言いかけたことを話題にした。

「ダリルが変な態度をとるようになったって言ってたけど、それはどういうことかな。学校をさぼっていたとか？」

ブリアナは肩をすくめた。「そう、学校をさぼったり、乱暴にふるまったり。前はあんなふうじゃなかったのに。知ってると思うけど、ダリルは、もともとはおとなしい子なんです。なのに、ある日突然、妙に意気がってそこらじゅうをうろつきながら、お父さんやおじさんが昔はギャングをやってて、刑務所に入ったこともあるんだとか、そんな自慢をするようになっちゃって」

ブリアナはおずおずと目を上げて、ショーンの顔をうかがった。ダリルの言う〝おじさん〟はショーンのことなのに、それをうっかり忘れていたというように。

「とにかく、彼はわたしを避けるようになりました。電話してもメールしても、反応がなくて、それが何日も続いたりして。そのあと、またひょっこり現われて、なにごともなかったような顔をするんです。どこかで秘密の生活を送ってるんじゃないかって思うくらいで、それがいつのまにか、あたりまえみたいになってました」

「別れた理由は、そういうことだったんだね？」

ブリアナはいったん口を開きかけたが、その口を閉じてしまった。再び話しはじめたときには、ショーンの視線を避けるように片手で顔を覆っていて、指の隙間からかろうじてことばがこぼれてきた。

「別れたわけじゃありません。少なくとも、わたしの気持ちとしては」ブリアナが言った。「わたし、ダリルに最後通牒を突きつけたんです。もしまた、わたしの前からいなくなったりしたら、それでおしまいだって。それでも、彼はいなくなってしまいました。なんだか知らないけど、自分がやってるお遊びのほうが大事だってことなんでしょう」

　ショーンは、それは勘違いだと言ってやりたかった。ブリアナと破局したあと、ダリルはあたりを物憂げに歩きまわって、涙を誘う失恋ソングを聞いたり、ダーシャにあたり散らしたりしていたのだ。ショーンはニーシャとふたりで、そのようすを笑い話にしたことさえあった——あの子があんなに悲しそうなのを見るとこっちも胸が痛むが、あまりにもよくある話で、なんだかかわいいと思ってしまうほどだ。初めて恋人にふられたティーンエイジャーの少年が、蹴飛ばされた犬みたいにしょんぼりして、尻尾を巻くようにイヤホンのコードを脚のあいだに垂らしているのだから、と。

　だが、ブリアナにその話をすれば、この人はなにもわかっていないんだと思われるだろう。ショーンとニーシャが見ていたのは単純な構図だった。自分たちが見たいと思うすなおな少年の姿だ。そこで見落としていたものはなんなのか？

「ダリルはなにをしていたんだ？　きみなら知ってるはずだろ」

「知ってるかどうかでいえば、わたしはなにも知りません」

「でも……？」ショーンは先をうながした。

ブリアナは首にかけたチェーンを引っぱって、ペンダント部分をショーンに見せた。それは十字架だったが、丸みを帯びた抽象的な形をしているので、銀色の風船で作ったバルーンアートの動物のように見えた。

「二週間ぐらい前に、ダリルがこれをわたしのロッカーに入れておいてくれたんです。もう別れたあとだったけど、その日はつきあいだして八カ月目の記念日になるはずでした」

「きれいだな」話の行く先がわからないので、ショーンはとりあえずそう言った。

「これ、ティファニーなんです。あの店のブルーの箱に入ってて、ちゃんと包装もしてありました。値段は百七十五ドル。調べてわかりました。税込みだと二百ドルぐらいになります。ダリルはその二百ドルをどうやって手に入れたんでしょう？」

ショーンはペンダントをながめた。ダリルが宝石店に入り、愛する少女の心を取り戻すために、この高価で優美なペンダントを選んだところを想像しながら。ニーシャはそんな話はしていなかったし、このプレゼントのことは聞いていないのではないかという気がした。それだけでも、この件はじゅうぶんうさんくさい。ふだんのダリルなら、プレゼントを選ぶのを手伝ってほしいと母親に頼んでいるはずだ。

「きみには予想がつくのか？」

「おわかりでしょうけど、まともな方法だとは思えません」ブリアナは声をひそめた。「麻薬を売るとか、そういうことじゃないですか？」

犯罪行為をテレビでしか見たことがないのだとわかるその口ぶりに、ショーンは胸を締めつけられた。ほんの数カ月前までは、ダリルもそちら側の人間で、どこにでもいるまぬけなティーンエイジャーらしく、ふたつの世界を隔てる亀裂の向こう側を物珍しげにのぞいていたのだ。母親にも、ショーンにも、シーラ伯母さんにも、あれだけ注意されていたのに、ダリルはほんとうにギャングの仲間になってしまったのだろうか？

ショーンが黙っていると、ブリアナがその沈黙を埋めた。「それに、ダリルはクワントやなんかとつきあってるし、それってどういうことって思うんです。友だちでもない人たちなのに。クワントなんて三十五歳ぐらいだし」

ショーンはあっけにとられた。「クワントって？」

「わたしのいとこです。彼のことは知ってるはずですよ。昔は、おじさんたちの近所に住んでたんだから」

そう言われて、ふいに正確な名前を思い出した。「クワンテイヴィアス・フォックスのことか？」

ショーンは彼のことを覚えていた。たしか、自分より五歳は年下だったはずだ。ショーンが二十代で、ギャングとしての実力と名声が絶頂期にあったころ、相手は下っ端のチンピラにすぎなかった。当時のクワントは背の高い丸ぽちゃのガキで、いっこうに生えそろわない貧弱なあごひげを大事にしていた。名前の書き方を覚えたばかりの子供がするように、自分の頭文字をどこにでも残したがる癖があって、〝ＱＦ〟の文字を樹木や廃車にスプレーしたり、道路標識やトイレの便座に釘で落書きしたりしていた。

ダンカンがいなければ、ショーンはクワントのことなどすっかり忘れていただろう。ダンカンは、かつて近所にいた仲間の近況をショーンに知らせる趣味があり、特にアンテロープ・ヴァレーに越してきた連中の動向にくわしかった。そのダンカンから数年前に聞いたところでは、クワンテイヴィアス・フォックスは、サウスセントラルからパームデイルやランカスターに移り住んだクリップスのメンバーをかき集めて、移住者のギャング集団を組織し、そのリーダーを務めているという。それを聞いたときは、情けないやつらだと思ったものだ――三十代や四十代の腑抜けのおっさんが首をそろえて、昔を懐かしみ感傷にふけっているというのだから。まさか、そのグループが新メンバーを募集しているとは思いもしなかった。

ブリアナがにっこりした。「クワントのこと、覚えてたんですね。きっと本人も喜ぶだろうな」

ショーンは、丸ぽちゃ顔のクワントが、ダリルの頭にろくでもない話を吹きこんでいるところを思い浮かべた。銃を振りまわして意気がっていた時代の話、嘘を交えておおげさにふくらませた昔話を語り聞かせているところを。そして、昔よくやっていたことを久しぶりにやってみた――物騒なことを考えながら平然とした顔を装ったのだ。彼はブリアナにさりげなく尋ねた。「どうすればクワントに会えるかな?」

ほんとうはクワントに不意打ちをくわせたかったのだが、ブリアナは、いきなり家に押しかけたらいとこはいやがると言って、彼の住所を教えてくれなかった。クワントはギャングを率いていても事務所は構えていなかったし、ショーンには、クワントのなじみの店を見張って彼が現われるのを待つようなひまはなかった。そこで、ブリアナからクワントに電話して面会の約束をとりつけてもらうことになり、そのあいだにショーンは子供たちを家に連れ帰った。クワントは腹がへっていたようで、モール環状道路にあるメキシカン・ファストフード店のチポトレで会おうと提案してきた。

ショーンは店の駐車場からクワントのようすを観察した。相手はコンクリート敷きのテラス席でブリトーをむさぼっていて、人を待っているようには見えなかった。

クワンテイヴィアス・フォックスは順調な人生を送ってきたらしい。ショーンはクワントを捜していたから彼だとわかったが、そうでなければ、あれがクワントだとは思わなかっただろう。大柄な子供だったクワントは、いまは大男になっていたが、体脂肪は筋肉に変わって久しいようだった。太い鼻はへし折られたことがあり、いまだにゆがんでいるものの、そのゆがみは殴られた跡というより、悪党らしさを強調する飾りのように見えた。立派に生えそろったあごひげは、長く伸ばしつつも、生け垣のように形を整えてある。ブリトーを食べながらそのひげを汚さずにいるには、それなりの技を要するにちがいない。

クワントはショーンに気づくと、ナプキンで手を拭いて腰をあげた。ショーンが思っていた以上に背が高く、優に百九十センチはありそうに見える。背中を軽く叩かれたときは、その腕の力強さを感じた。

クワントもいまは立派な大人で、もはや若くはなかったが、それでもショーンよりは年下だ。彼がこちらをおもしろそうに見ているので、その目に映る自分はさぞ老けこんでいるのだろうと思った。

「ショーン・マシューズ」クワントがのんびりと言った。「どうだ、調子は。しばらくだな」

クワントの話しぶりには、昔はなかったような気安さが感じられた。ショーンはそれを額面どおりに受けとった——相手は力を誇示しているのだ。

「しばらくどころじゃないだろう」ショーンは言った。「最後に見たおまえは、ガソリンスタンドの壁にスプレーを吹きつけて、名前のイニシャルを書いてたぞ」

相手に対してマウントをとりにいくゲームは長らくやっていなかったが、自然に勘が戻っていた。例の刑事とのやりとりが、いいスパーリングになったようだ。

「いや、そんなのは昔話じゃないか」クワントはにやにやしていた。ショーンにくっついて歩いていた若き日のクワントは、もうどこにもいないのだというように。さらには、若き日のショーンも、もうどこにもいないのだというように。クワントがまた腰をおろしたので、ショーンもそばにすわった。「いまは家具を運んでるって聞いたが、ほんとか？」

そのいやみな言い方にはむっとしたが、ショーンはなんとか自分を抑えた。「ああ。それが仕事なんだ」

クワントはショーンの顔を見ながらうなずいた。ブリトーを大きく嚙みちぎり、口をもぐもぐさせるあいだも、目を離さずにうなずきつづけていた。

ショーンはこの情けない気分に覚えがあった。いまの自分は、だれも羨ましがらない仕事をしている中年男で、もう年なので新しいことを始める気力もなく、かつて抱いていた輝かしい夢は、実現することもないまま、すでに過去のものになっている。ショーンにも、自分は大学に行くのだと――エイヴァが先に行き、そのあとを追うのだと――思っていた時期があった。大学に行って、科学か文学を学ぶ。そして、医者か教師になるのだと思っていた。恋人のショーンのジャズは実際に大学教育を受け、よい仕事についている。彼女の友人や家族のなかにはショーンを簡単には信用してくれない人もいるが、それもしかたないと思えた。これから成功してみせるといくら語ったところで、現実味がなさすぎて、だれにも感銘を与えないとわかっているからだ。前科があっても、レストランを開いたり、詩を書いたり、ロースクールに進学したりする者はいるが、ショーンにはそういう才能はなかった。

それでも、自分の人生には誇りをもっている。刑務所を出たあと、だれも傷つけることなく、必死に働いて、自力で築いた人生なのだ。だから、大人になってもギャングごっこを続けているクズ野郎がブリトー程度のファストフードを食いながらこっちを見くだしてきたとしても、胸を張っていられると思っていた。

だが、実際にクズ野郎にそういう態度をとられると、馬鹿みたいな気がした。自分はいままでルールに従って生きてきた。麻薬密売や、ライバルのギャング団との銃撃戦で発砲したのをとがめられ、姉を殺した犯人よりも長く刑務所に入ることになったのは、そのルールがあったからだ。判決に従っておとなしく刑務所に入り、そこで規律を身につけ、刑期を終えて外に出てくると、法を守って静かに暮らそうと心に決めた。その結果どうなった？　レイは逮捕されて拘置所にいる。それが自分であってもおかしくはない。罪を犯していなくても無事ではいられない。トラブルのない人生をめざそうとしても、それは許されないのだ。

ショーンは目の前のクワントを見た。自信と闘争心にあふれるこの男は、筋骨隆々とした太い腕をぎらぎらしたタトゥーで埋めつくしている。そして、リチャード伯父さんのことを思い出した——もの静かで優しく、ことばを選んで慎重にしゃべり、自制心が強かった人のことを。伯父さんはショーンにとって父親と呼べる唯一の人だったのに、エイヴァが亡くなってからは、その父親を軽んじるようになってしまった。彼の代わりにほかの男たちを崇(あが)めていたからだ。この世界になんであれ爪跡を残そうとしていた男たちを。だとすれば、ダリルがショーンを見てそっぽを向いたとしても、なんの不思議があるだろう？

おれの考えは甘すぎた。自分がダリルの歳だったころは、シーラ伯母さんがどんなに口やかましかろうが、注意事項を延々と並べようが、やりたいようにやっていた。それを思えば、心配するだけむだとわかる——子供はどこまでも子供であって、こちらがなにをしようと、厄介ごとをおこす者はおこすし、捕まる者は捕まるし、死ぬ者は死ぬのだ。

なのになぜ心配するかといえば、答えははっきりしている。心配せずにはいられないからだ。愛することには心配がつきものなのだ。

ショーンはテーブルに腕を載せ、クワントのほうへ顔を寄せた。「おれはいま、ダリルっていう親戚の子を捜しているんだが、どこにいるか知らないか？」

「行方不明なのか？」大男はブリトーをほおばったまま尋ねた。

「きのう家を出ていって、それきり連絡がつかないんだ」

クワントは口のなかのものをのみこんだ。「だったら、行方不明とはいえないな。どっかでぶらぶらしてるだけだろう」

「どこにいるのか、心あたりはないか？」

クワントは考えるようなポーズをとったあと、肩をすくめた。「じきに帰ってくるさ。おれだったら、Ｄのことは心配しない。あいつは頭のいいガキだからな」

ティーンエイジャー時代のショーンも、みんなにそう言われていた。頭さえよければ、面倒ごとに巻きこまれずにすむかのように。実際、ある面ではそうだった——ショーンは愚骨頂のような犯罪には走らなかったし、刑期も最長にはならなかった。銀行強盗には手を出さず、連邦刑務所にぶちこまれることもなかった。なにより、命は落とさずにすんでいる。とはいえ、刑務所には頭のいい黒人のガキなどいくらでもいる。墓場もそういうガキでいっぱいだ。

「なんでそう思うんだ？」

「Ｄはおれの子分なんだ」

ショーンはテーブルの下で片手を握りこぶしにした。「それはどういう意味だ？　あいつにギャングのまねをさせてるのか？」

「ギャングのまね、か」クワントは含み笑いをもらした。「まあ、あんたが想像してることはわかるよ。このへんじゃ、そういうことはしない。縄張り争いでドンパチやるようなやつはいないんだ。アンテロープ・ヴァレー・モールで銃をぶっぱなすこともない。ただ、どんな感じかはわかるだろ。世間さまは黒人には甘くない。パームデイルの白人連中はおれたちを嫌ってる。保安官たちもそうだ。だから、おれたちは団結しなきゃならないんだ。おれとDは、友だちなんだよ」

その節回しは聞き覚えがあった。ショーン自身も、昔は何度となく同じ節を歌っていたのだ。

「じゃあ、いっしょにいるときはなにをしてるんだ？　おまえと、その十六歳の友だちは」

クワントはまた肩をすくめ、ブリトーを手にとった。「心配はいらねえよ。あいつの面倒はおれが見てやるから」

ショーンはさっと立ちあがり、クワントがぼんやりしているうちに、胸倉をつかんでみぞおちに一発くわせた。ぐっと息をもらしたクワントを地面に突き飛ばすと、食べかけのブリトーがそばに転がった。

それだけの動きで息が切れていたが、ショーンはそれを隠したりはしなかった。人を殴ったのは久しぶりだし、日ごろから運動に精を出していても、寄る年波には勝てず、休眠中の闘争心を鍛えつづけて突発的な喧嘩に備えることもできない。それでも、年下の相手の心の動きを読んで不意を衝くことには成功した。アドレナリンは心地よかった——危険なほど心地よかったのは、禁断の果実の甘さを久々に味わったからだろうか。それは全身を駆けめぐり、力と若さが体内に充満したかのような錯覚を与えた。指の関節に痛みを感じると、記憶が一気に甦った——足を洗おうとした仲間に加えた制裁や、勝利を収めた喧嘩のことが。相手を屈服させたときの陶酔感はなにより大きかったが、その喜びはいつのまにか忘れていた。決定権を与えられることはなくなり、つねにプライドを捨てるはめになったが、それはしかたないと思っていた。だが、いまはその決定権を自ら奪いとろうとしている。そのために失うものもあるだろうが、それはあとで考えればいい。

21

二〇一九年九月四日、水曜日

先方はヴァレーで会おうと言ってくれたが、やはり、こちらから出向くことにしてよかった。州間高速四〇五号線は空いていたが、それでも目的地までは車でまる一時間かかり、到着したときには見知らぬ国に来たような気がした。彼女が住んでいるヴァレーの町から見ると、ヴェニスビーチはＬＡの向こう側にあり、雰囲気もまったく違っていたのだ。道を歩いているのは、しゃれたサングラスをして、毛並みの整った犬を連れた、痩せっぽちの白人ばかりで、平日の昼間に遊びに出かけることに慣れきっているように見える。そんな人たちのようすはひたすら物珍しく感じられた。こちらに目を留める人がいないのがありがたい。ネット上で有名になってしまった顔を隠すために、きょうは古びて色あせたドジャースの野球帽をかぶっていた。

ジュールズ・シアシーはカフェの奥にある中庭で待っていた。ここはグリーンティの専門店だという。シアシーは店のテーブルを仕事机のように散らかしていた。卓上にはパソコンや書類や携帯や充電器がところ狭しと並べられている。カウンターのところからそのテーブルをながめると、見覚えのある赤いモレスキンのノートもあった。

シアシーが立ちあがり、こちらに駆け寄って握手を求めてきた。「遠いところをわざわざありがとう」と彼は言った。「なんでも頼んでください。ぼくがおごりますから」

グレイスは、グリーンティ・ソフトクリームをワッフルコーンに載せたものを注文した。もう二時になるのに、まだお昼を食べていない。だから、アイスクリームを昼食にしても罰はあたらないと思ったのだ。

テーブルにつくと、シアシーはあたりさわりのない質問を繰り出した――ここまでの道路はどうでした？　人気のアボット・キニー通りをどう思います？　ここのボードウォークに行ったことはありますか？　緊張をほぐそうとしてくれているのだと思い、グレイスは質問に答えながらソフトクリームを食べおえた。最後には母のイヴォンヌのことを訊かれたが、それにもすなおに答えた。

「まだ元気になってはいません。でも、銃で撃たれたんだから、ひと晩で回復したりはしませんよね。状況を考えれば、母はずいぶんよくなっていると思います」

「で、ご自身はいかがですか？　エイヴァ・マシューズ銃撃事件にお母さんが関わっていたことは知らなかったとおっしゃっていましたよね」シアシーはメタルフレームの眼鏡越しにこちらを見ていた。彼が示している思いやりは本物のようだ。そう思いながら、グレイスは相手に媚びようとしている自分に気づいた。

「正直に言うと、いろいろ大変でした。でも、家族はみんな、一週間前に予想していたよりは元気にやっています」

「それはよかった」

シアシーが笑顔を見せると、グレイスは気持ちを落ち着かせようとひと息ついた。こちらが話を始めようとしているのを察したのか、シアシーはお茶を飲みながらおとなしく待っていた。

「わたし、レイ・ハロウェイを助けたいんです。彼は犯人じゃないと思うので」

シアシーは何度かまばたきして、意表を衝かれたように小さな笑い声をもらした。「そういう話になるとは思わなかったな。そうすると、あなたはダンカン・グリーンの説明を信じているんですね」

グレイスは記憶を探ったが、その名は見つからなかった。「だれのことですか?」

「ツイッターで大キャンペーンを仕掛けた人物ですよ」シアシーは携帯を操作し、彼女に画面を見せた。

そこには、ダンカン・グリーンなる男性が、@duncangreenmachineというアカウントで発したツイートが表示されていた。〝8/23 7:35PMにパームデイルで撮影。被写体の#レイ・ハロウェイはおれの友人で、同夜の7:45PMにノースリッジで#チョンジャ・ハンを撃ったとして逮捕拘束中。おれは市警本部@LAPDHQで事情を話したが無視された。#レイ・ハロウェイは釈放されるべきだと思う人はリツイートを〟

添付画像にはレイ・ハロウェイらしき中年の黒人男性が写っていた。彼のひざにすわって体を密着させているのは、若い黒人女性だ。どちらもにやけた顔をして、酔いが回っているのか目をぎらぎらさせていた。

「これは知りませんでした」グレイスは画面をしげしげと見た。問題のツイートは、すでに四万五千回以上シェアされていた。

「この話はけさからずっとトレンド入りしています。もちろん、疑っている人は大勢いますが。グリーンにとって、レイ・ハロウェイは子供のときからの親友なんです。彼をかばってやりたいと思うのは当然でしょう」

「この人は嘘をついているんでしょうか？」

シアシーは肩をすくめた。「そうかもしれませんね。ぼくはグリーンを知りませんが」

「でも、レイ・ハロウェイのことはご存じですよね。彼は犯人だと思いますか？」

「ハロウェイのことも、そんなには知らないんです。二〇〇七年あたりからは顔も見ていないし。それに、銃撃については本人が自白しています。それで決まりかといえば、そんなことはありませんが、信憑性がないとも言いきれない」

グレイスも、防犯カメラのビデオを見るまではそう思っていた。ゆうべ遅くに、はたと気づいたのだ——あの少年を見かけたのは、シーラ・ハロウェイの家を訪ねたときだ。彼は妹とおぼしき年下の少女といっしょにリビングルームにいた。シーラが家のドアを開けてグレイスを招き入れたとき、ふたりはテレビを見ていた。彼らはなんの遠慮もなくグレイスの姿をじろじろながめたので、しまいには、部屋に戻って宿題をしなさいとシーラに言われ、追い払われてしまった。シーラは、あの子たちは孫なのと言っていた。つまり、少年はレイの息子ということになる。あるいは、シーラにとってはショーンもわが子同然なので、ショーンの息子かもしれない。

グレイスはダンカン・グリーンのツイートにたじろいでいた。これまでは、この手の発言を見聞きするたびに、荒唐無稽なことを言うものだと思っていた。たとえば、刑務所に収監されていた黒人女性が自殺したという報道でフェイスブックが大騒ぎになり、彼女は殺されたんだとみんなが書きこんだときもそうだった。グレイスは昔から、なんとなくではあるが、この世界は公正でまっとうなものだと信じてきた。世の中には、社会を存続させ、規則の力で安全を保つためのシステムや体制がいろいろあるわけで、そうした仕組みをろくに理解していない自分が、それを頭から疑ってかかるのはおかしいと感じるのだ。けれども、今回の件については確信があった。システムに誤作動がおきたのだ。扇動者に陰謀論者――この件に限っていえば、正しいのは彼らのほうだ。

防犯カメラのビデオはなんの証明にもならないが、それでわかることはたくさんある。レイ・ハロウェイは、銃撃事件がおきたときはパームデイルにいた。なのに、なぜ自分が犯人だと言ったのか。少年はわざわざ遠くから車を飛ばしてノースリッジにやってきた。それは、ウリ薬局の内部をウインドウ越しに一瞬だけのぞくためだった。そうやって母の姿を確認し、あとで戻ってきて母を撃ったのだ。薬局を丸ごと賭けてもいい、そうにちがいない。

「嘘の自白をする人はいくらでもいます」そういうテーマの記事を読んだのは、けさの四時ごろだった。防犯カメラのビデオを見たあとは眠れなくなってしまったのだ。「自白を鵜呑みにするなんて、警察はどうかしてますよ」マックスウェル刑事のことを思い出して、グレイスは歯ぎしりした。あの手の男が出てくるテレビドラマは子供のころにたくさん観ていたし、マックスウェルに対しても用心はしていたが、それでも、真相究明にいそしむ有能な刑事なのだと思いこんでいた。悪徳警官のニュースは毎日流れているのに、簡単にだまされてしまったのだ。「というか、警官は人を守るのが仕事ですよね？　それが本分なのに、なんでその仕事をうまくできないんですか？」

「警察は、人々をほかの人々から守っています。問題は、〝人々〟とはだれを指し、〝ほかの人々〟とはだれを指すのかということでしょう」シアシーはまばたきして眼鏡をはずし、シャツの裾でレンズを拭いた。

グレイスは母のことを考えた。母は加害者であり、被害者でもある。銃弾を放ち、銃弾を受けた者。ふたつの銃弾の軌道は弧を描いて結びつき、シェルターを形づくった。グレイスはこれまでずっと、その下で守られてきたのだ。エイヴァ・マシューズとアルフォンソ・キユリエルのことも考えた。ともにティーンエイジャーで、同じようにむだ死にしたふたりのことを。両者の死のあいだで、ほかにどれだけの若者がむだに死んでいったのだろう？

ただし、母は警官として訓練を受けたわけではない。母は一般人で、銃の撃ち方など習っていないのだ。なのに、警察は自分たちの失策から人々の目をそらすために、母をいけにえにした。似たような場面になれば、彼らはまた同じことをするにちがいない。

「あの暴動がおきてから、今年で二十七年になりますよね？」グレイスは言った。

シアシーはうなずいた。「そして、あの暴動の二十七年前にはワッツ暴動（LAの黒人居住区ワッツで白人警官が黒人を逮捕し住民と争いになったことから生じた事件）がおきている」

グレイスもうなずき返し——ワッツ暴動のことはよくわからなかったが——思ったことを話しつづけた。「同じことが繰り返されているんです。毎週のように、警官による銃撃事件がおきていて。ロドニー・キングのことは——彼がひどい目にあったのはたしかですが、それでも……」

グレイスが言いよどむと、シアシーがその先を続けた。「ロドニー・キングの件が騒動になったのは、ジョージ・ホリデイが現場を撮影していたからです。警官による暴行事件で公になっていないものがあるのは推して知るべしだが、あの動画だけは、全米のあらゆるニュース・チャンネルで一年間ずっと放映されつづけた。いまは、幼い子供が死んでもあんなに報道されることはありません。撮影される動画が多すぎるんです。犠牲者はひとくくりにされ、視聴者は鈍感になっていく。いまだったら、ロドニー・キング殴打事件の映像がユーチューブにアップされても、再生回数は数千止まりでしょう。彼は重罪犯で、警官に捕まったときに抵抗しているし、なにより死んでいないのだから」

「アルフォンソ・キュリエルのことも、もう報道されなくなりました」

「報道される可能性はありました。トレヴァー・ウォーレンが起訴されていれば。裁判が近づいていれば。だが、裁判はない。ジャーナリストのほうはどうかって？　大半が興味をなくしています。彼らにとっては、あの事件はもう終わったようなものなんです」

グレイスは、アルフォンソ・キュリエルの母親がカメラを指さしていたのを思い出した。〝あの子の名前を忘れないでください〟。「いまは、レイ・ハロウェイがニュースの中心になっていますね」

「こう言ってよければ、それは朗報かもしれません。これはみんな、同じ話の一部なんです。ニュースが一周回って次に移っても、レイ・ハロウェイを見れば、みんなはアルフォンソ・キュリエルのことも思い出すでしょう。このあたり、南カリフォルニアでは特にそうだ」

「レイ・ハロウェイは釈放されるべきです」とグレイスは言った。「警察は完全にまちがっています。わたしはそう確信しています」

シアシーはにわかに興味を覚えたらしく、あらためてグレイスを見つめた。「あなたは銃撃の現場を目撃している。レイを釈放させる力がある者は限られているが、あなたはそのひとりだ。なにか思い出したことがあるんですか？　レイにとって有利になるものを見たとか？」

例のビデオはシアシーに渡してもいいし、もっといえば、マックスウェル刑事に提出することもできなくはない。たぶん、それが正しい行動なのだ。だが、そんなことをしてなんになる？　ダンカン・グリーンの写真を出しても疑いを晴らせないなら、あのビデオでもだめだろう。それに、レイ・ハロウェイはあのビデオがおもてに出るのをいやがるはずだ。それはグレイスの両親も同じだろう——ふたりはただ、気持ちに区切りをつけて先に進みたいだけなのだ。そしてグレイス自身も、スポットライトを浴びるのはもうたくさんという気がしていた。

「前に、レイの弁護士には連絡できるとおっしゃっていましたよね?」

フレッド・マクマナスはテレビ出演中かと思うような姿をしていた。そして、見たところ、実際に出演経験があるようだった――ずらりと並んだ本棚の一角に、ニュースキャスターのレイチェル・マドウと並んでいる彼の写真が額に入れて飾ってあったのだ。ハンサムで背が高く、ぱりっとした青いスーツに細いグレーのネクタイを締めているのが小粋に見える。マクマナスは黒人で、グレイスにはそれが意外に思えた。弁護士が黒人なのが意外だということではなく、苗字がアイルランド系だったからだ。

「ミス・パーク、どうぞおかけください」マクマナスはデスクの前に置かれた豪華な革張りの椅子を示した。「お待たせしてすみませんでした。SNSで例のキャンペーンが始まったのもあって、もうてんやわんやなんですよ。さっき、ラジオ局のKPCCのスタッフと話をしてきたばかりでしてね」

腰をおろしたグレイスは、大学生ぐらいの青年がふたり写っている写真が額に入れてあるのに目を留めた。片方は卒業式を迎えたところらしく、ガウンの上に色鮮やかな肩帯をかけている。

「それは、うちの息子の卒業式の写真です。わたしと同じでUCLAに行ってたんですよ」

マクマナスはどっしりしたデスクチェアに身を沈め、かすかにほほえんだ。「頭がいいのはそっちの子でね。顔がいいほうはスタンフォードに通ってます」

グレイスは口が半開きになった――このふたりが彼の息子だとは予想していなかったのだ。

「まさか十二歳のときに子供ができたわけじゃないですよね?」

マクマナスの笑みが満面に広がった。「よく言われるように、黒人は老けない（ブラック・ドント・クラック）んですよ」

グレイスは声をあげて笑った。そんな話は聞いたことがない。

「連絡してもらえてよかった」マクマナスは愉快そうな明るい表情を保ったまま、そう言った。

センチュリーシティにあるマクマナスの事務所に車のなかから電話を入れたとき、グレイスはすでにそこに向かっているところだった。事務所に着くと、彼のアシスタントは水やコーヒーやクッキーを次々に出してくれて、マクマナスは手が空き次第、すぐに参りますからと強調した。

「あなたの依頼人を支援したいんです」とグレイスは言った。「レイ・ハロウェイのことですが。わたしは、彼はなにもしていないと思っています」

マクマナスが驚いたとしても、それは顔には表われなかった。「わたしもそう思っていますよ」彼はそれだけ言って、グレイスが先を続けるのを待った。

「わたしたちは告訴などは考えていません。うちの家族は、ということですが」グレイスはそう言いながら、自分たちの意向によって事態が動くことがあるのだろうかと思った。うちの家族が望めば、この件をなかったことにできるのだろうか。

マクマナスはグレイスの表情から、その馬鹿げた望みを察したらしい。「残念ながら、それで解決とはなりません。レイは仮釈放中とはいえ重罪犯として服役していますし、重大な暴力犯罪一件について犯行を自白しています。州としては、あなたがたの意見だけで彼を不起訴処分にするわけにはいかないんです」

「こちらが証拠をもっていたらどうでしょうか？」

マクマナスのデスクチェアがきしんだが、グレイスは彼が身動きしたのに気づかなかった。

「それは、どういう証拠ですか？」声こそ平静だったが、マクマナスの目は貪欲な光をたたえてグレイスを注視していた。

あのビデオをマクマナスに渡したらどうなるだろう？　彼は依頼人にビデオを見せるだろうか？　それとも、すぐに警察や検察に提出してしまい、彼らがあの少年を追うことになるのか？　レイ・ハロウェイが逮捕に甘んじることでかばおうとしている少年を。

グレイスは相手の考えを慎重に探ろうとした。いまは、こちらの手の内をさらすわけにはいかない。「これは仮定の話ですが、依頼人以外の人物が関与した証拠があって、それでも依頼人にその証拠を利用しないでほしいと頼まれたら、どうしますか？」

〝仮定の話〟という前置きは、結局は意味がなかったようだ。マクマナスは、聖杯のありかを示す地図を一瞬だけ見せられたかのように目を光らせた。「ほかの者が関与した証拠をもっているんですか？」

「そうは言っていません」

弁護士は再び椅子に身を沈めた。もどかしそうな顔をして。彼は依頼人が自分に隠し事をしていると感づいているのだろうか。とにかく、グレイスの知る事実が、相手に知られていないのはまちがいないようだ。

それなら、マクマナスには教えないことにしよう。そのことを考えると、グレイスは突如として、レイ・ハロウエイと結託しているような感覚に陥った。そのことを考えると、温かく幸せな気持ちでいっぱいになった――ショーン・マシューズを訪ねたときに求めていたのは、この気持ちだったのだ。ここにひとりの男がいる。彼は刑務所を出たばかりなのに、わが身の自由を犠牲にして家族を救おうとしている。それは民話に出てくるような、美しく気高い、たぐいまれな行為に思えた。危機に瀕したときに明らかになる、父親の愛。その愛を大事にしてあげよう。彼のために秘密を守るのだ。

「彼を支援したいとおっしゃいましたよね」マクマナスが言った。

「そうです」グレイスは答えた。「わたしはあの銃撃を目撃しましたが、彼のしわざだとは思っていません。その意見には意味があると思うんですが、違いますか？」

マクマナスは少し考えてから、再び身を乗り出した。「いいですか、これはあくまで仮定の話ですよ。あなたかお母さんが、銃撃のことについてなにかを思い出したとします。それはまだ警察に話していないことだ――そうなれば、事態は変わるかもしれません。あなたは、彼は犯人ではないと証言するつもりでいる。それを知ったら、検察はいまよりずっと苦労することになるでしょう。もっと言うと、あなたが証言台に立つ覚悟を決めたとわかれば、それだけで彼らはあきらめると思いますよ」

グレイスは胸がどきどきしてきた。男性が自由になり、少年が自由になり、涙ながらに再会を喜んでいる、そんな場面が頭に浮かんだ。それは自分の介入によって実現することなのだ。マクマナスは無理強いを避けるために巧妙な言い方をしているが、彼がなにを頼んでいるかはわかる。代償は払わねばならないが、それで得られるものを思えば、たいしたことではない。

「母は証言はしないでしょう。それはまちがいないと思います。わたし自身は、犯人の顔を見たけれどレイ・ハロウェイではなかったと話します」

マクマナスはグレイスの目をのぞきこみ、満足そうに一度だけうなずいた。「もう地検から連絡はありましたか?」

「いいえ。話をしたのは刑事さんだけです」

「これから連絡がありますよ。というか、あなたに話を聞くべきだと、わたしから地検に伝えておきます」

22

二〇一九年九月五日、木曜日

ショーンの枕の上で携帯が鳴った。チョンジャ・ハンが銃撃されてからは、毎晩、携帯を耳のそばに置いて寝ている。最近はあまり熟睡しないようにしていて、いずれそのツケが回ってくると思われたが、肝心な電話をとりそこねて後悔するのはいやだった。画面を見ると、ダリルの写真が表示されていたので、ショーンはベッドを抜け出し、暗い廊下に出てから電話をとった。

ダリルの声は緊張でかすれていた。「ああ、ショーンおじさん」

チンピラ小僧は生きていたのか。ショーンはカーペットにすわりこみ、頭を壁にもたせかけた。気を落ち着けるために、目もつぶった。

「ダリルか。まったく、しょうがないやつだ」

「ごめんなさい」

「いまどこだ？　どこからかけてる？」

「どこにいるか教えたら、母さんには言わないで迎えにきてくれる？」

「いいから、どこにいるか言ってみろ」

ダリルは迷っていたが、結局白状した。ここは助けてもらうしかない。「マカダム・パークにいる。運動場に」

その公園は、雲梯で遊ぶダリルを見守った場所だった。泥まみれになってはしゃぐので、ズボンのひざと尻が真っ黒になっていたのを覚えている。雲梯を無事に渡りきり、地面に飛び降りたときに見せた満面の笑み。大きな歯を白く光らせ、きらきらした目をショーンに向けている。〝ねえ、いまの見てた?〟と言うように。

「そこにいろ。十分で行く」

ショーンがズボンをはいていると明かりがついた。ジャズはベッドで起きあがっていた。柔らかくくすんだ照明が光輪のように頭を取り巻いている。彼女は澄んだ目を大きく見開いていた。やはり、目を覚ましていたようだ。おそらくは、電話が鳴ったときから。

「こんな時間に出かけるの? 夜中の二時過ぎよ」

そういえば、時間を確認するのを忘れていた。ここ数日は、連絡を待ちながら、いつでも飛び出せるようにしていたので、毎日習慣にしていることがなにもできなかった。待機が続いているこの状態は、ジャズが緊急連絡の受付を担当した夜に神経をすり減らしているのに似ている。そういう夜は医療衣を着たままベッドに入り、電話一本で病院に駆けつけて赤の他人の緊急事態に対処する準備をしておかねばならない。ただ、今回の緊急事態は四十八時間も続いているし、ダリルは他人ではなく、血を分けた肉親だ。いまのショーンは愛とアドレナリンの力だけで動いていた。しかも、四時間後には仕事に出かけることになっているのだ。

「ごめんよ、ジャズ」とショーンは言った。「きみは寝ててくれ。すぐに戻る」

ジャズは動かず、ひざを立てて両手でそこに頬杖をついたまま、ショーンのほうを見ていた。「ダリルだったの？」

ショーンは嘘をつこうかと思った。ジャズがその嘘を信じてくれそうだと少しでも感じたら、そうしていたかもしれない。「ああ」

「あら、よかったじゃないの」ジャズは全身で安堵のため息をついたように見えた。「じゃあ、あの子は無事なのね？」

どう答えていいかわからなかったので、ショーンは顔をそむけ、靴下をはきながら自分のひざに話しかけた。「居場所はわかったよ」

ジャズはしばらくのあいだ、黙って考えていた。「でも、なぜあんなふうに飛び出していったかはわからないし、問題はまだ解決していないわけね」

ショーンは立ちあがって出ていこうとしたが、ジャズにひじをつかまれ引き止められた。彼はベッドにすわり、ジャズの手をとってそこにキスをした。「行ってくるよ、ジャズ」

「わたしは、あなたが心配なの」ジャズが言った。「自分では手に負えないことに首を突っこむのは、やめてほしい」

ショーンはマックスウェル刑事のことを思い、クワントのことを思った。大男のギャングが地面に倒れたままこちらをにらんでいたことを。それに、仕事のこともある。マニーには感謝しているが――結局は、彼の優しさに甘えることになってしまうようだ――無断で仕事を休むのは心苦しい。いまの平穏な生活にはそれなりの仕組みがあるが、自分には、その仕組みを支えることも、その要請に応えることもできなくなってきたような気がした。

　ジャズは穏やかな声で説き聞かせた。「あの子の問題は、あなたには解決できないのよ。それは自分でもわかってるでしょ。怪しげな人に電話して、怪しげな場所に出向いたりしたら、すぐに刑務所に逆戻りになるわよ。モニークがさよならも言えないうちに」

　ジャズが言うとおりなのはわかるが、だからといってなにかが変わるわけではない。ショーンにはそれもわかっていた。

「あいつは、おれにとってはわが子みたいなものなんだよ。だから、こうするしかないんだ」


　ダリルはそれほど遠くには行っていなかった。マカダム・パークは三十丁目の通りに面していて、Q街とR街のあいだにあり、本人の家からは約三キロ、ショーン宅からはわずか一・五キロほどしか離れていない。ダリルはそこに隠れているつもりかもしれないが、あの公園で隠れるのは不可能だ。そのうち、知り合いに出くわすにきまっている。ダリルも友だちも、そこでスケートボードをするのが好きだ――そのことをショーンが知っているのは、モニークを連れていったとき、彼らにばったり出会ったからだった。マカダム・パークは家族で遊びにいく場所で、思い出がたくさん詰まっている。暖かな陽気ののんびりした午後。ピクニックや試合形式のバスケットボール。思い返すと、ホームビデオの手ぶれした懐かしい映像を見ているような気分になってくる。あふれる陽光、吹きわたる砂漠の風、ショーンが腕を広げて抱きしめている元気いっぱいで肌つやのいい子供たち。

ところが、夜になると、公園のようすは一変する。照明が落とされ、あたりは突然闇に沈み、いっさいの色が隠されてしまう。静かだが無音ではなく、流れてくるざわめきは、落ち着きがなくこそこそして人間くささを感じさせる。野球場のダイヤモンドのそばを通ったとき、視線を感じてそちらを見ると、酔っ払いらしき男がふたり、ベンチにすわっていた。片方の男は通り過ぎるショーンに何度かうなずいてみせた。昔なら、そこで足を止め、手もとにあるものが売れるかどうか、相手に買う金があるかどうか、確かめていただろう。彼にはそういう時代があったのだ。そのころの自分を思い出し、ダリルが同じようなゲームに関わっていることを思うと、ショーンは恥ずかしさでいっぱいになった。

ダリルはすぐに見つかった。低いブランコに背中を丸めてすわっている姿がシルエットになって浮かんでいる。ダリルの体型や若者らしいしぐさは、ショーンにはおなじみだった。全体的には絶えず変化しているのに、なぜか猫背と自意識過剰な雰囲気だけは相変わらずで、いかにもダリルらしい。ショーンが近づいてきたのを見ると、ダリルは鎖をつかんで立ちあがった。鎖はブランコ本体にぶつかって音をたてた。金属がこすれる音がかすかに響く。

涼しい夜で、ショーンは服の生地を通して冷気が忍びこむのを感じた。砂漠特有の、骨のように白々した月明かりが肌まで染みわたり、体温を漉しとっていくかのようだ。ダリルはジーンズにフード付きの上着という格好で、前のジッパーをあごのところまで引きあげていた。緑色のフリースに白い裏地がついた上着はよく着ているので、何度も洗ってすりきれているのがわかる。バックパックを足もとに置いているが、どうせろくなものは入っていないだろう。甥のように思っているこの少年の姿が、なんとわびしげに見えることか。まるで家出した子供のようだ。

ショーンに抱きしめられると、ダリルはまる二秒おとなしく待ってから、こそこそとブランコに逃げ帰った。こいつにシャワーを浴びさせたい。十代の少年の体臭はただでさえ強烈で、それが二日間落とされずにいたのだから。

「おまえ、臭いぞ」ショーンがもう一方のブランコに腰かけると、ブランコは重みできしんだ。

ダリルは力なく笑った。

「いままでどこにいたんだ?」

「あっちこっち、車で動きまわってた」

「おやじさんの車だろう。車のなかで寝たのか?」

「寝た? ショーンおじさん、おれは全然寝てないんだ」

これはおおげさに言っているだけだろう。ダリルが家を出てから二日以上たっているし、ティーンエイジャーがものごとをドラマチックに考えがちなのはわかっている——ショーン自身も昔はそういうところがあった。ただ、その点を差し引いても、十代のころのショーンの人生は掛け値なしにドラマチックだった。そしていまでは、ダリルの人生もそうなっている。それに、多少は寝たにせよ、一睡もしていないにせよ、ダリルの顔には不眠による疲労感が表われていた。目は落ちくぼみ、頬はプラムのような濃い紫色になっているのが暗がりでもわかる。

「きのうはロンポックに行ってきた」

「おやじさんはロンポックにはいないぞ。それはわかってるよな？」

「うん、わかってる。ただ、行ってみたかったんだ。父さんが刑務所にいたとき、車を運転して面会に行ったことはなかったから。ほんとに、一度もなかったんだ」

「あのころは免許をもってなかったじゃないか。いまだってそうだ」

「仮免はもってたよ」ダリルは憐れっぽく言った。

「家に帰ったらどうだ？　おまえのせいでおふくろさんがどんな思いをしてるか、わかってるだろ？」

「うちには帰れない」

「じゃあ、なんで電話してきたんだ？」ショーンはやれやれと首を振ったが、そこではたと気づいた。「ガソリンが切れたのか。おまけに金も尽きた。そうなんだろ？」

ダリルは足もとの砂を蹴って、うなずいた。

「するとなにか、おれがここで、なにも訊かずに何百ドルか渡してやって、おまえはそれをもってメキシコに逃げるとか、そんなつもりでいるのか？　それで、絵葉書の一枚でもよこすってか？」

「おれはただ――」泣きそうになるのをこらえたのか、ダリルは声を詰まらせた。「おれが黙っていなくなったほうが、みんなのためになると思うんだ」

「やめろ」ショーンは言った。「おまえがなにをしたとしても、だれもそんなふうに思っちゃいない」

　ダリルは驚いたようにショーンを見た。おじさんに心を見透かされるとは思いもしなかったのだろう。その表情にはなんともいえない純真さが感じられ、ショーンは思わず少年を抱きしめたくなった。

「チョンジャ・ハンを撃ったのか？」ショーンは衝動を抑え、代わりに質問をした。

　ダリルが目をそらしたので、ショーンは彼の腕をつかみ、自分のほうを向かせた。少年はうなずくと同時に顔をゆがめ、悲痛な声をあげて泣きじゃくりはじめた。

「ああ、ダリル」ショーンは自分の額を少年の額に押しあてた。

　おれは何日も前から気づいていたんだ、レイが自白したときから、とショーンは思った。それでも、事実が明かされたいまは、みぞおちを蹴られたような衝撃を受けていた。ダリルの生活についてはどれだけ心配してきたことか――出席日数のこと、交友関係のこと、身を誤る方法はごまんとあって、それをいちいち案じてきたのだ。なのに、こんな形で道を踏みはずすことになるとは。ショーンは胸が張り裂けそうだった。

「なんでそんなことをした？」

「どうにかしなきゃと思ったんだ」

「なにを？」

「エイヴァおばさんのことを」

ダリルが口にした名前が、ふたりの耳に大きく響いた。「おまえはエイヴァには会ってもいないのに」

「そういう問題じゃないよ」ダリルの声が大きくなった。「血のつながった身内なんだから。血族なんだよ」

ダリルは力をこめて話していたが、ショーンには、それがのぼせあがった空虚なことばに聞こえた。ティーンエイジャーのギャングが仲間うちで使うきまり文句だ。走行中の車から発砲するとき窓の外に向かって叫ぶセリフだ。ダリルはエイヴァを愛してなどいない。エイヴァのためというだけで人を撃ったりはしないはずだ。

「エイヴァはおれの姉さんだ」ショーンは少年から目をそらし、無限に広がる黒い空をながめた。「姉さんが死ぬと、おれの知ってる世界はなにからなにまでおかしくなった。おれだって、昔はあの女を捜し出したいと思ってたんだ。こっちを向かせて、罵って、恥じ入らせて、殺してやろうと思ってた。おまえは、おれ以上にそうしたいと思ってたと言うつもりなのか？　そんなのは口先だけじゃないか」

ダリルは黙りこんだ。偉そうに掲げた看板は一撃で崩れ落ちたのだ。時間が刻々と過ぎていくなか、ショーンは相手がなにか言うのを待っていた。ダリルが自分の立場を弁明し、ふたりがともに赦免されるのを待っていた。

しばらくしてダリルはやっと口を開いたが、その声は小さく、ことばは風の音に流されそうになっていた。「だけど、おじさんは、あいつの居場所を突きとめられなかったんだよね」彼はそう言った。「おれは、突きとめたよ」

ショーンは、長年のあいだに何度となく袋小路にぶつかったのを思い出した。それでも捜すのをやめたことはなく、たとえ一瞬でも相手が姿を見せれば、その知らせは絶対に耳に届くと確信していた。ダリルはこちらが見逃していたヒントをつかんだのだ。それはなんだろう? ショーンはごくりと唾をのんで尋ねた。「どうやって?」

ダリルは体を前後に揺すりながら足もとの砂を見つめていた。「一年以上前からわかってたんだ。おじさんが引っ越していって、すぐのころだった。おじさん宛てに手紙が来たんだよ。ミヨン・ハンって人から」

ショーンは記憶を探り、その手紙や名前に覚えがあるかどうか考えてみた。ハン——この苗字は知っている。だが、ミヨンという名は聞いたことがない。「そんな手紙は——」

「手紙はおれが見つけたんだ。おじさんには渡さなかったけど」

ショーンは口をきつく結び、少年が先を続けるのを待った。

「手紙には、自分はチョンジャ・ハンの娘だって書いてあった。エイヴァおばさんが亡くなったことは気の毒に思う、その件で話があるならお目にかかる用意はあるって。連絡してほしいってことで、メールアドレスと電話番号も書いてあった。あと、ルワンダのこととか、和解がどうのこうのとかって。差出人の女の人は、自分の母親が、おじさんの知らない、話をしにいくこともできない場所で、新しい生活を始めたのはまちがってると思ったんだ。それで、母に代わってわたしからお話ししたいんですって書いてた。でも、それだけじゃなくて、母親がどんなふうに暮らしてるかも説明してたんだよ。グラナダヒルズに住んでて、ノースリッジのハニン・マーケットで薬局をやってるって」

ショーンは爪先を砂地にめりこませた。ダリルが早口になってきたので、ブランコから転げ落ちずに話についていくにはそうするしかなかったのだ。彼はグレイス・パークのことを思い出した。見苦しい姿をさらして、まごつきながら必死に情けを乞うていたのを。あのグレイスが、一年以上も前から母親の秘密を知っていたとは思えない。なのに、ダリルは知っていた。パズルのピースは、ダリルの手のなかにそろっていたのだ。

「なんでそれをおれに言わなかった？」

「おじさんには知らせたくなかったんだ。刑務所から出てきたとき、おじさんがどんなふうだったか覚えてるよ。それより前のようすも聞いてたし。いつでも、怒ってるか、なにもかもくそくらえって感じだったって。でも、うちに来てみんなで暮らしてたときは幸せだったでしょ。そのあとジャズおばさんと出会って、おばさんといっしょにいるときも幸せだったよね。その幸せを台なしにするのはいやだったんだ」

まさか、そんなことになっていたとは。ダリルの話にショーンは耳を疑う思いがした。自分がジャズに出会っていなかったらどうだろう？　あのままハロウェイ家にいて、その手紙を受けとっていたのだろうか？　頭のなかで、封筒を目にした自分を想像してみた。宛名である自分の名前の上に、差出人のハンの名前が記された封筒。それを見た瞬間に、どういう手紙かぴんときたにちがいない。いままで何度も何度も自問してきたが――あの女はどこにいて、なにをしているのかと――一年以上も前に、その答えをショーンに教えようとした者がいたのだ。

「おれが知ったら、あの女を殺すと思ったのか」

「おじさんがどうするかはわからなかった。ただ、あの手紙が爆弾なのはわかってたよ」

たしかにそうだ――その手紙は爆弾であり、みごとに爆発したのだ。ダリルは爆弾のそばにいたショーンを突き飛ばし、そのせいで自ら爆風の餌食（えじき）になったのか？　だとしたら、これ以上悲しい結末があるだろうか。

「それで、おまえは青二才のくせに、このおれを信用しないで、おじさんに手紙を見せたらとんでもないことになると思ったのか？　ダリル、おまえは人を撃ったんだぞ」

「初めは、なにも決めてなかったんだ」ダリルが言い返した。「どうするか考えたのは、手紙を読んだあとだった。手紙そのものは、おじさんの目にふれないように破り捨てたけど、読み返すことはできなくても、書いてあったことについては何度も考えたんだ。調べたら、そのマーケットに薬局は一軒しかなかった。それで、あいつがどこにいるか、はっきりした」

「だとしても、なんで、いまやったんだ？」

「とにかく、まちがいを正したかったんだ。だって、なにもかもがめちゃくちゃじゃないか」ダリルは手で鼻をぬぐい、高まる気持ちに声を震わせた。「何度も何度も思ったよ、だめだ、このままにしておいちゃいけないって。わが家のなかだけでも、ある程度の正義を実現できるはずだって」

ショーンは首を振った。「なにを言ってるんだ、ダリル。そんな悩みのために、あの女を撃ったわけじゃないだろう」

少年は怒りをあらわにしてショーンをにらみつけた。その目が涙で光っている。この子は自分が吐いたでたらめを信じているのだ。たぶん、言い訳のための屁理屈を何日もかけて積みあげてきたのだろう。

「おまえ、クワント・フォックスの一味とつるんでるんだな」

ダリルは返事をしなかった。

「きのう、やつに会ったよ」ショーンは片手をこぶしにして、もう一方の手の親指で関節をなでた。殴ったときの衝撃が残っていて、関節はまだずきずきしている。「おまえはあいつとつきあってるんだろ」

「あの人は友だちだよ」

「ギャングになりたいんだな？　ああいうのがかっこいいと思ってるのか？」

ダリルは挑むように目を光らせ、真っ向からショーンを見据えた。「クワントが言ってたよ、おじさんはダーシャぐらいの歳のときにはギャングをやってたって」

「そうだ。おれは十四歳だった。おまえは十四歳なのか？」

ダリルは黙っていた。

「そうだろう、その歳ならもっとよく考えなきゃだめだ。言っておくが、おれは姉を殺されたんだぞ。親はいなくなったり死んだりしていたし」

「おれの父さんは十年間も刑務所に入ってたんだよ」ダリルがすかさず反撃した。「バカみたいな強盗事件をおこしてしくじったせいで。その事件では怪我人さえ出なかったのに。でも、どいつもこいつも、おじさんまでが——それはしょうがない、ヘマをしたんだからそれぐらいの目にあうのは当然だ、みたいな顔してさ」

「それでクワント・フォックスに導きを受けたのか。やつがマルコム・Xばりに檄を飛ばすのを聞いて、その話を喜んで鵜呑みにしたんだな」

「クワントはいろんな話をしてくれた。ほかの人はだれも教えてくれなかったおもしろい話を聞かせてくれたよ。父さんのこととか、エイヴァおばさんのこととか。おじさんのことも聞いたな」

「だからチョンジャ・ハンを撃って、自分の実力を示そうとしたわけか。ベアリング・クロス・クリップスのパームデイル支部だかなんだか知らないが、クワントが仕切ってる連中を感心させようとした、そういうことだろ？　頼むから、これが初めてだと言ってくれ」

「どういうこと？」

「前にも人を撃ってるなら、教えておいてくれってことだよ」

「まさか、そんなことしてないよ！」殺人未遂の罪は認めていないくせに、たいそうな憤慨ぶりだ。「今回の件は、たしかにまちがいだった。ずっとそのことばかり考えてる。おれはこういうのには向いてないんだよ、ショーンおじさん」

「次に人を撃ちにいく前に、それを肝に銘じてくれるとありがたいんだがな」

ダリルは派手に鼻をすすり、また手で鼻をぬぐった。「おじさんには、なんでできたの？」

「なんの話だ？」

「クワントから聞いたんだ、昔はおじさんも放火したり喧嘩に加わったり、人を狙って銃を撃ったりしてたって。人を撃っておいて、そのあとも平気で生きていくなんて、どうすればそんなことができるの？」

ショーンはその点について考えてみた。世間には、暴力を楽しみ、その快楽を追い求めるようなイカれた野郎がいるが、自分はそんなふうになったことはない。ただ、長年のあいだに人に向かって発砲したことは何度かあり、少なくともひとりには実際に弾が命中している。相手はよく知らない少年で、撃ったのは脚だった。実をいうと、その件を気に病んで眠れなかった夜はそんなに多くはなかったが、それでも、たいした怪我でなくてよかったという気持ちはあった。

「あのころは、それが日常の一部だったんだ」とショーンは答えた。「戦争に行って、敵の兵士を撃つ。そういう単純なことだ」

「そんなわけないよ」

「まあ、単純というのはちょっと違うな。だとしても、これはギャングの話だ。向こうもルールは心得てる。おれと同じように。おれが相手にしてたやつらは、ノースリッジの韓国系のおばさんなんかじゃなかった」

「エイヴァおばさんはギャングに殺されたわけじゃないのに」ダリルがいまいましげに言った。「言ってることがよくわからないよ、ショーンおじさん。ほかのギャングを撃つよりも、あの女を撃つほうが悪いなんて、なんでそんなふうに思えるんだよ？　ほかのギャングって、おじさんとか、おれみたいなやつのことだろ？」

ショーンが答えられずにいると、ダリルが沈黙を破って畳みかけた。

「これだけたっても、まだそんなふざけた説を信じてるんだね。しかもよりによって、おじさんみたいな人が。おじさんは、黒人の命は大事じゃないと思ってるんだ。おれたち黒人が銃で狙われても問題にはならない。だって、黒人には欠点があるから。銃で狙われてもしかたないようなことをやってるから。だけど、チョンジャ・ハンはそうじゃない。それがおじさんの考えなんだろ？」

「なにかを信じてるとか信じてないとか、そういう話じゃない」ショーンは声を荒らげた。「おれがなにを信じていようが関係ない。おれがなにかを信じていれば、おまえが刑務所に入らずにすむなんてことにはならないんだ。まだわからないのか？　警察はおれが動かしてるわけじゃない。判事たちはおれの話には聞く耳をもたない。あいつらが黒人の命は大事じゃないと思えば、実際に黒人の命は大事じゃなくなるんだ。世間のやつらは、この社会はどうあるべきかなんて話で好きなだけ盛りあがればいいが、いまおれが話してるのは、おまえの命がつながるかどうかってことなんだよ、このバカたれが」ダリルが刑務所に入れられ、明るい光からも家族からも遠ざけられて、あの残酷な環境で大人になることを思うと吐き気がする。そこで、銃のことを思い出した──凶器の銃から足がつけば、ダリルはもうおしまいだ。ショーンはおそるおそる尋ねた。「銃はクワントから渡されたのか？」

ダリルは首を振ったが、ショーンはまだ安心できなかった。

「まじめに訊いてるんだ。あいつはおまえがやったと知ってるのか？　あいつに限らず、知ってるやつはいるか？」

「だから、いないってば。やったとたんに、しまったと思ったよ。だから、だれにも話してはいない」

「じゃあ、おれが聞いた、ベアリング・クロスが犯行声明を出したとかって話はなんなんだ？　おまえが犯行の前に、いまからやってくるって大いばりで話してまわったんじゃないのか？」

ダリルはぽかんと口を開け、下唇を震わせた。「その話、どこで聞いたの？」

「刑事から聞いたんだよ、ダリル。やつの口ぶりだと、みんなが口をそろえてベアリング・クロスのしわざだと言ってるみたいだった」

「それは、チョンジャ・ハンの事件だからだよ。あの女がどんなやつかはだれでも知ってる。

人の恨みを買ってるやつだって。だからきっと、ハンが撃たれたとわかったとたんに、うちの連中のしわざだと思って、その噂を広めたやつがいたんだ。でも、ショーンおじさん、神に誓ってもいい、おれはだれにも言ってないよ」

ショーンはいくらか安心できたのを、ひとまずありがたいと思った。「だったら、銃はどこで手に入れた？」

「自分で見つけたんだ」ダリルはあいまいな答え方をした。

「見つけたって、どういう意味だ。どこにあったんだ？」

ダリルは足もとに視線を落とした。「父さんの車にあった。シートの下に」

ショーンは思わず口をゆがめた。胸の奥まで深々と息を吸い、小鼻をふくらませる。刑務所を出たばかりで、しかも背後に保護観察官が張りついているのに、レイは銃を手に入れていたのだ。そしてその銃を、愚かにも、息子が見つけられる場所に隠したわけだ。

「いまはどこにある」

「銃は隠したんだ。家のなかに。でも、もうそこにはないよ」

ダリルがそれ以上話さなかったので、ショーンは最後のことばの意味をさとった。家宅捜索のときに警察が見つけたということだ。やはり、レイはなんの根拠もなく逮捕されたわけではなかったのだ。

「おれのせいで父さんは捕まったんだ」ダリルが言った。「父さんは自白した。それもおれのせいだ」

ショーンはうなずき、少年がうなだれて両手で顔を覆うのを見守った。ダリルはそのまま顔を上げ、指先の上に赤い目をのぞかせてショーンを見つめた。

「ねえ、ショーンおじさん。おれはこれから、どうすればいいの？」

23

二〇一九年九月六日、金曜日

元気だった母が、急に調子を崩した。頭痛がすると言って早めに床に着き、グレイスがお医者さんを呼ぼうと言ったのを、手を振ってしりぞけた。なんでもない、散歩して疲れただけだからと言い張って。母は自分が回復していると信じこんでいた。グレイスも母のことばを信じていた。実際、これまでは元気にしていたから。

深夜の底知れぬ闇のなか、グレイスは父に大声で名前を呼ばれて目を覚ました。真っ暗な廊下をなにも見えないまま走り抜け、家の奥へ向かう。さっきまでとらわれていた夢の網からまだ脱しきれていない。冷えきった足。現実感はどこにもない。

薄明かりのもと、母は高熱を発して震えていた。部屋じゅうに響くかのような心臓の鼓動。湿った枕カバーに張りついた髪。熱を帯びた肌が発散する瘴気(しょうき)。かたかた鳴りつづける歯は羊皮紙のようにうっすら黄ばんでいる。

グレイスが母の手を握っているあいだに、父が電話で救急車を呼んだ。グレイスは必死の思いで母に呼びかけ、骨ばった手を握りしめた。その手が、弱々しく、ゆっくりと握り返してきた。母のまぶたは細かく震え、唇がグレイスの名を呼ぶかのように動いた。ことばは出ない。息だけがもれた。浅く、速く、途切れ途切れに。

救急車が到着したときには、母は意識を失っていた。グレイスが見守るなか、母の体は救急救命士たちの手でストレッチャーに固定され、救急車に運びこまれた。またこんなことになるなんて嘘みたいだ。たった二週間で、二度も同じ目にあうなんて。

残された父と娘は、無言で救急車のあとに続いた。運転を父にまかせたグレイスは、赤い回転灯の光を目で追いながら、恐怖と現実否定のあいだで揺れ動いていた。

待合室に着いたときには、母の緊急手術がすでに始まっていた。この部屋にまた来なければならないなんて、どうかしている。グレイスはだれかに向かってわめきたくなった――これはなにかのまちがいよ、悪趣味な冗談だわ、熱が出ただけで手術するなんて！　夢のなかでは不条理なことがおきるが、まさにそんな感じだ。涙ながらに目を覚まし、嗚咽がこみあげるなか、他のいっさいを忘れて、いまのは夢だったんだと心からほっとできたらどんなにいいだろう……。

母は日が昇る前に息を引きとった。銃撃によって結腸が傷つき、その傷が細菌に感染して敗血症を引きおこした――担当医の女性はお悔やみを述べたあと、ことばを選びながらそう説明した。自分の過失は認めず、まともに謝罪する気もないのが、その態度でわかった。グレイスは彼女に食ってかかったが、父もミリアムも止めようとはしなかった。

グレイスには自分がなにを非難しているのかもよくわからなかった。頭のなかは空っぽで、ただことばがあふれ出すばかりだった。そうやって勢いまかせにしゃべりながら、その瞬間に命を賭け、目の前の問題に、責任を負うべき相手に、全力で立ち向かった。だが、ことばが尽きてしまうと、ここからは示談の領域になり、自分は身を引いて、ほかのだれかに話をつけてもらわねばならないのだとさとった。騒ぎが終わってしまえば、あとは動かしがたい事実に向き合うだけだった。母が死んで、どんな過ちを正そうとも二度と帰ってこないことを受け入れるしかなかった。

もうすぐ検視官がやってきて、母を連れていくはずだ――母は殺人事件の被害者なので解剖に付されることになっている。家族三人は、無言のうちに、そのときが来るまで母に付き添っていようと決めた。グレイスは悲しみにくれ、呆然とするばかりだった。銃撃がおきた時点でも、まだ覚悟はできていなかった。家族全員でこれを乗り越えて、無事に帰宅できるものと思っていたのだ。

この期に及んでも、母は深い眠りに落ちているだけで、じきに起きあがるのではないかという気がしていた。そうならないのが不思議でしかたない。母の死はまちがったこと、ありえないことで、ブラックホールのようにゆがんだ世界のできごとに思えた。シーツに覆われた母の遺体はグレイスから五十センチと離れていない。母の不在は圧倒的であり、取り返しのつかない事実なのだった。

父ポールは妻のそばにすわり、前かがみになって、妻の顔に顔を寄せていた。目を固くつぶり、グレイスには意味がわからない韓国語でなにかをつぶやきながら、涙で声を詰まらせている。父がこんなに感情をあらわにするのは見たことがない――そのせいで、なにを見ても現実とは思えないという感覚がさらに強まった。グレイスが見ていると、父はシーツの下に手を入れて母の手を探りはじめたが、捜しあてた手が確実に生気をなくしているのを感じたらしく、伸ばした手を急に引っこめた。

ミリアムがグレイスの肩に顔をうずめ、グレイスは服の袖が姉の涙に濡れるのを感じた。「変なことを言うようだけど、ここ数週間は、これまでの二年間より気が楽になってた」ミリアムが言った。「お母さんが撃たれてよかったとは思わないけど、ある意味で、肩に載ってたすごい重荷がおりたっていうか。お母さんがちゃんと罰を受けて、わたしたちみんながやっと前に進めるようになった気がしたの。家族として」

グレイスは母の体が――死体が――形づくっているシーツの山を見つめた。ここ二週間は、グレイスにとっては苦難の日々だった。母が驚くような変貌を遂げ、自分には理解できない人物になり、これまでずっと隠してきた本性をさらすのを、生まれて初めて目にしたのだ。その経験はグレイスという人間を根底から揺さぶった。自分は何者でどこから来たのか。自分の人生を成り立たせていた嘘、自分を作りあげた嘘はどんなものだったのか。そうしたことをいちいち自問せずにはいられなくなったのだ。ほんの一瞬、こう思ったこともある――自分は新たな現実に折り合いをつける方法を知り、なんとか前進していけるようになった。

勘定はすませたのだから、今後は少しずつもとの暮らしに戻っていけばよいのだと。だが、その考えはまちがっていた。問いの答えは見つかるどころか、まだ手がかりさえつかめていない――ここはやはり、母に助けてもらいたい。母に自らの行為について釈明してもらい、なにかはわからないが、こちらが必要としているものを与えてもらわなくては。

ミリアムはグレイスの肩に顔をうずめたまま、なおもぶつぶつ話しつづけていた。「これはなにかの始まりになるはずよ。昔なにがあったか、あなたにもわかったわけだし、これからはみんなで力を合わせて、この試練を乗り越えていかなきゃ。学んで成長するの。もっといい人間になることだってできるかもしれない」

母は与える役目をすでに終えていた。対話は終わったのだ。沈黙が、母の最後のことばになった。

「でも、最後に少しだけ仲直りできて、ほんとによかった。お母さんが、わたしに憎まれてると思ったまま死ぬようなことにならなくて」

ミリアムのことばに、グレイスは胸をえぐられる思いがした。後悔の念と苦痛が体じゅうを駆けめぐり、鼻と口がふさがれて息が苦しくなり、身動きもできないほどだった。たしかに、姉の言うとおりだ。二年にわたってかたくなに母を避けつづけたミリアムは、ぎりぎりのタイミングで戻ってきて和解を果たした。いまにして思えば、姉は母の死の床に駆けつけたようなものだった。母は初めて産んだ子が帰ってきてくれたおかげで、心安らかに逝くことができた。それはまちがいない。母がこの世で過ごした最後の日々において、ミリアムは唯一の救いになったのだ。こんな不公平な話があるだろうか。グレイスは姉の顔をかきむしってやりたいという衝動にかられたが、それをこらえて、肩をすくめることで姉の頭を振り落とすようにした。

実の母親が銃撃された。そんなときに、自分はなにをしていたのか？　母を拒み、否定し、よその家に生まれたかったたと思っていた。二十七年のあいだ、グレイスは母を愛してやまなかった。だが、母が死の床にあった二週間は、心のなかで母を見捨てていた。母と娘は、どちらもそのことに気づいていたのだ。

グレイスは、生まれて初めて孤独のどん底に沈んでいた。姉が憎くてならない。のんきなミリアム、他人に世話を焼かせてばかりいて、人の善意を遠慮なく受けとり、それが自分の務めであるかのように思っているミリアムが憎い。もちろん、母親を失ったのは姉も同じだが、なんというか、姉は自分の思いどおりに母を失ったのだ。悲劇のヒロインのように。感動的な形で。

大地に大きな裂け目ができてしまい、ミリアムはその亀裂の向こう側にいた。安全な場所に戻る道はそちら側にしかない。

グレイスはいつしか祈りはじめていた——銃撃事件がおきてからは、昔そうだったように、お祈りをせずにはいられなくなり、慰めや安らぎを乞い求めたり、この苦しみをなくしてくださいと願ったりしていたのだ。だが、そんな祈りがなんの役に立っただろう？　母は死んでしまった。いまどこにいるにせよ、母は永遠にそこにとどまったままで、二度と帰ってはこないのだ。

うつろな気分のなかで吐き気がこみあげた。高いところから落ちそうになっているときのように、胃袋が沈んでいく感じがする。母があの世に流れ着いたところを想像しても、なんの慰めにもならなかった。あの世はなにもない場所であってほしい。グレイスは心からそう思った。天国があるとすれば、地獄も存在しなくてはならない。それに、天国に行けるのは悔い改めた者だけだ。

目を開けると、めまいとともに絶望感に襲われた。自分にはもう母親がいない。いなくなった母を取り戻すことはできないのだ。

24

二〇一九年九月六日、金曜日

まさか自分が、チョンジャ・ハンが死んだのを残念に感じるとは思いもしなかった。だが、そのニュースを聞いたとき――レイの弁護士から知らせを受けたニーシャが電話をくれたのだ――ショーンは肉体的な苦痛を感じた。胃袋が固くよじれて、その瞬間はなにも考えられなくなったのだ。打撃を受けたことは何度もあったが、今回のものはいままでいちばん大きかった。ダリルが犯した罪は、一瞬にして殺人罪に変わってしまったのだ。いまやダリルは殺人犯であり、レイは殺人の嫌疑をかけられることになる。これで有罪と決まれば、レイはもう一生塀の外には出られないだろう。

ついきのうまでは、みんなが期待に胸をふくらませていた。レイの弁護士はニーシャに、グレイス・パークがレイは無実だと証言するつもりでいると伝えてきた。ニーシャは、ダンカンの写真や、夫のひざに乗っていた若い娘についてはなにも言っていない。いまのところは、レイを家に連れ戻すことしか考えていないようだ。ショーンは、レイに対する嫌疑が取り下げられたらどうなるだろうと気を揉んでいた。だが、ニーシャの話からすると、検事たちはレイが有罪であるという点には自信があり、あとは彼らが公判を維持できると見積もるかどうかにかかっているらしい。ショーンは、愛する者が全員うちに戻っているところをつい夢想してしまった。それは、そんなにとっぴな夢ではないはずだ。十日前には、それがあたりまえの日常だったのだから。

だが、けさ、叩き起こされて聞いたのはあのニュースだった。朝の五時にニーシャから電話をもらうと、ショーンは寝巻きのままハロウェイ家へ車を走らせた。到着したときは、家全体があわただしい空気に包まれ、うなりをあげて熱気を発していた。シーラ伯母さんとニーシャは泣きどおしだったようで、涙に濡れた目が赤く腫れあがっている。子供たちの前なので自重しているが、そうでなければふたりは本気で喪に服すつもりだったのではないか。レイはもう亡くなってしまった――それが彼女たちの実感だろう。たとえるなら、誘拐されたレイのために身代金をかき集めたのに、土壇場で犯人が金額をつりあげ、とうてい払えない額を要求されたかのようだった。

ダーシャは母親と祖母の隣に腰を据えている。三人は重大事件の捜査司令部を組織して、もてるリソースをフル活用していた。ニーシャとシーラ伯母さんが電話をかけまくり――弁護士に、ヴィンセント牧師に、ジュールズ・シアシーに――かたやダーシャは、恐ろしい勢いで携帯にメッセージを打ちこんでいく。少女はいまやネット上にフォロワーの大群を抱える身になっていた。赤の他人が一団となって、彼女の父親の行く末を見守っているのだ。

そんななか、ダリルだけが自室にこもって姿を見せずにいた。

ショーンはダリルの件をだれにも――ニーシャにもジャズにも――話していない。そのことを考えただけで頭がくらくらした。自分がうっかりしていれば、さらに多くの人を事件に巻きこむところだったのだ。彼は女たちのそばを離れてダリルの部屋に忍びこみ、ドアに鍵をかけた。

少年はベッドで横になっていた。体を丸めて壁のほうを向き、ショーンには背中を見せている。その姿勢が不自然にこわばっているので、目を覚まして緊張しているくせに寝たふりを続けようとしているのがわかった。

ショーンは少年のベッドに腰をおろした。「そうか、おまえも話を聞いたんだな」

ダリルはなにも言わなかったが、びくっと身を縮めたので、その動きがマットレスを通じてショーンに伝わった。上掛けはくしゃくしゃに丸まってショーンの尻に敷かれていたが、ダリルはそれを力一杯引っぱって自分の体にかけようとした。

「この前、どうすればいいんだって、おれに訊いただろ」ショーンは乾いた口で言った。「あのときは、なんて答えればいいかわからなかったが、いまはわかる」

ダリルはじっとしていたが、耳はすませているようだった。ショーンは少年の震える肩に手を置いた。

「いいか、よく聞けよ。おまえはな、ん、に、も、やってない。それと同じぐらい大事なのは、なんにも言わないってことだ。クワント・フォックスや、ほかのギャング気取りの友だちには近づくな。こっちから知らせない限り、おまえの不利になる情報をやつらが知ることはない。

だが、一度知らせたら、やつらは必ずそれを利用すると思え。ああいう連中は、いずれパクられる。そうなったら、じたばたしながら必死に知恵を絞って、司法取引にもちこもうとするはずだ」ショーンはひと息ついて、少年をどこまで追いこんだものかと考えた。だが、こういう深刻な話をするのに手ぬるいことは言っていられない。「ダリル、おまえは人を殺したんだ。それもただの人じゃない。メディアが大騒ぎで報じてきた人物だ。それはつまり、警察も大騒ぎしてるってことだ。自分がそんな切り札を握ってると知れば、あのバカどもは口をつぐんではいられなくなる。おれをかわいがってるんだから黙っててくれるはず、なんて思ったら大まちがいだ」

と、ダリルがいきなり起きあがり、ショーンの手を払いのけた。壁にさっと背を向け、ショーンと向き合う。少年の目はどんよりと曇り、肌も色つやを失っていた。彼が眠っているあいだに世界が一変してしまったのだ。いまのダリルは、もう二度と眠れないかのような顔をしていた。

「それぐらいわかってるよ」ダリルは声を殺しながらも憤然として言った。「だけど、父さんは――」

「おやじさんだってわかってる。わかったうえで、心を決めたんだ。あいつはいちかばちかの賭けに出た。もしかしたら、無罪を勝ちとれるかもしれない」

「そうならなかったら？」

「その場合は、刑務所に行くことになる。おまえよりは、あいつが行くほうがましだ」

「でも、父さんはなにもやってない」ダリルは自分の胸を強く叩いた。「やったのはおれなんだ」

このなんともいえない皮肉な状況に、ショーンの心にひそむ闇の部分がうずいた。例の判事は、量刑がどうであれ、チョンジャ・ハンは苦しむだろうと言った。エイヴァの死という重荷をハンは死ぬまで背負っていくことになる——懲罰はそれでじゅうぶんではないかと言いたかったのか。ショーンも罪の重みは知っているし、刑務所暮らしも知っている。ダリルは自分の罪を抱えて生きていくだろう。それは、ほかのみんなのためになることなのだ。

「やっちまったことは、どうしようもない」ショーンは、自らを殴ろうとするダリルのこぶしを受けとめ、少年が傷つくのを防ごうとしていた。「おまえが社会に作った借りは——おれの考えでは、それはもう返済がすんでいる。いまのおまえには、家族に対する借りがあるだけだ」

ロサンゼルス郡中央刑務所はおぞましい場所だ。アメリカの拘留施設ランキングでは、想像を絶するほど熾烈な下位争いのなかでワーストテン入りを果たしている。ショーンは十年以上前に、そこで六十日間過ごした。そのときのことはいまだに忘れられない——危険がいっぱいで魂を削られるような日々は、若者でさえ生き抜くのが大変だった。そんな場所にレイがいるとは考えたくもなかった——中年男が自由と家族を取り戻した矢先に、超満員の監房で、臭い便器やぼろぼろに錆びた二段ベッドを共用する暮らしに戻ってしまったとは。

刑務所を訪ねたのは予定外のことだったので、予約なしの面会の手続きに一時間半もかかり、面会打ち切りとなる六時直前にようやく許可がおりた。いとこに会いにきただけなのに、あれこれ質問され所持品を検査されるのは、わずらわしいと同時に屈辱でもあり、ショーンは暗い気持ちになった。こんな目には二度とあわずにすむようにと願っていたのだが。この前レイに会ったときは、ショーンの自宅で酒と思い出を分かち合いながら、ふたりとも、まさにこうなることを恐れていたのだった――ふたりのどちらかが自由を失い、このひどい場所に連れ戻されて、身を守るすべもなく孤独に沈むことになるのを。

いま、ふたりは互いの目の前にいながら、薄汚れたガラス窓をはさんで向き合っていた。両わきにはほかの面会人や入所者がいて、二列に並んだ硬いスツールにすわり、金属板がそれぞれのあいだを仕切っている。警備員たちはいかめしい顔で目を光らせ、なにかあればすぐに飛び出して規律を守らせようと身構えている。

数カ月間自由に過ごしたことは、レイの体にはよかったようだ――外の空気を吸い、母親の手料理を食べたのが効いたのだろう。だが、いまのレイを見ると、その効果が薄れているのがわかった。いとこはすでに、ロンポックからよろよろと出てきた男に、人生の下り坂にさしかかり、痩せ衰えて顔色の悪くなった男に戻ってしまっていた。

レイが通話用の受話器をとった。「やっと来たか」

ショーンはあ然とした。銃撃事件の大騒ぎに、レイの逮捕に、ダリルの失踪、さらには家に幼児がいて、フルタイムの仕事を抱えているなど、いろいろな事情が重なっててんやわんやだったせいで、面会に来るまでに長い時間がかかってしまったことに自分では気づかなかったのだ。だが、同じ九日間でも、ここで過ごす時間は外で過ごすよりもずっと長く感じられる。単調な生活がみじめな気分を強めるからだ。ショーンはいとこの口調に反発したりはしなかった。「ここの扱いはどうだ？」

レイは肩をすくめた。「わかってるだろ。もともとこういう場所なんだから、やつらとしては、特に地獄に落とすような扱いはしなくていいんだ。ただ、ありとあらゆる扱い方をされてる」

ショーンは黙ってうなずいた。

「家のほうはどうなってる？」

「どうだと思う？　そりゃもう、大変な騒ぎだ」とショーンは言った。「おまえがいないから、みんな寂しがってるよ」

「まあ、いまに始まったことじゃないけどな。みんな、そろそろおれがいない暮らしに慣れたほうがいいぞ」

ショーンはレイを観察し、相手がわざと明るい顔をして強がりを言っているのを見抜いた。

「殺人犯になったばかりの人間にしては、やけに落ち着いてるな」

レイは天を仰いでため息をつくと、唇をゆがめて皮肉っぽい笑みを見せた。「聞かなくてもわかるぞ。面会に来たのはニーシャに言われたからだろ。おまえはやってないって、わざわざ言いにきたのか？」

かってる」

ショーンは受話器を口もとにあてがい、そっと話しかけた。「おまえがやってないのはわかってる」

レイは声をあげて笑った。乾いて、かすれた、疲れきった笑い声だった。「おまえはなんにもわかっちゃいない。おれはやったんだよ。あのアマを撃ったんだ。で、相手は死んだ。ちゃんちゃん、てなもんだ」

「自白したときは、殺人罪になるとは思ってなかっただろ」

レイは肩をすくめた。「自白については後悔はしてないよ。なにか、自供をひるがえせってのか? ニーシャには、そうしろってさんざん言われてるけどな」

「おまえじゃないのはわかってるんだ、レイ。あいつと話をしたんだよ」

「だれのことだ?」

ショーンは首を振り、受話器を指さした。この会話をわざわざ録音している者がいるかどうかはわからないが、注意するに越したことはない。レイの視線を受けとめていると、やがて相手が事情を察したのがわかった。

レイは全身から力が抜けたようだった。胸のつかえがおりたのか、ぐったりしている。受話器をおろして胸にあて、前かがみになって、汚れたガラスに額を押しつける。その姿は懺悔をして疲れ果ててしまった悔悟者のようだった。しばらくして身を起こしたレイは、ほほえみを浮かべ、目を輝かせていた。

「やったのはおれだよ」レイは同じことを繰り返したが、今回は、その顔つきが真実を語っていた。

ショーンは椅子にすわり直した。こうなれば、ちゃんと話ができる。

「銃が見つかった時点で、もうだめだと思った」とレイは言った。「銃撃の容疑で逮捕されなくても、銃を所持していれば、それだけでまた刑務所行きになる。おまけに、問題の銃があの事件の凶器と判定されれば——そう、あとはわかるだろ」

見つかった銃が凶器と判定され、その銃には当然ながら持ち主がいる。ショーンと同じく、レイにもその流れはわかっていた。

「なんで銃をもとうなんて思ったんだ？」その話になると、ショーンは非難がましい口調になるのを抑えられなかった。そのへんに銃が転がっているのを目にしなければ、ダリルはあの向こう見ずで破滅的な計画を実行に移さずにすんだかもしれないのだ。

「この国じゃ、ゲス野郎はみんな銃をもってる。だから怖いものがない。おれを恨んでるやつがいれば、そいつは銃をもってるんだ。おれは自分と家族を守らなきゃならない」

ショーンはダリルのことを思った。ギャングのまねをして意気がっている弱々しい姿を。

「おまえを襲うやつなんかいないよ。レイ、おまえのことは大好きだが、これは言っておく。銃があったって家族を守れるわけじゃないんだ」

レイが小鼻をふくらませたのを見て、ショーンは、いとこの新しい仮面のすぐ下にひそむ、自責の念という生傷にふれてしまったのに気づいた。これ以上その話を掘りさげてもしかたない。そう思って話題を変えた。「なあ、レイ、大勢が群れをなして、おまえは潔白だって言ってるのを知ってるか？　うれしい話じゃないか。ネットはおまえの噂でもちきりだ。ダーシャが見せてくれた。おまえにはファンがいっぱいいるんだよ」

レイは顔を輝かせた。「ほんとか？　そいつらは、おれのことをなんて言ってる？」

「おまえが犯人であるはずはないっていう意見が多い。レディットって知ってるか？」

レイはかぶりを振った。

「ネットの巨大掲示板みたいなものだ。そのサイトを見ると、何ページにもわたって、おまえやチョンジャ・ハンのことが書いてある。まったく、どうかしてるよ。あんな大量の書きこみをするなんて、どこにそんなひまがあるんだろうな。とにかく、おまえは犯人じゃないと思ってるやつはたくさんいる。そいつらは、無実のおまえがなんで自白したのか、その理由についてありとあらゆる説を並べてるんだ」

「たとえば？」

「いちばん多いのは、自白を強要されたっていう説かな。あとは、だれかをかばってるという見方もある。その議論のなかで、おれの名前も何度か出てきた」ショーンはレイに笑顔を向けた。ダリルの身は安全だ。少なくともネット探偵には見つかっていない。前科のない十六歳の少年は、網にはかかりにくいのだろう。

「そいつらは、おまえがハンを殺したと思ってるのか？」

「だれが殺したかは特に気にしてないようだ。単純に、おまえがその件で刑務所に入れられるのはよくないと思ってるんだろう。やつらの頭のなかでは、だれが引き金を引いたとしてもおかしくないってことになってる。たとえばおれとか。クリップスとか。死の天使とか。ほんとうにおまえが撃ったんだとしても、その行為は正当なものだと思ってるやつは少なくない。よく言うだろう、これこれしかじかの件について〝被告を有罪とする陪審員はいない〟って。まさにそんなふうに考えてるんだ」

レイは真剣な面もちでうなずいた。「おれの弁護士もそれを期待してる。といっても、まだどうなるかわからないがな」

「チョンジャ・ハンの娘はなにか言ってきたか？」

「それはこっちが訊きたいよ。勾留されてるのはおれなんだぞ」

グレイス・パークには連絡がつかなくなっていた。検事たちやレイの弁護士が何度電話しても応答がないのだ。シーラ伯母さんは彼女にメールを送った。愛する姪を殺した女の訃報に対し、心のこもった長文のお悔やみを送ったのだ。グレイスはそれにも返事を寄こさなかった。そんな馬鹿な話があるだろうか――少しでも償いをしたいという自らの約束すら反故(ほご)にするとは。

グレイスが悲嘆にくれているのはわかっている。ハンが死んでから、まだいくらもたっていないのだ。チョンジャ・ハンは彼女の母親だ。ほかの母親とは違うといっても、母であることに変わりはない。それでも、グレイスに対して甘い顔をしてやる義理はない。チョンジャ・ハンは、エイヴァを殺して二十八年もたったあとに、ようやく死んだ――ショーンにはそれがグロテスクな冗談のように思えた。とどめの侮辱のように。

「まあ、あんなやつはあてにしてないし、なにかしらの奇跡がおきるとも思ってない」レイは唇を噛んで吐息をもらした。「おれが仮釈放されてから、ええと、二カ月たつのか。こうなることが先にわかってればな。いろいろ行動を変えたと思うんだ。子供たちともっといっしょにいるとか」

ショーンはなにも言わなかった。

「そうとも限らないか。おれも大変だったんだよ、ショーン。長いこと家を空けてたせいで、いろんなことを見逃しちまった。子供たちはかわいいけど、あいつらはおれのことをほとんど知らないんだ。それで、あんなに長く離れていたあとに、わが子と毎日顔を突き合わせて、おれのことを知らない子供を毎日見てると——もう、どうしようもなくなってきて」

「時間がたてばなんとかなるよ。みんな、それはわかってるさ」

「その時間がおれにはないんだ。それも結局は自分のせいなんだが」

ショーンはまた黙りこんだ。いろいろな意味で、これはすべてレイの責任なのだ。出所後にもっと賢明な行動をとり、銃をわが子が見つけられる場所に置きっぱなしにして遊びまわったりしなければよかったのに。成長するダリルのそばにいて、子供たちにいやがられるつまらない父親になっていればよかったのに。そうすれば、ダリルが家族のトラウマや失敗をわがことのように思い、そこに関わろうと必死になることはなかったかもしれない。ただ、そうした失敗は過去のことで、取り返しはつかないし、なかにはショーン自身の失敗も含まれている。

「でも、おまえは子供たちのそばにいてくれたんだよな」レイの声はあてこすりと感謝のあいだで揺れ動いていた。「おれだってそれはわかってるんだ」

ショーンは握りこぶしの側面をガラス窓に押しあてた。いとこを抱きしめて、あの子たちをどんなに愛しているか教えてやりたい。自分はこれからも子供たちを見守っていくが、どうやってもレイの代わりにはなれないし、おまえが払った犠牲をないがしろにするつもりもないと言ってやりたい。「で、おまえは、いまはここにいる」ショーンはそれだけ言って、こぶしをガラスにぶつけた。

レイも反対側から、ショーンのこぶしに合わせるようにこぶしをぶつけ返した。そして声をあげて笑ったが、その目からは涙があふれていた。

第四部

二〇一九年九月十五日、日曜日

母は昨日葬られた。バーバンクの墓地に隣接するチャペルはなじみのない場所だったが、グレイスは信徒席の最前列にすわって、口のなかで賛美歌を歌い、説教を聞き流した。葬儀を執りおこなったのはクォン牧師で、ミリアムは家族を代表して話をした――たどたどしい韓国語で形式的な短い弔辞を述べたのだ。グレイス自身はスピーチを辞退していたが、それは話すことをなにひとつ思いつかないからだった。

チャペルには人があふれ、信徒席はほとんどの列が会葬者で埋まっていた。グレイスはふたの開いた棺(ひつぎ)のそばで父や姉と並び、きれいに整えられて蠟人形のように見える不気味な遺体を視野の隅でとらえながら、通り過ぎていく会葬者ひとりひとりに挨拶した。ラスヴェガスやシカゴから飛んできた、おじたち、おばたち、いとこたち。教会やマーケットの関係者。グレイスが会ったことのない人もたくさんいた。会葬者たちはグレイスに優しく声をかけ、温かな目で見つめて、ハグや握手で励ましてくれた。

グレイスは思った。この人たちはわたしを見て、実の母親の葬式なのに泣いていないと気づき、そのことをずっと忘れずにいるだろう。たしかに自分はおかしいのかもしれないが、涙はほんの少し前に枯れてしまったような気がする。いまは、いったん空になった体のなかに、一滴ずつ、一杯ずつ、苦汁が満ちていく感じだ。

これはなんの茶番だろう？　うちの家族とは関係のない赤の他人のような人たちが、安っぽいお悔やみを口にして、神や安らかな眠りがどうのこうのとつぶやいているとは。みんな、知らないのだろうか？　母は殺されたのだ。薄っぺらな同情のことばや愚にもつかない決まり文句を並べている場合ではない。あの少年――あの殺人犯。あいつに償いをさせねばならない……。

そんなあれこれを思い出していたとき、手首にふれられて、グレイスははじかれたように顔を上げ、姉をにらみつけた。ミリアムは見るからに心配そうな顔をしてグレイスを見つめていた。「ねえ、どこかにふらふら行っちゃったりしないでよ、いい？」

姉妹は人の海のただなかにいた。ロサンゼルス市庁舎前の広大な芝生に詰めかけた群集。あたりには熱風が吹きすさび、ふたりとも蒸し暑さにいらいらしている。グレイスは前回ダウンタウンに来たときのことを思い出した。あのときは追悼集会に参加し、連邦裁判所の前にいた。道の向こうで威容を誇っていた裁判所の少し先には、ロサンゼルス市警本部がある。あれはほんの数カ月前のできごとなのに、現世のこととは思えない。別の時代に転生した、いまとは違う自分が体験したことのように感じられる。

「見てよ、この人出」ミリアムが言う。

そろいのTシャツを着た人たちがあちこちに固まっているのが、韓国系のお年寄りのバスツアーを思わせる。人波の上に突き出ているプラカードは、どれも手作りらしく大ざっぱで、元気いっぱいに見えた。〈アルフォンソのために正義を〉、〈レイ・ハロウェイを釈放せよ〉、〈両手を上げてるやつを撃つな〉、〈おれにとってAMERIKKKAは昔からAMERIKKKAだった〉。子供たちも自分のプラカードをもって、父親に肩車されたり、母親の脚にしがみついたりしている。これはもうお祭りだ。鳴り物の音、シュプレヒコール、通りすがりの車のクラクション。グレイスの鼻孔がとらえたのは、まぎれもないベーコン巻きソーセージのホットドッグの匂い、油と玉ねぎのグリルと焦げた肉の匂いだった。

「みんなほんとに、うちのお母さんを憎んでるのね」とグレイスは言った。

「それだけじゃないわよ」ミリアムの声にはあまり自信が感じられなかった。「みんな、レイ・ハロウェイは無罪だと思ってるのに、トレヴァー・ウォーレンが不起訴になったあと、すぐにレイが起訴されたものだから——司法システムがおかしくなったみたいな気がするんでしょう」

「姉さんもそう思ってるの？」

「みんながなんで怒ってるかはわかる。トレヴァー・ウォーレンは人殺しだもの」ミリアムが顔をゆがめたので、グレイスは、姉には怖くて言いたくないことがあるのだと察した。

「でも……？」

「オンマだってだれかに殺されたのよ」そう言ったとたんに、ミリアムの目は生気を失った。

あたりを見まわし、グレイスにさらに身を寄せて声をひそめる。「それに、みんながなんでこんなにがんばってレイ・ハロウェイを釈放させようとしてるのかわからない。彼が無罪だって、どうして言いきれるの？　あの男は重罪犯として服役してたのよ。犯行の動機もあるし、彼がもっていた銃は凶器と判定された。黒人とヒスパニックの少年五人が冤罪をこうむったセントラル・パーク・ファイブ事件とはわけが違うのに」

グレイスは自分でも気づかずに姉の顔を見つめていたらしい。ミリアムは顔を赤くしてそっぽを向いた。「ここに来たいって言ったのはあなたじゃないの」とぶつぶつ言っている。

レイが起訴されたことは、母が埋葬された直後に発表された。グレイスがそのニュースを知ったのは、グレンデイルのレストランのトイレで携帯に届いたメールを見たときだった。会葬者たちといっしょにその店に行き、韓国式のバーベキュー・ランチをともにしていたのだが、会食の場をいっとき逃れるためにトイレに入ったのだ。マクマナス弁護士からのメールはずっと無視してきたが、このときロック画面に表示された通知からメールを読んで、グレイスは愕然とした。マクマナスには連絡をとるつもりでいたのだが、なんとなく日がたってしまい、行動しようとする気持ちが萎えて、心からの思いに突き動かされることもなくなっていた。

正直に言うと、グレイスとしては、レイ・ハロウェイが勾留されていてもまったくかまわなかった。母が死んでしまったいまでは、母を殺した犯人をレイがかばっていることになるからだ。自分がここに来たのはレイを釈放させるためではない。あの少年に会うためだ。あの子はここに来ているにちがいない。

「レイは無罪よ」グレイスはゆっくりと息を吸い、ミリアムの顔を見た。姉にはもう事実を話すべきだろう。「彼はほかの人をかばってるの。たぶん息子をかばってるんだと思う」

グレイスは携帯に入れておいた例のビデオを姉に見せた。ミリアムはそれを二回見て、ぽかんと口を開けると、グレイスの腕をつかんだ。「本気で言ってるの？」

「わたし、この子を見てるのよ。シーラ・ハロウェイの家に行ったときに。向こうもわたしを見てた。それに、このビデオでわかるでしょう、この子がうちのお母さんをどれだけ真剣に観察してたか」

ミリアムはビデオをもう一度再生し、少年の顔が映ったところで停止させた。彼は五秒間立ち止まり、母の顔をじっと見ていた。その五秒で、母の顔を覚えたのだ。グレイスはこのビデオを百回は見直して、その瞬間を見きわめようとした。少年が母を殺そうと決意した瞬間が自分にわかるだろうかと思いながら。

「この子はお母さんの居場所を知ってたのよ」グレイスは言った。「見ればわかる。ウインドウに迷わず近寄ったのは、なかにお母さんがいるって知ってたからでしょ」

携帯から顔を上げたミリアムは、目を大きく見開いていた。

「オンニ。向こうの家族に教えたんでしょう？　どこに行けばお母さんに会えるか、知らせたのね？」グレイスはできる限り穏やかに、心をこめて話しかけた。「お願い、オンニ、嘘はつかないで。いずれわかることなんだから」

ミリアムは唾をのみこんでから重い口を開いたが、その声はかすれていた。「手紙を出したの。レイ・ハロウェイとか彼の息子じゃなくて、ショーン・マシューズ宛てに。でも、それだけよ。一年以上前のことだし、返事はいっさいなかった」

「その手紙に薬局のことは書いた?」

「覚えてない」ミリアムの顔は青ざめていた。それを見たグレイスは、姉は以前から手紙のことを気にしていたのだと察した。母の居所を他人に知られたことがわかってからは、手紙のことであれこれ悩んでいたにちがいない。「お母さんのいまの名前は書かなかった。それはたしか。でも、どんなことをしてるかは書いたかも。どこで働いてるかとか」ミリアムは両手を突き出して上下に振った。そうすれば、自分が犯した罪を多少なりとも振り払えると思っているのだろうか。「どうしよう、こうなったのはわたしのせいなの?」

ミリアムは自分の人生から母を締め出すだけでは気がすまなかったようだ。姉は母をいけにえとして差し出した。自分が心の平安を得るために、母の安全を犠牲にしたのだ。それが事実なら――グレイスは事実だとほぼ確信していた――姉の行為は赦しがたいものだ。

それでも、グレイスには姉を見放す余裕はなかった。いま姉を失うわけにはいかないし、失いたくもない。となれば、赦しがたいものと折り合っていくすべを見つけるしかなさそうだ。ミリアムを見ると、はらはらした顔でこちらの返事を待っている。グレイスはしばらく待たせてから、姉がほしがっているものを与えた。「お母さんは、姉さんに殺されたわけじゃない」それがグレイスの返事だった。

集まってくる人はどんどん増えていった。群集の発する沸き立つようなエネルギーが、日暮れとともにサンタアナの乾いた熱風に乗って広がっていくのが感じられる。悪魔の風と呼ばれるサンタアナはしばらく前から吹いていて、ショーンはその風が人々の服をはためかせ、目を細めさせ、髪の毛を逆立てているのを目にした。シーラ伯母さんの説得に負けて最後に人前に出たときからもう何年もたっているが、これだけは認めよう——人々が結集してショーンの愛しい家族のために義憤を示している場面には、息をのむような迫力がある。

レイの起訴が決定すると、シーラ伯母さんは機動部隊に招集をかけた。集会を開くことは以前から申請してあったが、伯母さんはささやかでおとなしい抗議集会を何度となく経験している。十年一日の屈辱的な命題を新たな表現で突きつけられるたびに、彼女とヴィンセント牧師とひと握りの活動家だけがこぶしを振りあげてきたのだ。だが、今回は違う。かわいいわが子が法廷で裁かれようとしているのに、そんな無力な集会にするわけにはいかない。シーラ伯母さんは一日じゅう電話をかけつづけて友人や支援者を焚(た)きつけ、訴えを聞いてくれるメディアがあれば、そこを通じてもらさず声明を出した。ダーシャも自分の務めを果たし、ツイッターを駆使してレイの支持者たちに情報を伝えた。言うまでもなく、この集会には家族全員が出席しなくてはならない。ショーンはその決定に逆らわなかったし、ダリルも同じだった。

シーラ伯母さんはステージの前方に出て、ヴィンセント牧師のそばに立っていた。牧師はスタンドマイクの前で朗々と演説し、話の途中で間をおくたびに聴衆がざわめいたり喝采を送ったりした。

「きょうも新たなメッセージがあります」ヴィンセント牧師が語りかけた。「わたしはレイ・ハロウェイが子供だったときから彼を知っています。それはなぜか？　一九九一年に、レイのいとこのエイヴァ・マシューズが、チョンジャ・ハンの手で、わたしたちから奪われたからです。ハンは有罪であり――彼女が犯した罪はビデオに記録されています――正しく裁かれていれば、いまも獄につながれていたはずです。しかし、司法制度は機能せず、残念ながら、ハンは自由を享受したまま斃されてしまいました。ハンが彼女の神の御許で安らかならんことを」

ダリルは、母親や妹と、ショーンのあいだにはさまれる形で立っている。ショーンは隣にいるダリルの顔を見たかった。だが、聴衆が手にしている携帯は一台一台がカメラでもあり、へたに視線を動かせば、その動きは逐一写真に撮られ、あとで分析されるとわかっていた。そこで、ダリルを見るのはあきらめて、聴衆のなかにいるジャズを見つけた。最前列にいるジャズの隣にはダンカンとトラメルもいた。モニークはにこにこしながらジャズの手を握っている。なんていい子なんだろう。なにがおきているのかまるでわかっていない、かわいいモニーク。

「そして、これははっきり言わせていただきたい」ヴィンセント牧師は話を続けた。「わたしは復讐や暴力を見逃すつもりはありません。どこかで血が流れれば、ただちに正義を求めます。しかし、アリバイが証明されている男性を逮捕して裁判にかけること——彼は殺された少女との関係によって疑いをかけられてしまったのですが——そのどこに正義があるのでしょうか？」

　聴衆がどよめいた。みんないっせいにこぶしを突きあげ、プラカードを振って叫んでいる。

「あの男を釈放しろ！」、「正義なくして平和なし！」

　その喧騒はいったん収まり、聴衆はスピーチの続きを聞く態勢になった。と、その静けさを破るようにして、道の向こうから支離滅裂な大声のヤジが次々に飛んできた。ヴィンセント牧師はそれにはかまわず、再びマイクに向かったが、ショーンは声があがった場所に目を向けた。ヤジを発したのは、一丁目の通りの向こう側、ロサンゼルス市警本部の前の歩道にいる小集団だった。市警本部の建物の前には三十人ほどが寄り集まっていた。女性も数人いて、星条旗をプリントした巨大なバンダナを体に巻きつけたひとりが、ポーズをとって写真を撮らせていた。だが、大多数を占めるのは男性で、喧嘩ならいつでも買うぞと言いたげに、みんなで輪になって挑発的な姿勢をとっている。中年警官のような風体の三人は横断幕を掲げていた。波打つ青い布地に白文字で記されているのは〈警官の命も大事だ（ブルー・ライヴズ・マター）〉というスローガンだ。彼らよりは若く、赤いハットに黒のポロシャツ姿で、薹が立ったエリート進学校の生徒といった感じの一団もいる。こちらはバックパックと星条旗を振りかざし、抗議集会の参加者に向かって大声でわめいていた。

　集会のほうがはるかに人数が多いので、彼らのヤジは会場のざわめきにかき消されていたが、ショーンたちはそのヤジを気にしていた。彼が見たところ、壇上の仲間は明らかに気が散っていて、それぞれ怒りをつのらせながら抗議集会の対抗グループのほうを向き、相手を値踏みしていた。

ショーンが見ていると、最初に男ふたりが、続いて十人ほどが、集会を離れて通りを渡りはじめた。遠すぎて顔はよく見えないが、決然とした足どりや、臨戦態勢にあることを示す強気の態度ははっきりわかる。男たちは一丁目の通りに並んでいる警察車両のそばを通り過ぎ、対抗グループの目の前に迫っていった。それを見た相手は、待ってましたとばかりにいきりたった。どうやら口論が始まったらしい――ショーンにはひとことも聞きとれなかったが、なにがおきているかは明らかだった。そのため、最初のパンチが繰り出されると――進学校の生徒もどきのひとりが集会参加者を殴ったのだ――次は当然カウンターパンチが飛ぶと予想がついた。何秒もたたないうちに、ふたりは地面に倒れ、ほかの男たちもその騒動に入りこんできた。喧嘩に加わるのか仲裁するのかはもう関係ない――彼らは暴力におびき寄せられ、すでにその一部になっていた。

鳴り響くサイレン。暴動鎮圧用の装備をした警官たちが、喧嘩を収めて騒乱の火種を消し止めようと動きだす。抗議集会の参加者たちが大声をあげ、その警官の列を押し返そうとする。ヴィンセント牧師はそれでも話を続けていたが、聴衆は少しずつ芝生を離れていき、その一部が歩道にあふれて通りを渡りはじめた。ショーンはその動きを危ぶんだ。彼らはまともに考えて行動しているのだろうか。人々は一体となって揺れ動き、本能の赴くまま、攻撃者を迎え撃つために手を伸ばしているように見えた。

あの子がいる。ショーン・マシューズの隣に立ち、左側を向いてなにかをじっと見ている。さぞつらかっただろう、とグレイスは思う。レイ・ハロウェイに関する長い談話を聞きながら、自分がいくつかの単語を口にすれば、父の苦しみを終わりにできると考えているのは。

「あそこにいるのがあの子よ」グレイスはミリアムに言った。「見える?」

ミリアムは目を細めて少年の顔を見きわめようとした。姉妹は聴衆のなかにいて、芝生の前のほうに出ようとしていたが、混雑はひどくなる一方で、ステージは依然として遠くにあった。

「よくわからない」

グレイスは自分の前の列を見わたし、人垣に隙間がないか探してみた。「端のほうを回って前に出ましょう。近づけばわかるはずよ」

「なにする気なの、グレイス? いきなりあの子に詰め寄るのはだめよ。あなただってことがまわりにばれちゃう。五分もしないうちにツイッターでトレンド入りすることになるから」

グレイスは野球帽のつばを下に引っぱり、あたりがうるさくてよかったと思った。こちらを見ている人はだれもいない。

人の群れは徐々に右手のほうへ動いているようだった。グレイスはミリアムの手をとり、その流れに乗って動いた。すると、人垣が割れて、曲がりくねった通り道ができ、そこをすり抜けることでいくらか前に進めた。なにかあったのだろうか――道の向こうからサイレンや怒号が聞こえてくる。

そのとき、母の旧名を呼ぶ声が耳に入り、グレイスはとっさにステージに目をやった。牧師のスピーチはすでに終わり、いまはシーラ・ハロウェイが話をしていた。マイクの前でうなだれている姿は、小さく、疲れきったように見える。グレイスは耳をそばだてて、老婦人のことばを聞きとろうとした。

「わたしはチョンジャ・ハンを赦しています」エイヴァ・マシューズの伯母はそう言うと、今度は目を上げて、騒然とする聴衆を見据えた。「ハンがしたことに弁解の余地はなく、けっして忘れることはできませんが、それでもわたしは彼女を赦します。ハンが神の御許にいますように。三十年ほど前に眠りについた愛しいエイヴァも、そこにいるのです。ハンの家族のことを思うと、胸が痛みます。愛する者を失ったときの気持ちは、わたしにもわかるからです」

グレイスは、発作に襲われたように体じゅうがかっと熱くなった。

「でも、わたしの声がハンに届くなら――神に届くなら――あなたがたみんなに届くなら――どうかお願いです、わたしのかわいい息子を彼らに奪わせないでください。レイのことはわかっています。あんなことをする子じゃありません。濡れ衣を着せてレイを刑務所に入れるなんて――チョンジャ・ハンは刑務所には一度も入らなかったのに――こんな年寄りが、いったい何度、胸を引き裂かれなくてはならないのでしょう？　天使たちのお迎えが来るまでに、あとどれだけ、こんな思いをさせられるのでしょうか？」

少年は話に聞き入っていた。その顔を罪の意識と悲しみの色がよぎるのを、グレイスは見てとった。いまにも泣きだすか、吐いてしまうか、そんな感じがする。グレイスの胸に疑念が残っていたとしても、それはこの時点ですべて消えうせていた。

ミリアムがグレイスの肩に手をかけ、自分のほうを向かせた。「グレイス。あなた、震えてるじゃないの」

グレイスは、自分の肩が、腕が、小刻みに震え、ものに憑かれたように全身がおののいているのを感じた。顔をさわってみると頰が濡れている。母が死んだあと、泣いたのは初めてだが、涙が出ていることすら気づいていなかった。

シーラ伯母さんは涙を流し、捨て身の行動に出た仲間のために、亡くなって久しい姪のために、自堕落な息子のために、悲しみをあらわにしていた。シーラ伯母さんはショーンが知るなかではいちばんの善人であり、最も高潔で、最も心が広い、無私無欲の人物だ。彼女は容赦なく荒れ狂う海で錨(いかり)となってショーンを繫(つな)ぎとめ、何度となく救ってくれた。本人はだれよりもつらい経験をしてきたのに、自分の心労の苦い根を抜いて、それで癒しの薬を作り、見ず知らずの人々に与えてきたのだ。

しかし、その結果、伯母さんはどうなっただろう？　かえって悲しみを深め、さらなる苦痛をこうむっただけではないか。

通りの向こうでは、いまや全面的な乱闘が始まっていた。ショーンは警察が騒ぎを収拾するものと思っていたが、こうなると、むしろ彼らの存在が火に油をそそいでいるように見える。数の上で負けている警官たちは、催涙ガスか、もっと剣呑なものを発射したようだ。だれかが悲鳴をあげると、たちまち「警察をやっちまえ！」という大合唱が沸きおこった。

ショーンは胸のなかで怒りの火花がはじけるのを感じた。十三歳のときに胸に宿ったその怒りは、姉を殺した女に引き裂かれた人生の隙間を埋めてくれ、以来ずっとつきあってきた奔放な仲間なのだった。彼はその怒りを長年かわいがって育ててきたが、途中からは飼い慣らして黙らせるようにした。若いころの安易なうっぷん晴らしや、市民社会からはずれて敵意をむきだしにする生き方に見切りをつけたのだ。そうしたのは、疲れてしまったからでもあるし、紆余曲折はあったものの、額に汗して働いてまじめに生きれば報われると教わったからでもある。そして、短いあいだではあったが、その見返りが得られたのも事実だ。定職、安定した家庭、愛し愛される家族、トラブルとは無縁の暮らし。そう、それらはもう手のなかにはない。残っているのは胸に秘めつづけたあの怒りだけだ。その怒りを手放せるとか、手放したいと思ったことは一度もない。なぜって、手放す必要がどこにある？　それは自分の所有物であり、自分が失ったすべてのものの証拠でもある。失ったものを忘れたことはないし、周囲に調子を合わせていても、世間がどういうところかはちゃんとわかっているのだ。

満場の拍手喝采を受けて、シーラ伯母さんはマイクの前から身を引き、ニーシャにハグで迎えられた。これでやっと大勢の注目を集める場から退散できる。ショーンはモニークを、自分が愛する無邪気な幼子を、すぐにでも抱きしめたくなった。

そのとき、あの女の顔が目に入った。ドジャースの野球帽のつばに半ば隠れている、淡い黄色の肌の丸い顔。群集の流れに分け入るようにして、女は前に進んできた。その視線はダリルをとらえている。

ショーンがダリルのほうを見ると、少年はすでに女に気づいているようだった。「おふくろさんのそばにいろ」とショーンは言った。「あいつは、おれがなんとかする」

グレイスは、近づいてくるショーンが彼女の視線を体でさえぎるようにしているのに気づき、相手は少年がなにをしたか知っているのだと思った。ふたりは目を合わせ、グレイスはその場で彼を待ち受けた。どちらも目をそらそうとはしなかった。

「お母さんのことは気の毒だった」グレイスに聞こえるところまで来ると、ショーンはそう言った。彼女が泣いていたのがわかると、同情する気はなかったのに、相手の悲しみが胸に刺さるのを感じた。グレイスのうしろには別の女がいる——彼女はグレイスをなだめ、引きさがらせようとしているようだった。この女がハンのもうひとりの娘だろう。法廷で母親のそばに行きたいと言ってべそをかき、周囲を困らせていた幼児がこの女だ。その子供が、四半世紀以上たったあとに、あの手紙を寄こしたわけか。

「お姉さんのことは、お気の毒に思います」ミリアムが小声で言って、目を伏せた。

「マシューズさん」グレイスが口を開いた。「あなたのいとこの息子さんと話をさせてください」

ショーンは根が生えたように立ちつくし、振り向いてダリルのようすを見たいという衝動を抑えこんだ。「知ってるだろうが、あの子の父親は勾留されてる」と彼は言った。「いまは話をするようなときじゃないんだ」

グレイスは彼のそばに立ち、ほかの人に聞こえないように声をひそめた。「母を殺したのはあの子です」声がしゃがれそうになるのを抑えて言った。「証拠はあります。話をさせてもらえないならそれを利用しますよ」

ショーンは動きを止め、背筋に冷たいものが走ったのを知られまいとした。「なんのことだ？」

「ビデオがあるんです」

「嘘をつけ」口ではそう言ったが、ショーンはグレイスの話に嘘はないとさとった。そうか、いまわかった。グレイスがレイのために証言しようと躍起になっていたのは、そのビデオのせいだ。彼女にはレイが潔白だと信じるだけの理由があったのだ。

「嘘じゃありません」ミリアムが言った。「そのビデオは、わたしも見ました」

あたりには煙の臭いがたちこめるようになっていた――道の向こうに濃い灰色の煙が立ちのぼり、風に乗って広がってきたのだ。だれかが放火したらしい。

「狙いはなんだ？」ショーンは相手の目を真っ向から見据えた。「つい二週間前に来たときは、力になりたいとか言ってたくせに、今度はおれたちを脅すのか」

「脅してるんじゃありません、ただ――」

「あんたは、その証拠とやらを警察にはもちこまないで、その代わりにここにやってきた。つまり、おれたちからもらいたいものがあるんだろ？　なにがほしいのか、言ってくれよ」ショーンはグレイスのほうに身を乗り出し、震える声を抑えて必死に詰め寄った。「おれが頭を下げてお願いすればいいのか？　そういうことなんだな？　おれがひざまずいて情けを乞うのを見たいんだろ？」

ショーンは片ひざをつき、地面をにらみつけた。自分の目に怒りの炎が燃えているのを、この女に見られたくない。

グレイスはショーンに拒絶されたときのことを思い出した。彼は赦しを与えるのを拒み、グレイスを追い返したのだ。自分もあれと同じことがしたいのだろうか？　立場が上になったのを笠(かさ)に着て、ショーンに赦してくださいと言わせたいのか？　いままでとは逆に、踏みつけにされた側になったからには、そうするのが当然だろうか？「それは違います」とグレイスは言った。「お願いです、立ってください。そういうことじゃなくて――」

「グレイス」ミリアムの手が腕にふれたので、グレイスは顔を上げて姉の視線を追った。ショーンの背後で、レイ・ハロウェイの息子がこちらに近づいてくるところだった。

グレイスは目をみはり、ぽかんと口を開けた。これがあの子か――母の居所を探りあて、引き金を引いて母の命を奪った張本人。目の前で母が撃たれたのに、自分はこの子を止めることができなかった。火事の臭気が漂ってくると、グレイスは自分の心が火あぶりにされているように感じた。ビデオを見つけたときには母は生きていたので、加害者の少年は判断を誤り、家族のトラウマに刺激されて軽はずみな行動に走ったのだと思っていた。そのうちに少年を不憫に思うようになり、母が快方に向かっているうちは彼を赦していた――母が苦痛によって少女の死を償っているのだと思えば、特に苦労しなくても寛大になれたからだ。けれども、少年は母の人生のひとコマではなく、母の人生の物語のエンドマークになってしまった。彼は母と同じく人殺しになった。いまはふたりとも、聖書のなかで人類初の殺人を犯したカインの烙印を押されているのだ。グレイスは少年と対峙し、彼がしたことを面と向かって教えてやりたいと思っていた。だが、こうして生身の姿を見てしまうと、彼にぶつけることばはなにひとつ見つからなかった。

　少年は身をかがめ、ひざまずいている男の背中にふれた。「ショーンおじさん」

　どこかで車の盗難防止アラームが作動し、赤い光が点滅してけたたましい音が鳴り響いた。ダリルの憐れな声はその音にかき消され、ショーンははじかれたように顔を上げて少年をにらみつけた。「おふくろさんのところに戻ってろ」

「なんでそんなことをしてるの、ショーンおじさん」少年は屈辱で顔をぎらぎらさせていた。

　ショーンは立ちあがった。できるものなら、ダリルを見えないところに隠して、女たちに少年の存在を忘れさせたかった。「戻れと言っただろう」

「戻るよ。おれ、おじさんを呼びにきたんだ」ダリルはグレイスにそわそわと目をやった。

「放火が始まってる。お祖母ちゃんが、ここを出なきゃだめだって」

こいつはどこまで馬鹿なんだ。わざわざハンの娘たちの顔を見にくるとは。ダリルの罪悪感は汗となって噴き出し、その匂いが嗅ぎとれるようだった。ショーンは少年の手をつかんで逃げたくなった。どちらを向いても人波であふれ、だれもがパニックと高揚感に駆り立てられて動いていた。道を渡ろうとして、前方や外側に向かって突進する人の群れ。逆に駆け戻ってくる者もいる。家族連れは子供たちを引き寄せ、グランド・パークを越えて地下鉄の駅をめざし、その場をうまく逃げ出そうとしている。だが、ここでの仕事はまだ終わっていないとショーンは思う。血が流れたからには、真実を知ってしまったからには、ここを動くわけにはいかない。もしかしたら、これは永遠に終わらないかもしれない。

「あなた、名前はなんていうの？」ミリアムが少年に直接話しかけた。

ショーンはダリルを黙らせようとしたが、そのひまもなく少年が返事をした。

「ダリルです」

「ダリル、わたしたちがだれだかわかる？」

ダリルはごくりと唾をのみ、乾いた口で大きな声をあげた。「チョンジャ・ハンの」そこまで言うと声がかすれてきた。「イヴォンヌ・パークの娘の、ミリアムさんとグレイスさんです」姉妹の名前を言うときは、それぞれに向かってうなずいてみせた。

ミリアムもうなずいた。「わたしには、母のことがわかってから忘れられずにいることがあって――母は事件を担当した裁判官に手紙を出したんだけど、あなたのお父さんのいとこの名前をまちがって書いてたの。〝アンナ・マシューズ〟って。しかも、彼女のお母さんに申し訳ないとも書いてたのよ」

グレイスの顔は吹きつける熱風にあぶられ、燃えているようだった。その手紙のことはいま初めて知ったが、知ったとたんに忘れたくなっていた。

「殺人事件をおこして十カ月もたっているのに、母は被害者であるエイヴァの名前さえ知らずにいた。あなたのお母さんが当時すでに亡くなっていたことも」そう言いながら、ミリアムは痛ましげにショーンを見やった。「母のことは愛しているけれど、母が善人じゃなかったのはまちがいない。母は自分がしたことの責任を最後まで認めていなかったと思うの」ミリアムは目をうるませてダリルのほうに向き直った。ショーンは、ダリルが彼女のことばを頼みの綱と思い、それにすがりついているのを見てとった。「あなたは母とは違うでしょう？自分がしたことはちゃんとわかっているはずよ」

ダリルが震えだしたので、ショーンはその肩をつかんだ。この場で少年を抱えあげて安全な場所に放りこめるなら、迷わずそうしていただろう。ダリルは身をよじって彼の手を逃れ、女たちのほうへ進み出た。

「なにも言うんじゃないぞ、ダリル」ショーンは周囲に目をやった。四人のまわりには大勢の人がいたが、この対決の展開に注目しているのは少数で、ほとんどの者は騒々しい動きや緊張をはらんだ空気に気をとられ、わき目もふらずに彼らのそばを駆け抜けていた。とはいえ、カメラはそこらじゅうにあるし、ダリルはいまにも大騒ぎをおこしそうだ。「話をするのは別のときにしてくれないか?」ショーンは姉妹に頼んだ。「これだけ大人数に囲まれていれば、聞き耳を立てるやつもいるだろうから」

グレイスは声がかすれないように咳払いをしてから、はっきりした声で「歳はいくつ?」

とダリルに訊いた。

「十六です」

「じゃあ、エイヴァおばさんに会ったことはないわよね」

ダリルは答えず、のどぼとけだけがひくひく動いた。

「彼女は、あなたにとっては頭のなかだけの存在でしょう。うちの母は――」グレイスは唇を噛み、心を鎮めてから話を続けた。「母がどんなにひどいことをしたかは承知しています。それでも、わたしにとってはお母さんなのよ。あなたにもお母さんがいるんだから、その意味はわかるはず。わたしは、その人を、あなたに奪われてしまったの」

「わかってます」ダリルは小さな声で言った。そのあとも唇は動きつづけたが、声にはならず、少年は口にできないことばを押しつぶすように顔をくしゃくしゃにゆがめた。「ごめんなさい」

ダリルはそこに立ったまま、深々と頭を下げた。波打つ背中を見ていると、魂が体から抜け出すのではないかと思えるほどだった。

グレイスは彼が憎かった。情けない姿で泣いている、この気弱そうな少年に、人を撃ち殺す度胸があったとは。歳は十六。エイヴァが死んだのも十六のときだ。逆上しつつ怯えていた無力な女が、それまで銃を構えたこともなかった女が、生涯でただ一度銃を撃ったのが、そのときだった。

母はエイヴァ・マシューズが死んだあと、二十八年生きながらえた。一世代を三十年とするなら、それに近い年月が恐れと後悔に染めあげられていた。その期間には、すばらしいこともあった。愛情いっぱいの家族、なにも知らないことで守られていたグレイスの人生が。母は一度も贖罪(しょくざい)をせず、社会に対する借りを最後まで返さなかった。母が重い処罰をまぬがれたおかげで、娘たちは両親がそろった安定した家庭を得て、母が背負った罪の重荷で子供時代をゆがめられることなく成長できた。娘たちに関する限り、母のしたことはすべて正しかった。グレイスにとってはイヴォンヌこそが最高の母親であり、それを超える母親など想像できなかった。

そしてとうとう、母が死んだ。グレイスの理解を求めながら。すべての解決を、赦しを求めながら。グレイスは母にその赦しを与えることができなかった。赦しを与える権利は彼女のものではなかったからだ。

グレイスは泣きじゃくる少年に向かって両手を伸ばした。彼の手を捜しあて、自分の手のなかに迎えた。少年の手は濡れて温かく、手のひらを通じて命が脈打っているのが感じられた。相手の指を自分の指で包みながら、グレイスはなにかがおきるのを待っていた。この先どうやっていけばいいか、それを知るための手がかりを待っていた。

ショーンは、グレイスがダリルを傷つけるつもりなのではと危惧して、そちらに近づいていった。彼女の双眸には、不穏なものを感じさせる強い光がゆらめいていた。だがグレイスはふっと表情を和らげ、目を閉じてこうべを垂れた。グレイスと少年はそこに立ち、一体となって、ひとつの祈りを形づくっているように見えた。

その静寂を破って、男の声が響きわたった。「おい、見ろよ、あの女じゃねえか?」グレイスは身を硬くした。声の主を見なくても、自分のことを言っているとわかったからだ。

別の声がそれに続いた。「レイ・ハロウェイの家族もいるぞ。ステージにいるのを見たんだ、やつの母親がしゃべってるときに」

通りかかった人が次々に足を止めはじめた。目の前でドラマが始まりそうだと気づいて、みんな息をひそめている。数秒もしないうちに、そこにはちょっとした人だかりができていた。

ミリアムは人混みを縫うようにしてグレイスの前に出ると、容赦なく襲ってくる視線や、頭上に掲げられた携帯のカメラをさえぎるようにして、妹の身を守った。「見世物じゃないのよ」と言いながら、手を振って群集を追い払おうとする。

「こんな場所にのこのこ出てくるとは、いい度胸してるよな」グレイスに聞こえるように、だれかがわざと大声で言った。「レイシストのクズのくせに」

ほかの声もその上に重なった。嫌悪に満ちた数々のあざけりの声が。

グレイスはその毒気にあてられ、頭がくらくらした。これまでいろいろな重荷が積み重なっていたのに加えて、ここでまた、見知らぬ人が束になって侮辱のことばを投げつけ、ミリアムの向こうから首を伸ばしてこちらをのぞきこんできたのだ。乾いてひりひりする目をしばたたくと、暮れかけた空をバックにヤシの木が燃えているのが見えた。もう一度まばたきしてみたが、それはやはりそこにあった。まるで、覚めて見る夢のように。

ショーンもその木を見つめた。鮮やかな炎の柱は、夕暮れの空の裂け目から射してくる光線のようだ。その木はロサンゼルス市警本部の正面にあった――混乱に乗じてだれかが放った火は、細長い幹をあっという間に駆けのぼっていた。それが、道路のこちら側にも飛び火した。ショーンたちを囲む人の群れはどんどん大きくなり、熱に浮かされたようにいきりたち、緊迫した空気や自身の熱気に刺激される一方で、仲間の熱気も取りこみ増幅していた。急速に広がる夕闇のなか、彼らの顔は個々の区別がつかなくなっていたが、老いも若きも、黒い顔も白い顔も、茶色い顔も黄色い顔も、この町の一部を引きちぎったような粗い塊となり、たったひとりの目障りな憎らしい女に引きつけられていた。怒り心頭に発している彼らにとって、彼女は手ごろな標的に見えた――人殺しレイシストの娘であるレイシストは、彼らの強烈な憎しみの焦点になったのだ。

ショーンは町に暴力の嵐が吹き荒れた六日間を思い出した。どちらを向いても火事と騒乱ばかりで、道に倒れた死傷者や茫然とした血まみれの顔を山ほど目にした日々のことを。いま、わが町が燃えあがるのを目撃しながら、悲哀と憤りのなかで、暴動の高揚感のなかで、ショーンはひと筋の光明を見いだしていた。再生――それが破壊のもたらす希望だ。平和を示すオリーブの枝、虹、生き残って大地の再建をめざす善人たちが。

だが、新生した町はどこにある？　善人とはだれのことなのか？　ロサンゼルス——それこそが新しい町なのだろう。フロンティアの果て、陽光の国、約束の地。移民が、難民が、逃亡者が、開拓者が、最後にたどり着く場所。そこはショーンのふるさとであり、母と姉が生きて死んだ町だ。けれども、彼はすでにそこを離れていた。大半の知人もそうだった。無謀な要求をして追い出された人々。生まれ育った町にいながら、追放されたように暮らしている子供たち。そしていま、彼の前には町に残った人々がいて、その顔は恐れと恨みを表わしている。ここは善意の町、寛容と進歩の町、〝汝(なんじ)の隣人を愛する〟町だが、その一方で、自らの住民を排斥し、飢えさせ、殺す町でもある。そんな町が、息を荒らげ、胸を波打たせて、いまにも爆発しそうになっているのは当然のことだ。この町は人間そのものであり、人間には我慢の限界があるのだから。

女がひとり、人混みをかきわけて前に出ると、いきなり唾を吐いた。唾はパーク姉妹のあいだに落ち、ふたりを分断した。その若い白人女性は興奮にまかせて携帯で動画を撮りながら「あんたがこの国の諸悪の根源なのよ！」とわめいた。

ミリアムは高笑いして、あからさまに相手を見くだす顔をした。「なに言ってんの、バカな白人のあばずれのくせに」

女はミリアムのほうに一歩踏み出し、一同は女のうしろに集結した。ミリアムは顔をこわばらせ、両手をこぶしにして、妹を目のかたきにする村人たちを撃退する構えをとった。ミリアムの背後にいるグレイスは、夢見るような表情を浮かべ、まだダリルの片手を握っている。少年はグレイスのかたわらで身を縮めているが、隠れる場所はどこにもない。なんとかしなければ、とショーンは思った。

彼は姉妹の前に歩み出ると、威圧するように人々をにらみつけた。

「さがれ」その声の迫力は、言った本人も驚くほどだった。

群集はしんとした。その顔を見ると、彼らがとまどっているのがわかった。黒人で、レイ・ハロウェイのいとこで、エイヴァ・マシューズの弟であるショーンが、なぜチョンジャ・ハンの娘たちをかばおうとしているのか、そのわけを考えているのだろう。だが、それを考えたからといってなんになる？　この連中はおれたちに対して怒りをぶちまけようとしている。そうなればダリルの身が危うくなるだけで、なにもいいことはおきない。まったく、役立たずなやつらだ。目の前には市庁舎がある。警察も裁判所もすぐそこだ。こいつらは社会の統治機構のど真ん中にいながら、母親を亡くして悲嘆にくれているふたりの娘に石を投げようとしているんだ。

「あんたらは横道に逸れてるぞ」ショーンは喧騒に負けないように声を張りあげた。「うっぷん晴らしのつもりだろうが、こんなことをしてもなんにもならない。なにかしたいんだったら、おれたちなんかにかまわないで、あれをどうにかしてくれ」

ショーンは片手を振りあげ、争いが勃発しているほうを、街並みを、罪深き都市をさし示した。最初の小さな乱闘はまたたく間に周囲に燃えうつり、広がっていく一方だった。サイレンや車のアラームがそこかしこで鳴り響き、むっとする熱い大気は煤と刺激臭があふれ、憤怒のエネルギーが音をたててはじけている。ショーンはそのまま暴徒の集団とにらみ合っていたが、少したつと、彼らの関心が姉妹や少年から逸れていくのがわかった。ショーンの説得を受け入れたのか、あるいは、周囲に飛び交う怒号を耳にして、そちらに気をとられだしたのか。いまや人々は、あちこちで手を叩き、足を踏み鳴らし、シュプレヒコールを唱え、叫び声をあげていた。走りまわり、暴れまわり、衝突を繰り返す群集。ショーンの前にいた集団から少しずつ人が離れだしたと思うと、潮が引くように一気にいなくなり、より大きな集団のなかに姿を消していった。ショーンとしては、彼らがどこに行こうがかまわなかった。ダリルから離れてくれればそれでいい。

グレイスは、目の前の人々が腹立たしげに歩み去るのをこわごわ見ていた。さっきまで彼女の生き血を求めて騒いでいた人たちが、いっせいに姿を消したのだ。敵意の海が割れて道ができるとは信じがたく、まさに奇跡がおきたようだった。こちらに背中を向けているショーンの姿が、混沌とした白熱の輝きのなかに、黒いシルエットになって浮かんでいる。それが、地獄の業火に立ち向かう、気高く毅然（きぜん）とした昔の預言者のように見えた。

と、ショーンがふいに腰を折り、肩を震わせた。振り向いた彼を見ると咳きこんでいるのがわかった。

シャツの襟もとを引きあげて口と鼻を覆い、よろよろと近づいてくるショーンを見ながら、グレイスも喉にいがらっぽさを感じた。そして口を開けたとたんに、鼻を刺激する焦げ臭い空気を一気に吸いこんでしまった。

ショーンはシャツの襟の上に目を出してダリルの姿を確認した――いまのところは無事のようだ。グレイスはまだ少年の手を握っていたが、ショーンが近づいていくとその手を放した。そして、顔の前で手を組み、そこに口をつけて激しく咳きこんだ。ショーンが彼女と目を合わせたとき、そばにいたミリアムが急に笑いだした。

吠えるように大笑いする声は、悪意に満ち、かつ楽しげだった。ショーンとグレイスは笑う彼女に目を向けながら、同じことを考えていた。ミリアムは頭がおかしくなったのではないか。

「ねえ、ちょっと」ミリアムが言った。「あれが見える？　あのろくでもない旗が燃えてるわよ」

他の三人はそこで気づいた。カリフォルニア州旗が燃えている――市警本部の前で炎に包まれているヤシの木は、いまや三本に増えていて、そのどれかから飛び火したらしい。燃える旗の数メートル向こうには星条旗がはためいている。旗の下の地面では、ガラスの破片が芝生にきらめき、そこで男たちが派手な喧嘩をしていた。街灯に衝突した車。そのボンネットの上で踊る少年がいる。小柄でスリムな体つきからすると、ティーンエイジャーか、あるいは二十歳過ぎというところか。少年は明かりを浴び、ショーンたちには聞こえない歌に合わせて腰を振っていた。

やがて、四人全員がさとった。今後のことは自分たちで解決しなければならない――なにを言い、なにをやり、自分が知ったこととどう折り合いをつけていくか、その答えを出さねばならないのだ。それまでは、火を放たれたこの景色を共有しよう。この熱を、この炎を。

踊る少年は、くるくる回りつづけた末に、空に向かって跳びあがった。

著者あとがき

一九九一年三月十六日、十五歳のラターシャ・ハーリンズが、エンパイア・リカー・マーケット・アンド・デリに入り、ボトル入りのオレンジジュースを一本買おうとしたときのことです。ジュースの代金を払おうとすると、店主のスンジャ・トゥ（斗順子）という女性が、万引きの疑いでラターシャを責め、カウンター越しに手を伸ばして少女の衣服とバックパックをつかみました。反撃に出たラターシャは、トゥを四回殴ったあと、きびすを返して立ち去ろうとしました。トゥは拳銃を取り出すと、背後からラターシャの頭を撃ち、少女は左手に二ドルを握ったまま亡くなりました。事件の一部始終は防犯カメラのビデオ映像に残っており、トゥは計画性のない故意の殺人の罪で有罪判決を受けましたが、刑務所での服役を科されることはありませんでした。

本書は架空の物語ですが、こうした事実を知っている人ならだれでもわかるように、ラターシャ・ハーリンズ殺害事件をもとにしています。わたしはこの小説の目的に合わせて、前述の史実をフィクションに転換し、自分が創造したキャラクターを登場させながら、実際のできごとをできる限り忠実になぞるようにしました。本作のキャラクターのなかで、実在の人物がモデルになっているのはひとりだけです。シーラ・ハロウェイは、ラターシャのおばのデニース・ハーリンズをイメージして創ったキャラクターですが、デニースは二〇一八年の十二月に他界してしまいました。彼女はラターシャを亡くしたあとに、姪を含む殺人事件被害者のために正義を求める運動を始め、人々の心にラターシャの思い出が残りつづけることを願って精力的に活動していました。

ラターシャや、ロサンゼルス史の転換点となった事件について、もっとくわしく知りたいと思われる読者には、*The Contested Murder of Latasha Harlins:Justice, Gender, and the Origins of the LA Riots* by Brenda Stevenson を読むことをお勧めします。

謝辞

まず、エージェントのイーサン・バソフに大きな感謝を捧げます。彼は終始わたしを信じて、本作の初めの三分の一にあたる不出来な数々の草稿を、どんなに不運でもそこまでひどい目にはあわないだろうと思うぐらい大量に読んでくれました。また、ザッカリー・ワグマンをはじめとする版元のエッコ社のみなさん——ケイトリン・マルルーニー＝リスキ、メーガン・ディーンズ、ミリアム・パーカー、ドミニク・リア、ダニエル・ハルパーンにも、大変感謝しています。そして、諸外国における権利を扱ってくれたマリア・マッシー、英国の担当編集者であるアンガス・カーギル、およびフェイバー&フェイバー社のみなさん、このアメリカの物語を他の国々に届けてくださってありがとうございます。

本書を執筆するための取材でお世話になった大勢のかたに、心よりお礼申しあげます。ピーター・ウッズにはとりわけ感謝しています。二〇一四年十一月、本作がまだ構想の段階で数ページしか文章になっていないときに、彼は手伝いを買って出てくれました。それから作品が完成するまで、わたしはその申し出にさんざん甘えてきました——ピーターを相手に九〇年代初頭のロサンゼルスの話をすることは、物語とキャラクターを形づくるのに役立ち、人に見せられる原稿ができたときは、彼が真っ先に目を通してくれたのです。執筆の初期段階では、マイク・ソンクセン、ギャリー・フィリップス、ニーナ・ルヴォワルの三人が相談に乗ってくれました。ニーナが書いた『ある日系人の肖像』という小説を読んだときは、自分のこの小説もものになりそうだと思うことができました。

銃創や病院内部の仕事については、近所に住む友人のキャロライン・ヤオに質問のメールを際限なく送りましたが、彼女はそのすべてに答えてくれました。家業の薬局を営んでいる友人のジョン・リーは、グレイスの仕事ぶりやパーク家の商売を考えるヒントをくれました。いくつかの草稿では、グレイスは検眼士という設定になっていて、それはあとで変更しましたが、検眼士の仕事については友人のジャニス・キムが説明してくれました。パームデイルでの生活を理解するうえでは、ヤキーン・カワスメとアルトゥーロ・メザの話が役に立ちました。ジョン・リーは（前述のジョン・リーとは別の人です）ロサンゼルス・タイムズ紙の記者として、ラターシャ・ハーリンズ殺害事件とロサンゼルス暴動の双方を取材していたので、その背景をくわしく教えてくれました。マイケル・フリードマンとブルース・リオーダンには法的事項について質問させてもらいましたが、ありがたいことに、ブルースは本書を通読し、司法手続きの描写における誤りや信憑性に欠ける部分を指摘してくれました。

ステファニー・パーカー、ホルヘ・カマチョ、アルマ・マガニャ、ジャミン・アンは、多忙な日々のなかで時間を割いて小説家の友人の原稿を読んでくれ、ステフとホルヘは詳細なメモと示唆に富む質問を提示してくれました（ロイヤル・レフをはじめとする、グループチャットの仲間も、ありがとう）。ンワマカ・エジェベとエイヴァ・ベイカーにも貴重なアドバイスをいただきました。

エージェントのイーサン（お疲れさま）とともに、友人のエリザベス・リトルとサラ・ラブリーも、最終段階で本書の原稿を徹底的に読みこんで、わたし自身が何度も読みすぎて慣れきってしまった文章について、新鮮な視点から意見を述べてくれました。この段階では、チャールズ・フィンチにもアドバイスをもらっています。

わたしが作家という職業についたときからずっと応援してくれているサラ・ワインマンには、深く感謝しています。また、アイヴィー・ポチョダ、アメリア・グレイ、ベン・ルーリー、ジェイド・チャン、ナオミ・ヒラハラ、キム・フェイ、J・ライアン・ストラダル、ユミ・サクガワ、マリナオミ——彼らがそばにいて励ましてくれなかったら、本書の執筆作業は難行苦行の連続になっていたでしょう。

両親と、ピーター、アンドルー、セレスタイン、どうもありがとう。わたしの愛犬にしてアシスタントのデュークとマイロ、いい子でいてくれてありがとう。

そして、夫のマット、あなたの絶えることのない支援に——愛と忍耐に、わたしの才能をすなおに信じてくれていることに感謝します。この本を何度も何度も読んでくれてありがとう。過去五年間、わたしがこの本のことで頭がいっぱいになって、不満をぶちまけたり、とりとめなく話したりするのを聞いてくれてありがとう。立場が逆転したら、わたしもあなたに同じことをしてあげるでしょうが、それが現実にならなくてよかったと思っています。

訳者あとがき

一九九一年、ロサンゼルスの商店で、十五歳の黒人少女、ラターシャ・ハーリンズが韓国系の女性店主に射殺された——これは本作『復讐の家』のもとになった実話だが、日本では初耳だというかたが多いかもしれない。衝撃的でありながら、にわかにはぴんとこないようなこの事件の裏には、どんな現実があったのだろうか。

事件がおきたサウスセントラル地区は、六〇年代末から韓国系市民の営む店が増え、昔からの住民である黒人を顧客としていたが、両者のあいだには強い緊張関係があった。フィクションの作品を例にあげれば、ラターシャ事件を扱った映画《マイ・サンシャイン》には、黒人の子供たちが韓国系商店を荒らす姿が描かれている。スパイク・リー監督の《ドゥ・ザ・ライト・シング》は八〇年代末のニューヨークが舞台だが、黒人街の貧しい住民が、近所に進出してきた韓国系商店の繁盛ぶりを羨んで愚痴をこぼす場面があり、ロサンゼルス以外でも同様の状況が見られたことがわかる。

九二年のロサンゼルス暴動では韓国系商店が多数被害にあい、ラターシャ事件が一因となって、黒人が韓国系市民の店を狙い撃ちにしたのだと言われてきた。今日ではその因果関係は否定されているようだが、九〇年代のロサンゼルスで、場所は限定されるとしても、アフリカ系市民の黒人と韓国系市民が険悪な関係にあったのは事実だろう。暴動の発端であるロドニー・キング殴打事件は、アメリカが長年抱える白人対黒人の格差・差別問題をあらわにし、日本でも大きく報じられた。一方、韓国系とアフリカ系というマイノリティ同士の対立は、本国でさえあまり注目されてこなかった。本書の著者であるステフ・チャは、執筆の動機のなかに、その問題をもっと広く知らしめたいという思いがあったと語っている。

チャはロサンゼルスで生まれ育った韓国系米国人だが、ラターシャ事件がおきた当時はまだ子供で、なにがあったか知らずにいた。本作の前の長篇を書いていたとき、たまたま聞いたラジオ番組で初めて事件のことを知ったチャは、大きなショックを受けるとともに、自分が犯人と同じ韓国系市民として罪悪感を抱いていることに気づいた。本作を書こうと決めたのは、その罪悪感と向き合うためでもあった。より広い意味では、ひとつの集団に属する人々がさまざまな感情を共有するという現象に関心をもったのだという。

人種間対立とともにこの小説のテーマになっているのが、復讐の問題だ。司法制度は犯罪加害者を裁いて懲罰を科すことで被害者を救済する。では、司法が正しく機能しなかった場合、法の裁きで救われない被害者はどうすればよいのか？

社会運動をおこし、世間に司法の不備を訴えるのも一手だろう。本書では、被害者遺族のシーラの活動がそれにあたる（現実のラターシャ事件では、一審判決後に被害者のおばが量刑は不当だと声をあげ、それに押される形で検察が控訴に動いた）。それでも気がおさまらない被害者にとって、最後の手段となるのが、法が禁じている復讐という行為、つまり自らの手で加害者を制裁することだ。だが、被害者の恨みが次世代に受け継がれたとき、そこで行なわれる復讐は新たな怨恨を生み、連鎖する危険をはらむ。本書に登場するふたつの家族は、まさにその連鎖に巻きこまれて苦しむことになる。

加害者による贖罪も一筋縄ではいかない。人をあやめた場合は、なにをすれば罪ほろぼしになるのか。謝罪がつぐないの第一歩だとしても、遺族が受け入れてくれるのか。加害者家族のグレイスの謝罪が免罪符を求める行為と見なされ、被害者遺族のショーンに拒絶される場面は、物語の山場のひとつであり、遺族感情や倫理に関わる複雑な問題を突きつけている。

『復讐の家』は実話をもとにしているが、小説ならではの味わいも格別だ。物語はショーンとグレイスのふたつの視点で立体的に構成されている。なにより魅力的なのは、絶妙に造形され生き生きと動いている両家族の姿だ。姉ミリアムに対するグレイスの微妙な愛憎や、頑固で専制的な父親への反発、ショーンが亡き姉を慕いながらも、その姉が聖人君子扱いされることに抱く違和感など、家族間の普遍的な感情は、多くの読者に切実さを感じさせるだろう。著者が〝社会犯罪小説〟と呼ぶ本作は、家族小説としてもじゅうぶん読みごたえがある。

多彩なエピソードを通じて家族それぞれの性格が浮き彫りになるなかで、グレイスたち韓国系米国人のコミュニティと、ショーンたちアフリカ系米国人のコミュニティの様相も浮かびあがってくる。グレイスの家の食卓には日本人にもおなじみの料理が登場するが、在米韓国系移民の多くが通っているというキリスト教の教会がコミュニティの結束を強めているさまは、日本ではあまり知られていないかもしれない。信徒集団のふるまいに反感を抱くようになり、教会通いをやめてしまったグレイスが、重傷を負った母を案じて再び神にすがろうとするところなどは、移民二世の信仰心の変遷を示す一例として興味深い。

著者は韓国系コミュニティに属しているので、それについて書くときは実体験を参考にすることができたが、アフリカ系のコミュニティに関しては部外者であり、その実態をできるだけリアルに描くために、物語中のショーンと同時期に同じコミュニティで実際に青春を過ごした知人にくわしく取材したという。その甲斐あって、ロサンゼルスにおける黒人の日常生活の描写は、現実の体温のようなものを感じさせる。そこで注目したいのは、黒人が普段から白人警官に差別的な扱いを受けているようすが、ショーンの視点で生々しく描かれていることだ。

さらにいえば、ショーンのいとこの娘で十三歳のダーシャは〈黒人の命も大事だ（ブラック・ライヴズ・マター）〉のＴシャツを愛用しているし、警官に射殺された黒人少年の追悼集会には〈息ができない〉と書かれたＴシャツを着た参加者がいた。邦訳の『復讐の家』を二〇二一年の出版後すぐに読まれたかたは、そのふたつのフレーズは前年にアメリカを席巻した社会運動に由来するものと思うかもしれない。たしかに、二〇二〇年には、ミネアポリスで黒人のジョージ・フロイドさんが白人警官に首を圧迫され「息ができない」と訴えながら絶命するという事件がおき、そこから〈ブラック・ライヴズ・マター（ＢＬＭ）〉をスローガンに掲げる運動が盛りあがった。だが、本書が描いているのは二〇二〇年ではなく二〇一九年のアメリカであり、そこに出てくる「息ができない」は、二〇一四年にニューヨークで白人警官による逮捕のさいに暴行を受けて死亡した黒人のエリック・ガーナーさんが、警官に絞め技をかけられて発したことばなのだ。ＢＬＭ運動も、もともとは二〇一二年の黒人男性射殺事件を受けて翌一三年に三人の女性が始めたもので、本書でショーンたちが話題にしているＢＬＭ運動は、二〇二〇年に全米各地で大々的に行なわれた抗議活動ではなく、それ以前の動きを指している。

実のところ、米国で白人警官の暴行によって黒人が死亡した事件は枚挙にいとまがなく、別々の事件を混同しそうになるほど内容も似通っている。あまりの惨(むご)さにめったにない特別な事例だろうと思ってしまうような差別事件が、実は特別でもなんでもなく、日常茶飯事のごとく延々と繰り返されているのを知ると、いまさらながら驚くほかない。また、本書にはショーンたちが九二年のロサンゼルス暴動に加わる場面があるが、二〇二〇年にも米国の一部で差別事件への抗議活動に乗じて同じような暴動がおきている。市民が店を打ち壊して略奪に走る姿は二十八年前の暴動を彷彿させるもので、その映像が日本のテレビでも流れた。

つまり、本書に描かれているのは過去の話ではなく、まさに現在進行中のできごとなのだ。著者もその点を意識したと言っていて、解決ずみではない、いまも続く問題を書こうと留意していたのがわかる。

本書はいわゆるハッピーエンドにはなっていないが、著者は、そもそもこの種の実話には幸せな解決策などなく、小説のなかでもその現実に忠実でありたかったと述べている。ラストシーンで、グレイスとショーンは同じ光景を目にして、ともに自分たちがなにを見ているのか理解する。そこまではぎりぎり可能だが、それ以上進むと物語が明るくなりすぎると思ったのだという。

グレイスの母親が自分の店に買い物にきた少女を射殺する場面は、現実の事件をかなり正確になぞっている。そこを読む限り、彼女の行為は理不尽きわまりなく、正当性は皆無に思える。おそらくはパニックによるとっさの反応であり、背景には黒人ギャングたちの存在があったとはいえ、襲ってくるのではなく逃げていく相手をなぜ撃ったのか、その疑問はぬぐいきれない。著者は、そういうひどいことをする人間が一方で娘たちをこよなく慈しむ良母でもあるのは、特に不思議ではなく、よくあることだと述べている。この場面について考えるとき、冷酷なレイシストが差別的な殺人に及んだものと片付け、グレイスの母親を理解不能な人物と切り捨てるのは簡単だが、本書はもっと深い問いかけをしているのではないか。他者に対する想像力を失わず、正解のない問いを続けること――それが複雑さを増す社会のなかで多様な集団が共存するためのヒントであり、ひいては、小説を読む喜びもそこにあると言えるだろう。

著者のステフ・チャは、アマチュア探偵ジュニパー・ソンを主人公とするミステリーで二〇一三年に長篇デビューした。その作品のシリーズをさらに二作出したあと、五年ほどかけて書きあげた『復讐の家』は、二〇一九年秋の出版直後から注目を集めてきた。過去三作とはスタイルを変え、文芸色を強めた本作は、深刻なテーマを扱いながらも、読者が夢中でページをめくるようなエンタテインメントに仕上がっている。『復讐の家』は多数の書評サイトでその年の優秀作のひとつとされ、ＬＡタイムズ文学賞とカリフォルニア・ブックアワードを受賞し、ミステリー専門の賞では英国推理作家協会賞新人賞（ＣＷＡジョン・クリーシー・ダガー賞）やマカヴィティ賞などにノミネートされたが、それは良質な物語性が高く評価された結果と見てよいだろう。チャは小説執筆のほか、編集と批評の分野でも活躍中で、二〇二〇年には、年刊アンソロジー『ザ・ベスト・アメリカン・ミステリー・ストーリーズ』で長年シリーズ編集者を務めたオットー・ペンズラーの後任に指名されている。

本書を完成させたあと、チャは動画配信サービスのＨＢＯマックスが制作するドラマシリーズの脚本執筆に参加し、季刊誌にノワールの短篇を寄稿するなどしている。長篇についても温めているテーマがあるというが、昨年春に男の子を出産し、いまは子育てに奮闘している最中で、まだ腰を据えて小説を書く余裕はないようだ。それでも、『復讐の家』で新分野に挑んだステフ・チャが次にどんなものを書くのか、興味はつきない。彼女が再び健筆をふるって新たな作品を発表するのを、楽しみに待つことにしよう。

最後にこの場を借りて、この忘れがたい作品に出会わせてくださった集英社クリエイティブ翻訳書編集部のみなさんに感謝したい。長期にわたる訳出作業を辛抱強く支えていただきありがとうございました。

二〇二一年　早春

宮内もと子

集英社文庫

復讐(ふくしゅう)の家(いえ)

2021年4月25日　第1刷　　定価はカバーに表示してあります。

著　者　ステフ・チャ
訳　者　宮内(みやうち)もと子(こ)
編　集　株式会社　集英社クリエイティブ
東京都千代田区神田神保町2-23-1　〒101-0051
電話　03-3239-3811
発行者　徳永　真
発行所　株式会社　集英社
東京都千代田区一ツ橋2-5-10　〒101-8050
電話　【編集部】03-3230-6095
【読者係】03-3230-6080
【販売部】03-3230-6393（書店専用）
印　刷　中央精版印刷株式会社　株式会社美松堂
製　本　中央精版印刷株式会社

フォーマットデザイン　アリヤマデザインストア　　マークデザイン　居山浩二

ISBN978-4-08-760771-0 C0197